UN DÎNER À SANDYCOVE

SIÂN O'GORMAN

UN DÎNER À SANDYCOVE

Traduit de l'anglais par Paul Boutin

ÉDITIONS | PRISMA

Titre de l'édition originale :
The Sandycove Supper Club

ISBN : 978-2-8104-4099-3

Crois que d'ici il est possible d'atteindre…
un autre rivage.
SEAMUS HEANEY

Pour Merlo et Steve

Prologue

Un an plus tôt

Le jeune homme vêtu d'un T-shirt noir et d'un jean moulant ne semblait pas à sa place au milieu de la fête presque entièrement composée des collègues comptables de Richard. Ses sourcils froncés d'un noir d'encre et son regard torturé à la Heathcliff, loin de me laisser indifférente, semblaient prendre des notes mentalement et juger toutes les personnes présentes.

– Je sais que nous sommes là uniquement pour la parité, Roisín, m'a dit Jools, mais si je dois encore une fois raconter à un inconnu comment je connais Richard et où je suis partie en vacances cet été, je te jure que je vais hurler.

Elle a bu une gorgée de champagne.

– Ou alors m'arracher un œil avec un de ces bâtonnets de cocktail, avec la saucisse encore enfoncée dessus.

Nous étions le vendredi avant Noël, et Jools et moi nous tenions à côté du sapin en plastique blanc de Richard – seul petit clin d'œil kitsch – vêtues de nos tenues de fête. Une paire de bois de renne à paillettes trônait sur la tête de Jools ; quant à moi, les boucles d'oreilles en forme d'étoiles clignotantes, qui m'avaient pourtant semblé amusantes et appropriées pour l'occasion, me paraissaient à présent ridicules. Alors que j'étais sur le point de m'en débarrasser discrètement, mes yeux ont soudain croisé ceux de l'homme au regard torturé.

– Qui est-ce ? a murmuré Jools entre deux gorgées de champagne. Il ressemble à un détenu qui se serait évadé et se serait réfugié dans le bar de hipsters le plus proche.

– Il n'est pas comptable, c'est sûr, ai-je chuchoté, tout en essayant de ne pas le fixer du regard.

Mais cela faisait quatre ans que je n'avais pas eu le moindre soupçon de ce qui pourrait ressembler de près ou de loin à de la romance, et parfois je ne pouvais m'empêcher de me demander si je n'allais pas mourir seule, le corps tout flétri et rabougri par le manque d'amour.

– Et les comptables n'ont pas de livre de Kerouac dans leur poche arrière.

Richard avait insisté pour que Jools et moi venions à la fête pour célébrer sa promotion au poste de directeur des opérations de l'une des plus grandes sociétés financières de Dublin.

– J'ai besoin de vous deux, nous avait-il dit, pour détendre l'atmosphère financière très chargée et fébrile qui règne inévitablement lorsque des comptables se réunissent.

Honnêtement, ces soirées étaient souvent indigestes à force de parler de feuilles de calcul et d'impôts. Mais c'était peut-être l'occasion pour moi de rencontrer un comptable sympa, quelqu'un qui me ferait perdre la tête. Bien que perdre la tête ne soit pas tellement un truc de comptable, mais il m'éblouirait peut-être par sa capacité à équilibrer les comptes et à faire de longues additions en calcul mental.

Richard était maintenant une pointure dans le monde de la haute finance, quant à Jools, elle était coach personnelle dans une salle de sport exclusive où ses clients allaient de petits présentateurs de télévision à des membres surpayés de l'élite des entreprises. Pour ma part, j'étais assistante administrative au service de l'urbanisme du conseil du comté de Sandycove.

Jools et moi étions de vieilles copines d'école et venions de Sandycove, un petit village au sud de Dublin. Lorsque nous nous étions retrouvées à l'université de Dublin – elle étudiait les sciences du sport et moi l'histoire de l'art –, nous avions rencontré Richard. Il avait directement débarqué du bus de Dingle, dans le comté de

Kerry, avec pour seul objectif son succès futur dans le monde de la haute finance. Jools et moi l'avions rapidement remarqué, un soir qu'il touillait un paquet de nouilles instantanées au curry dans de l'eau bouillante, dans la cuisine de la résidence universitaire.

– On ne peut décemment pas te laisser manger uniquement des Super Noodles, l'avais-je interpellé.

– Tu vas finir anémique et mourir, avait conclu Jools.

Le jeune Richard s'était alors retourné et nous avait fixées. Sa frange semblait avoir été coupée avec des ciseaux de cuisine ; son costume en polyester couinait lorsqu'il marchait.

– Elles coûtent trente-cinq pence le paquet, prennent trois minutes à préparer et quatre minutes à manger. Et je n'ai pas le temps, j'ai une dissert à rédiger.

– Nous t'offrons le dîner, lui avais-je alors proposé.

– Et ce sera bien pour toi, avait acquiescé Jools.

Il avait hésité. Plus tard, il nous avait avoué qu'au départ il n'avait pas prévu de se faire des amis à l'université, par peur d'être déconcentré dans ses études et de se détourner de ses ambitions. Pourtant au bout d'un mois, il chantait avec autant de passion que nous sur *Like a Prayer* dans le karaoké de la fac.

Et maintenant, à la fête de Noël de Richard, Jools terminait sa coupe de champagne en délogeant de son crâne son serre-tête de bois de renne.

– Je ne prendrai qu'un seul verre ce soir, mais quitte à n'en prendre qu'un seul, autant qu'il soit bon.

– Ce n'était pas ta philosophie, avant, ai-je dit en détachant mes yeux de l'homme qui broyait du noir seul dans son coin. Je t'ai connue beaucoup plus fêtarde.

– Il faut que je sois sobre quand je rentrerai chez Darren. Il déteste que je boive autre chose que du jus de coco.

Darren, le petit ami de Jools, dirigeait une salle de musculation et de boxe, avait un ego de la taille des barils de protéines en poudre qu'il consommait quotidiennement et ne pouvait pas passer devant une vitrine sans jeter à son reflet des coups d'œil pas-si-discrets.

Richard m'avait dit un jour qu'il avait un cerveau de la taille de ses testicules, « tous deux probablement invisibles à l'œil nu ».

– Darren a dit qu'on surestimait la nourriture et qu'il est bien plus facile de tout remplacer par une boisson protéinée, a déclaré Jools. Je ne me souviens pas de la dernière fois où j'ai mangé quelque chose sans avoir à en calculer les calories à l'avance. Je suis épuisée. Tu sais ce que je voudrais vraiment ? Des glucides. Beaucoup de glucides. Des glucides en double, en triple, en quadruple. Mais Darren préférerait subir une lobotomie plutôt que de laisser du pain ou des pâtes franchir le pas de notre porte.

Je me suis retenue de lui dire qu'à mon avis, Darren avait subi cette lobotomie il y avait déjà des années, quand j'ai pris conscience que le jeune homme de tout à l'heure se tenait devant nous et brandissait une bouteille de champagne.

– Je viens de piquer ça dans le frigo.

Ses yeux s'attardaient sur les miens.

– J'ai pensé que vous aimeriez un verre toutes les deux.

Personne ne m'avait regardée comme ça depuis Paddy.

– Je ne peux pas, a dit Jools. Je n'ai droit qu'à un verre car je conduis… Mais…

Elle m'a souri.

– Roisín veut bien. N'est-ce pas, Ro ?

Je me suis surprise à hocher la tête et à tendre mon verre.

– Je suppose que je peux me laisser tenter…

– C'est Noël, a poursuivi le type en me tendant une coupe pleine. Même si, évidemment, je ne suis pas un fan.

– De Noël ?

J'ai siroté mon verre, intriguée. Qui n'aimait pas Noël ?

– J'ai été traumatisé quand j'étais enfant, a-t-il raconté. Cette année-là, je n'ai pas eu la machine à écrire que je voulais absolument et, à la place, ma mère m'a offert un BMX, parce qu'elle trouvait que c'était ce que j'aurais dû demander.

J'ai ri, pensant qu'il plaisantait, mais il avait l'air tout à fait sérieux. Peut-être avait-il été réellement traumatisé ? J'ai essayé de prendre un air compatissant. Peut-être était-ce l'injustice de la situation, ou le fait que je n'aie pas connu la moindre dose de romantisme depuis des années, mais j'avais envie de continuer à lui parler.

– Une fois, j'ai reçu un BMX pour Noël, a dit Jools. Mais c'était le vieux vélo de mon frère Paddy.

Jools n'avait jamais su que son frère et moi, sa meilleure amie, avions eu une aventure quatre ans auparavant. Nous passions la plupart de nos week-ends ensemble, nous éclipsant secrètement des fêtes, restant au lit pendant des jours ou pédalant jusqu'aux montagnes de Wicklow où nous nous allongions dans la bruyère en regardant les nuages s'étirer dans le ciel, sa main dans la mienne. Nous n'avions jamais dépassé ce stade, comme si avoir une relation amoureuse avec Paddy était trop étrange, lui que je connaissais depuis l'âge de treize ans. Et j'avais toujours eu peur de la réaction de Jools si elle l'apprenait. Leur mère était morte quand ils étaient très jeunes, puis, quand Jools avait eu seize ans, leur père était mort d'un cancer.

Lorsque Paddy était parti pour Copenhague, j'étais tombée dans un état second. Je lui écrivais des messages que j'effaçais immédiatement, souhaitant désespérément qu'il revienne à la maison et ne reparte pas. Mais je savais qu'il ne serait jamais parti s'il avait eu de véritables sentiments pour moi, et, alors que je discutais avec cet inconnu à la soirée de Richard, je sentais que j'étais enfin prête à passer à autre chose. L'homme me tendait la main.

– Brody Brady.

Sa main était douce et légère, son nom familier.

– Roisín Kelly. Vous ne seriez pas le chroniqueur du *Irish Times* ?

– Eh bien… à moins qu'il n'y ait un autre Brody Brady, c'est bien moi, a-t-il répondu en souriant.

– Il écrit cette rubrique, ai-je précisé pour Jools. Tu sais, « L'homme à la mer », sur la vie moderne…

– Et bien d'autres choses encore, a déclaré Brody. J'aime à penser que je couvre toutes les facettes de l'homme irlandais.

Il m'a souri derechef.

– Tout, du fait que la pinte est un droit inaliénable, à la règle selon laquelle la chemise et la cravate doivent faire comme un nœud coulant autour du cou d'un Irlandais.

– J'ai lu votre chronique la semaine dernière, ai-je dit, vous parliez de la façon dont notre société a perdu tout lien avec son passé rural...

Brody a acquiescé.

– En fait, on m'a demandé d'écrire un roman sur ce sujet précis. Je suis impatient de coucher sur le papier ce qui se trouve... – il s'est tapoté le front – ici.

Un écrivain. Il était l'exact opposé de Paddy qui aimait le vélo et la mécanique. Et j'avais très envie de quelque chose de différent.

– Je vais devoir y aller, a dit Jools en regardant son téléphone. Darren m'a envoyé un texto, il est sur le chemin de la maison. Roisín ? Tu restes ?

J'ai jeté un coup d'œil rapide à Brody.

– Je pense que oui.

Il m'a souri, l'air satisfait.

– Alors, tu sais que je suis écrivain, m'a-t-il dit quand nous n'étions plus que tous les deux. Mais toi, que fais-tu dans la vie ?

– Je travaille juste au service de la planification de l'urbanisme au conseil de Sandycove.

– Ne dis jamais « juste » lorsqu'il s'agit d'un labeur honnête, a-t-il déclaré. Où serions-nous sans les urbanistes ? Comment les bâtiments se construiraient-ils ou les villes évolueraient-elles ?

– Je n'avais jamais vu les choses sous cet angle...

Je me suis senti rougir sous le regard pénétrant de Brody, comme si j'étais sous les projecteurs.

– En fait, nous sommes en pleine restructuration. L'un de nos planificateurs a été licencié parce qu'il recevait des pots-de-vin de la part de promoteurs. Il y a eu une grosse affaire sur ce sujet...

– Ah ! La fameuse enveloppe brune de Sandycove ? a dit Brody l'air ravi. J'ai lu quelque chose là-dessus. N'a-t-il pas été extradé d'Espagne ?

J'ai opiné du chef.

– Il vivait dans un manoir à Marbella et se nourrissait uniquement de chips et de caviar. Mon pauvre patron a été interrogé sur la raison pour laquelle aucun d'entre nous n'était au courant qu'il recevait des pots-de-vin. Et Dermot, l'un de nos autres planificateurs, a déclaré qu'il avait ouvert tellement d'enveloppes remplies de billets qu'il souffrait probablement de microtraumatismes répétés. Ça nous a tous un peu secoués.

Je me retournée vers Brody.

– Je ne devrais pas t'embêter avec cette histoire…

– Non, continue, s'il te plaît, m'a-t-il coupée. J'adore entendre ce genre d'histoire sur la vie de bureau. C'est comme un zoo pour quelqu'un comme moi qui travaille seul toute la journée. On ne sait jamais.

Il m'a fait un clin d'œil et a rempli à nouveau nos verres d'un geste assuré, comme s'il avait acheté le champagne et ne l'avait pas volé dans le réfrigérateur de Richard.

– Cela pourrait même se retrouver dans l'un de mes romans.

– Alors, comment se passe l'écriture de ton roman ?

– C'est mon deuxième livre, en fait. Mon premier était un recueil de chroniques. Ma mère en a acheté dix exemplaires, mais comme mon père et elle sont plutôt des lecteurs du *Daily Mirror*, ils ne l'ont jamais lu.

Il a haussé les épaules.

– Mais ça va. Je ne m'attends pas à ce qu'ils comprennent ce que je fais. J'ai toujours été le vilain petit canard de la maison. Quand on réalise qu'on est un étranger dans sa propre famille, c'est plus facile. Mon frère Roger fait leur fierté. Heureusement, il est en Australie maintenant, il travaille dans une ferme d'élevage de moutons ou quelque chose comme ça. Mais je cherche un endroit où écrire. J'occupe l'appartement de la vieille tante de mon agent pendant qu'elle est en vacances. Elle a besoin de quelqu'un pour arroser les plantes, nourrir les chiens, et inversement. Je suis tombé sur le garçon au nœud papillon là-bas… – il a fait un signe de la tête pour désigner Richard – alors que je me débattais avec le vide-ordures, et il m'a invité. Mais il ne m'avait pas dit que c'était une fête de comptables. Moi qui suis un artisan des mots, je me sens comme un poisson hors de l'eau. Bref, une fois que madame Vieille Tante sera revenue du Maroc la semaine prochaine, il faudra que je trouve un autre endroit où vivre et une chambre à moi pour écrire.

Il s'est arrêté, m'a regardée fixement et a cligné des yeux.

– Tu sais, a-t-il dit, tu as des yeux magnifiques. Le genre de ceux dans lesquels j'aimerais me perdre.

Pendant un instant, je ne sais pas su quoi dire, puis je me suis raclé la gorge.

– J'ai une chambre libre, ai-je dit rapidement.

– Vraiment ?

– Tu veux la voir ?

– Avec plaisir. Oui tout à fait !

– C'est à Sandycove…

Brody a réfléchi un instant.

– C'est un peu loin de la ville, mais il est peut-être temps que je donne une chance à la campagne.

Il m'a souri.

En l'espace d'une semaine, il avait posé son ordinateur portable dans la chambre d'amis, ainsi que sa chaise d'ostéopathe et, bizarrement, une vieille télévision cassée. Puis, très rapidement, il m'avait avoué son amour éternel, que j'avais accepté avec gratitude.

Nos vies n'avaient bientôt plus tourné que l'une autour de l'autre. Chaque soir, je cuisinais et il me racontait ce qu'il avait écrit. Les week-ends, nous faisions des visites littéraires à Dublin ou de longues promenades balayées par le vent le long du front de mer à Sandycove. Il m'écrivait des petits mots qu'il laissait un peu partout dans la maison pour que je les trouve, déclarant qu'il était fou amoureux de moi, qu'il n'aurait jamais pensé ressentir cela un jour, un amour « si pur », écrivait-il, « quelque chose de si beau ».

Parfois, sa voix se brisait lorsqu'il exprimait ses sentiments.

– Je suis émerveillé, me disait-il, par l'amour, par le simple fait que nous, humains, soyons autorisés à ressentir cette émotion. Lorsque tu trouves ton âme sœur, c'est une véritable leçon d'humilité.

Nous nous sentions protégés par une sorte de bulle d'amour qui n'éclaterait jamais, enivrante de félicité. Le love bombing était passé au stade supérieur, c'était une blitzkrieg de bonheur enivrant.

Six mois plus tard, nous nous trouvions au sommet de la tour Martello à Sandycove, près des vagues déferlantes de la mer d'Irlande, à l'endroit même où James Joyce, le héros de Brody en littérature, avait vécu. Il s'était tourné vers moi et avait posé un genou à terre.

– Il me semble que c'est bien, sur ce sol sacré pour moi, m'avait-il dit, de te demander de m'épouser.

– Oui ! avais-je couiné.

Une semaine plus tard, nous étions mariés.

Fin. Lever de rideau. Musique entraînante… Et coupez l'image sur la scène où je me prépare à mon happy ending.

Si seulement…

***

Menu de mariage

Saumon fumé de West Cork sur du pain de soude brun frais
Plateau de charcuterie irlandaise avec des cornichons
Courgette et feta fouettée sur toast
Parmesan, pois écrasés et bruschetta à l'ail
Salade de tomates et de basilic de Wicklow
Gâteau de fête au chocolat
Champagne

Le matin suivant la demande en mariage, j'ai pris mon vélo pour aller chez ma mère lui annoncer la grande nouvelle. J'avais déjà réservé le bureau d'enregistrement pour deux semaines plus tard – le

1er juin – et j'ai demandé à Jools si elle voulait bien m'aider à préparer et à cuisiner. Ma véritable passion est la cuisine et avec Jools comme sous-cheffe, ce serait comme les dîners que nous avions l'habitude de faire, mais en un peu plus grand. Et si Jools pensait que je me mariais à la hâte, elle ne l'a pas dit, mais maman a observé un moment de silence, puis elle m'a demandé si j'étais sûre.

– Oui, ai-je répondu fermement. Tout à fait.

– Mais tu en es vraiment sûre ?

– Je n'ai jamais été aussi heureuse, ai-je dit en tendant la main et en prenant un de ses biscuits. Il m'aime et je l'aime. C'est le bon. Quand tu sais, tu sais.

J'ai haussé les épaules nonchalamment.

– Combien de temps as-tu mis pour dire oui à papa ?

Maman a hésité parce que papa l'avait demandée en mariage au bout d'une semaine et qu'ils s'étaient mariés au bout d'un an. Et d'accord, papa et elle avaient divorcé quand j'avais dix ans et Shona onze. Papa avait alors déménagé dans le sud de la France avec notre belle-mère, Maxine, qui était aussi chaleureuse et émotive qu'une cuillère en bois.

– Je l'aime, ai-je repris. Et je veux l'épouser.

Maman a ouvert la bouche, puis l'a refermée.

– Tu peux organiser la réception de mariage ici, a-t-elle dit en cédant pour mon bien. La cuisine est assez grande et nous pourrons sortir dans le jardin, si la pluie dure. Nous pourrions accueillir au moins quatre-vingts personnes dans le jardin et peut-être un orchestre… L'orchestre de ukulélé jouerait certainement… Et pour la danse… nous pourrions utiliser la maison d'été comme bar… Je pense d'abord à une réception au champagne et…

Le jardin de maman était magnifique, un carré sauvage, pas tondu, avec de hauts murs de granit sur trois côtés, la vieille maison d'été en appentis d'un côté et une petite collection de pommiers noueux de l'autre.

Ma sœur, Shona, a été un peu plus franche. Ce soir-là, lors de la fête de fiançailles organisée à la hâte au *The Island*, notre pub local à Sandycove, elle m'a coincée au bar.

– Tu as perdu la tête ? a-t-elle soufflé.

– Non. Je suis parfaitement saine d'esprit. Je suis amoureuse ! Je flotte sur un tapis volant d'amour.

Shona a eu l'air déconcertée.

– Pourquoi es-tu si impétueuse ? a-t-elle dit. Tu ne peux pas te précipiter comme ça ! Tu dois arrêter et te désister immédiatement.

En tant que mère au foyer de mes magnifiques nièces, les jumelles Daisy et Kitty, Shona aimait rappeler aux gens qu'elle était toujours l'avocate effrayante d'autrefois. À côté d'elle, Richard est apparu, baigné d'une légère sueur et arborant une expression déterminée.

– Je viens d'arriver de Bruxelles, j'ai réussi à avoir un vol plus tôt… Je n'arrive pas à y croire.

– Tu vois, a dit Shona, il n'y a pas que moi.

– Je veux me marier, je suis amoureuse. Est-ce un crime ?

– Non, bien sûr que non, a dit Richard. Mais épouser quelqu'un après quelques mois devrait être un crime.

– Je suis sûre qu'il y a un obstacle, a réfléchi Shona à voix haute. Un précédent…

– Cela fait six mois, en fait, ai-je dit à Richard. Et tout est de ta faute. Je l'ai rencontré à ta fête.

– Je voulais que tu rencontres un gentil comptable, quelqu'un de fiable, pas un écrivain irrationnel ! Un comptable ne te demanderait pas en mariage au bout de deux ou trois mois seulement !

– Six ! ai-je crié.

– Elle a un complexe d'abandon, a dit Shona à Richard. Elle ne s'est jamais remise du départ de son père.

– Merci, Sigmund, ai-je dit en croisant les bras et en formant le souhait que les personnes que j'aimais soient heureuses pour moi. J'aime Brody. Et Brody m'aime. C'est bien… Nous sommes heur…

– Mais la vie ne se résume pas à l'amour, m'a interrompue Richard. Il s'agit de faire les bons choix.

Shona a hoché vigoureusement la tête en signe d'approbation.

– Regarde-moi, a-t-il poursuivi. Je n'ai pas de temps pour l'amour, parce que je suis trop occupé à faire ce qu'il faut. Ma carrière, payer mon hypothèque, être raisonnable. Pourquoi ne pas te concentrer sur la recherche d'un nouveau travail ? Un métier qui te plaise vraiment… comme la cuisine…

– Écoute. Je vais seulement me marier. C'est loin d'être une décision radicale.

Il est resté silencieux pendant un moment.

– Roisín… a commencé Richard en plissant les yeux. Ne l'épouse pas.

– Pourquoi ?

– Parce que…

Il a cherché une raison.

– C'est un écrivain. Et les écrivains ne font pas de bons maris. Ils sont obsédés par eux-mêmes. Tout tourne autour d'eux.

– Richard, s'il te plaît. Brody a besoin de quelqu'un pour l'aider à réaliser ses rêves et je veux l'aider. Ce sont aussi mes rêves, maintenant.

– Et tes rêves à toi ? a dit Richard.

– Exactement ! a renchéri Shona.

– Je n'en ai pas, ai-je essayé de réfléchir. Une fois que vous aurez appris à connaître Brody, vous l'aimerez. Je vous le promets, je prends la bonne décision.

– Tu nous le promets ? a dit Richard.

– Promis.

Richard m'a regardée un moment, pensif, et quand Shona a haussé les épaules, j'ai su que j'avais gagné. Maintenant, tout ce que j'avais à faire, c'était me marier et rester mariée. C'était simple.

***

Une semaine plus tard, nous nous sommes tous retrouvés au bureau d'enregistrement de la mairie – moi dans une robe noire sans bretelles avec un bandeau doré dans les cheveux dont Jools m'avait convaincue qu'il n'avait pas l'air ridicule, Brody dans une veste, un jean et un T-shirt noir où était inscrit « Mr et Mrs (Word) Smith » sur le devant. Il m'a emmenée rencontrer ses parents.

– Roisín, voici mon papa et ma maman. Papa et maman, Roisín, ma fiancée.

Sa mère ressemblait à un petit oiseau, vêtu d'une tenue pêche et d'un chapeau assorti, comme la Queen Mum.

– Il fut un temps, a dit son père, qui portait un costume en tweed trois fois trop grand, où nous étions m'man et p'pa. Il me semble que c'était il y a longtemps maintenant. C'était avant qu'il n'avale un thésaurus.

Il m'a pris la main.

– Tu es sûre de pouvoir le supporter ?

J'ai ri.

– Bien sûr ! J'ai hâte !

Sa mère m'a pris l'autre main.

– Je m'appelle Sandra et voici Jim.

Elle m'a souri.

– Nous sommes ravis de rencontrer enfin la fiancée de Brian.

Brody lui a lancé un regard noir.

– Je m'appelle Brody.

Il avait l'air d'un adolescent boudeur devant ses parents.

– Je veux dire Brody, a-t-elle corrigé. Nous essayons de nous habituer à son nouveau prénom, mais ce n'est pas facile. Il n'a jamais aimé Brian. Il a essayé beaucoup de prénoms différents, n'est-ce pas, Jim ?

– Il en a essayé quelques tripotées. Isambard par exemple. Ça n'aurait jamais marché. Pas à Finglas. Ou Wolfgang, a-t-il dit en secouant la tête. Brody semble banal en comparaison.

– Alors, que pensez-vous de ma belle fiancée ? a demandé Brody, changeant ainsi de sujet de conversation. Ma muse, mon inspiration, mon emphatique…

Jim a ri.

– Je croyais que ce mot désignait ce qui arrivait quand on mangeait trop de haricots !

Le sourire sur son visage s'est éteint lentement quand il a regardé Brody.

– Désolé, fiston. J'ai oublié dans quelles circonstances nous nous trouvons.

– Nous sommes très fiers de Brody, m'a dit Sandra. Un roman ! Je l'ai dit aux filles au bureau. Bernie veut savoir quand il sera dans les librairies. Elle a dit qu'elle l'achèterait certainement, a-t-elle annoncé à Brody. Augmente ton tirage.

– Mets-moi dix exemplaires sur la liste, a dit Jim. Je les distribuerai aux gars du garage de bus.

– Je doute que Bernie sache même lire, a dit Brody. Quant aux chauffeurs de bus, je pense que la seule chose qu'ils lisent, ce sont les pages sport des tabloïds.

– Le livre sera prêt dans un an, ai-je commenté, tout excitée. Ma tâche consiste à m'assurer que Brody n'ait pas à s'inquiéter de quoi que ce soit. Qu'il n'ait qu'à écrire.

– Tu es nerveux ? lui a demandé Sandra. Je le serais. Un livre ! Je ne comprends pas comment on passe d'une page blanche à un livre entier !

Brody a secoué la tête.

– Ne sois jamais nerveux car les nerfs ne sont rien.

– Qui a dit ça ? a demandé Jim. Shakespeare ?

– C'est moi, a répondu Brody d'un air hautain. Et de toute façon, pourquoi serais-je nerveux ? Maman, tu devrais être ravie que j'aie une chambre à moi et une femme qui est une cuisinière hors pair. Le steak que tu as préparé, a-t-il dit en se tournant vers moi, l'autre soir, était le meilleur que j'aie jamais mangé. Les boulettes de viande avec cette sauce tomate. Le rôti d'agneau…

Son ventre était assurément plus bedonnant qu'il ne l'était quelques mois plus tôt parce que je tenais ma part du marché et que je m'assurais qu'il soit bien nourri et abreuvé.

– Le travail de Roisín, a-t-il assuré à Jim, est de continuer à cuisiner, le mien de continuer à écrire. C'est un mariage idyllique.

***

Tout le monde a applaudi lorsque nous nous sommes dit « oui » et que nous avons échangé notre premier baiser en tant que couple marié. Même Shona, qui se tenait debout avec Ross et leurs jumelles, Kitty et Daisy, avait l'air très émue. Elle se tamponnait l'œil de temps en temps, son bras passé sous celui de son mari Ross, tandis que les jumelles étaient habillées de façon identique. Maman se trouvait de l'autre côté et souriait d'un air encourageant. Dans la rangée derrière, il y avait papa, de retour de France pour le week-end, et qui avait l'air distrait comme d'habitude, tandis que ma belle-mère, Maxine, avait l'air de s'ennuyer mortellement.

De retour à la maison de ma mère, tout avait été préparé. Les plats étaient prêts, il suffisait de distribuer les assiettes de petits fours, de s'assurer que les gens avaient assez de salade et que leurs verres étaient remplis. Richard et Jools ont insisté pour jouer les serveurs, le champagne a coulé à flots et pour la première fois depuis l'annonce de mes fiançailles, j'ai commencé à me détendre.

Maman et papa, qui ne s'étaient pas parlé depuis au moins une décennie, bavardaient gentiment entre eux pendant que Maxine était dans la salle de bains. Shona, Ross et les filles dansaient ensemble en cercle. Maman tenait une coupe de champagne et discutait avec Jools. Richard s'était mis à faire des mouvements de breakdance – qu'il réservait aux moments où il était sérieusement ivre – et le père et la mère de Brody dansaient ensemble. C'était une chaude soirée d'été et papa m'a fait tourbillonner sur *Celebration* de Kool & the Gang – qui faisait partie de la playlist de Richard.

– Je ne savais pas que tu savais danser, ai-je crié à l'oreille de papa.

– C'était la seule chose que j'aimais à l'école, a-t-il répondu en criant. Les garçons devaient danser les uns avec les autres à l'époque et comme j'étais grand, c'est toujours moi qui menais la danse.

Il m'a encore fait virevolter autour de lui.

– J'espère que Bridie et toi serez très heureux ensemble.

– Brody, l'ai-je corrigé pour la dixième fois de la journée.

Assis sous les pommiers, sur l'une des chaises que nous avions empruntées à nos voisins, Brody écrivait dans son petit carnet qu'il emmenait partout avec lui.

– Qu'est-ce qu'il écrit ? demanda papa en suivant mon regard, alors que la chanson se terminait et que nous reprenions tous notre souffle.

– Des idées, ai-je répondu. On ne sait jamais quand on va avoir une bonne idée, d'après Brody.

Papa a ouvert la bouche, prêt à dire quelque chose, puis l'a refermée.

– Je ferais mieux d'aller chercher Maxine. Je ne veux pas être accusé de l'avoir abandonnée.

Les pirouettes se sont arrêtées, la musique a pris fin et il est parti. Mais cette fois-ci, si je me sentais moi-même abandonnée, cela n'avait pas d'importance. Enfin, j'avais quelqu'un rien que pour moi, d'autant plus que nous partions à Londres pour cinq jours de lune de miel. J'avais hâte.

Je me suis approchée de Brody et j'ai passé mon bras autour de sa taille.

– Je t'aime, ai-je dit.

– Je t'aime aussi.

Il a glissé son petit carnet dans la poche intérieure de sa veste.

– Tu as passé une bonne journée ?

Brody m'a attirée sur ses genoux et m'a murmuré à l'oreille :

– Je suis un homme chanceux, très chanceux. Avoir rencontré une sirène avec des yeux clairs comme de l'eau de roche, des cheveux comme des algues marines, c'est vraiment une chance.

Nous allions être heureux, j'ai pensé. Malgré les réticences initiales de mon entourage, tout se passerait bien.

Chapitre 1

Un an plus tard

– Bon ! Écoutez, tout le monde !

JP, notre responsable de la planification au conseil de Sandycove, se tenait à côté de la plante verte qui virait au brun et sur laquelle pendaient encore quelques boules de Noël, bien que nous soyons le 1er juin.

– J'ai eu quelques idées... Je sais qu'on est vendredi...

Nous étions tous encore en train de récupérer après avoir découvert que l'un de nos collègues avait bénéficié de faveurs et de pots-de-vin. Depuis qu'il avait été démasqué – et qu'il était maintenant derrière les barreaux –, tout le monde était devenu très hésitant quand il s'agissait de prendre des décisions. Frank demandait à Dermot et Dermot demandait à Frank de superviser le travail de l'autre et, bien que je ne sois pas planificatrice, mais seulement assistante de bureau comme Saoirse, toutes deux sous les ordres de Belinda, notre cheffe de bureau, nous vérifiions toujours tout et ne faisions confiance à personne.

C'était mon premier anniversaire de mariage et je réfléchissais au dîner de fête que j'allais préparer pour Brody et moi ce soir-là. Il était endormi lorsque j'étais partie travailler ce matin-là, mais je me sentais optimiste, je pensais que notre vie de couple allait s'améliorer, maintenant que nous avions passé la première année et que nous étions si près de la date limite pour rendre son livre, ce qui signifiait en d'autres termes que son roman devrait être terminé dans quelques semaines. Une fois le manuscrit rendu, j'espérais que nous pourrions retrouver une meilleure routine, une routine qui ne tournerait pas uniquement autour de ce livre. Je voulais retrouver le Brody que j'avais épousé, l'homme aimant et romantique qui m'adorait, pas celui qui restait enfermé dans son bureau toute la journée et toute la soirée, n'apparaissant pour dîner qu'au crépuscule, comme un hérisson littéraire.

JP était maintenant assis sur le bord du bureau de Belinda, délogeant sa tasse pleine de stylos et une minifigurine de danseuse de flamenco.

– Viens ici.

Il lui a fait signe du doigt.

– Car j'ai suivi une formation…

Il y a eu un soupir collectif.

– Ne va jamais assister à une formation, a dit Dermot. Ce sont des foyers où on te lave le cerveau. Très dangereux.

– C'est donc pour ça que tu as disparu lundi, a dit Belinda. Je me demandais… J'ai dit aux autres…

JP les a ignorés.

– Réunion impromptue, j'ai besoin de parler des résultats, ou quel que soit le terme commercial précis.

– Cascade, a dit Frank. J'ai entendu le mot « cascade » prononcé par le type de personne qui fréquente les réunions. Une cascade d'informations.

– Y aura-t-il des biscuits lors de cette réunion impromptue ? a demandé Dermot en singeant des guillemets avec ses doigts. Comme vous le savez tous, je ne sors pas de mon lit pour moins d'un biscuit au chocolat.

– Tu peux trouver des gâteaux dans la plupart des magasins, Dermot, répondit JP. Achète-les toi-même.

– Il y a des biscuits dans la cuisine, a dit Belinda à Dermot. Un bon paquet tout frais de chez *Jacob's*.

– J'ai peut-être commencé à manger ceux-là, a avoué Frank qui s'est empêtré dans le fil de son téléphone. Un paquet de biscuits est un chiffon rouge pour moi. Je fonce dessus.

– Laisse-moi mettre les choses au clair, a dit Dermot. Tu es le taureau. Les biscuits sont le chiffon rouge. Es-tu en train de suggérer que Belinda est le matador ?

– C'était une métaphore, Dermot, a dit Frank sans ambages.

– Je croyais que tu avais dit matador, a plaisanté Dermot.

– Ignore-le, Belinda, a ajouté Frank en dénouant enfin le fil de son téléphone. Merci d'avoir apporté les biscuits.

– Je t'en prie Frank, lui a souri Belinda. Mon Johnny, quand il était en vie, aimait bien les biscuits. J'aurais mis un paquet dans le cercueil si le prêtre m'avait laissée faire, mais c'était un de ces prêtres, là, ceux qui ne vous laissent rien faire, et qui veulent tout faire dans les règles.

Son collier de perles a cliqueté tandis qu'elle secouait la tête de dégoût.

– La Bible, a commenté Dermot, maintenant assis en face de JP. C'est leur livre de référence pour tout. Il est temps qu'ils s'en trouvent un nouveau.

– Nous pourrions demander au mari de Roisín d'écrire quelque chose, n'est-ce pas ? a suggéré Belinda en souriant. Cela doit être très stimulant de vivre avec un écrivain !

Elle a soupiré.

– Une fois, il y a des années, Johnny et moi sommes allés à une conférence de Sir Jeffrey Archer. Il était en ville pour une séance de dédicaces et quand Sir Jeffrey est passé devant nous, Johnny a eu une drôle de réaction. Il a dit que c'était comme s'il se retrouvait face à face avec Dieu, a-t-elle poursuivi. Toutes ces merveilleuses pensées et idées réunies dans le cerveau d'une seule personne. Ton mari doit être tout le temps en train de sortir des remarques intelligentes.

– Ce n'est pas tout à fait le cas, ai-je admis.

En fait, l'année passée avait été solitaire pour moi et le glamour de la vie avec un écrivain était quelque peu terni. Brody était tellement accaparé par son livre qu'il se couchait après minuit et tombait directement dans un sommeil peuplé de ronflements. Il ne m'embrassait que rarement ces derniers temps, sans parler de quoi que ce soit d'autre. Mais j'étais égoïste. C'était Brody qui subissait toute la pression et tout le stress, et on pouvait même voir les effets sur son corps ; il avait grossi, il était devenu plus poilu et la fréquence de ses douches avait diminué, comme s'il vivait vraiment dans la nature, comme si c'était juste son ordinateur portable et lui contre le monde entier.

Dermot gigotait sur sa chaise ; Belinda avait quitté son bureau, qui était toujours occupé par le derrière de JP, et s'était perchée sur le mien.

– Les réunions sont inutiles de nos jours, a dit Dermot à l'oreille de JP en passant. Je croyais que nous le savions tous. L'efficacité et l'utilité des réunions ont été démenties. Tout le monde fait son travail. Communiquez tout ce qu'il y a à savoir dans un mail bref. Et c'est tout.

– Mais cette réunion pourrait changer ta vie, Dermot, a dit JP. Je veux dire que ça ne changera certainement pas… mais tu n'en sais rien. Donne une chance à cette réunion.

– Je ne suis pas un grand fan de la prise de risque, a dit Frank. Je préfère le *statu quo*.

– Status quo, c'était un groupe de musique pas terrible, a dit Dermot. Si j'étais toi, je ne me vanterais pas d'en être fan.

– Frank, est intervenue Belinda, tu devrais donner une chance aux choses. Après la mort de Johnny, j'aurais pu rester à la maison tous les soirs, mais si je n'étais pas passée devant la salle paroissiale ce soir-là, je ne serais jamais tombée sur le groupe de salsa, je n'aurais jamais rencontré tous mes amis et je n'aurais jamais fait ce voyage à Malaga. Prends le risque, Frank, a-t-elle ajouté en lui souriant.

JP était déjà debout.

– D'accord… J'ai compris. Aucun d'entre vous n'aime les réunions impromptues. Pourquoi je n'en programmerais pas une pour dans trois minutes dans mon bureau ? C'est mieux comme ça ?

Il a regardé autour de lui et a croisé le regard de Saoirse.

– Saoirse, toi aussi... On se voit dans mon bureau dans trois minutes.

Il s'est retourné et nous a quittés et, à contrecœur, avec un énorme soupir, Saoirse a levé les yeux de son téléphone.

– Qu'est-ce qui se passe ? a-t-elle dit. Est-ce que JP est en train de mourir ou quelque chose comme ça ? Ou...

Elle m'a regardée.

– Ou Roisín a fait un nouveau gâteau ? Ou elle fait des expériences avec la vanille... ou un nouvel ingrédient que personne n'aime.

Le plus embarrassant, c'est que j'avais fait un gâteau. La veille au soir, après que Brody était reparti dans son manuscrit, j'étais retournée dans la cuisine et j'avais commencé à faire des gâteaux, juste pour apaiser mon âme et essayer de me concentrer sur la dernière ligne droite avant l'échéance. Je commençais à penser que ce mariage n'était pas le grand succès que j'avais promis à tout le monde. Mais avec un peu de chance, il était encore temps de redresser ce *Titanic* conjugal. Et faire de la pâtisserie et de la cuisine était la chose la plus apaisante, cette merveilleuse alchimie des ingrédients, les molécules qui se métamorphosaient comme par magie, un gâteau qui montait, des blancs d'œufs qui se transformaient en un paysage neigeux, une pomme de terre qui passait d'immangeable à une myriade de repas tout à fait délectables. Et comme Brody n'aimait pas les gâteaux et qu'il avait un jour expliqué que « les femmes aiment les gâteaux et les hommes la viande »... lorsque je cuisinais des desserts, je les apportais au travail.

– En fait, j'admets que j'ai fait un gâteau. Un cake au citron. Je l'ai préparé hier soir.

Un frisson d'excitation a parcouru le bureau, même Frank s'était levé et cherchait la grande pelle à gâteau. Sauf Saoirse.

– Bien sûr, a-t-elle dit. Celle qui nourrit le bureau. Aussi prévisible qu'une girouette.

Chapitre 2

Nous nous sommes retrouvés dans le bureau de JP.

– Merci d'être venus…, a-t-il commencé.

– Tout le plaisir est pour nous, JP, a répondu Belinda, une assiette et une fourchette avec une part du gâteau plantées sur ses genoux.

– Je ne manquerais cette réunion inutile pour rien au monde, a dit Dermot, sa part en équilibre sur ses genoux.

Frank avait pris la sienne sur une serviette en papier, et la part de JP était posée sur la pilc de dossiers branlante qui ne diminuait jamais de hauteur.

– Je ferai aussi vite que possible et j'irai droit au but…, a soupiré JP, vaincu.

– Tu ne sais pas que le sucre est aussi mauvais pour la santé que de fumer vingt cigarettes par jour ? a lancé Saoirse. Et si nous n'avions pas de gourmand parmi nous, certains d'entre nous… – elle regardait Frank avec insistance – ne seraient pas boudinés dans leurs vêtements et ne pèseraient pas autant sur les suspensions de leurs chaises de bureau. Je viens de lire cet article, sur le fait que c'est vraiment passif-agressif d'apporter un gâteau dans un bureau, alors que personne n'a rien demandé. S'il s'agissait d'une fête d'anniversaire et que quelqu'un avait spécifiquement demandé un gâteau, alors d'accord. Mais dans un environnement de travail, où personne n'a besoin ou ne veut particulièrement de gâteau, c'est un acte de guerre passif-agressif. C'est de la manipulation pour avoir du pouvoir, voilà ce que c'est.

Saoirse était le genre de personne qui avait besoin de se sentir supérieure aux autres, et comme nous étions au même niveau dans le département, il fallait que ça tombe sur moi. Au fil des ans, j'avais appris à faire taire la plupart de ses médisances, mais il arrivait que sa négativité nous imprègne.

– J'adore les gâteaux de Roisín, a déclaré Frank.

– Tu peux me rouler dessus avant que je te laisse me prendre ces gâteaux, a dit Dermot. Si c'est ça être passif-agressif, alors vas-y.

Belinda m'a fait un clin d'œil.

– Ils sont tellement bons qu'on oublie le régime.

JP a levé la main.

– S'il vous plaît. Maintenant, je vais faire preuve d'autorité et rappeler cette assemblée à l'ordre. Tout d'abord, je vous remercie d'être venus…

Il a marqué une pause.

– Apparemment, c'est ce qu'on est censé dire au début d'une réunion, dire aux gens que leur temps est précieux et que vous en avez conscience… – il a haussé un sourcil, le visage sérieux – que vous pensiez que leur temps est précieux ou non.

– Le mien l'est, a affirmé Dermot. Il est si précieux qu'il est conservé dans la tour de Londres, gardé par des corbeaux.

– Le mien ne l'est certainement pas, l'a contredit Frank. N'importe qui peut me faire perdre mon temps s'il le souhaite. Je n'ai rien de mieux à faire.

JP a levé les mains.

– Allez, finissons-en. C'était une formation de leadership. Insuffler de la satisfaction au travail et de la passion à ton équipe.

– Mon Dieu !

Frank était visiblement ébranlé.

– De la passion, JP ? s'est exclamé Dermot. Tu as perdu la tête ?

– Ce service est encore en période d'essai, a déclaré JP. Je dois être perçu comme très impliqué dans mon équipe. Un rôle pratique plutôt qu'un rôle passif…

– J'aime garder la passion et la satisfaction pour d'autres domaines de ma vie, a déclaré Dermot. Comme, j'en suis sûr, mes autres estimés collègues.

– Tu devrais vivre toute ta vie avec passion, a dit Belinda à Dermot. Mon Johnny, avant de tomber malade, Dieu ait son âme, avait l'habitude de dire que si tu te réveilles heureux et que tu t'endors avec le sourire, alors tu as tout ce dont tu as besoin dans la vie. Le travail devrait donner envie de se lever le matin.

– Levez la main maintenant, a dit JP, si votre niveau de satisfaction au travail est élevé.

Belinda a levé la main.

– D'accord... ce n'est pas bon, a constaté JP. Bon, levez la main si vous éprouvez un niveau modéré de satisfaction au travail.

Aucune main ne s'est levée. Saoirse était occupée à scroller sur son téléphone.

– D'accord, essayons encore, levez la main si vous ne trouvez aucune satisfaction dans votre travail et que vous n'êtes là que parce que l'idée d'essayer de trouver un autre poste sur ce marché du travail est encore pire.

Dermot a levé la main.

– Moi. Moi, carrément !

JP m'a regardée.

– Roisín, où est-ce que tu te situes ?

– Oh, ne lui demande pas, a dit Saoirse en roulant des yeux. Elle est toujours heureuse. C'est tout ce sucre...

– Et elle vient de se marier, a ajouté Belinda. Ne dit-on pas que la première année de mariage est la meilleure ? Ce doit être bientôt votre anniversaire de mariage ?

– C'est justement aujourd'hui en fait, ai-je déclaré.

Belinda m'a serré la main avec enthousiasme, mais Saoirse a fermé les yeux de douleur.

– Oh, mon Dieu. C'est donc pour ça, le gâteau...

– Joyeux anniversaire, et tout, Roisín, a dit JP, et merci pour le gâteau, mais dis-moi ceci et rien de plus, sur mon échelle mégatronique de satisfaction professionnelle, où te situes-tu ?

– Quelque part au milieu ? ai-je dit.

– D'accord. Pas mal. Il y a donc de la marge pour améliorer la situation. Et toi, Saoirse ?

Elle a levé les yeux.

– Désolé, JP, qu'est-ce que tu disais ?

– Es-tu satisfaite de ton travail ?

– Non, évidemment. J'attends toujours ma promotion. Mais le travail est facile, et je n'habite qu'à cinq minutes, donc mon temps de trajet est négligeable. La qualité de mes collègues pourrait être améliorée, mais... dans l'ensemble, ce n'est pas trop mal.

– Y a-t-il quelque chose... – JP affichait un rictus sur son visage – que nous pouvons faire pour augmenter ton niveau de satisfaction ?

– Arrêter de poser des questions ? a répondu Saoirse. Je ne veux pas être impolie ou quoi, JP. Mais j'ai une faible tolérance aux gens. Sans vouloir t'offenser. Alors, oui, la satisfaction au travail, ça va. Si, bien sûr, tu arrêtes ton bla-bla.

Frank et Belinda ont sursauté, ce qui arrivait souvent lorsque Saoirse passait de sa truculence habituelle à l'impolitesse. JP est resté de marbre.

– Merci, Saoirse, pour ta participation à la conversation. Maintenant, à toi, Frank, tu es le plus ancien membre de l'équipe, tu es planificateur depuis... je ne sais pas...

– La nuit des temps, a dit Dermot.

– ... longtemps, a acquiescé Frank, le visage rougissant. Je dirais que je me situe quelque part dans la moyenne de ton mégatron de satisfaction professionnelle. On pourrait dire la même chose de toute ma vie. Moyenne.

Belinda lui a jeté un regard inquiet tandis que JP poursuivait :

– OK, maintenant nous avançons. Belinda et Saoirse sont satisfaites – bien qu'avec des réserves – de leur travail, c'est bien ça ?

Saoirse fixait à nouveau son écran tandis que Belinda acquiesçait.

– Tout à fait, JP.

– Dermot, Frank et Roisín ont donc besoin d'aide pour accroître leur passion et leur satisfaction au travail, n'est-ce pas ? Est-ce que l'un d'entre vous a une idée de la façon dont je peux l'aider ? Dermot ?

– Je crois que je suis une cause perdue, a soupiré Dermot. J'aimerais pouvoir t'offrir mes services et être un cobaye pour tes efforts de management, mais je préférerais qu'on me laisse seul avec mon désespoir. Et le gâteau.

JP s'est tourné vers Frank.

– Et toi, Frank, je peux faire quelque chose pour t'aider ?

Frank était encore tout rouge.

– Je pense que j'ai beaucoup de progrès à faire dans tous les domaines de ma vie, a-t-il dit, timidement. Je suis en train de dresser une liste. Je suis membre d'un club masculin et nous avons discuté de tout et de rien, et ils m'ont proposé quelques idées. Je suis donc déjà sur la bonne voie, pour ainsi dire.

JP s'est tourné vers moi.

– Roisín, et toi ? Que pouvons-nous faire pour accroître ta satisfaction au travail ?

– Je ne sais pas. Je veux dire, ça va…

– Et si tu avais plus de responsabilités ? Peut-être pourrions-nous t'inscrire à une formation diplômante en planification ? Et tu travaillerais jusqu'à l'obtention du diplôme. Tout cela se ferait en cours du soir, bien sûr, et serait payé par le service, mais ce serait déjà un pas en avant…

Je voulais vraiment lui dire qu'être planificatrice ne faisait pas partie de mon plan de vie. Mon seul plan était d'arriver à la date limite de publication du livre de Brody, puis de faire fonctionner mon mariage. Je n'avais pas d'énergie pour autre chose.

– Peut-être, ai-je lâché à contre-cœur.

– Saoirse, aimerais-tu obtenir un diplôme en planification ?

Elle a levé les yeux.

– Est-ce que je pourrai le faire pendant les heures travaillées ?

JP a secoué la tête.

– Ce serait sur tes heures en dehors du bureau. Je suis désolé. Ça commence en septembre, donc dans trois mois, mais d'ici là, tu pourrais prendre en charge une demande de permis de construire ?

– Alors, plus de travail, pour le même salaire ? demanda-t-elle.

– Eh bien…

– De toute façon, j'ai une vie. Quand je quitte ce bureau, je pars physiquement, mentalement et émotionnellement… Mon Dieu, tout le monde penserait que je n'ai pas fait grand-chose de la journée.

Je savais que Dermot et Frank échangeaient des regards, mais JP avait l'air tellement abattu que je m'en voulais de l'avoir repoussé si facilement.

– Je vais le faire, me suis-je lancée. Si tu penses que c'est une bonne idée…

Il a hoché la tête, l'air radieux.

– Merci, Roisín. Au moins une personne dans ce groupe s'engage réellement pour le service. Belinda est aussi une exception. Et maintenant, je vais manger du gâteau.

Il nous a adressé un sourire vif.

– Merci pour votre temps, et tout et tout, il m'est très précieux, *et cætera, et cætera*. Vous pouvez disposer.

Chapitre 3

Maman n'a pas répondu quand j'ai sonné à sa porte. Le son éloigné d'une musique provenait de la cuisine et je devais donc passer par l'arrière, par le jardin. J'ai cadenassé mon vélo à la balustrade et j'ai descendu la petite allée herbeuse sur le côté de notre maison, j'ai passé les hauts murs de granit couverts de vigne vierge qui s'échappait, j'ai atteint notre porte arrière en fer forgé et j'ai pénétré dans notre jardin.

En posant le pied dans ce monde de verdure, j'ai été, comme toujours, immédiatement fouettée au visage par de longues vrilles de jasmin, avant d'être emplie du parfum du chèvrefeuille qui traînait dans le lilas, des roses trémières sauvages et des giroflées, et du son des merles qui avaient leur nid dans la gouttière de l'ancienne maison d'été. C'était comme un jardin secret, une oasis par rapport à la route très fréquentée de l'extérieur, un petit Éden. Et depuis la cuisine, alors que je marchais sur le chemin sinueux qui passait devant les pommiers, en face des potagers surélevés et le long de la pelouse de trèfle, j'entendais la voix d'Édith Piaf qui chantait à tue-tête depuis la cuisine. J'ai frappé à la porte.

– Coucou ? Maman ?

À l'intérieur, ma mère était adossée au piano de cuisson Aga et chantait aussi fort qu'Édith.

– Bonjour !

– Ah ! Roisín !

Maman a éteint son vieux magnétophone.

– Je suis ravie de te voir, et c'est ton anniversaire aujourd'hui !

Elle m'a serrée dans ses bras.

– Une année entière !

Après son inquiétude initiale, maman s'était montrée tout à fait positive à l'égard de Brody, même s'il n'avait pas réussi à faire beaucoup d'apparitions lors des fêtes de famille au cours de l'année écoulée. « Je suis dans la zone », disait-il, comme un homme qui traverse laborieusement la vie, et j'ai donc trouvé une nouvelle excuse à son absence. « Écrire un roman, c'est comme résoudre un immense puzzle, et une fois que tu es dans la zone de résolution du puzzle, tu ne peux plus en sortir. » À l'écouter, c'était comme s'il vivait dans un roman de Dan Brown.

– Alors, qu'est-ce que vous allez faire pour fêter ça ? a demandé maman en remplissant la bouilloire dans l'évier pendant que je m'asseyais sur l'une des chaises à côté de l'Aga. J'espère que Brody s'accorde une nuit de liberté, sans écriture ?

– Je vais préparer des spaghettis aux palourdes… et mon pudding au chocolat fondant.

Au moment où je prononçais cette phrase, je me suis rendu compte que je ne savais pas si Brody aimait vraiment les palourdes ou non. Il y avait beaucoup de choses que je ne savais pas sur lui, comme le parti pour lequel il avait voté aux dernières élections ou le premier disque qu'il avait acheté, ou encore s'il aimait les chiens ou les chats (les chiens, j'espérais). Je ne savais même pas quel était sa variété préférée dans les chips.

– Au fait, je voulais te dire que ton père va venir séjourner à la maison et je pensais que Brody et toi aimeriez venir dîner ?

Sous le choc, j'ai failli laisser tomber ma tasse.

– Papa vient loger chez toi ? Tu veux dire papa, comme mon père, l'homme qui s'est enfui pour épouser Maxine il y a toutes ces années ?

– Celui-là même, a-t-elle dit en souriant calmement. Je pensais qu'il t'avait appelée ?

J'avais raté un appel de lui la semaine dernière et un autre hier, mais je n'avais pas eu l'occasion de le rappeler. Au fil des ans, papa et maman avaient entretenu une communication très discrète, se saluant poliment lors de divers événements, mais comme papa habitait à Cannes avec Maxine, leurs chemins ne se croisaient que rarement.

– Il n'est pas en train de mourir, au moins ?

– Non, il n'est pas mourant et il est toujours en pleine forme, mais il doit venir à Dublin pour régler le testament de ton oncle Philip… En plus, en lisant entre les lignes, je pense que Maxine a mis un terme à leur histoire.

– Vraiment ? Pauvre papa.

Je ne pouvais pas imaginer papa autrement que comme un être exubérant. Il traversait la vie sur une vague de confiance et d'optimisme sans fin. Même lorsqu'il avait quitté maman – et nous – des années auparavant, il n'avait pas semblé trop bouleversé. Au fil des ans, Shona et moi avions passé des vacances avec Maxine et lui, et nous avions toujours eu le sentiment, même si nous l'aimions beaucoup, qu'il avait eu une vie facile. Il n'avait jamais été abattu, pas comme maman l'avait été lorsqu'il était parti.

– Mais pourquoi le laisses-tu venir chez toi ?

J'aimais mon père, évidemment, mais il y avait quelque chose d'agaçant dans la façon dont il donnait la priorité à son bonheur plutôt qu'à sa famille, et dans la facilité avec laquelle Maxine et lui recommençaient une nouvelle vie à Cannes, qui avait compliqué mes sentiments envers lui. Papa avait l'habitude de nous appeler, Shona et moi, chaque semaine, pour nous poser des questions superficielles sur l'école et nos amis, puis il nous parlait de leur vie dans le sud de la France – de son entreprise qui concevait des yachts, de ce que Maxine avait fait de l'appartement ou du nouveau vin qu'il avait découvert. Au bout de quelques années, Shona avait refusé de répondre à ses appels et m'avait laissée tout faire.

– Il a laissé entendre – très lourdement – qu'il n'avait pas très envie de loger à l'hôtel pendant les trois prochaines semaines, a dit maman. Ou de camper dans l'appartement de son frère qui vient de mourir – il a dit « plein de fantômes ». Il va donc dormir dans la chambre d'amis, sur le lit simple tout branlant. Il a l'air ravi de cet arrangement.

Elle m'a souri.

– Et il a hâte de vous voir, Shona, les jumelles et toi.

Après le départ de papa, je me souviens d'avoir essayé d'être la meilleure fille possible pour maman et d'avoir accompli des actes secrets de gentillesse tous les jours, juste pour lui rendre la vie plus belle. Je déplaçais ses pantoufles pour les mettre au chaud sur l'Aga, je trouvais ses clés et les mettais à côté de la porte d'entrée pour le matin ; je m'assurais que la cuisine était bien rangée et que sa chaise spéciale et son coussin étaient exempts de poils de chien. Snuff, notre vieux Jack Russell, trouvait toujours l'énergie de sauter sur les chaises pour être près de maman.

– Mais cela ne veut pas dire que tu doives être gentille avec lui, ai-je dit.

Elle a haussé les épaules.

– Pourquoi pas ? Maintenant, je me rends compte que tout cela n'avait pas d'importance. J'avais une vie heureuse sans lui, je vivais ici avec vous deux. J'ai coupé tout contact parce que je ne pouvais tout simplement pas le regarder en face et maintenant... en y repensant, j'aurais aimé le laisser partir avec amour et gentillesse. Ma vie a continué, je vous avais, vous deux, la maison, le jardin... Ce n'est pas de sa faute s'il a rencontré Maxine et s'il est tombé amoureux d'elle.

Elle s'est levée et s'est dirigée vers la commode, qui s'affaissait sous le poids de tout ce qui était empilé dessus, de son sac à main aux tasses ébréchées, en passant par les assiettes fêlées, les journaux et les livres, et a extrait une lettre de derrière un cadre photo des jumelles.

– Voici celle qui est arrivée ce matin.

Maman sortit ses lunettes de sa poche.

– Il a l'air d'aller très bien, en fait, a-t-elle dit en regardant son écriture gribouillée. Il se demande comment je vais. Il demande des nouvelles de vous deux, les jumelles... quelques souvenirs.

Elle a louché sur la lettre et l'a lue à haute voix.

– « J'étais en train de zapper... »

Elle a levé les yeux.

– Il veut dire qu'il regardait la télé, pas qu'il passait d'une chaîne à l'autre.

– Je sais.

– « J'étais en train de zapper et j'ai vu *Raging Bull* l'autre jour. Tu te souviens que nous sommes allés le voir lors de notre premier rendez-vous ? »

– C'était votre premier rendez-vous ? Un film exceptionnellement violent ? Pas étonnant que les choses se soient déroulées de cette façon.

Maman a ri.

– J'étudiais le français et la politique à Trinity et les seuls films que j'ai vus pendant un certain temps étaient tous ces films de la Nouvelle Vague française... C'était assez différent.

Elle a marqué une pause.

– Tout comme ton père.

– Je ne vous aurais jamais vu ensemble. Tu n'aurais jamais supporté le sud de la France.

– La chaleur, ce n'est pas pour moi, en est-elle convenue. J'aime la pluie de l'Irlande.

Elle a repris sa lecture.

– « J'écris sur une table en terrasse sur la grand-place. Assis devant un verre de très bon vin rouge. Et je pensais à toi et à ce que tu pourrais être en train de faire. »

– C'est gentil de sa part de penser à toi...

– Il se laisse aller à la nostalgie. Il me demande si je me souviens du voyage que nous avions fait à Paris. Nous avions commandé le menu du jour, et nous avons tous les deux pris ce que nous croyions être un steak de bœuf. Délicieux. Mais après, on s'est rendu compte que c'était du cheval.

Elle souriait toute seule.

– Nous avions passé un si bon moment.

– Quand vient-il ?

– Il arrive vendredi prochain.

– Est-ce qu'il va te payer le gîte et le couvert ?

Elle a éclaté de rire.

– Je ne ferais pas payer un vieil ami.

– Un vieil ami ? Un vieil ami ? C'est l'homme que tu as épousé et qui s'est enfui avec une jeunette, tu te souviens ? Il t'a laissée avec deux petites filles. Tu as eu le cœur brisé, si je me souviens bien.

– J'ai été déçue. Blessée. Et, oui, le cœur un peu brisé. Mais c'est du passé. On finit par se remettre d'un chagrin d'amour.

J'ai pensé à la seule fois où j'avais vécu quelque chose de similaire. Bien sûr, ce n'était rien comparé à ce que ma mère avait connu. Paddy et moi n'avions jamais été un couple à proprement parler, et pourtant... pendant des mois, j'avais eu l'impression qu'il me manquait une partie de moi. J'aurais aimé pouvoir en parler à quelqu'un, mais Jools – ma confidente habituelle et sa sœur cadette – n'était évidemment pas disponible. La vie avance et tu finis par te rendre compte que tu dois la rattraper.

J'ai consulté l'heure à la vieille horloge sur le mur et j'ai réalisé qu'il était temps de rentrer à la maison et de commencer à préparer le dîner d'anniversaire.

– Je ferais mieux d'y aller, ai-je dit à maman en me levant.

– Fais un gros bisou à Brody de ma part. Penses-tu qu'il viendra à la fête d'anniversaire de Daisy et Kitty demain ?

– Je le lui demanderai, alors que nous savions toutes les deux que Brody ne serait pas là.

***

Pour rentrer chez moi, j'ai emprunté la route de la mer, là où la côte se jette dans l'eau, en passant devant la petite crique sablonneuse qui donne son nom à notre village et où des femmes âgées endurcies par la mer irlandaise bravaient les eaux, tandis que le soleil du soir commençait à suggérer qu'il ne resterait peut-être pas longtemps. La mer scintillait dans la lumière rose et les membres du club nautique étaient en train de traverser la baie poussés par le vent, le vendredi soir.

J'ai pensé à *Shining Light*, le petit bateau de papa, et à la façon dont lui, Shona et moi, tous vêtus de gilets de sauvetage orange, tirions sur les cordes détrempées, avec l'eau de mer qui formait des cristaux sur nos visages, de sorte que lorsqu'on passait la langue sur ses lèvres, on goûtait le sel pendant des jours, et nous luttions contre les vagues. Depuis le club nautique de Sandycove, nous roulions sur les vagues, en gardant la terre en vue. Papa criait l'ordre de tirer sur les cordes, les voiles se gonflaient sous le vent et nous nous élancions, droit vers la mer en direction du promontoire de Howth, tous les trois contre le monde. C'était magique.

Ensuite, de retour sur le rivage, alors que le soleil commençait à se coucher, papa nous tenait la main pendant que nous entrions dans le yacht-club où Shona et moi recevions une bouteille de Club Orange et un paquet de chips Tayto. Un jour, Shona ne se sentait pas bien et lorsque nous étions arrivés à la maison, papa l'avait portée à l'intérieur, son corps de petite fille de dix ans ressemblait à celui d'une princesse blessée. Je me souviens d'avoir été jalouse d'elle et d'avoir souhaité que mon père me porte dans ses bras. Mais ce soir-là, alors que Shona et moi étions bordées dans notre lit, papa avait passé la tête à la porte de notre chambre.

– Tu te sens mieux ?

Il y avait quelque chose d'étrange dans la façon dont il ne nous regardait pas tout à fait. Et il avait son manteau.

– Papa ? a dit Shona.

– Oui, ma chérie ?

– Tu sors ?

Il s'était arrêté un instant.

– Oui.

Il était entré dans la chambre et s'était assis au bout de son lit.

– Viens ici, Roisín, m'avait-il dit en me tendant la main. Viens par ici un instant.

Les planches étaient froides sous mes pieds, mais je n'avais pas saisi sa main tendue. À la place, je m'étais glissée dans le lit avec Shona – une chose qu'elle ne m'aurait jamais laissée faire en temps normal, mais il y avait une énergie étrange dans l'air, comme si nous savions toutes les deux ce qui allait se passer.

– Je ne vais plus habiter ici, avait dit papa. Vous vous souvenez de Maxine ? Nous l'avons rencontrée au yacht-club il y a quelques semaines.

Nous avions toutes les deux acquiescé. Il partait. Nous, la maison, maman… *Shining Light*. Il avait prononcé des mots pour dire à quel point il nous aimait, que rien ne se mettrait entre nous et que les choses ne changeraient pas, pas vraiment.

– Je vais vivre avec Maxine, avait-il dit. Votre mère et moi pensons que c'est la meilleure idée pour nous tous. Et vous pouvez venir me voir quand vous voulez.

Son regard passait de Shona à moi.

– Vous aurez deux maisons… et une…

Il s'était interrompu un instant, comme s'il ne savait pas quel mot utiliser.

– Une belle-mère ? avait suggéré Shona, en prenant ma main sous la couverture.

Papa avait hoché lentement la tête, comme si l'idée que Maxine joue un rôle dans nos vies ne lui avait jamais traversé l'esprit.

– Peut-être, avait-il dit. Mais je vous tiendrai toutes les deux au courant. Maintenant, vous aurez deux maisons, deux chambres… deux…

Il s'était arrêté à nouveau. Allait-il vraiment dire deux mamans ?

Shona s'était enfoncée dans le lit et avait fermé les yeux comme si elle voulait s'endormir. Je l'avais imitée, en m'enfonçant moi aussi dans le lit et en fermant les yeux.

– Bon, alors..., avait dit papa en se levant. Je vais y aller maintenant, mais je vous appellerai demain. Et nous sortirons bientôt en mer sur *Shining Light.* D'accord ? Comme les trois mousquetaires ?

J'avais jeté un coup d'œil à Shona, mais ses yeux étaient encore fermés et papa était déjà à la porte.

– À plus tard, les filles, avait-il chuchoté. Je vous aime.

Nous avions entendu les voix de papa et de maman murmurer, puis la porte d'entrée se refermer et, enfin, le bruit de la voiture qui s'éloignait.

Shona avait ouvert les yeux.

– Je savais qu'il ferait quelque chose comme ça, avait-elle dit. Le père de Mary a fait la même chose. Et celui d'Amanda. La mère d'Amanda a dit que tous les hommes sont horribles.

Sa lèvre s'était agitée un instant.

– Au moins, nous savons que papa est comme tous les autres.

Maman avait frappé à la porte.

– Les filles ?

– Oui ?

La voix de Shona était plus frêle que je ne l'avais jamais entendue. Maman était entrée et s'était assise au bord du lit, le visage éclairé par la lumière du palier.

– Nous allons nous en sortir parfaitement bien, avait-elle dit. Rien ne va changer. Tout va bien se passer, je vous le promets.

– Tu veux venir aussi ?

La petite voix de Shona avait été étouffée par les couvertures alors qu'elle s'était rapprochée du mur et que j'avais fait de la place pour maman, qui s'était allongée à l'extérieur du lit, son bras nous entourant toutes les deux. Son visage brillait comme si elle était sortie à *Shining Light.* J'avais de nouveau fermé les yeux et nous étions restées allongées en silence. Finalement, maman s'était levée et nous avait embrassées toutes les deux.

– Je vous aime, avait-elle dit. Et papa vous aime, et Snuff vous aime, et tout va bien se passer.

Ni Shona ni moi n'avions parlé dans ce monde sombre et silencieux. J'avais attendu que Shona me pousse dehors ou me force à retourner dans mon propre lit, mais elle m'avait laissée rester toute la nuit, nous deux dans son lit simple, la nuit où papa nous avait quittées pour une autre femme.

Chapitre 4

Le repas de fête du premier anniversaire de mariage de Brody et Roisín

Spaghettis vongole aux palourdes de Kilkee, piment, persil et ail
Pain au levain
Fondant au chocolat
Champagne

– Coucou, Brody ! Je suis rentrée !

Brody répondait rarement car son casque à réduction de bruit noyait ce qu'il appelait « les nuisances ambiantes étrangères », c'est-à-dire les enfants qui jouaient au football dans la rue, mais aussi, évidemment, moi. Mais j'avais espéré qu'il ferait une exception pour ce soir, peut-être qu'il y avait une carte d'anniversaire sur la cheminée. La carte et le cadeau que je lui avais laissés sur la table de la cuisine n'avaient pas été touchés. *Il n'a pas dû les voir*, me suis-je dit, *et c'était vraiment idiot d'acheter des cadeaux pour les anniversaires de mariage, d'autant plus que Brody avait l'esprit absorbé par des préoccupations plus grandes et plus nobles*. Mais parfois, tout ce que je voulais, encore plus que le fait qu'il finisse son livre, c'était rentrer à la maison et que nous nous sentions comme un couple normal, que nous nous embrassions et que nous nous racontions notre journée.

Actuellement, s'il m'avait tapoté la tête comme on le fait avec un chien, cela aurait fait l'affaire.

Au cours de l'année écoulée, Brody avait pris l'apparence d'un ours qui se serait réveillé de son hibernation, légèrement grizzly et souvent grognon, et sa barbe ressemblait de plus en plus à celle d'un clochard. *Bientôt*, me disais-je, *il se lavera à nouveau. Bientôt, il recommencera à mettre du déodorant.*

Dans la cuisine, j'ai commencé à préparer le dîner et, alors que l'eau des pâtes bouillonnait, que le persil et l'ail étaient hachés et que les palourdes fumaient, j'ai dressé la table en choisissant les serviettes de table en lin irlandais que Richard nous avait offertes en cadeau de mariage et j'ai sorti mes flûtes à champagne anciennes. J'ai crié en bas de l'escalier :

– Le dîner est prêt !

J'avais toujours trouvé pratique que le casque antibruit ne masque jamais l'appel pour le dîner, car j'ai entendu la porte du bureau s'ouvrir et les pieds de Brody descendre l'escalier. J'ai mélangé les palourdes à l'huile, au piment et à l'ail, et j'ai versé le tout dans mon grand saladier de service. Brody se tenait dans l'embrasure de la cuisine, troublé par la vue de la bougie, des verres et de la bouteille de champagne.

– C'est notre anniversaire de mariage, ai-je dit.

– Ah…

Il s'est dirigé lentement vers la table.

– Oui, bien sûr… notre anniversaire.

Il m'a souri.

– Roisín, tu dois me pardonner. J'ai la tête dans les nuages…

Il a déposé un petit baiser sur mes lèvres, comme un pivert.

– Trop occupé à penser à l'intrigue de mon roman et à mes personnages pour me soucier des détails prosaïques.

J'ai abandonné l'espoir que cette soirée soit différente de toutes les autres. En un an, j'avais découvert à quel point son livre avait pris le dessus sur tout le reste. Bien sûr, il ne se souvenait pas de notre anniversaire.

– Ce n'est pas grave...

– Tu ne fais pas la tête ? m'a-t-il demandé. Tu sais que je ne suis pas du genre à accepter les bouderies. Je suis, comme tu le sais, un homme de mots. Le silence, c'est pour ceux qui ne peuvent pas enchaîner deux phrases.

– C'est juste que..., ai-je commencé.

– Écoute, j'aurais peut-être dû être plus clair. Je ne fête pas les anniversaires. Je déteste les festivités de toutes sortes en raison de leur inutilité et de leur ridicule.

Il a ramassé un trombone abandonné et a commencé à le tordre.

Il avait raison. Au cours de l'année passée, il n'aurait pas pu être plus clair. J'avais passé mon dernier anniversaire avec Jools et Richard parce que Brody était trop occupé à écrire. À Noël, nous avions dîné rapidement chez ses parents, alors qu'ils n'auraient pas pu être plus accueillants. « La farce et la dinde décongelée habituelles et des crackers décevants », avait-il dit, avant de s'éclipser à l'étage. Indépendamment de notre mariage, il ne s'impliquait dans aucune célébration, alors pourquoi avais-je pensé qu'il voudrait fêter notre anniversaire ?

– Cela n'a pas d'importance, ai-je dit. Je suis désolée. Profitons juste d'un bon dîner.

Je me suis dit que le champagne pouvait attendre. Nous l'ouvririons dans quelques semaines, le jour du rendu de son manuscrit.

– Je suis désolé aussi. C'est juste que je suis comme ça.

Il m'a adressé un petit sourire et j'ai eu un flash du Brody qu'il était un an auparavant. J'ai fait glisser le cadeau vers lui.

– Je t'ai acheté quelque chose.

– Mais je n'ai rien pour toi...

– C'est bon. Je n'ai besoin de rien. De toute façon, ce n'est qu'un petit cadeau.

Il a déballé le papier et a saisi la petite boîte longue et étroite qui se trouvait à l'intérieur. Il en a examiné l'extérieur, plus heureux que je ne l'avais vu depuis des mois.

– Mon propre stylo Montblanc ?

J'ai acquiescé.

– C'est une édition spéciale. En titane ou quelque chose comme ça. L'encre ne sèche pas et tu peux l'utiliser sur la Lune.

Il a ri.

– Tu sais quoi, c'est exactement ce que je vais faire. Je vais écrire sur la Lune un poème d'amour rien que pour toi.

Il est venu se placer à côté de moi, sa main sur mon épaule, son visage dans mon oreille.

– Merci, Roisín... lune, plume, spatule... tu vois, mon poème s'écrit tout seul.

Brody a brandi le trombone. Il avait la forme d'une bague.

– Un cadeau pour ma femme ?

J'ai envisagé l'idée d'attraper le trombone et de l'écraser sous ma chaussure, mais je ne voulais pas être accusée de bouder à nouveau, alors je l'ai accepté.

– Merci.

– Essaie-la. Vois si elle te va.

Je l'ai enfoncée autour de mon doigt, l'une des extrémités s'est plantée dans ma peau.

– Merci, ai-je marmonné en me retournant pour l'embrasser, mais il s'éloignait déjà.

– Maintenant, à table. Je suis affamé. Qu'est-ce qu'il y a au menu ?

– Des palourdes.

– De la poularde ? Génial !

– Des palourdes. Les fruits de mer. Comme les moules, mais c'est meilleur.

– Des fruits de mer ?

Il a eu l'air effaré.

– Et des spaghettis, ai-je expliqué. Mélangés ensemble.

– De la bolognaise aux fruits de mer ?

Même derrière sa barbe, le dégoût frisait sur ses lèvres.

Je me suis mise à rire.

– Non ! Regarde...

J'ai soulevé le couvercle du plat et lui en ai servi une portion.

– Tu vas adorer.

Brody regardait fixement son assiette.

– C'est comme cette émission télé où les gens sont obligés de manger des larves de witchetty…

Il a touché l'ensemble du bout de sa fourchette.

– Papa et maman avaient l'habitude de regarder ce programme. Mais là on dirait l'ovule d'un insecte exotique qui n'a pas éclos. C'est de la nourriture ? On dirait ce qui est tombé de mon nez quand j'ai eu ce rhume qui ne s'arrêtait pas, de la morve…

Soudain, j'ai su que je ne mangerais plus jamais de palourdes.

– C'est un appât, pas un plat, a-t-il poursuivi. Tu me prends pour quoi ? Un saumon ?

Il a touillé grossièrement dans les pâtes avec sa fourchette comme s'il cherchait une chaussette dans un panier à linge. Il en a ramassé une partie et l'a portée à sa bouche avec précaution, en lançant sa langue en avant comme celle d'une grenouille. Ensuite il a grignoté et a fini par mâcher.

– J'ai connu pire, a-t-il dit en mangeant encore une bouchée.

Je l'ai regardé finir son assiette.

– Qu'est-ce que tu as ? Tu n'as rien mangé.

Dans un mois exactement, le livre serait terminé. Il y avait encore un espoir de retrouver le Brody du passé, celui qui disait que j'étais la meilleure chose qui lui soit arrivée, celui qui trouvait que tout ce que je faisais était incroyable. Il y avait un an, il était un écrivain séduisant et maintenant, il était négligé, avec souvent les restes d'un yaourt à la cerise noire dans sa barbe, et la mauvaise odeur de son T-shirt qu'il portait en boucle avait quelque chose de rebutant.

Brody a jeté son couteau et sa fourchette sur l'assiette et repoussé tout loin de lui.

– J'avais tellement faim, que j'ai même mangé ces horribles choses qui ressemblent à des asticots.

Il s'est levé, a lancé son tout nouveau stylo Montblanc en l'air comme Henry V partant à la bataille dans la pièce de Shakepeare.

Il a ébouriffé mes cheveux comme la crinière de son fidèle destrier en criant :

– Une fois de plus, à la brèche !

***

Plus tard, j'avais fini de nettoyer la cuisine, quand on a sonné à la porte. M. Daly, mon voisin âgé, se tenait là, avec à la main une boîte de fèves au lard et un ouvre-boîte. Vêtu, comme toujours, d'un costume marron, les cheveux soigneusement lissés – une vision de perfection sartoriale comparée à Brody, mais il y avait quelque chose dans son regard qui m'a fait penser qu'il ne maîtrisait peut-être pas la situation.

– Je suis désolé de vous déranger, Roisín, mais j'ai du mal à ouvrir cette boîte de haricots pour mon repas… C'est cet ouvre-boîte, si rigide, et mes doigts n'arrivent pas à le faire tourner. J'allais sortir le marteau, mais j'ai pensé qu'il serait plus facile de vous demander… si vous voulez bien.

Sa femme était morte l'année dernière et toute la rue était allée à son enterrement. J'ai essayé de me rappeler s'il y avait quelqu'un avec lui ce jour-là, un fils ou une fille, mais je ne me souvenais de personne d'autre, juste de lui, debout à côté du prêtre, serrant la main de tout le monde. Quand ça avait été mon tour, il avait pris ma main dans les siennes.

– Vous êtes gelée, avait-il dit. Mais vous savez ce qu'on dit, mains froides, cœur chaud.

Il ne m'avait même pas donné l'occasion de lui dire à quel point j'étais navrée pour sa perte. Peut-être M. Daly était-il aussi seul que moi un vendredi soir.

– Bien sûr que non.

Je lui ai pris des mains l'ouvre-boîte rouillé et j'ai fait tourner les ailes papillon, la boîte a tourné lentement. Je lui ai rendu la boîte, puis j'ai hésité.

– C'est tout ce que vous avez pour dîner ?

– J'ai tendance à manger des haricots la plupart du temps le soir, a-t-il poursuivi, mais c'est soit mon arthrite, soit l'ouvre-boîte qui rend les choses de plus en plus difficiles.

Il m'a fait un sourire.

– Je vais vous dire, si je vous apportais quelques boîtes de conserve, assez pour une semaine, vous les ouvririez pour moi, et je pourrais les garder dans le réfrigérateur.

– Vous allez manger des fèves au lard tous les soirs ?

– C'est très nutritif. Et c'est rapide à préparer et à manger. Cela signifie que je n'ai pas à penser au dîner, les haricots me permettent de tenir le coup et c'est tout ce dont j'ai besoin ces jours-ci.

– Voulez-vous dîner ici ? J'ai préparé des spaghettis aux palourdes… Il en reste beaucoup.

– Aux palourdes ?

Tout son visage s'est éclairé pendant un instant.

– Mais je ne voudrais pas…

– Vous me rendriez service. Sinon, ça partira à la poubelle…

– Eh bien, si cela signifie que je sauverai ces palourdes d'un rendez-vous prématuré avec la poubelle de la cuisine…

– Entrez. Je vais vous donner une assiette.

Il s'assit à la table, une de mes serviettes en lin nouée autour du cou, et a englouti toute une assiette, faisant couler le jus luisant à la cuillère dans sa bouche, les yeux fermés. Et puis, enfin, il a terminé, son couteau et sa fourchette ont tinté quand il les a posés sur le côté de l'assiette.

– Voilà, Roisín, ce que j'appelle de la grande cuisine.

– Vraiment ?

Il a acquiescé.

– Cela fait des années que je n'en avais pas goûté. J'avais l'habitude de cuisiner pour ma Nora tous les soirs, mais après sa mort, je me suis retrouvé… vous voyez ce que je veux dire ? Je me suis dit que si je n'avais personne pour qui cuisiner, ça ne servait à rien de le faire. J'en ai perdu l'habitude. J'étais cuisinier dans la marine marchande, puis j'ai rencontré Nora, et c'est parti de là... Cuisiner pour moi, ce n'est pas tout à fait la même chose.

– Vous pouvez venir dîner à la maison quand vous voulez, ai-je proposé. J'aimerais beaucoup vous recevoir.

– Je ne voudrais pas m'imposer. Et je vous remercie pour cette soirée. Vous avez égayé mes papilles, vous leur avez fait danser une gigue et vous avez apaisé mon âme.

Il s'est levé pour partir.

– Pas mal pour mes soixante-douze ans dans quelques mois. Je ne suis pas encore prêt à rejoindre Nora... J'ai le sentiment que la vie me réserve encore quelque chose.

Je l'ai accompagné jusqu'à la porte, où il a serré mes mains dans les siennes.

– Le repas le plus délicieux de tous les temps, a-t-il déclaré. Merci.

Il a ramassé ses haricots, a glissé l'ouvre-boîte dans la poche de sa veste et m'a fait signe sur le pas de la porte.

– Je vous rendrais bien la pareille, mais je ne pense pas que les haricots soient à la hauteur de votre niveau. Mais j'ai du thé et des biscuits à votre disposition quand vous le voulez.

– Au revoir, monsieur Daly. Merci d'être venu.

– Merci de m'avoir accueilli ! Je m'en souviendrai encore longtemps.

M. Daly, ai-je pensé, venait de sauver mon anniversaire de mariage.

Chapitre 5

Le lendemain matin, je me suis levée tôt pour commencer à préparer le gâteau d'anniversaire pour les neuf ans de mes nièces. Ma sœur, Shona, m'a appelée à huit heures du matin.

– Tu ne seras pas en retard, n'est-ce pas ?

Elle avait l'air tendue.

– Maman et moi serons à l'heure, ai-je dit, comme tu nous l'as demandé. Pourquoi, qu'est-ce qui ne va pas ?

– Rien. C'est juste que… rien…

– Shona ?

– C'est juste que Ross va être en retard… très en retard, trop en retard vraiment, alors ce serait bien que ma propre famille soit à l'heure.

Ross et Shona étaient ensemble depuis la première année de Shona à la faculté de droit, et s'étaient mariés juste après l'obtention de leurs diplômes, alors qu'elle était enceinte des jumelles.

– Il n'y a que maman et toi, Hugh et Fionnuala, et je ne veux pas avoir à parler toute seule à mes beaux-parents.

– Shona, tu vas bien ?

– Bien sûr que oui !

Elle avait l'air sur les nerfs.

– J'ai besoin que tout le monde arrive et reparte rapidement. On commence à quatorze heures, et c'est fini à quinze heures trente.

– Qu'est-ce que c'est ? Un défilé militaire nord-coréen ?

– Je suis désolée qu'il faille en arriver là, d'accord ? J'ai des trucs à faire, c'est tout...

– Quels trucs ?

– Des trucs. Mais c'est toi qui devras parler aux parents de Ross. Je ne pense pas pouvoir les supporter une seconde de plus avec toutes leurs questions... Elle n'arrête pas de poser des questions sur tous les détails de notre vie...

– Pourquoi Ross sera-t-il en retard ?

– Oh mon Dieu, tu es aussi pénible que Fionnuala !

– Mais pourquoi ?

– Il travaille.

– Un samedi ?

– Bien sûr, un samedi ! Qu'est-ce que vous avez, tous ? Les gens travaillent le samedi. Ce n'est pas parce que tu ne le fais pas que les autres ne le font pas non plus. En tout cas, ne sois pas en retard...

– Nous serons à l'heure...

– Et faites la conversation à Fionnuala et à Jack...

– Nous le ferons...

– Et ce n'est que jusqu'à quinze heures trente. Ça ne peut pas durer plus longtemps...

– J'ai compris. Au fait, Shona...

J'étais sur le point de lui demander ce qu'elle pensait de la venue de papa chez maman, mais elle avait raccroché et était partie comme si quelque chose ne se passait pas bien du tout.

***

– Shona nous a dit de ne pas être en retard, ai-je informé maman plus tard, en montant dans sa voiture, tout en portant soigneusement le gâteau à la crème au beurre au chocolat spécifiquement demandé par Daisy et Kitty.

– Elle m'a dit la même chose. En tout cas, je n'arrive pas à croire que les jumelles ont neuf ans, a dit maman en mettant son clignotant et en s'engageant sur la route. Il me semble que c'est hier que Ross m'a téléphoné de l'hôpital. Il était dans une cabine téléphonique et n'avait pas assez de monnaie. Il est tombé à court et ce n'est qu'en arrivant que j'ai réalisé qu'il y avait deux bébés !

Elle s'est tournée vers moi en souriant.

– Et il y avait Shona, si belle… et si fatiguée… Je ne me souviens pas de l'avoir jamais vue aussi heureuse. Et de si beaux bébés.

– Elles étaient magnifiques, ai-je convenu. Elles le sont toujours.

– Qu'as-tu acheté aux filles ?

– Des livres, des sweats à capuche cool à motif cravate, des bonbons, des chaussettes fantaisie. Tout en double, évidemment.

– Et comment s'est passé ton dîner d'anniversaire de mariage ? Je parie que Brody a adoré les palourdes…

– Oh, il a beaucoup aimé, ai-je menti en douceur. Il léchait pratiquement son assiette.

Nous nous sommes garées dans l'allée de gravier, à côté de la voiture noire de Shona et en face de la Mercedes beige métallisé de Hugh et de Fionnuala.

– Est-ce qu'une allée doit être aussi grande ? ai-je demandé. Je ferai mes dix mille pas rien qu'en allant de la voiture à la maison.

Maman a ri, mais pas trop fort, car nous ressentions toujours un léger sentiment de nervosité en nous rendant chez Shona, l'impression que nous ne voulions pas la décevoir. Tout était si différent de nos vies habituelles – plus grand, plus riche, plus brillant – et nous avions l'impression que c'était un peu trop pour Shona aussi.

– Est-ce que je présente bien ? a demandé maman sur le pas de la porte.

– Tu as l'air en pleine forme, l'ai-je rassurée. De quoi ai-je l'air ?

– Tu es magnifique, a dit maman en m'adressant un rapide sourire, alors que nous entendions des pas sur les carreaux lisses et que nous nous sommes concentrées.

Shona a ouvert la porte.

– Qu'est-ce que vous fabriquiez toutes les deux ? a-t-elle râlé.

Maman l'a prise dans ses bras.

– Bonjour, ma chérie, comment vas-tu ?

Shona s'est échappée des bras de maman et m'a pris le gâteau des mains.

– Au chocolat ?

– Bien sûr. J'ai épelé les noms correctement et tout. Dozy et Katty.

Shona a roulé des yeux.

– Allez dans le salon et je vais déposer ça dans la cuisine.

Elle a marqué une pause.

– Merci d'avoir fait le gâteau, a-t-elle repris d'une voix plus calme. Tu fais les meilleurs gâteaux du monde. Ça me fait vraiment plaisir. Et merci d'être venues, toutes les deux.

– Tout le plaisir est pour moi, ai-je répondu.

– Nous ne manquerions ça pour rien au monde, a renchéri maman.

Shona l'a poussée vers le salon.

– Entrez et allez les saluer !

Il y a eu un instant de flottement et j'ai tiré sur la manche de Shona.

– Tout va bien ?

– Fabuleux ! Tout est tout simplement merveilleux. Je vis une vie parfaite, tu n'es pas au courant ?

Elle m'a secouée et s'est rendue dans la cuisine.

– Maintenant, va là-bas et sois aimable avec eux !

À l'intérieur, toute la maison ressemblait à une maison témoin, avec des pièces rectangulaires et peu d'angles doux et, dans le salon, le canapé n'avait pas de tapis pour couvrir le sol et le chauffage était toujours réglé trop bas.

– Ah ! Fionnuala, Hugh, a annoncé ma mère en entrant dans la pièce. C'est un plaisir de vous revoir tous les deux. Et où sont les filles qui fêtent leur anniversaire ?

Daisy et Kitty étaient cachées derrière une énorme pile de cadeaux, surveillées par les parents de Ross assis sur les deux fauteuils de chaque côté. Les filles ont arrêté un instant de déchirer le papier pour passer leurs bras autour de la taille de maman pendant une seconde, puis pour me serrer dans leurs bras.

– Bonjour, tante Roisín, a dit Daisy, tandis que je lui faisais un baiser sur la tête.

– Bonjour, Daisy-chain. Bonjour Kitty-kat. Comment vont mes nièces préférées ?

– On est tes seules nièces ! ont-elles toutes deux claironné dans le cadre de notre routine bien rodée avant de retourner déchiqueter le papier d'emballage, en criant lorsqu'elles découvraient un nouveau cadeau tout brillant.

– Ah ! Roisín ! a dit Hugh, qui était vêtu d'un pantalon écarlate et d'un pull bleu marine de club de golf, en se levant pour me serrer la main. Vous êtes là pour partager avec nous la pagaille annuelle !

Fionnuala, vêtue comme toujours d'une veste colorée avec de grandes épaulettes, m'a fait un signe royal de la main. Ses bracelets en or cliquetaient et ses bagues en diamant étincelaient dans la lumière.

– Nous nous demandions quand vous arriveriez, a dit Fionnuala en serrant la main de maman d'une manière un peu étrange. Ross, comme vous le savez, n'a pas pu venir. Il travaille beaucoup en ce moment.

– Je sais, a compati ma mère, c'est vraiment dommage qu'il manque...

– Le pauvre garçon travaille un samedi, l'a interrompue Fionnuala. Quelle éthique professionnelle ! Mon père était pareil. Il travaillait toutes les heures que Dieu lui envoyait. Il est mort le lendemain de sa retraite. Ross a définitivement hérité de ses gènes. Mais son père... – elle a regardé Hugh – ne rêvait que de quitter le bureau tous les jours, n'est-ce pas, Hugh ?

– J'ai détesté le travail, a dit Hugh, avec courtoisie. Je n'aime pas non plus être à la retraite, mais au moins je peux faire une partie de golf quand je veux.

– Plutôt mourir, a grogné Fionnuala. Votre Shona a beaucoup de chance avec Ross. Elle a tellement de chance d'avoir un mari travailleur.

Shona s'est installée sur l'une des chaises raides de la salle à manger, les mains soigneusement croisées sur ses genoux, les jambes rentrées, les yeux rivés sur les jumelles qui ouvraient les cadeaux de maman.

– Ouah ! Des baguettes à bulles ! se sont-elles écrié.

– Mes chéries, a dit Shona, ne commencez pas à souffler des bulles ici. Elles vont s'incruster sur le plancher en chêne et faire des marques qu'on ne pourra pas effacer même en frottant. Vous pouvez y jouer dans le jardin. Ou quand vous irez chez votre grand-mère, a-t-elle précisé adressant à maman un regard sévère. Elle n'a rien contre les marques sur les meubles.

– C'est vraiment dommage que Ross ait dû travailler, a répété Fionnuala. C'est un job tellement dévorant, le juridique. Il a toujours été comme ça. Il ne restait jamais tranquille. Ce n'est pas le genre de personne qui peut rester un moment inactif. Il tient ça de mon côté de la famille.

Une vie entière passée à ne rien dire avait complètement annihilé l'esprit de répartie de Hugh. Il a hoché la tête d'un air amusé.

– Oui, nous sommes tous des fainéants. Dieu merci, Fionnuala a transmis les gènes de l'action à Ross et à Ronan.

– Et un cerveau, lui a rappelé Fionnuala. Ta famille n'est pas non plus réputée pour ses capacités cérébrales.

Maman et moi avons souri poliment et, lorsque j'ai jeté un coup d'œil à Shona, elle a levé les yeux au ciel.

Les jumelles avaient maintenant ouvert un jeu de balles avec des battes.

– Ouiiiii ! a crié Kitty en envoyant la balle vers les rideaux.

– Kitty ! a crié Shona. Combien de fois faudra-t-il que je te le dise ? Ce genre de jeux, c'est dans le jardin ! Range ça !

Kitty et Daisy ont mis les battes de côté et sont passées à un autre cadeau.

– Alors, Roisín, comment ça se passe dans votre travail ? a demandé Hugh, dans le vague.

– Qu'est-ce que vous faites, déjà ? s'est interrogée Fionnuala.

– Je travaille au conseil municipal. Dans la planification, c'est juste de l'administratif. Rien de très intéressant ou d'important...

– Le conseil municipal ? a sursauté Fionnuala. Ah, oui, j'avais oublié. Parce qu'il faut que je vous parle des déjections canines. C'est incontrôlable. Je me promène sur la jetée de Sandycove tous les mardis et jeudis et ces chiens ont le droit de faire ce qu'ils veulent, où ils veulent...

– Ce n'est pas mon département. Ce serait du ressort de l'environnement.

– Vous pourriez leur en parler ? a-t-elle insisté. Dites-leur que cela gâche nos promenades. L'autre jour, j'ai vu un homme avec un gros chien. Et l'animal a ensuite déposé une crotte plus grosse que lui. Nous étions consternées. Catherine a dit qu'elle a failli s'évanouir...

– Pourquoi n'irions-nous pas manger le gâteau maintenant ? a proposé Shona en se levant. Nous allons le découper dans la cuisine. Allez, Kitty, Daisy. Posez ces choses hideuses...

– Mais mamie nous les a données. Ce sont des sabres laser...

Shona a jeté un coup d'œil à maman.

– En plastique ?

– Elles aiment *Star Wars*, s'est justifiée maman, d'un air coupable. C'est juste pour s'amuser... et c'est un jeu physique, elles peuvent se battre avec...

Shona a regardé le plafond pendant un instant, comme pour rassembler toute sa force mentale.

– Allez, venez, a-t-elle dit en serrant les dents. Dans la cuisine.

Nous sommes entrés tous les six, les jumelles accrochées à maman de chaque côté en l'entourant de leurs bras.

– Merci, mamie, a chuchoté Kitty. C'est les meilleurs cadeaux de tous les temps.

Daisy a acquiescé.

La cuisine était immense, avec des portes vitrées donnant sur le jardin et, sur un mur, une vaste étendue de placards, d'appareils, de portes et de tiroirs. Les plans de travail étaient totalement vides, à l'exception d'une bouilloire. Tout était soigneusement rangé dans un tiroir ou un placard, pas une miette ou une tasse qui ne soit à sa place.

– Venez vous asseoir autour de l'îlot, a dit Shona en nous pressant. Vite, vite… Maman, tu t'assieds là, Roisín, tu prends les assiettes dans le placard…

– Nous devrons nous assurer de garder une grosse part de gâteau pour votre père, a dit maman aux jumelles qui portaient maintenant toutes les deux les sweats à capuche que j'avais apportés par-dessus leurs robes de fête.

Shona allumait les bougies.

– Joyeux anniversaire…, a entonné Shona, et nous nous sommes tous joints à elle. Joyeux anniversaire… chères Kitty et Daisy !

– Encore une fois, a réclamé Daisy, mais cette fois-ci, chères Daisy et Kitty.

Nous avons chanté à nouveau juste pour elle avant que Shona ne découpe le gâteau et ne distribue les parts. Pendant un moment le silence a régné.

– Divin, m'a complimentée Fionnuala en fermant les yeux. Il est si léger…

– Délicieux, a dit maman en me souriant. Comme d'habitude.

– C'est un peu mieux qu'un paquet de gâteaux, a approuvé Hugh. Même si j'aime bien les M. Kipling. Quand Fionnuala est à son club de lecture, il m'est arrivé de…

– Qu'est-ce que c'est exactement ? l'a interrompu Fionnuala. Une charlotte au chocolat ?

– C'est une base de mousse, ai-je expliqué, et une crème au beurre italienne…

Mais le cerveau de Fionnuala était déjà passé à autre chose.

– Quelles belles fleurs, Shona, a-t-elle dit en faisant un signe de la tête en direction d'un vaste bouquet de lys posé sur le comptoir.

Elles viennent de Ross ? Je lui ai souvent dit d'envoyer des fleurs à la femme de sa vie. Hugh n'a jamais reçu le message, mais je me suis dit que si j'avais un tant soit peu d'influence dans le monde, je devais m'assurer que mes garçons savaient qu'il fallait envoyer des fleurs.

Elle a enfourné la dernière part du gâteau dans sa bouche.

– Je les ai achetées, en fait, a déclaré Shona. Quand et que je faisais les courses chez *Dunnes* hier.

Les jumelles étaient en train de faire une sorte de concours de dégustation de leur part de gâteau, chacune mangeait plus lentement que l'autre pour faire durer sa part plus longtemps. Shona les a fusillées du regard.

– Vous ne pouvez pas manger normalement ? Allez, mangez !

– Toi-même ? Oh, Shona, non ! Les femmes ne devraient pas s'acheter des fleurs. J'ai entendu parler une fois d'une femme qui s'était acheté une bague en diamant. Mais elle était divorcée, ce qui en a dit long. Ce genre d'attitude laisse entendre qu'on ne devrait pas te gâter.

Elle a agité un doigt en direction de Shona.

– Méfie-toi !

Les jumelles essayaient maintenant de faire comme si elles mangeaient normalement, mais elles ne se quittaient pas des yeux. Daisy était en train de mâcher, mais il n'y avait rien dans sa bouche.

Fionnuala et Hugh ont échangé un regard et se sont levés.

– Eh bien, Shona, je te remercie, a dit Fionnuala sur un ton formel. Encore une fois, c'était une belle occasion. Et Roisín, le gâteau était divin. Le gâteau n'était-il pas divin, Hugh ?

Il a hoché la tête.

– Divin, a-t-il répété consciencieusement, tandis qu'ils allaient dans le hall chercher leurs manteaux.

Maman m'a regardée puis a regardé Shona.

– Tu veux qu'on reste pour t'aider à ranger ?

– Oui, nous pouvons rester, ai-je dit en espérant que Shona se détendrait peut-être et ne serait pas si pressée de se débarrasser de nous.

– Ça ne vous embête pas d'y aller ? a demandé Shona. C'est juste que je suis…

Elle s'est arrêtée. Maman et moi avons attendu qu'elle termine sa phrase.

– Je suis un peu… fatiguée, c'est tout.

Son sourire était forcé.

– Et nous avons la communion des cousins de Daisy et Kitty demain.

– Et ce sera notre tour samedi prochain, tu te souviens, tante Roisín ? a dit Daisy. Et tu vas faire un autre gâteau ?

J'ai acquiescé.

– Ainsi qu'un buffet…

– C'est quoi un buffet ? ont-elles dit à l'unisson.

– C'est une table remplie de plats et tu te sers toi-même.

– Cool. Comme un petit déjeuner à l'hôtel où on met en équilibre autant de trucs qu'on peut dans une assiette minuscule.

– Exactement.

– Tante Roisín va faire plus de gâteaux pour notre communion, a dit Daisy.

– Et des meringues, a renchéri Kitty. D'accord, tante Roisín ?

– D'accord.

Je leur ai souri. Shona m'avait demandé plusieurs mois auparavant de faire le traiteur pour la fête. Ce n'était pas trop difficile, juste un buffet pour trente personnes. Depuis, j'avais hâte d'y être. Une journée entière à cuisiner et à préparer des plats pour un public qui l'apprécierait, c'était un plaisir.

Je me suis approchée des jumelles et je les ai embrassées sur la tête.

– Je vous aime, Daisy-chain et Kitty-kat. On se voit samedi prochain. Et si je vous emmenais au cinéma un de ces jours, d'accord ?

– Si c'est nous qu'on choisit, tante Roisín, a dit Daisy. On n'a pas confiance dans ton choix.

Kitty a hoché la tête.

– *Le Chat de l'espace* était une insulte à notre intelligence, a-t-elle dit. On a neuf ans maintenant et on veut des films plus intéressants.

J'ai ri.

– D'accord, ce sera une décision mutuelle. Un film que nous aurons toutes choisi.

– Et des bonbons ?

Daisy m'a fait son plus beau sourire.

– Juste quelques petits bonbons.

– Juste quelques-uns, ai-je promis. Maintenant, allez faire un câlin d'adieu à vos grands-parents, d'accord ?

Elles ont acquiescé, ont glissé de leurs tabourets et sont allées dans le hall où elles ont entouré de leurs bras Fionnuala et maman, puis Hugh.

– Dis à Ross de m'appeler, a ordonné Fionnuala à Shona. Il était trop occupé pour répondre à mes appels. Mais je suppose que nous le verrons chez Ronan demain pour la communion de leur Joshua. Et, bien sûr, nous aurons la communion des jumelles le samedi suivant.

– Dites merci à Roisín, a lancé Shona.

– Merci pour le gâteau, tante Roisín, a dit Daisy.

– Oui, merci, tante Roisín, a dit Kitty, qui avait encore de la crème au beurre autour de la bouche.

– De rien, mes chéries.

Je leur ai donné un dernier baiser et un câlin à chacune, puis j'ai serré Shona dans mes bras.

– Qu'est-ce qui t'arrive ? lui ai-je chuchoté à l'oreille.

– Rien, laisse tomber, d'accord ? a-t-elle dit en catimini, puis elle s'est tournée pour serrer maman dans ses bras. Merci d'être venue, a-t-elle dit, tout sourire. Je passerai te voir cette semaine. Quand papa arrivera. Et je sais que j'ai déjà posé la question, mais pourquoi ne peut-il pas dormir à l'hôtel comme une personne divorcée normale ?

– J'ai posé la même question ! m'exclamai-je.

– Ah, euh… peut-être que nous ne sommes pas normaux, a dit maman en la serrant fort dans ses bras. Bisous, Shona.

– Bisous aussi, a répondu Shona. Je suis désolée, l'ai-je entendue dire à voix basse à maman. C'est juste que ça me dépasse.

Maman l'a serrée à nouveau dans ses bras.

– Ne t'inquiète pas. On se voit la semaine prochaine.

Hugh et Fionnuala ont klaxonné lorsque leur voiture est sortie de l'allée devant maman et moi, puis nous nous sommes retournées pour faire un dernier signe à Shona et aux jumelles, mais la porte était déjà fermée.

– Tu crois qu'elle va bien ? a demandé maman.

– J'espère que oui. Elle était peut-être simplement contrariée que Ross travaille.

Maman a hoché la tête.

– Et tu penses que Brody viendra à la communion ? Cela fait une éternité que nous ne l'avons pas vu.

– Il est…

– Je sais, m'a-t-elle coupée. Il écrit.

Elle semblait soudainement porter un poids, comme si elle voulait vraiment dire quelque chose et qu'elle voulait vraiment que je l'entende.

– Tout ce que je veux pour Shona et pour toi, a-t-elle dit en se tournant vers moi, c'est que vous soyez heureuses toutes les deux. Et je veux que vous sachiez que vous le méritez. Vous devez croire en vous-mêmes.

Je suis restée silencieuse pendant un moment.

– Je crois en moi, ai-je dit, mais je savais que ce n'était pas vrai.

Je n'avais aucune raison de croire en moi, je n'avais aucun talent particulier, aucun livre à écrire, aucune entreprise à diriger. Je ne faisais qu'exister dans l'ombre de tous les autres. Tout le monde ne peut pas être une star. Le monde a besoin de ceux d'entre nous qui jouent des rôles secondaires.

– J'aimerais que tu prennes un peu plus de risques..., a proposé maman.

– Comme sauter en parachute ou manger ce yaourt qui est dans mon frigo depuis trois mois ?

Maman a ri.

– J'ai épousé quelqu'un au bout d'un an, lui ai-je rappelé. C'était risqué.

J'espérais qu'elle allait rire à nouveau, mais au contraire, elle a simplement haussé les épaules.

– Je voulais simplement dire qu'il faut se mettre en avant. Faire quelque chose qui te passionne, qui te rend heureuse, comme la cuisine et la pâtisserie. Je pense que tu es merveilleuse. Je veux juste que tu t'en rendes compte aussi.

Chapitre 6

La belle journée d'été a glissé doucement vers une belle soirée d'été dans l'air chaud. Le brouhaha des gens dans leur jardin qui boivent un verre de vin, la bonne odeur des saucisses qui grillent sur le barbecue et le sentiment que l'on ressent les soirs d'été en Irlande, ces quelques semaines rares où le beau temps devient presque normal, où le monde entier s'amuse.

Sauf pour nous. Brody travaillait à l'étage et je zappais sans succès sur les chaînes de télé, à la recherche d'un truc à regarder. Aucun de mes amis n'était disponible car Jools était à la salle de sport avec un client et Richard travaillait à l'étranger. Les invitations à sortir avec des amis le samedi soir s'étaient faites rares depuis que j'étais mariée, tout le monde supposait que Brody et moi étions heureux de rester dans notre nid d'amour de jeunes mariés.

J'ai frappé à la porte du bureau.

– Tu veux regarder quelque chose avec moi ? ai-je appelé.

Ma voix a rebondi contre le bois. Je pouvais entendre le bruit de ses écouteurs qu'il enlevait.

– Quoi ?

Brody avait l'air irrité.

– La télé… tu sais…

– LA TÉLÉ ? a-t-il crié comme s'il s'agissait d'un nouveau concept dont il n'avait jamais entendu parler auparavant.

– Oui, la télé… On est samedi soir… on pourrait regarder quelque chose.

– Comme quoi ?

– Je ne sais pas…

Il ne me proposait toujours pas d'entrer.

– Je peux entrer ?

Un énorme soupir.

– Une seconde…

J'ai attendu et la porte s'est entrouverte. À travers la masse broussailleuse de sa barbe, Brody avait l'air chiffonné, le visage endormi, les yeux à moitié fermés.

– Roisín, je travaille…

– Je sais, mais juste quelques heures… Une heure ?

– Pour regarder une banale émission télé du samedi soir où ils portent tous des costumes à paillettes et sourient beaucoup trop ?

J'ai acquiescé.

– Nous avions l'habitude de…

– Je suis un écrivain. J'écris. Va perdre ton temps si tu veux. Ou mieux encore, lis un bon livre. Un livre sans photo, et pas une histoire d'amour…

Je pouvais distinguer un rictus sous les poils de sa barbe. Où était passé ce beau jeune homme dont j'étais tombée amoureuse ce soir-là, à la fête de Richard ? Parfois, j'avais l'impression qu'il n'était qu'un souvenir erroné. L'avais-je fantasmé ?

– Brody…

– Désolé, Roisín…

Il s'est souvenu de sourire cette fois, son ton s'est adouci.

– C'est juste mon avis. Certains livres changeront ta vie, mais beaucoup d'entre eux sont une perte de temps. J'essaie d'écrire un livre de la première catégorie, mais je n'y arriverai pas si tu continues à me harceler pour que je regarde nullités à la télé…

« Harceler ». Le mot est resté en suspens, comme si nous avions franchi une limite.

– Je t'aime, a-t-il poursuivi, mais je dois vraiment y retourner. Je suis au milieu d'une scène. Seamus essaie d'acheter une pièce pour son tracteur, un Massey Ferguson de 1976. C'est un moment important.

– Pourquoi est-ce un moment important ?

Il a soupiré lourdement.

– Le tracteur représente la force de Seamus Senior, son père. Qui est mort dans un accident de fenaison… quand Seamus Junior avait dix ans. C'est un événement qui est resté gravé en lui…

Je me suis dit qu'avec un peu de chance, Seamus aurait droit à une fin heureuse après tout ce qu'il avait vécu. Mais je voulais aussi une fin heureuse pour nous. Brody m'a donné une bise sur la joue avec l'air très grave.

– Souhaite-moi bonne chance.

– Bonne chance.

J'avais l'impression qu'il partait à la guerre.

– Merci.

Il m'a fait un signe de la tête. *S'il te plaît, ne fais pas de salut*, me suis-je dit. Il m'a fait un salut.

En bas, j'ai ouvert un grand sac de chips et je les ai mangées debout dans la cuisine, puis j'ai envisagé d'ouvrir une bouteille de vin, tout en me demandant ce que je pouvais bien faire de ma soirée. Il n'était que vingt heures, donc trop tôt pour aller se coucher, et je ne pouvais téléphoner à personne, car ce serait la preuve que mon mari ne voulait pas passer la meilleure soirée de la semaine avec moi. Et puis je me suis souvenue des poubelles que je n'avais toujours pas rentrées de la veille. Enfin, j'avais quelque chose à faire.

Dehors, j'ai trouvé ma poubelle au milieu d'un groupe d'autres poubelles, et juste au moment où je la tirais vers ma maison, j'ai vu M. Daly venir vers moi.

– Je pense que la mienne fait partie de ce groupe, a-t-il déclaré.

– Je vous l'apporte.

Nous avions chacun un petit jardin devant la maison et dans le mien, il y avait quelques pots de fleurs, un banc et un emplacement pour mon vélo, ainsi que deux poubelles.

– Ce n'est rien pour moi. Retournez à l'intérieur et je la mets dans le jardin devant chez vous.

J'ai tiré sa poubelle sur le trottoir, le suivant jusqu'à son jardin de devant où il s'était assis sur le rebord de la fenêtre. J'ai manœuvré sa poubelle pour la mettre en place, puis j'ai entendu une voix derrière nous.

– Qu'est-ce qui se passe ici ?

C'était Anna qui habitait en bas de la rue.

– C'est la nuit des poubelles du quartier ?

– Quelque chose comme ça, ai-je répondu.

J'avais toujours éprouvé un peu de peine pour Anna parce que son dernier petit ami était extrêmement bruyant et que sa voix traversait les murs et portait dans la rue. Quand je l'avais vu partir avec ses affaires dans un carton, je m'étais réjouie en silence.

– À plus tard, Roisín, a-t-elle dit. Au revoir, monsieur Daly. Dis bonjour à Brody de ma part.

Je ne savais même pas qu'elle connaissait Brody. Je me suis retournée vers M. Daly.

– Comment allez-vous ?

Je me suis demandé si je devais lui offrir quelques petits plats de plus.

– Avez-vous dîné ?

Il a acquiescé.

– J'avais une soupe en boîte. C'est beaucoup plus facile à ouvrir que les boîtes de conserve. Et j'ai fait un peu de ménage.

– Pour désencombrer ?

Il a hoché la tête.

– Nora avait l'habitude d'appeler cela balayer les ponts et moi qui ai fait partie de la marine marchande, je sais ce que cela signifiait. Elle disait que si elle ne me surveillait pas de près, la maison serait pleine de bric-à-brac. Elle ne me laissait pas ramener des objets à la maison, elle était toujours en train de recycler et de jeter des choses… mais depuis qu'elle est morte, je ne sais pas… j'ai pris le dessus. C'est pour les boutiques de charité, vous voyez. Plein de choses utiles.

Il a souri.

– Je parie qu'elle me regarde et qu'elle se demande quand je vais commencer à jeter des choses. Elle m'a fait promettre, vous savez.

– Ah bon ?

Je suis allée le rejoindre.

– Eh bien, à la fin, quand elle a été confinée au lit, elle savait que je n'étais pas doué pour me débarrasser des choses, je l'étais seulement pour rapporter plein de trucs. Elle avait réussi à se lever un jour et elle était vraiment fâchée contre moi, ça m'avait brisé le cœur de la voir comme ça. Ce matin, je me suis réveillé et je me suis dit : aujourd'hui, c'est le bon jour. Je vais le faire pour Nora !

Je me suis assise sur le rebord de la fenêtre à côté de lui.

– À quel point deviez-vous ranger vos affaires dans la marine marchande ?

– Tout devait être impeccable. C'était plus facile parce que nous étions en mer la plupart du temps, et je n'avais pas l'occasion d'aller dans les bazars ou les marchés. J'étais trop occupé à acheter de la nourriture pour les gars.

– Je pourrais peut-être ouvrir les autres boîtes de conserve pour vous maintenant ?

Je regrettai de ne pas avoir pensé à lui offrir un ouvre-boîte électrique.

– Ça ne vous ennuie pas ?

– Pas du tout, ai-je répondu.

À l'intérieur, sa maison était le reflet de la mienne, mais la sienne comportait cinquante nuances de brun. Le papier peint à motifs géométriques était brun et doré, la moquette brune et tourbillonnante, l'abat-jour de la lampe centrale était d'un marron épais et crème, et lourd de poussière. En fait, les particules de poussière s'accrochaient à l'air, on pouvait les sentir rien qu'en respirant. Il y avait un miroir en acajou sur le mur du hall, avec le livre de messe de madame Daly glissé dans le cadre.

– C'est ici, disait-il en poussant la porte de la pièce principale. Je suis très fier de moi et je me suis dit qu'il fallait que je le montre à quelqu'un. Ma Nora aurait été très contente.

Pendant un instant, je n'ai pas trouvé les mots. C'était comme si un camion avait déchargé sa cargaison dans sa maison. Il y avait des cartons partout, des piles de journaux qui se répandaient sur le sol, des bouts de métal bizarres, un vieux lecteur vidéo qui avait perdu sa prise, un carton plein de radios, il y avait même une brouette posée à côté du vieux buffet. Il n'y avait nulle part où s'asseoir car le canapé et les deux fauteuils étaient engloutis par des piles de cartons. Des monceaux de vieux manteaux se trouvaient sur l'une des chaises, il y avait une autre boîte de jouets anciens en métal et, devant le feu électrique, un espace avait été dégagé où un vieux tabouret de camping de l'armée avait été installé devant un album de scrapbooking ouvert sur la table basse.

Chaque fois que j'inspirais, je sentais la poussière se déposer dans mes poumons, ce qui me donnait un sentiment presque claustrophobique.

– J'ai commencé par m'occuper d'abord des journaux, disait M. Daly. J'ai pensé que je devais me concentrer sur un tas à la fois. Cette semaine, les journaux, la semaine prochaine, les livres. Vous pensez que c'est une bonne idée ?

– Tout à fait.

– Je sais que la situation est devenue incontrôlable. Nora m'avait prévenu que cela arriverait, et elle avait raison. Je n'ai pas pu m'en empêcher, je ne sais pas pourquoi. Elle savait que j'étais le genre de personne qui aimait garder les objets, et quand elle est tombée malade, elle n'a pas pu continuer de s'en occuper. J'ai l'habitude de garder des trucs pour les jours de pluie.

Il a brandi un parapluie qui, je l'ai vu, était cassé.

– Vous voyez ?

Il a souri à nouveau.

– Vous avez le temps de prendre une tasse de thé ? Juste un sachet dans une tasse ? Je vous préviens, c'est aussi catastrophique dans la cuisine.

Il avait raison. On aurait dit un vieux bric-à-brac oublié ; sur la table étaient empilés d'autres cartons, des papiers, des boîtes de conserve. La cuisinière était une construction rouillée, blanche et bancale, avec un gril au plafond. L'évier et l'égouttoir étaient remplis dc boîtes de conserve, de boîtes de pois secs, le genre d'aliments que les supermarchés ne vendent plus. Je suis restée un moment à découvrir tout cela pendant que M. Daly allumait la bouilloire et trouvait deux tasses sur l'égouttoir.

– Je sais que c'est un peu le bazar, disait-il. Nora ne serait pas contente, je dois dire. Il y a un moment, je m'en rends compte maintenant, où l'on passe d'un espace occupé à l'impossibilité d'y vivre. Ça prend le dessus.

– Si vous avez besoin d'aide, je peux venir vous voir. Je sais que c'est dur de jeter des choses, mais ce serait bien de pouvoir s'asseoir à votre table. Ou de préparer un repas ?

– Cuisiner est impossible maintenant, a-t-il dit en s'asseyant à la table de la cuisine. Ça prend trop de temps pour faire de la place et ensuite, où est-ce qu'on mettrait tout ça ? Et de toute façon, je n'ai plus l'habitude de cuisiner sérieusement. Les boîtes de conserve sont beaucoup plus faciles à utiliser. Et de toute façon, ce n'est pas la même chose de cuisiner pour une personne. J'aime cuisiner pour les gens. Nora a toujours apprécié tout ce que je préparais et les gars de la marine marchande avaient toujours très faim. Et il fallait être inventif. Vous aviez vos rations qui devaient durer et personne ne voulait manger de la bouillie, alors j'ai commencé à apporter mon propre piment séché ou à acheter des citrons quand nous étions à quai quelque part, ou tout ce que je pouvais trouver d'autre. Nous avons essayé les pois chiches pour la première fois à Tanger et il y avait des calamars à Marseille… et des olives.

Ses yeux s'illuminaient.

– Comment avez-vous rencontré Nora ?

J'ai soulevé et transvasé un carton sur une autre chaise et je me suis assise en face de lui.

– Dans une librairie de Dawson Street, dans le centre-ville de Dublin, juste à côté du Trinity College, a enchaîné M. Daly. Comme elle était intelligente, elle venait d'obtenir son diplôme et s'était trouvé un job d'été au dernier étage de la boutique, avec une vue magnifique sur la ville. On pouvait voir jusqu'à la rivière Liffey. Et puis, je me suis retrouvé là, tout droit sorti du bateau, les jambes encore flageolantes – il leur fallait toujours quelques semaines pour retrouver leur équilibre –, et j'ai grimpé jusqu'au dernier étage où se trouvaient tous les livres de cuisine. Je cherchais un livre dont j'avais lu l'existence dans la presse irlandaise. J'étais là, à regarder par la fenêtre, en me demandant si on pouvait voir jusqu'aux docks et si je pourrais apercevoir notre bateau, quand cette très jolie fille m'a demandé si j'avais besoin d'aide.

Il m'a souri.

– Et vous savez ce que j'ai dit ?

J'ai secoué la tête.

– J'ai répondu : « Je n'ai besoin que de vous ». Et je ne sais pas ce qui m'a rendu si audacieux, mais c'est sorti tout seul. J'étais tombé amoureux, vous voyez, et c'est ce qui rend courageux. J'ai dit : « Je m'appelle Harry. Harry Daly. » Et elle a répondu qu'elle s'appelait Nora Walsh. Je lui ai confié que je cherchais un livre en particulier. D'habitude, j'étais un gars très timide, je devenais rouge vif dès que je parlais à une dame. Mais rien de tel avec Nora. Nous avons été les meilleurs amis du monde dès que nous avons posé les yeux l'un sur l'autre. Heureusement, le rayon cuisine était très calme. Les hommes n'étaient pas nombreux au rayon des livres de cuisine. Et puis je lui ai proposé de venir dîner chez moi. Et elle a dit oui, pour mon plus grand plaisir.

– Qu'est-ce que vous lui avez préparé ?

– La recette que j'avais vue dans la presse. Du poulet aux citrons confits, et je l'ai servi avec du riz, des olives vertes et des pistaches. Elle a été très impressionnée. Et moi aussi. À l'époque, on ne cuisinait que des aliments ordinaires, du bacon et du chou, ce genre de choses. Rien de mal à cela, bien sûr. Mais parfois, on a besoin d'emmener ses papilles à l'aventure.

Il a souri à nouveau.

– C'est une belle façon de rencontrer quelqu'un, ai-je dit. Autour de la cuisine.

Il a acquiescé.

– Cela nous convenait à tous les deux. Elle était l'intellectuelle, j'étais le chef cuisinier.

Ça ressemble un peu à Brody et moi, me suis-je dit.

– Nora avait l'habitude de lire deux livres par semaine, a repris M. Daly. J'étais super fortiche au quiz organisé par un pub et quand nous entrions dans *The Island* le jeudi soir, une rumeur faisait le tour de la salle comme une vague. Ils savaient qu'ils ne rentreraient pas chez eux avec le prix ce jeudi soir-là.

Il s'est interrompu.

– En fait, c'est au quiz du pub que j'ai su que quelque chose n'allait pas. Il y avait une question sur Michael Collins et sur l'endroit où il avait été abattu. Une question assez facile, n'est-ce pas ? Même moi je le savais, mais Nora avait l'air vide, et je pouvais voir dans ses yeux qu'elle savait que quelque chose n'allait pas. Je pense que mon cœur a commencé à se briser à ce moment-là, et à partir de là, tout a commencé à aller mal. Elle, moi, cette maison, notre vie heureuse ensemble.

– Je suis vraiment désolée.

– Ne vous inquiétez pas, s'il vous plaît. Je ne devrais pas continuer. Rentrez retrouver votre écrivain et merci d'être passée.

À la porte d'entrée, j'ai dit :

– Voulez-vous que je vienne un jour, que je vous aide à débarrasser un peu ? Juste pour que vous puissiez vous asseoir. Et j'apporterai un ouvre-boîte, monsieur Daly, et peut-être aussi quelque chose à manger ?

– Seulement si vous avez des restes, a-t-il déclaré, mais il avait l'air très satisfait. Je ne veux pas priver votre écrivain.

Il m'a tendu la main.

– Et appellez-moi Harry. Je pense que nous pouvons nous tutoyer, n'est-ce pas ? Dans la marine, on m'appelait Daly, Nora m'appelait Harold, et tout le monde m'appelle Harry.

Brody se demandait peut-être où diable j'étais passée, peut-être affolé par l'inquiétude, sur le point d'appeler la police, d'envoyer des enquêteurs, mais la lumière était allumée dans le bureau à l'étage, et un pot de yaourt vide, la cuillère encore plantée dedans, et trois tasses à café vides étaient alignés sur le sol devant la porte fermée du bureau. J'ai tout ramassé et apporté en bas. La vie conjugale, pour moi en tout cas, c'était comme avoir un étudiant locataire mais sans le loyer.

Chapitre 7

Souvent, le dimanche, Jools et moi allions bruncher au café d'Alison à Sandycove. Lorsque j'ai ouvert la porte, Jools était, comme toujours, vêtue d'un sweat-shirt et d'un legging, ses longs cheveux blonds attachés en un chignon lâche. Elle qui était coach sportif personnel et travaillait de l'aube au crépuscule ne portait jamais rien d'autre que des vêtements de sport. Elle s'était séparée de Darren, M. Protein Shake, six mois plus tôt, lorsqu'elle avait découvert qu'il la trompait avec une culturiste de Sallynoggin, une femme qui avait plus de muscles et de botox dans le corps que de chair et d'os, et qui était si bronzée qu'elle avait l'air d'une dinde trop cuite.

Après avoir jeté Darren et ses affaires à la rue – y compris un an de Whey To Go Vanilla –, Jools avait pleuré pendant deux semaines, puis s'était ressaisie et concentrée sur le développement de sa clientèle et donnait encore plus de cours particuliers pour s'occuper. Elle avait abandonné le régime cétogène que Darren affectionnait au profit d'une alimentation normale et, aujourd'hui, sur le pas de ma porte, elle était magnifique, rayonnante de santé et d'ondes positives.

– Bonjour ! a-t-elle lancé.

– Je vais juste chercher mon sac, ai-je chuchoté, ne voulant pas déranger Brody qui dormait encore.

– Où est… ? a-t-elle murmuré à son tour. Est-ce qu'il… ? a-t-elle ajouté en levant les yeux vers l'étage.

– Il a travaillé tard, ai-je chuchoté.

Jools a hoché la tête d'un air compréhensif et n'a pas dit un mot de plus.

En déambulant dans le village, nous pouvions retrouver un ton normal et je lui ai parlé de mon père.

– C'est comme si maman lui avait pardonné.

– Mais pourquoi ne le ferait-elle pas ?

– Parce que…

J'ai essayé de penser à la raison pour laquelle elle ne devrait pas lui pardonner.

– Parce qu'il ne le mérite pas. Je ne dis pas qu'elle doit le détester, mais qu'elle ne doit pas lui faciliter la tâche.

– Peut-être qu'elle voit les choses différemment aujourd'hui, a dit Jools. Tu la protèges, c'est compréhensible, mais peut-être qu'elle est passée à autre chose ? Peut-être est-elle prête à passer à autre chose ?

Tout ce que je savais, c'est que je n'étais pas prête à pardonner à mon père, même si ça datait de plus de vingt ans. Il avait fait du mal à ma mère, et je n'étais pas sûre que nous aurions un jour autre chose qu'une simple relation père-fille. J'ai changé de sujet pour lui parler de M. Daly.

– C'est un dingue de l'accumulation. Je vais l'aider à ranger un peu. Et il ne mange que des haricots…

– C'est bon pour la santé. La plupart de mes clients mangent des haricots. Je mange des haricots. Ils contiennent plus de protéines qu'un horrible milk-shake.

– Mais M. Daly était un chef cuistot. Il cuisinait dans la marine, puis pour sa femme, et maintenant il ne mange plus que des haricots ou des briques de soupe.

Je me suis rappelé de lui apporter un ouvre-boîte électrique. S'il devait se nourrir de haricots, nous pouvions au moins lui faciliter la tâche. Nous marchions maintenant dans la rue principale de

Sandycove, nous passions devant la boucherie et les boutiques, la banque, le pub *The Island* et l'épicerie *James's* au coin de la rue.

– Tu penses qu'il trouverait ça condescendant si je lui apportais des plats ? ai-je demandé. Juste de temps en temps ?

– Il peut toujours dire non. Je ne me plaindrais pas si tu m'apportais de bons petits plats. Hier soir, j'ai mangé un bol de céréales pour le dîner. Mais il était presque minuit et j'étais épuisée. Ce nouveau client ne peut venir qu'après toutes ses réunions. Il est assez terrifiant, il arrive avec un excès d'adrénaline et de testostérone parce qu'il a crié sur les gens toute la journée, puis il me montre une photo de Chris Hemsworth et me dit qu'il veut lui ressembler. Il paie bien, mais c'est presque pire quand ils paient bien parce que tu dois alors faire exactement ce qu'ils veulent. Qui fait de la muscu à vingt-deux heures le samedi soir ? Qui ?

– Un sociopathe ?

– Un psychopathe.

Dans le café d'Alison, nous avons rejoint notre table habituelle au fond. Jools a déplacé une chaise libre et a soulevé son pied pour le poser dessus.

– J'ai abîmé mon ligament croisé, a-t-elle expliqué. Il faut le surélever. Le kiné m'a dit de n'exercer qu'une très légère pression dessus.

Elle a remonté son legging un instant pour me montrer son genou strappé.

– Je ne pourrai pas courir le marathon cette année...

Jools courait le marathon de Dublin depuis la fac, récoltant chaque année des milliers d'euros pour la lutte contre le cancer, en mémoire de ses parents. J'étais toujours quelque part sur le parcours pour l'encourager, une bouteille d'eau dans une main et des Jelly Babies dans l'autre.

– Je suis tellement déçue pour l'association caritative, a-t-elle dit en redescendant son legging. J'ai toujours réussi à lever au moins dix mille euros... Il faudra que je redouble d'efforts l'année prochaine.

– Je vais m'en occuper, ai-je proposé sans réfléchir. Je pourrais organiser une vente de gâteaux ? Est-ce qu'il est possible de vendre pour dix mille euros des gâteaux ?

– Richard a proposé de nager de Sandycove à Howth.

Howth était la bande de terre située juste en face de la baie qui ressemblait à un rivage lointain perdu depuis longtemps.

– Il va mourir, ai-je commenté, ou il va se faire manger par un phoque en colère, ou piquer à mort par une méduse.

– Ou il va mourir de froid, a dit Jools. Tu sais comment il est dans le froid. Tu te souviens de la fois où il s'est attaché une bouillotte autour de la taille avec une ceinture de robe de chambre, qu'elle a éclaté et qu'on l'a entendu hurler jusqu'au pays de Galles ?

– On ne veut pas qu'il succombe d'hypothermie, je ne supporterais pas d'avoir ça sur la conscience.

Elle a acquiescé.

– Richard a eu une autre idée… Un club de dîners…

Elle me fixait du regard.

– Un club de dîners ?

– On organiserait des dîners payants pour les gens, et l'argent serait reversé à une association caritative. Mais il faudrait que tu sois investie dans l'aventure. Tu es la meilleure cuisinière de nous trois.

– J'aurais aimé pouvoir vous aider, mais l'idée de cuisiner pour des étrangers, de me mettre en avant, de faire payer mes plats, est franchement terrifiante. Je vais essayer de trouver autre chose, ai-je dit en attrapant un menu.

– Alors, comment s'est passé votre anniversaire de mariage ? a demandé Jools. Qu'est-ce que vous avez fait ? Vous êtes allés dans un bon restaurant ?

J'ai secoué la tête.

– Nous sommes juste restés… tu sais…

Elle a opiné du chef.

– Le livre.

– Oui, le livre.

Je n'avais pas dit à Jools combien il était difficile pour moi d'être mariée à un écrivain. Au fur et à mesure que l'échéance se rapprochait, Brody semblait de plus en plus à cran, presque à la limite de la folie. Je ne me souvenais plus de la dernière fois où nous avions eu une conversation normale.

– Mais il est presque terminé, ai-je continué. Dans un mois, il doit le remettre à son éditeur.

– Vous pourrez sortir pour fêter ça alors.

– C'est sûr.

J'avais l'air confiante, mais est-ce que Brody et moi allions trouver notre rythme de croisière dès que le livre serait terminé ? Recommencerait-il à se doucher et à se raser ? Est-ce qu'il émergerait en clignant des yeux devant la lumière du soleil et serait capable de parler d'autres choses que des non-aventures de Seamus ?

Jools a jeté un coup d'œil par la fenêtre, mais son visage s'est soudain décomposé.

– Ne regarde pas maintenant, mais c'est Darren !

Elle a caché son visage derrière le menu. Darren était en pleine conversation avec quelqu'un dans la rue, les épaules larges et la bouche méchante, les cheveux plaqués par du gel et une paire de baskets ridiculement puériles aux pieds.

– C'est tellement exaspérant qu'il se débrouille si bien, a dit Jools. Il a ouvert une autre salle de sport, sa nouvelle copine est Mme Rippling Body pour le Royaume-Uni et l'Irlande… et…

– Et ?

– Et je suis coincée ici, à travailler comme une dingue pour des clients qui pensent que je suis disponible vingt-quatre heures sur vingt-quatre sept jours sur sept et avec un genou en miettes.

– Personnellement, Jools, je ne voudrais pas être Mme Rippling Body UK et Irlande. Je ne voudrais pas non plus être sortir avec Darren. Maintenant que tu as vu le soleil briller, tu voudrais y retourner ? Sois honnête. Allez, viens. C'est un imbécile infidèle et égocentrique. On dirait qu'il a acheté ces baskets à Start-Rite.

Elle a rigolé.

– Il était terriblement ennuyeux, a-t-elle admis, alors que Darren s'éloignait de la fenêtre d'un pas assuré en balançant ses bras de géant. Toutes ces protéines en poudre sont allées peser dans son cerveau. Et tu sais qu'il n'avait pas un seul poil sur tout le corps ?

– Nulle part ?

– Nulle part, a-t-elle dit en frissonnant. C'était un sacré spectacle.

– Comme l'un de ces horribles chats chinois ?

– Exactement.

Jools a ri à nouveau.

– Je suis prête à rencontrer quelqu'un d'autre, mais l'idée de m'inscrire sur une application de rencontre me remplit d'horreur, alors j'ai décidé de me préparer psychologiquement à être seule pour le reste de ma vie. Ce sera juste moi, en train de manger des tartines devant la télé. Je prendrai peut-être un chien…

Pendant un moment, je me suis aussi perdue dans sa rêverie. Cela ressemblait à un rêve impossible – une utopie, où l'on était célibataire, où l'on mangeait des tartines et où l'on possédait un chien… et où il n'y avait pas d'écrivain à l'étage.

– Au moins, tu as quelqu'un, a-t-elle dit. Tu n'auras plus jamais à retourner là-bas.

Son visage s'est soudain éclairci.

– Paddy est rentré à la maison ! Est-ce que je te l'ai dit ? Ils ont mis sur le marché l'ancienne laverie et il a signé le bail la semaine dernière. Il ouvre un magasin de vélos. Il a toujours voulu avoir son propre magasin de vélos… tu te souviens ?

J'ai hoché la tête, en essayant de tout assimiler, tout en gardant un visage impassible. Je ne l'avais pas revu depuis le matin de son départ pour Copenhague. J'ai senti un tiraillement, le genre de tiraillement que vous avez quand vous entendez une phrase qui a encore le pouvoir de déclencher le souvenir de quelque chose qui comptait pour vous. Je pensais qu'en tombant amoureuse de Brody et en me mariant, Paddy ne serait plus qu'un fragment insignifiant de mon passé. Mais il était là, de retour à Sandycove, et j'ai découvert des sentiments que je croyais morts depuis longtemps et qui n'étaient qu'enfouis tout près de la surface.

– Il dit que l'Irlande lui manquait trop, continuait Jools. Il faudra qu'on se voie tous ensemble, un jour.

– Oui, peut-être, ai-je répondu en faisant signe à Alison que nous étions prêtes à commander.

Je ne penserai pas à Paddy, me suis-je dit. *Je me concentrerai sur ma mission d'amener Brody jusqu'à la ligne d'arrivée. Paddy n'était qu'un vieil ami, parti depuis longtemps et qui ne signifiait plus rien pour moi.*

– Une salade au chèvre chaud ? ai-je proposé à Jools.

Elle a hoché la tête.

– Bien sûr. Est-ce qu'on a déjà mangé un autre truc ici ?

Chapitre 8

– J'ai une idée…, a dit Richard au téléphone.
– Attention, l'ai-je averti.
– Jools t'a parlé de son ligament croisé ?
– Elle me l'a dit hier au déjeuner.
– Vous avez déjeuné ensemble hier ?
– Nous déjeunons ensemble presque tous les dimanches.
– Presque tous les dimanches ?
Il avait l'air contrarié.
– Et moi, alors ?
– Nous avions l'habitude de t'inviter, mais tu étais toujours absent.
– Oui, mais je veux quand même être invité. Je suis un cas aigu de FOMO.
– D'où est-ce que tu m'appelles là ?
– De Monaco.
– Tu vois ?
– Mais c'est un endroit horrible. Je n'ai pas vu le ciel depuis trois jours, ni au-delà de ces quatre murs, sans parler du casino ou de la plage. L'hôtel est un trou sans air et sans culture, et je travaille dix-huit heures par jour en mangeant les sandwichs les plus mauvais et les plus chers que l'humanité ait jamais connus.
– Ça a l'air affreux.
– C'est vrai, ça l'est… bon, j'ai un peu réfléchi.
Il a marqué une pause.

– Je veux changer de vie… et je ne sais pas trop comment… mais je sais que je ne veux pas être coincé dans un bureau sans lumière du jour et avec un travail qui n'a pas… de sens. Tu vois ce que je veux dire ?

– Oui, bien sûr…

– J'ai un million de pensées dans la tête, autres que le travail, et pour la première fois de ma vie, je veux sortir de ce qui est prévu, être libre, sortir du cadre, vivre une aventure.

– Moi aussi. Mais je n'ai même pas de plan sur lequel m'appuyer. À part attendre que Brody ait terminé son livre. À ce moment-là, j'aurai un plan.

Richard est resté silencieux un moment, puis a demandé :

– Et comment va notre Grand Écrivain ?

– Toujours en train d'écrire.

– J'espère qu'il est gentil avec toi. Je me sens entièrement responsable de votre rencontre. Si je n'avais pas été aussi généreux dans mes invitations le soir de cette fête chez moi, vous ne vous seriez jamais rencontrés.

J'avais vraiment envie de dire à Richard que vivre avec un écrivain en retard n'était pas une partie de plaisir, mais cela serait revenu à lui dire qu'il avait raison. Pourtant tout pouvait encore s'arranger. Il suffisait que Brody termine son livre et nous reviendrions au point où nous en étions. J'ai changé de sujet.

– Alors, qu'est-ce que tu vas faire pour ton travail ?

– Je vais demander à descendre d'un échelon. Je n'aurais jamais dû accepter cette promotion, elle m'a juste rendu esclave de la machine. Fini les voyages. Je veux profiter davantage de mon appartement, de ma ville et de mes amis… Et…

Il était sur le point de dire quelque chose et s'est arrêté.

– Et quoi ?

– Rien.

– Continue.

Il a baissé la voix d'un ton.

– Je ne peux pas en parler maintenant, mais je te le dirai un jour. Il s'agit d'un truc personnel.

– D'accord…, ai-je dit, en regrettant qu'il ne me le dise pas maintenant.

– Écoute, j'aurai des nouvelles du siège social quand ce sera le matin à New York et je te raconterai. Et j'ai un plan pour nous… L'idée m'est apparue dans un rêve fiévreux alors que je transpirais dans la nuit monégasque.

Est-ce que c'était l'idée du club de dîners que Jools avait mentionnée ? Il allait falloir que je trouve une meilleure idée avant que celle-ci ne prenne de l'ampleur.

– Écoute, je rentre cet après-midi et je te raconterai tout ça en personne. Rendez-vous à *The Island*, jeudi soir. Je t'embrasse, Roisín. Vous m'avez manqué, Jools et toi. Et à partir de maintenant, je veux que tu m'invites à tes brunchs du dimanche.

Et il a raccroché.

***

Pendant le dîner, Brody m'a tenue au courant des dernières aventures de Seamus. Apparemment, le gars prévoyait de se rendre à la poste pour envoyer une lettre à une tante qui vivait à Birmingham.

– Il décide de porter sa veste en tweed marron, a annoncé Brody.

– Au bureau de poste ?

J'essayais d'avoir l'air intéressée, mais comme c'était le genre de livre dans lequel il ne se passait pas grand-chose et qui s'attardait sur la métaphysique – des rayons de lumière, des souffles de vent et tout ça –, c'était difficile.

– Et sa plus belle casquette en tweed, a poursuivi Brody. Aller au village, c'est important. Alors il prend la veste et se souvient que son père la portait…

– Seamus Senior.

– Oui, Seamus Senior la portait le jour où des Américains sont arrivés et ont essayé d'acheter une partie de leurs terres...

– Ah oui ?

– Peu de temps après l'arrivée de l'Américain, son père est mort dans la...

– ... la presse à foin, je m'en souviens.

Je me suis redressée.

– Es-tu en train de suggérer que l'Américain l'a tué ? Et peut-être que Seamus Junior peut résoudre le mystère ?

Brody a fait la grimace.

– Ce n'est pas *Le Club des Cinq*. C'est un roman sérieux. Un roman existentiel.

– Bien sûr.

À ce moment-là, mon intérêt a considérablement diminué, *mais au moins il écrit*, me suis-je dit. Nous y étions presque.

– Alors, est-ce qu'il envoie la lettre ? ai-je demandé.

– Quelle lettre ?

– La lettre pour sa tante à Birmingham ?

– Il décide de ne pas y aller.

Il n'y va pas ? ai-je pensé.

Brody a secoué la tête.

– Il voulait y aller, mais aller au village, c'était insurmontable pour lui. Ce qui me rappelle qu'il faut que je me documente sur l'herbe.

– L'herbe ?

– Tous les types d'herbe. Seamus connaît les herbes de son pays. Toutes, du seigle au trèfle blanc. Seamus pense beaucoup à l'herbe. Il peut regarder un champ et citer une centaine d'espèces d'herbes différentes.

– De l'herbe ? ai-je répété.

– Oui, de l'herbe ! Arrête de dire de l'herbe !

– Mais c'est toi qui en parles !

– C'est juste que tu ne comprends pas. C'est de l'art et tu as l'air d'essayer de faire croire que tout cela n'est pas important.

– Mais non.

Je détestais les disputes et je les évitais chaque fois que je le pouvais.

– Désolée, Brody, je n'aurais pas dû poser toutes ces questions stupides.

– Je suis juste fatigué. Épuisé.

La première pensée qui m'est venue, c'est qu'il n'avait fait que rester assis sur une chaise ergonomique devant mon vieux bureau en chêne. Il avait libre accès, facilement, à une cuisine entièrement fonctionnelle, équipée d'une machine à café coûteuse et sophistiquée. Mais bien sûr, je n'avais aucune idée de l'énergie mentale nécessaire à l'écriture d'un livre et de la fatigue cérébrale générale qui en découlait.

– Ça a l'air vraiment difficile, ai-je hasardé. Être écrivain.

Brody a réussi à hocher la tête.

– C'est vrai, a-t-il dit, le visage renfrogné. C'est difficile... Ce n'est pas facile du tout.

Il avait des pleurs dans la voix, ses mots étaient proches de vaciller. Il s'est levé brusquement et s'est approché de moi pour poser les mains sur mes épaules.

– Je t'aime, Roisín, a-t-il dit d'une voix douce. Je sais que je ne suis pas très drôle, à travailler si dur et à continuer à m'isoler tous les soirs. Tu dois te sentir seule.

Il s'est agenouillé à côté de moi.

– Je t'aime aussi, ai-je répondu. Je veux juste que nous soyons heureux. Et quand tu auras fini ton livre...

Il s'est éloigné de moi ; son corps s'est raidi.

– Mais tu sais, ai-je continué, quand ce sera fini, je pensais faire une grande fête. Inviter tous les gens que nous connaissons... et puis partir, juste nous deux et peut-être, je pensais...

Un bébé, ai-je pensé. *J'adorerais avoir un bébé.* Mais Brody a semblé lire dans mes pensées.

– Nous avons besoin d'autre chose... d'un petit être qui mettra fin à la solitude, d'une présence sur laquelle nous concentrer...

Il m'a pris la main.

– Brody, tu ne suggères pas… ?

J'ai ressenti de l'excitation, ce que je n'avais pas éprouvé depuis un certain temps. Il prenait notre relation au sérieux, nous allions avoir un enfant, c'était notre prochaine étape ensemble.

Il a hoché la tête.

– Je pense que c'est exactement ce dont nous avons besoin. Quelque chose à aimer, quelque chose qui nous aime en retour… le bruit des petits pas, le joli petit visage… les petites dents…

– Les dents ?

Il a hoché la tête.

– J'adore leurs petites dents, la façon dont ils mangent les graines de tournesol et mâchent les aliments…

– Mais Brody… il s'étoufferait… ?

– Les hamsters adorent les graines de tournesol, a-t-il dit en se glissant dans son fauteuil. J'éprouve vraiment la sensation qu'il manque un hamster à cette maison. Ils apportent une autre dimension à la maison, ce sont les créatures les plus étonnantes. Ils sont si petits, mais si intelligents. Leurs petits visages… leurs énormes joues… J'en ai eu beaucoup quand j'étais enfant et mes hamsters étaient toujours là pour moi. Hammy, évidemment. C'était mon premier, mais ensuite il y a eu Harry, Harriet, Shaggy, Scooby…

Je l'ai regardé, la réalité s'est imposée.

– Pendant un instant, j'ai cru que tu parlais d'un bébé. Un bébé humain.

– Un bébé ! s'est-il exclamé en riant. Oh, je déteste les bébés. Donne-moi un hamster plutôt qu'un bébé. Les hamsters peuvent être nos bébés… Nous pourrions les élever…

Il est devenu fou, ai-je pensé. *Le livre l'a rendu fou.*

– Je n'aime pas les hamsters, ai-je déclaré. Je ne pense pas que les animaux devraient vivre en cage.

– Oui, oh, nous sommes tous dans une cage. Parfois littérale, parfois métaphorique. La société est une cage. C'est pourquoi nous avons besoin d'un hamster, pour nous rappeler l'état de fragilité dans lequel nous sommes tous.

Il s'est levé.

– Maintenant, je retourne à l'étage… Ce livre ne va pas s'écrire tout seul.

Et il s'est souri à lui-même, comme s'il avait dit quelque chose qui l'amusait.

***

Par la fenêtre du salon, j'ai vu Harry passer, un journal sous le bras.

– Harry ! l'ai-je hélé depuis la porte d'entrée. Je t'ai acheté un ouvre-boîte.

J'ai couru dehors et lui ai tendu le sac.

– Il est électrique, il suffit de le brancher et c'est parti.

– Vraiment ?

– Il ne demande aucun effort.

– Ah c'est mon genre d'ouvre-boîte, a-t-il dit en fouillant dans sa poche intérieure. Maintenant, combien te dois-je ?

– Rien. Je t'en prie. Il ne m'a presque rien coûté. Pour de vrai.

Il avait toujours la main posée sur son portefeuille.

– S'il te plaît, Harry. C'est juste un petit service entre voisins, et ils étaient à moitié prix dans le magasin et ils sont si bon marché.

Il a rangé son portefeuille à contrecœur.

– Comment tu t'en sors ? ai-je demandé. Comment se passe le rangement ?

– Très bien, merci. Tout simplement parfait.

Mais il n'avait pas l'air aussi souriant que d'habitude.

– Tu es sûr ?

– Enfin, c'est l'anniversaire de Nora aujourd'hui, alors ça n'a pas été une journée formidable, pas vraiment. Mais je m'en sors. Je reviens justement de l'église où j'ai allumé une bougie et fait une prière. Ce n'est pas que j'aime tout ça, d'ailleurs. Mais Nora serait contente. Et j'ai dit quelques mots, qu'elle me manquait et que j'espérais qu'elle allait bien là-haut, ou quel que soit l'endroit où elle se trouve.

– Tu veux une tasse de thé ? ai-je proposé.

– Ce serait chouette, oui, a-t-il admis. L'anniversaire de l'année dernière a été le pire, parce que c'était le premier. Aujourd'hui c'est le deuxième et même si la personne qu'on aime vous manque toujours, j'ai découvert qu'on devait rester assez silencieux pour pouvoir l'entendre.

J'ai hoché la tête, pensant avoir compris.

– Je pourrais peut-être te passer un coup de fil plus tard dans la semaine avant de venir et nous pourrions commencer par la pièce de devant ?

– C'est adorable de ta part. J'aimerais bien avoir des bras supplémentaires pour m'aider. J'ai aussi demandé à Cyril, au numéro 17, de me donner un coup de main pour tout ranger. Il est très pointilleux sur la propreté. Il a dit qu'il n'avait pas eu un tel défi à relever depuis qu'il avait pris sa retraite de l'université. Il a aussi établi des priorités. Il est reparti chez lui tout à l'heure avec deux radios et un grille-pain. Il est doué pour réparer les choses, alors il a dit qu'il allait essayer de les revendre. Il était professeur en ingénierie, tu sais.

Grand merci à Cyril du numéro 17, ai-je pensé. Nous étions maintenant deux à essayer de prendre soin de Harry. Et j'aimais bien m'occuper de lui, comme si ma vie ne se résumait pas à entretenir la maison pour Brody.

Chapitre 9

Le jeudi, JP a déposé un dossier sur mon bureau.

– Madame Kelly, m'a-t-il dit, plongez-vous là-dedans.

La première page portait l'inscription suivante :

Lady Immaculate Hall, réaménagement du front de mer, Sandycove

Cette demande d'urbanisme particulière traînait dans le département depuis huit ans. Bien que les promoteurs et les architectes aient changé plusieurs fois, nous n'avions jamais pu la finaliser. Le bâtiment avait autrefois appartenu à un ordre de religieuses qui l'avait légué au conseil municipal, lequel avait ensuite lancé un appel d'offres pour trouver un promoteur. C'était la zone autour du Hall qui intéressait les gens, et non le fait de devoir investir des millions d'euros pour remettre aux normes modernes un bâtiment décrépit et mal-aimé. Nous savions qu'une association l'utilisait pour préparer des déjeuners tous les jours, mais en dehors de cela, la salle avait été lentement laissée à l'abandon. Quand j'étais enfant, elle était envahie par des groupes divers, de la danse irlandaise au ballet, en passant par les associations de scouts et les danses de salon. Aujourd'hui, tout ce beau monde, à l'exception des déjeuners communautaires, avait déménagé au tout nouveau Mounttown Centre.

– Tu as dit que tu voulais rendre ton travail plus intéressant, n'est-ce pas ? a poursuivi JP. C'est un dossier délicat, je te l'accorde. Mais j'ai pensé que tu pourrais l'aborder d'un point de vue neuf, et non pas avec le regard blasé de Frank et de Dermot. Ne panique pas, je ne m'attends pas à ce que tu obtiennes un résultat pour ce dossier. Jette simplement un coup d'œil, avec le point de vue d'un planificateur, et vois si tu n'y découvres pas une faille, une idée lumineuse qui pourrait changer son destin. Un esprit frais et un regard neuf pourraient être ce dont il a besoin. On ne sait jamais.

– Tu as de la chance, a lancé Dermot depuis son bureau. Mon esprit ressemble à des légumes pourris oubliés au fond d'une poubelle à roulettes.

Il a souri.

– Cela ne m'a pas empêché d'atteindre le sommet de ma carrière. L'esprit de Frank, par contre, est aussi frais que son vieux caleçon.

JP l'a ignoré.

– C'est ce qu'on appelle une montée en compétences, Roisín, a-t-il dit. Je dois être le mentor d'au moins un membre de mon équipe.

Il a regardé autour de lui.

– Personne d'autre ne semble vouloir bénéficier de mes nouvelles compétences.

– Tu peux être mon mentor, JP, a dit Dermot. Apprends-moi quelques-uns de tes trucs. Comment rentrer ton pantalon dans tes chaussettes quand tu fais du vélo ou comment écrire en pattes de mouche illisibles.

– Merci, Dermot, a rétorqué JP. Toujours aussi perspicace.

Il s'est retourné vers moi.

– Parce que nous étions ensemble à la fac, il pense qu'il peut se permettre de dire ce qu'il veut.

– Le respect va dans les deux sens, a chantonné gaiement Dermot. Et je sais où tes cadavres sont enterrés. Avec ce paquet de graines de cannabis Skunk que tu as rapporté en douce d'Amsterdam.

JP lui a fait les gros yeux.

Saoirse nous regardait depuis son bureau comme un suricate.

– Qu'est-ce qui se passe ? a-t-elle demandé.

– Je donne à Roisín des responsabilités supplémentaires. Tu as changé d'avis ?

– Non, merci, JP, a-t-elle dit en se remettant à parcourir son téléphone. Je suis déjà débordée. Roisín ne devait pas être très occupée au départ.

– Aujourd'hui, ça m'est égal que tu approuves ou que tu refuses le plan de développement, m'a dit JP, prends juste une fichue décision, ce qui est bien plus que ce qu'ont fait les deux personnes qui sont payées pour être des planificateurs dans ce département, d'après ce que je constate.

– JP, tu veux bien me laisser en dehors de tout ça ? a clamé Frank. Je ne veux pas être ridiculisé et rabaissé.

– Excuse-moi, Frank.

JP s'est retourné vers moi.

– Essaie, qu'est-ce que tu as à perdre ? Je pense qu'avoir quelqu'un d'incorruptible comme Roisín serait une bonne chose, parce que nous devons être plus blancs que blancs, plus purs que la neige, transparents jusqu'à la nudité...

– JP, laisse tes fantasmes à la maison, là où ils doivent être, a dit Dermot.

JP a soufflé.

– Mon Dieu, accorde-moi la sérénité d'accepter les choses que je ne peux pas changer, a-t-il dit en s'éloignant. Le courage de changer les choses que je peux changer, et la sagesse de savoir que lorsque je prendrai ma retraite – ce qui ne saurait tarder –, je n'aurai plus jamais à travailler avec Dermot O'Grady.

Il a disparu dans son bureau.

– Bonne chance sur ce coup-là, m'a dit Dermot en échangeant un regard avec Frank.

– Lady Immaculate Hall n'est pas une mince affaire, a reconnu Frank.

– Une noix impossible à casser, a confirmé Dermot. C'est le mur de Berlin de la planification. Tu as tellement envie de le franchir, mais quoi que tu tentes, tu te fais abattre.

Belinda a levé les yeux.

– Dermot, s'il te plaît. Les blagues déplacées ont été interdites au bureau après ton dernier scandale.

– Moi ?

Dermot a feint l'innocence d'un enfant.

– Jamais.

J'ai couru après JP, serrant le dossier contre ma poitrine, et j'ai frappé à sa porte ouverte.

– JP, ai-je dit en entrant, j'aurais dû être plus claire. Je ne pense pas vouloir prendre plus de responsabilités. Enfin, c'est juste que je suis occupée et qu'il y a tout le reste de mon travail. Et j'aurais peut-être dû dire que j'étais très satisfaite de mon poste. Je n'ai pas besoin de mentorat ou de trucs de ce genre.

– C'est une opportunité, Roisín, a-t-il dit en s'adossant à sa chaise. Nous avons besoin d'un nouveau planificateur dans le département. Frank et Dermot sont débordés depuis que Celui-qu'on-ne-doit-pas-nommer a été banni… J'ai besoin de quelqu'un en qui je peux avoir spontanément confiance. Et je travaille avec toi depuis… combien de temps ?

– Dix ans.

Je n'avais jamais eu l'intention de devenir une administratrice en urbanisme, mais j'avais fait de l'intérim dans le service pendant quelques mois et JP m'avait demandé si je voulais rester.

– Aussi longtemps que ça ? C'est plus longtemps que n'a duré mon mariage, a-t-il constaté en me faisant signe de m'asseoir. Je suis fan de Bruce Springsteen depuis plus longtemps, quand même, et je me bats avec la ligne de tonsure de mes cheveux qui recule depuis plus longtemps aussi. Tout ce que je te demande, c'est de jeter un coup d'œil au planning et de prendre une décision, que ce soit oui ou non.

– Donc dire oui au plan d'urbanisme signifie que le Hall est démoli. Et dire non signifie que nous revenons à la case départ ?

– Exactement. Le plan prévu pour l'ancienne salle de jeux est simple. Ce qui n'est pas simple, c'est le Hall Lady Immaculate. Il est sous la responsabilité du conseil municipal, mais celui-ci est réticent à dépenser la somme d'argent nécessaire pour le rénover. Les promoteurs veulent simplement le faire disparaître et la communauté – comme elle le fait invariablement – proteste. Et si tu décides de refuser, alors nous faisons ce que nous faisons toujours et le bâtiment sera laissé à ce que nous appelons de la négligence bénigne, qui évolue ensuite vers la décrépitude bénigne, qui évolue ensuite vers une démolition pas si bénigne que ça. Et nous recommençons – cette fois-ci sans qu'un bâtiment potentiellement sensible sur le plan architectural ne soit au cœur de l'affaire, et la planification a beaucoup plus de chances d'aboutir. Le problème, c'est que la négligence bénigne, le délabrement et la démolition peuvent prendre beaucoup de temps. Connais-tu le Hall ?

– J'avais l'habitude d'y suivre des cours de danse irlandaise. Et ma mère nous emmenait chaque année à la foire aux plantes…

– Je savais que tu connaîtrais, puisque tu es du coin et tout ça. Donc, actuellement, c'est un centre communautaire. Il n'a pas de propriétaire en tant que tel, car le lieu a été légué à la communauté. Le conseil, dans le cadre d'un accord informel dont les détails se perdent dans la nuit des temps, a pris en charge sa gestion.

JP s'est enfoncé dans sa chaise.

– Écoute, c'est un cadeau empoisonné, mais je dois te confier un dossier pour que tu commences à acquérir de l'expérience en matière de planification. Tu as dit que tu voulais plus de responsabilités, n'est-ce pas ?

– Pas réelle… ai-je commencé.

– Écoute, tout ce dont nous avons besoin, c'est d'aboutir dans un sens ou dans l'autre. Il faut que le dossier disparaisse de notre département. Pourquoi penses-tu que Frank et Dermot sont comme ça ? C'est à cause de ce dossier. Tout ce dont j'ai besoin, c'est d'un oui ou d'un non définitif pour que nous puissions dire que nous avons mis toutes les chances de notre côté. Je serai absent pendant deux semaines à partir de demain…

– Tu prends des vacances ? Mais tu détestes les vacances.

– Il s'agit plutôt d'une période d'introspection, a-t-il déclaré. Je suis actuellement dans la position humiliante de devoir regarder en face quelques faits incontournables concernant ma personne et mes habitudes pas terribles, qui étaient principalement de regarder trop de sport et de ne pas passer assez de temps avec ma femme. Logiquement, il s'agit maintenant de mon ex-femme. Mon indisponibilité émotionnelle, si tu veux. C'est ainsi que l'appelle mon thérapeute. Se rendre émotionnellement distant pour ne pas avoir à faire le dur travail de vivre avec quelqu'un et de l'aimer.

Il a fait la grimace.

– Je suis en train de l'apprendre à mes dépens. Je vis dans un appartement d'une pièce assez sinistre sur York Road, dans la partie la moins salubre de Sandycove. « Partir en vacances » – il a fait des guillemets en l'air – fait partie de ma thérapie. Mon aversion pour les « vacances » est une autre raison pour laquelle mon ex-femme me trouvait si insupportable. Elle a dû partir faire des randonnées avec un groupe parce que je refusais de l'accompagner. Elle a fait le Camino de Santiago, est allée au Machu Picchu... et même au camp de base de l'Everest. C'est là qu'elle a rencontré Gruffydd.

JP a marqué une pause.

– Un mètre quatre-vingt-dix, taillé pour les mines de charbon et qui récite Dylan Thomas tout en étant attentionné.

– Oh, mon Dieu !

JP a saisi une photo encadrée d'un JP souriant et d'une version plus âgée de lui-même, tous deux portant des cannes à pêche.

– Je vais pêcher à la mouche avec mon vieux père pendant deux semaines, raviver mon ancienne passion pour la pêche à la truite. C'est dans le Connemara, juste à côté du Lough Corrib, le plus beau lac du monde. Il y avait cette île que nous avions l'habitude de rejoindre à la nage quand nous étions jeunes, et nous y passions toute la journée. Mon Dieu, le goût de la truite fraîche, frite sur un feu que tu as préparé toi-même. Et on regardait de l'autre côté du lac, dans la vallée de la Maam, et on pouvait presque croire en Dieu.

Il a marqué une pause.

– Presque.

Il a soupiré.

– Nous devons tous nous concentrer sur ce qui nous rend heureux, ce qui nous passionne.

– Mais…

– Laisse-moi t'expliquer, Roisín, a-t-il poursuivi. Tu vois, être planificateur signifierait un meilleur salaire pour les mêmes horaires de travail. Je ne te demande pas d'être manager, car cette voie est celle de la folie. Considère cela comme un petit enrichissement de ta vie quotidienne.

– Je vais essayer, ai-je cédé.

JP a pris un formulaire et y a tracé une grande coche.

– Encore un employé satisfait. Samedi à cette heure, il n'y aura que mon vieux et moi, habillés comme des jumeaux et comiques dans nos gilets à surpoches, nos casquettes plates et nos gigantesques cuissardes, et juste le bruit des vaguelettes du lac tandis que les libellules s'élanceront à la surface. Et puis le soir, nous irons boire un whisky au comptoir du pub de Pat MacDonogh, en parlant de hurling et du bel art de la pêche à la mouche.

– Ça a l'air extra.

– Merci d'essayer, Roisín. Et n'oublie pas, pas de pots-de-vin !

Il a souri.

– Je ne veux pas te voir rouler en Mercedes et fumer des cigares de La Havane.

– Marbella, me voilà ! ai-je essayé de plaisanter, mais j'étais pleine d'appréhension.

Qui voulait s'attaquer au calice empoisonné de la planification ?

Chapitre 10

The Island, mon pub local à Sandycove, était un petit bar accueillant décoré de filets de pêche, de vieilles bouées en verre et de photographies du port. Richard, Jools et moi étions assis dans la petite cour à l'arrière du pub, à notre table habituelle, dans la chaleur de cette soirée de juin.

– Alors, a dit Richard, on prend quelque chose de pétillant ? Ma vie a besoin d'une dose de pétillant. Du prosecco, d'accord ?

Il a fait signe à Mike derrière le bar et s'est retourné vers nous.

– Alors, comment allez-vous toutes les deux ?

– Eh bien, à part mon genou, a dit Jools, je vais bien. J'assure toujours les cours, mais je ne saute plus autant. Et je suis tombée sur Darren hier. Encore une fois. Mais cette fois, nous avons dû discuter. Il s'est fiancé. Genre, il va se marier.

Elle m'a regardée et a fait une grimace.

– Pas avec Mme Rippling Body UK et Irlande ? ai-je demandé. La pauvre.

– Exactement, a dit Richard. Est-ce qu'elle a un cerveau, une estime de soi, les yeux en face des trous ?

– Elle ressemble à l'un de ces corps qu'on trouve dans des tourbières des milliers d'années après, lui ai-je dit, et qui ont été conservés dans les champs des fermiers et qui se trouvent maintenant au musée national.

Jools a attrapé un verre de prosecco que Mike venait de poser sur notre table.

– Je sais que je suis bien débarrassée. Et la peau de Darren a une drôle de teinte verdâtre, et il a abusé du blanchiment des dents. Elles sont maintenant pratiquement translucides. Tu te souviens de la fois où il a cru que Snowdonia était un endroit dans *Le Lion, la Sorcière et l'Armoire magique* du *Monde de Narnia* ?

– Tu mérites tellement mieux, a affirmé Richard. Un dieu grec par exemple, ou quelqu'un de fabuleusement mythique.

– À Dublin ? a douté Jools. Je ne pense pas que ce soit possible. Et je me fais vieille…

– Tu as trente-deux ans ! me suis-je exclamée.

– Exactement.

– Eh bien, a commencé Richard, j'ai l'impression d'avoir vieilli d'une vingtaine d'années en un an et demi, depuis que j'ai pris ce poste.

Il a attrapé son visage des deux mains et l'a projeté vers nous.

– Je suis vieux, comme un vieil homme hagard. Je me suis regardé dans le miroir de cet horrible hôtel et devinez qui j'ai vu ?

– Un fantôme ? ai-je suggéré.

– Mon père, a répondu Richard. Mon père. John-Joe lui-même. Si tu m'avais mis une casquette en tweed sur la tête et que tu m'avais arraché une dent, j'aurais eu exactement la même tête. J'ai failli avoir une crise cardiaque.

Richard s'est agité, fait inhabituel chez lui.

– Je veux vivre maintenant, dans le temps présent. Je vais siroter mon prosecco et jouir de cette minute précise, ici, dans ce Dublin plein de charme, avec mes deux meilleures amies. Je ne veux plus jamais, jamais, me retrouver dans une pièce sans air, à fixer des chiffres et à essayer de trouver des astuces pour que mon client ne paie pas d'impôts. Ce n'est pas une façon de vivre, mon âme est en train de mourir… Pourquoi ai-je fait ça ?

– Pour ton énorme salaire ? a répondu Jools.

– Pour tes primes, ai-je dit. Pour ce magnifique appartement que tu possèdes. Ce costume hors de prix.

– Mais mon père ne s'intéressait pas aux costumes ni aux appartements, ni au fait de pouvoir voyager en première classe. Il ne m'a pas élevé dans l'idée qu'il fallait y accorder de l'importance.

Il a rempli nos verres de prosecco.

– Je veux juste une vie plus simple. Si tu me mettais dans une salle avec des vaches et que tu me disais de les traire, je ne saurais pas quoi faire. Et je ne voudrais pas salir de boue mes bottes en caoutchouc. Papa aurait honte de moi. Qu'est-ce qui m'est arrivé ? Où est passé le petit Richie ?

– Il a suivi l'argent, ai-je dit.

– Il a vendu son âme au diable, a renchéri Jools en me faisant un clin d'œil.

Richard a hoché la tête, tristement.

– Oui, c'est vrai, c'est ce que j'ai fait. Mais... – il s'est éclairé – bonne nouvelle, la direction a accepté ma rétrogradation. Ils ont dit que c'était la première fois dans l'histoire de l'entreprise que quelqu'un demandait moins d'argent et moins d'heures.

– Tu as fait ce qu'il fallait, lui ai-je assuré.

– Et nous aurons l'occasion de te voir plus souvent, a ajouté Jools.

– La vie nous échappe, a poursuivi Richard. Tu n'as pas remarqué ?

– Oh que oui, a soupiré Jools. Je voudrais que mon ligament croisé soit guéri et pouvoir à nouveau courir.

– Et je voudrais que Brody termine son livre, ai-je dit. Et je voudrais que cette stupide demande d'urbanisme soit bouclée. Mon patron veut que je devienne planificatrice.

– Planificatrice ? a dit Richard. Je croyais que tu voulais être chef cuisinier...

– Cela n'arrivera jamais. Et c'est peut-être une bonne chose pour moi. Je connais suffisamment le sujet grâce à tout mon travail administratif et devenir planificatrice est la prochaine étape.

Richard m'a regardée d'un air sceptique.

– Depuis tout le temps que tu travailles là-bas, tu n'as jamais parlé de devenir planificatrice.

– Oh, tout arrive...

– Mais tu aimes cuisiner, a objecté Jools.

– Je sais… mais je ne gagnerai jamais ma vie avec la cuisine. Au conseil municipal c'est un vrai travail.

– Alors, a dit Richard, cela nous amène tout droit à ma grande idée de lever des fonds pour l'association caritative de Jools et de profiter des talents très spéciaux et très précis de notre Roisín…

Pas le club de dîners, me suis-je dit.

– Je pensais à une vente de gâteaux au bureau…

Richard a levé la main comme s'il présidait une réunion de travail.

– C'est une excellente idée, très honorable. Et oui, bien sûr, nous pourrions faire ça. Moi aussi, je pourrais m'investir dans un projet similaire, peut-être une danse irlandaise sponsorisée pendant vingt-quatre heures, pour impressionner mes collègues comptables avec mon talent de longue date.

Il s'est mis à chuchoter d'un air de conspirateur :

– J'étais bon, pourtant. Maman regrette encore que je n'aie pas fait carrière et il paraît qu'elle dit que j'aurais pu être le prochain Michael Flatley. Je racontais ça à Sam tout à l'heure.

– Sam ? a demandé Jools.

– Mon nouvel assistant, a-t-il répondu. Mon bras droit. Je ne pourrais pas m'en passer…

Richard a rosi légèrement pendant un moment. Il y avait du nouveau. Richard avait toujours été très discret sur sa vie amoureuse, même si nous l'avions vu s'enticher de quelques hommes au fil des ans. Il y avait ce baron allemand von quelque chose qui l'obsédait, Richard s'attardait à la bibliothèque du collège chaque fois que le baron y étudiait. Et il y avait eu aussi notre voisin, un charpentier appelé Thomas Duffy, à qui Richard commandait des objets à offrir, juste pour pouvoir entamer de longues conversations avec lui. Mais la façon dont Richard parlait de changer de vie et ses yeux embués lorsqu'il mentionnait ce Sam étaient quelque peu différents.

Richard s'est concentré à nouveau sur nous.

– Bref. Revenons à mon idée. Que penses-tu d'un club de restauration ?

Richard me regardait droit dans les yeux.

– C'est une idée de génie, a-t-il poursuivi, même si c'est moi qui le dis. Écoute-moi bien. Nous organisons un dîner pour trente personnes, trois samedis de suite, et nous récoltons le plus d'argent possible. Lieu à confirmer. Sam va chercher des locaux disponibles, organiser la réservation en ligne et se renseigne déjà sur la législation pour un club organisant des dîners. Nous pensions à vingt-cinq euros par personne ? Le plus important, c'est qu'on va s'amuser ! Et..., a-t-il ajouté en nous jetant un coup d'œil par-dessus le bord de son verre, cela pourrait même nous aider à grandir en tant que personnes.

– Je ne veux plus grandir, a dit Jools en faisant la moue. J'en ai assez d'essayer d'être meilleure, d'être plus sage. Si je regarde encore une conférence TED, je vais hurler. Mais je veux m'amuser davantage, ça c'est sûr.

– Il n'en est pas question, ai-je déclaré sur un ton catégorique. Je ne peux pas. Je ne peux pas cuisiner pour des invités qui vont payer. C'est bien de cuisiner pour des amis ou pour de petits événements familiaux, mais pour du public ? Pas question. J'ai la communion de Daisy et Kitty samedi et c'est très bien. Mais...

– S'il te plaît. Nous avons besoin de toi, a plaidé Richard. Nous ne pouvons pas le faire sans toi. Sinon, ce n'est qu'un club, le dîner en moins.

– Si Roisín ne veut pas..., a hasardé Jools.

– Écoute-moi, a repris Richard en levant à nouveau la main. Ce n'est qu'un restaurant éphémère. C'est Sam qui en a eu l'idée parce que je lui ai dit que Roisín était un excellent chef...

– À peine une chef, ai-je commencé à protester, tandis que je sentais une vague de panique monter en moi.

– Jools sera ton bras droit et je serai le maître d'hôtel... comme lors des dîners que nous avions l'habitude d'organiser.

Après l'obtention de notre diplôme, nous organisions régulièrement des déjeuners ouverts le dimanche pour des groupes qui atteignaient parfois jusqu'à vingt personnes. Moi aux fourneaux, Jools affairée à servir, Richard qui pliait les serviettes et stressait parce qu'il n'y avait pas assez de verres. Paddy était encore là et il avait fabriqué une longue table avec deux vieilles portes qu'il avait trouvées dans une benne et que nous utilisions dans le jardin l'été, et nous avions une vieille nappe en lin que nous avions trouvée dans les cartons de gens qui avaient vidé une maison sur Fitzwilliam Square. Mais c'était pour le plaisir, sans pression, et surtout sans argent. J'avais déjà été poussée à faire quelque chose au bureau, et maintenant mes amis essayaient de me pousser à faire ça.

– Richard, je ne peux pas, ai-je protesté. Je préférerais faire du hula hoop caritatif ou n'importe quoi d'autre plutôt que de...

– Quel est le problème exactement ? Tu as toujours dit que tu rêvais d'avoir ton propre restaurant...

– Oui, mais c'était il y a des années... – J'ai essayé de comprendre ce qui n'allait pas. – et là c'est du sérieux.

– Alors tu ne veux pas avoir ton propre restaurant ?

– C'était facile de rêver, mais je n'ai jamais vraiment pensé à le faire pour de bon.

– C'est bon, alors ! – Richard a croisé les bras. – On se lance.

– Mais je ne suis pas formée, me suis-je lamentée.

– Ça n'a pas d'importance, a affirmé Richard.

– Mais, et l'hygiène et la sécurité ? Tout ne doit-il pas être préparé dans des cuisines industrielles ?

– Pas dans les clubs gastronomiques. Sam est en pleine recherche, mais il existe des licences temporaires spéciales. Il va vérifier la législation, l'assurance, ce genre de choses. Tout ce qu'il nous faut, c'est un emplacement. Alors, on se lane ? Jools ?

Jools a haussé les épaules et m'a regardée.

– Si Roisín est d'accord.

– Nous serons là pour te soutenir, a dit Richard, à chaque étape, n'est-ce pas, Jools ?

Elle a acquiescé.

– Tout à fait. À chaque étape du processus.

Ils avaient tous les deux l'air excité et Richard a levé son verre.

– À notre club de dîners ! Roisín, tu es partante ?

J'allais devoir dire oui. Quand est-ce que j'aurai du cran ?

– Vous êtes sûrs que ça ne vous dérangera pas que la nourriture soit basique ? ai-je demandé.

– Ça dépend de ce que tu entends par basique, a-t-il répondu. On ne parle pas de pâtes alphabet sur des toasts. Je veux que tu te mettes au défi…

– Pas de sauces ni de mousses…, ai-je insisté.

– Il est évident que non, a-t-il convenu. C'est tellement dépassé.

– Rien qui implique un glaçage, une préparation sous-vide ou des heures de marinade. Rien de trop sophistiqué.

– Bien sûr. C'est tellement fastidieux.

– Et vous êtes d'accord pour que je choisisse le menu.

– Oui… mais tu me donneras tes idées et nous pourrons en discuter. Laisser à quelqu'un le contrôle total n'est vraiment pas mon truc.

– Et ce ne sera que pour trois semaines.

– Oui, à partir de samedi prochain. Et ne t'inquiète pas pour nos invités, ils sont toujours gentils quand c'est pour une œuvre de charité. Ils s'en ficheront si la nourriture est épouvantable. Elle ne le sera pas, bien sûr. Elle sera divinement délicieuse. Tout ce que tu as à faire, c'est de cuisiner.

– Et Paddy peut t'aider, a ajouté Jools. Je lui en ai déjà parlé. Il a dit qu'il a hâte de revoir tout le monde.

Je me suis dit que c'était un cauchemar. Au moins, je serais coincée dans la cuisine, je n'aurais besoin de voir personne, surtout pas Paddy. Et je devais penser à Brody. Mais j'ai calculé les dates dans ma tête.

– Le dernier samedi tombe le lendemain de la date limite à laquelle Brody doit rendre son manuscrit, ai-je calculé. Cela pourrait faire partie des célébrations.

– Absolument, a dit Richard d'une voix douce. Qui ne voudrait pas célébrer un événement aussi important ?

Chapitre 11

En rentrant chez moi à vélo, j'avais le cerveau en ébullition. Non seulement à cause de cette idée de Richard qui signifiait que je devais offrir ma cuisine au public et m'exposer à ses critiques, mais aussi à cause de Paddy. *Bien sûr que je pensais encore à lui. En ce moment, mon mari était absent et je m'ennuyais et me sentais seule. Dans un mois, tout irait bien.*

Il n'était que vingt et une heures et j'ai tourné à gauche au carrefour du village pour aller voir ma mère.

Le ciel était encore clair, le jour s'étirait vers l'heure du soleil couchant et, après avoir attaché mon vélo à la rambarde, j'ai descendu le chemin jusqu'au côté de la maison de maman et j'ai poussé le portail.

Elle était assise dans la vieille chaise longue, un livre sur les genoux, son petit transistor sur l'herbe à côté d'elle, qui émettait des sons grésillants et indistincts. Elle s'est retournée et m'a souri.

– Bonjour ! ai-je lancé. Je voulais savoir comment tu allais.

– Je suis ravie de te voir. Qu'est-ce que tu fais là à cette heure-ci ?

– J'étais sur le chemin du retour et je… je me suis dit que j'allais passer.

Je ne voulais pas lui avouer que j'étais réticente à l'idée de rentrer retrouver Brody.

– Le jardin est vraiment magnifique, l'ai-je complimentée en regardant autour de moi. Comme toujours.

Je me suis assise sur la chaise à côté d'elle.

– Tout va bien ?

Maman semblait toujours deviner quand je me faisais du souci.

– Jools s'est blessée à la jambe et ne pourra pas courir le marathon cette année…

– Oh, la pauvre… Est-ce qu'elle va bien ?

– Ça ira, mais Richard veut que nous fassions une sorte de club de dîners pour l'association caritative de Jools et il veut que je prenne en charge la cuisine.

Je scrutai son visage à la recherche d'une réaction qui pourrait confirmer ma réticence. Si elle manifestait une quelconque inquiétude à mon égard – comme craindre un manque de talent ou de capacité –, alors il serait tout à fait justifié de faire marche arrière.

Mais maman avait l'air ravie.

– J'aime bien l'idée d'un club de dîners. Quelle merveilleuse idée !

Richard et maman s'étaient adorés dès le premier instant où je l'avais ramené à la maison. Il l'appelait toujours sa maman de Dublin. Et il restait tard à discuter avec elle de la vie et de tout ce qu'il avait découvert sur ce sujet. Une année, alors qu'il révisait pour ses examens, il était resté avec nous pour Noël et maman lui avait appris le rami et ils avaient joué lors de longues séances nocturnes, en écoutant Édith Piaf et en buvant son vin de mûres fait maison.

– Tu ne penses pas que c'est trop… risqué ?

Maman m'a regardée pendant un moment.

– Mais tu prépares le buffet pour la communion de samedi, n'est-ce pas exactement la même chose ?

– Il s'agit juste de préparer quelques sandwichs et un gâteau. Ce n'est pas vraiment se mettre en avant.

Maman m'a jeté un coup d'œil.

– Quelques sandwichs. L'idée que tu te fais de quelques sandwichs, c'est un saumon poché parfait, trois salades différentes et quelques petits canapés…

– Eh bien…

– C'est exactement ce que tu vas faire, n'est-ce pas ?

– Peut-être, ai-je admis, mais c'est différent. Le club de dîners, c'est moi qui prétends tenir un restaurant. Cela me semble tellement fat, tellement arrogant. Tout le monde va penser que je pense que je peux le faire.

– Mais tu le peux…

– Je ne peux pas.

Je me suis sentie vieille, embarrassée par mon existence même. Quand étais-je devenue aussi pathétique ? Face à ce que je désirais le plus, il m'était difficile de franchir le pas.

– Bon, a dit maman, tu devrais vraiment te lancer. Écoute ton instinct, ce que tu veux le plus est souvent le plus difficile à atteindre. Raison de plus pour se lancer. Courage et confiance, Roisín. Il ne sert à rien d'être un cuisinier talentueux si personne ne le sait.

Elle m'a pris la main.

– Le nombre de personnes que j'ai rencontrées avec peu de talent visible, mais dotées à l'excès de confiance en soi, est choquant. Je pense qu'il est temps que quelqu'un comme toi ait une opportunité. Ce sera des dîners pour combien de personnes ?

– Une trentaine de personnes. Et nous n'avons pas de lieu… alors ça ne se produira probablement pas.

– Et pourquoi pas ici ? a-t-elle immédiatement proposé. Dans le jardin, utilise la maison d'été s'il pleut et fais-le dehors s'il fait beau. Cela a très bien fonctionné pour ton mariage. Si Richard est d'accord, bien sûr.

Maman m'a souri de cette façon exaspérante qui signifiait que l'accord était scellé.

– Peut-être…

Je voyais bien ce que Richard penserait de l'idée de maman d'utiliser le jardin. Je me suis levée, pensant qu'il était temps de rentrer à la maison et d'aller voir Brody.

– Au fait, ton père arrive demain matin, a poursuivi maman.

Je me suis rassise.

– J'ai préparé la chambre d'amis et j'essaie de me souvenir de ce qu'il aime pour le petit déjeuner.

Elle a pris une lettre dans le livre posé sur ses genoux.

– Voici sa dernière lettre. Toujours à explorer les méandres de ses souvenirs.

Elle a lu à haute voix :

– « Tu te souviens du premier appartement que nous avons eu ? Dans la rue Leeson ? J'essayais de me rappeler le nom de cette vieille dame qui était la propriétaire. Elle avait l'habitude de fumer des cigares et de boire avec Brendan Behan ? Et c'était infesté de cloportes, je n'étais pas assez viril pour m'en occuper, mais tu les avais attrapés avec un appareil que tu avais fabriqué avec une boîte à chaussures. Et nous étions allés à St Stephen's Green pour les libérer. »

– Tu es sûre que c'est papa qui a écrit ça et pas quelqu'un d'autre ? Ça ne lui ressemble pas.

– Laisse-moi me souvenir du nom de la propriétaire. Oui, c'était Mme O'Faolain. Nous avions emménagé dans l'appartement à notre retour de lune de miel.

Je n'arrivais pas à situer ce père et cette mère, qui avaient eu des vies avant leur mariage, avant les enfants et avant le divorce.

– Je ferais mieux de rentrer à la maison, ai-je dit en me levant une seconde fois et en regrettant de ne pouvoir rester là, dans ce petit paradis, avec ma mère, sans avoir à penser à quoi que ce soit au-delà des murs du jardin.

Chapitre 12

Proposition de menu pour le stupide club de dîners
Fèves au lard servies sur du pain grillé
Pommes de terre au four et au fromage
Pâtes au fromage
Sucettes glacées Magnum
Thé et biscuits

Maman :

Tu veux passer ? Ton père est là. Je vais demander à Shona + les jumelles. J'ai fait de la tarte aux pommes xxx

Le vendredi matin, j'ai appelé Shona depuis mon bureau.

– Tu as reçu un message de maman ?

– Peut-être. Je n'ai pas vérifié. Les filles avaient toutes les deux perdu leur boîte à lunch et Daisy voulait apporter sa baguette à faire des bulles à l'école, même si ça a été interdit parce que l'un des garçons a bu du liquide à bulles. Et puis Kitty m'a dit – juste au moment où nous quittions la maison – qu'elle avait oublié d'écrire un poème sur la communion. Finalement, je lui ai dicté quelque chose dans la voiture sur le chemin. À propos, as-tu tout ce qu'il te faut pour demain ?

– Bien sûr. J'ai fait mes listes et les courses seront livrées ce soir. Et j'ai commandé le saumon chez le poissonnier du village.

– Merci, a-t-elle dit en s'adoucissant. Merci... Tu me diras combien je te dois pour les courses...

– Je suis contente de le faire. Tu ne me dois rien.

– Tu dis toujours ça ! Laisse-moi te donner, au moins, l'argent pour le poissonnier. On adore que tu nous serves de traiteur... Tu es meilleure que tous ceux qui font les petits blinis et les vol-au-vent...

– Qu'est-ce que tu reproches aux vol-au-vent ?

– Rien, c'est juste que quoi que tu fasses, c'est toujours incroyable. Tu es une professionnelle. Sinon, je devrais le faire moi-même et nous n'aurions que des sandwichs au jambon et des chips. Alors, s'il te plaît, laisse-moi virer de l'argent sur ton compte pour les courses, d'accord ?

– D'accord...

– Et j'ai oublié pourquoi tu appelais.

– Papa est là. Il est arrivé.

– Allons bon ! a dit Shona. Le vadrouilleur est de retour ! Alors, qu'est-ce qu'on est censé faire ? Sortir les canons à confettis ? Et ça veut dire qu'il sera là pour cette stupide communion. La dernière chose dont j'ai besoin en plus de tout le reste...

– Maman veut qu'on l'appelle. Elle a préparé une tarte aux pommes.

– Je vais devoir vérifier dans quel état émotionnel et psychologique je serai d'ici dix-sept heures. Il se peut que mon stress ait baissé de façon significative d'ici là. Pour être honnête, Ro, a-t-elle soupiré, je ne peux pas donner plus de mon énergie émotionnelle. J'ai mes propres problèmes à régler.

– Comme quoi ?

Quand Shona rugit comme ça, j'ai appris à reculer. Cela signifiait généralement qu'elle était très stressée et j'avais toujours été la personne sur laquelle elle pouvait se défouler.

– Comme toutes les choses que je dois faire pour que ce satané truc ne déraille pas !

***

Saoirse a surgi au-dessus de mon bureau comme un Godzilla blond et j'ai rapidement caché le menu que j'avais prévu pour le club de dîners. Richard avait dit qu'il voulait passer en revue mes idées le plus tôt possible.

– Comment se présente la demande de permis de construire ? a-t-elle demandé.

– Je n'ai pas encore commencé. Et c'est impossible. C'est une impasse. Il veut juste qu'on tranche définitivement et le bâtiment pourra être laissé à l'abandon.

– Je parie que j'aurais pu le faire. Si seulement il m'avait demandé.

Saoirse était le genre de personne qui voulait ce que vous aviez juste parce que vous l'aviez.

– Mais tu as dit que tu étais parfaitement heureuse, lui ai-je rappelé. Tu te souviens ? Lors de la réunion ?

Elle m'a regardée d'un air absent.

– Je n'ai probablement pas écouté. De toute façon, ce n'est pas juste. Et maintenant, il part en vacances, ce qui est ennuyeux… – Elle a levé les yeux au ciel. – Je veux dire, pourquoi ne m'a-t-il pas demandé directement ? Je ne peux pas passer ma vie à faire de l'administration pour ces crétins inutiles…

Elle s'est tournée vers Dermot et lui a lancé un regard noir.

– Oui, Dermot, je parle de toi. Et de Frank.

– Peut-être que JP pense que Roisín est plus intelligente et plus compétente que toi ? a suggéré Dermot, d'une voix douce. Non pas que je pense que quelqu'un puisse être plus intelligent que toi, Saoirse.

Il a lancé un trombone à Frank.

– Tu n'es pas d'accord, Frank ?

– Je ne me mêle pas de cette conversation, a répondu Frank. Je ne veux pas discuter de savoir qui est le plus intelligent dans ce bureau.

– Parce que c'est moi, voilà pourquoi, a affirmé Dermot. Désolé, les amis.

Saoirse leur lança un regard noir.

– Vous êtes du plancton, voilà ce que vous êtes tous les deux. Ce n'est pas étonnant que vous soyez tous les deux de vieux célibataires. Pas vrai ? Dermot, toujours désespérément à la recherche de l'âme sœur ? Frank, tu rentres toujours à la maison avec tes barquettes pour une personne à réchauffer au micro-ondes ? Personne ne veut de vous, pas même les autres planctons.

Belinda a failli s'étrangler.

– Je plaisante ! a dit Saoirse. Personne n'est capable de plaisanter ici ? Qu'est-ce qui te prend, Roisín ? Pourquoi ne nous prépares-tu pas un bon gâteau pour nous réconcilier ?

Elle a éclaté de rire.

– Je plaisante ! C'est ce qu'on appelle des taquineries de bureau. Oh là là, c'est comme travailler avec des carmélites. Je devrais le savoir, c'est elles que j'ai eues comme professeurs.

Chapitre 13

Shona faisait marche arrière avec son énorme voiture pour se garer, les jumelles lui faisaient des signes de la main à l'arrière, juste au moment où j'attachais mon vélo sur la rambarde devant la maison de ma mère. Shona avançait et reculait comme si elle repassait la route avec sa voiture, pour finalement réussir à s'approcher du bord du trottoir.

– Tu y arrives ? ai-je crié à travers la vitre.

– Quoi ? a dit Shona en baissant sa vitre.

– Ta voiture. Ce serait plus facile de garer Air Force One.

– Qu'est-ce que tu racontes ? a-t-elle rétorqué d'un ton féroce. Ce n'est pas parce que tu es une propriétaire de vélo contente d'elle-même que tu peux te permettre de faire des commentaires, on ne t'a rien demandé.

Elle a remonté la vitre et avancé et reculé encore quelques fois, avant d'éteindre le moteur. Daisy et Kitty sont comme tombées de la voiture et m'ont serrée dans leurs bras.

– Comment s'est passée votre journée à l'école ?

Je les ai entourées toutes les deux de mes bras. Daisy a fait la grimace.

– C'était ennuyeux.

– Est-ce que vous avez encore des cours de catéchisme ou est-ce que tout le monde est passé à autre chose, même les professeurs ?

– Non, on en a toujours, a répondu Kitty. Surtout parce que c'est demain, la communion. Mais Daisy et moi on ne doit faire que la moitié de tous les devoirs. Elle fait la moitié et moi l'autre. Et ensuite, on copie.

– On est des génies, a conclu Daisy.

Toutes deux échangeaient des sourires complices.

– J'aimerais bien avoir une jumelle, ai-je dit. Je n'aurais besoin de travailler qu'une demi-journée.

Elles ont toutes les deux hoché la tête avec enthousiasme.

– Ouais, tu n'aurais qu'à vivre la moitié de la vie, a approuvé Daisy.

Mon rire sonnait aussi faux qu'une peau bronzée le jour de Noël. *Je n'avais pas besoin d'une jumelle pour mener la moitié d'une vie*, ai-je pensé. Je le faisais déjà très bien toute seule.

– Désolée d'avoir critiqué tes manœuvres de parking, ai-je dit à Shona, pendant que les jumelles trottaient sur le chemin menant à la porte d'entrée. Ce n'est pas facile de garer un char d'assaut dans une banlieue.

Elle a presque souri.

– Et moi, je suis désolée d'avoir été si horrible et irritée. Je suis juste… je ne sais pas…

– Moi aussi, ai-je dit. Je suis juste… aussi.

Shona a eu l'air immédiatement préoccupée, son visage entier s'est adouci comme il le faisait toujours dès que je montrais le moindre signe que ma vie n'était pas parfaite. Mais je ne pouvais pas me plaindre, car je n'avais pas deux enfants à charge, ni tout le stress de la vie de Shona. J'ai rétropédalé.

– Je vais bien. Tout va bien. Entrons et allons voir papa.

***

Papa a ouvert la porte les bras grands ouverts. Il était vêtu d'un short cargo bleu marine et d'une ample chemise bleue, comme s'il vivait encore sur la Côte d'Azur.

– Alors ! Qui est là ? C'est Kitty et Daisy ? Deux petites boîtes à idées, paraît-il. Des Prix Nobel, des envoyées de la paix de l'ONU, des capitaines d'industrie en devenir ! Je ne vous ai pas vues depuis l'été dernier.

Il a serré ses petites-filles dans ses bras, puis s'est relevé, souriant, les dents étincelantes au cœur de son bronzage permanent, assorti à sa chevelure d'un blanc de neige. Il était encore mince, encore beau.

– Comment vont mes deux adorables grandes filles ?

Il a d'abord serré Shona dans ses bras, en l'embrassant sur le dessus de la tête.

– Ma Shona. Et ma Roisín.

C'était mon tour d'être écrasée dans son étreinte, cette odeur de papa, de coton propre et d'après-rasage Creed. Pendant un moment, je suis restée là. Tous les sentiments que j'éprouvais pour papa, tout l'amour et toutes les autres émotions, bien plus confuses, étaient suspendus au-dessus de moi. J'aurais aimé pouvoir le serrer dans mes bras et l'aimer tout simplement, mais ce n'était pas si facile.

– Bienvenue…

J'étais sur le point de dire à la maison quand je me suis arrêtée. Je voulais lui souhaiter la bienvenue en Irlande, mais pas chez lui. Shona m'a jeté un regard, comme si elle ressentait la même gêne un peu confuse.

– Merci, ma chérie, a dit papa en douceur. C'est merveilleux d'être de retour dans ce pays où la pluie est omniprésente. Comme les nuages et la menace constante de la pluie m'ont manqué ! C'est bon d'être de retour pour un bon bout de temps. Maintenant, ta mère est dans le jardin, en train de parler à une de tes amis, Roisín, et à un autre gars à propos d'un dîner ou d'autres trucs. Robert ? Quelque chose comme ça.

Dans le jardin, Richard et maman étaient assis sur les deux chaises, absorbés par leur conversation. Un autre homme, très beau, en blanc immaculé tout comme Richard, était assis sur le tapis devant eux et prenait des notes détaillées. Daisy et Kitty ont couru devant nous pour aller jouer à la balançoire.

– Ah ! a dit Richard en levant les yeux. Voici la star en personne. Et la charmante Shona.

Il s'est levé et a pris Shona dans ses bras.

– Comment vas-tu ? Cela fait des années que je ne t'ai pas vue.

Il s'est tourné vers l'inconnu.

– Sam, voici Shona et Roisín. Shona et Roisín, je vous présente Sam. Et tout est parfait, Roisín. Nous avons tout arrangé.

– Qu'est-ce qui se passe ? a demandé Shona.

– Il parle d'un club de dîners caritatifs, lui ai-je dit. Richard m'oblige à le faire.

– Elle a peur, a dit Richard. Mais moi je dis : aie peur et cuisine quand même. Nous avons besoin des compétences affirmées de chef cuisinier de Roisín pour monter le projet, pourtant Roisín essaie de décider si elle doit se lancer ou passer un autre samedi soir à la maison à attendre que son mari ait fini son livre. Ce qui, soit dit en passant, sera bien, après tout ce foin.

Il a fait un clin d'œil à Shona.

– À ce rythme, je m'attends à *Guerre et Paix*, a complété Shona, et Richard et elle ont ricané un instant. Mais, a-t-elle poursuivi, l'idée du club de dîners me semble excellente.

– J'espère que ça marchera.

Il avait l'air confiant.

– Et ce jardin est parfait. C'est très gentil à vous de nous l'offrir, Maggie, et nous pourrons installer le bar dans la maison d'été.

– Nous t'aiderons tous, a proposé maman. Si tu as besoin de nous.

– Ou nous pouvons faire notre train, a dit papa. Laisse les jeunes s'occuper de leurs affaires. Nous pourrions aller au cinéma, Maggie ? Comme au bon vieux temps. Qu'en penses-tu ?

Maman a acquiescé.

– Pourquoi pas, on verra.

Richard se tenait entre deux pommiers.

– Nous allons installer une guirlande lumineuse d'ici à… ici. Je pense à des boissons et des grignotages ici…

– Dans le verger, a suggéré Sam.

– Le verger ? ai-je demandé. C'est juste quelques pommiers.

– Sam est visionnaire, a expliqué Richard. Et peut-être ne te rends-tu pas compte de la beauté du jardin. Les maisons de ce coin de Sandycove sont magnifiques, mais celle-ci est la plus belle parce qu'elle est intacte. Sauvage, rustique. Il n'y a nulle part une haie topiaire ou une bordure taillée.

Sam consultait ses notes.

– Il faudra tondre la pelouse. Et la maison d'été devra être vérifiée par les services d'hygiène et de sécurité.

Richard a approuvé.

– Quand aurons-nous des nouvelles de la demande ?

– Nous devrions avoir une réponse demain, a répondu Sam. Il faut juste que tu obtiennes la licence temporaire d'événementiel.

Maman, papa, Shona et moi sommes restés debout pendant que Richard et Sam discutaient de notre jardin comme s'il appartenait maintenant au public. Je me suis rendu compte que le club de dîners était déjà en train de se produire, que cela me plaise ou non.

– Maintenant, nous avons besoin d'un nom pour ce club, a annoncé Richard. Tu as une idée ?

– Le Club des Dîners de Sandycove..., a suggéré maman.

– Peut-être..., a dit Richard, mais il ne semblait pas convaincu.

– Le Club des Dîners d'été ? a proposé Shona.

J'ai regardé le jardin. La façon dont il s'ouvrait à vous lorsque vous entriez par la porte de derrière, l'odeur du jasmin, le chèvrefeuille qui grimpait sur l'arche.

– Très bien ! a souri Richard.

Tout le monde a approuvé avec enthousiasme.

– Le Club des Dîners du jardin ? ai-je proposé.

– C'est mieux, s'est-il enthousiasmé.

– Ou le Club des Dîners du petit paradis ? ai-je essayé à nouveau.

– Bingo !

Richard avait l'air ravi.

– Le Club des Dîners du petit paradis est né. Maintenant, nous allons vous laisser à vos... – il a levé un sourcil dans ma direction – retrouvailles. Nous allons faire des courses. Merci, Maggie.

Il a pris maman dans ses bras pour lui dire au revoir.

– Nous finirons notre conversation une autre fois et, oui, je crois que Liam Neeson est sous-estimé à l'international, et oui, prévoyons ce week-end à Barcelone à l'automne. C'est exactement ce dont nous avons besoin tous les deux.

Il s'est tourné vers nous tous.

– Au revoir, Shona, Jack.

Et il m'a serrée dans ses bras.

– Je t'appellerai plus tard, j'ai hâte de savoir quel sera le premier menu.

J'ai marmonné une réponse inaudible.

– Il ne sert à rien d'avoir du talent, a-t-il souri d'un air exaspéré, si tu ne peux pas le montrer. Tu me diras ce que tu as prévu.

Quand Sam et lui sont partis par la porte de côté, maman s'est tournée vers nous.

– Qui veut de la tarte aux pommes ?

– Enfin ! s'est exclamé papa. Je suis arrivé il y a cinq heures et depuis, je salive en la lorgnant du coin de l'œil. La tarte aux pommes irlandaise est très différente de la tarte aux pommes française.

– Laquelle est la meilleure ? a demandé Shona alors que nous entrions, avec Daisy et Kitty qui tenaient maman par la main.

– L'irlandaise, bien sûr, a répondu papa. Et ta mère fait la meilleure tarte aux pommes irlandaise, ce qui doit en faire la meilleure tarte aux pommes du monde.

Il nous a souri et j'ai compris qu'il se sentait déjà à l'aise.

Nous sommes rentrés, maman a préparé une théière et nous nous sommes assis à la table de la cuisine.

– Shona, Roisín, du thé ? Tu peux sortir la crème du frigo, Kitty ? Daisy, prends la carafe sur la commode. Et les filles, vous pouvez mettre votre grand-père au courant de vos vies bien remplies.

Comment se sont passés les examens de violon ? Vous avez été toutes les deux acceptées au club de foot ?

Maman a versé le thé pendant que les jumelles répondaient à ses questions et que papa écoutait et hochait la tête.

– Comment va Ross ? a demandé papa lorsqu'elles ont eu terminé. Je dois le voir un soir pour boire un verre au yacht-club.

– Pourquoi ne demandes-tu pas des nouvelles de Brody ? a répondu Shona avec raideur. Je ne suis pas la seule à être mariée ici.

Cinq paires d'yeux se sont tournées vers moi.

– Et comment va l'homme en question ? a demandé papa.

– Il va bien, ai-je répondu. Il a presque terminé son roman.

– Tu ne trouves pas que les écrivains font toute une histoire de leurs livres ? a continué papa. J'ai connu deux écrivains à Cannes et on aurait pu croire qu'ils sauvaient des vies tant ils parlaient de leurs travaux en cours, comme ils les appelaient. L'un d'eux a souffert du syndrome de la page blanche pendant trois mois et la seule chose qui l'a sorti de là a été un cours d'hypnose très coûteux. Oh, merci, Maggie.

Il a accepté une part de tarte aux pommes de maman.

– Ah, tu as toujours le Wedgwood Blue Pacific, je vois. Un cadeau de mariage, si je me souviens bien..., a-t-il dit avec un sourire. Où est la saucière que tu utilisais pour la crème anglaise ?

Maman était sur le point de parler quand Shona l'a interrompue.

– Alors, où est Maxine ? a-t-elle demandé. Elle sait que tu es ici, chez maman ?

– Eh bien, a commencé papa, une bouchée de tarte aux pommes suspendue dans les airs, j'ai bien peur que nos vacances avec Maxine ne soient très courtes. Elle a décidé de vivre seule. Pour toujours. Donc, ce ne sont pas tant des vacances qu'une pause totale. Et donc, comme je n'aime pas perdre une seconde de ce bien précieux qu'est la vie, c'était le moment idéal pour revenir à Dublin, régler le testament de Philip une fois pour toutes, et... – il a jeté un coup d'œil à maman – compter sur la gentillesse de mes proches.

Elle lui a rendu son sourire et s'est assise avec sa propre part de tarte aux pommes.

– Au fait, Maggie, a-t-il souri, elle est délicieuse.

– La prochaine fois, je ferai une crème anglaise pour l'accompagner.

Elle a levé les yeux.

– Dans la saucière, ont-ils dit à l'unisson, et ils ont éclaté de rire.

Shona et moi nous sommes regardées.

– Alors, Maxine et toi, vous allez vraiment divorcer ? ai-je demandé.

– C'est un bien vilain mot, a répondu papa, mais oui, oui. Et aussi charmante que soit Maxine, elle m'a clairement fait comprendre qu'elle ne voulait plus jamais me revoir. Ses derniers mots ont été, si vous me le permettez, qu'elle « ne voulait plus jamais voir ma stupide gueule »..., a-t-il annoncé en faisant des guillemets en l'air. Ou de m'entendre « avaler bruyamment » mon thé ou avoir à endurer une autre de mes « histoires interminables ».

Il a regardé les jumelles.

– Désolé, les filles, mais tout le monde ne trouve pas votre grand-père aussi charmant que vous. Vous pouvez croire ça ?

Elles ont toutes les deux gloussé et il leur a souri.

– Apparemment, a-t-il poursuivi, ma voix irrite les oreilles de Maxine depuis un certain temps.

Il a regardé maman, qui souriait elle aussi, comme si elle le trouvait très amusant, et il semblait vouloir l'amuser. C'était comme s'ils étaient en train de retrouver un rythme de vie qu'ils avaient perdu depuis longtemps.

Shona m'a de nouveau jeté un coup d'œil, puis s'est retournée vers papa.

– Combien de temps restes-tu ?

– Deux semaines ? a vérifié papa auprès de maman. Autant que Maggie le voudra. J'ai peut-être déjà dépassé la durée de mon séjour ? a-t-il hésité en la regardant avec un air de légère coquetterie. N'est-ce pas ?

– Non, Jack. Pas encore. Je te le dirai quand ce sera le cas.

– Pourquoi je n'emmènerais pas les jumelles dans le jardin pour voir si elles veulent encore faire un tour de balançoire ? a suggéré papa. Allez, les enfants…

Nous les avons regardés tous les trois partir dans le jardin, puis, par la fenêtre, nous avons vu papa les conduire jusqu'à la vieille balançoire en bois qui était accrochée au plus grand pommier depuis aussi longtemps que je m'en souvenais, et les deux petites filles se bousculaient sur le siège ensemble, comme Shona et moi avions l'habitude de le faire.

– Ai-je été trop dure ? a demandé Shona. Je veux dire, je voulais juste que les choses soient claires… Je pense que c'est juste.

– Bien sûr, l'a apaisée maman. Et je comprends ce que tu ressens…

– Vous ne vous êtes pas parlé depuis des années, a repris Shona. Vous ne supportiez pas d'être dans la même pièce. Pour mon mariage, nous avons dû vous asseoir à chaque bout de la salle de bal. Tu te souviens ? Roisín a passé tout son temps à courir entre vous deux pour s'assurer que vous étiez tous les deux heureux.

– J'ai l'impression que c'était il y a une éternité, a dit maman. Je ne me souviens même pas de la moitié de ce qui s'est passé. Maintenant, nous sommes juste des amis très particuliers, avec une histoire commune, deux filles et deux adorables petites-filles.

– Mais il reste juste pour les vacances, n'est-ce pas ? ai-je essayé de clarifier la situation. Il n'est pas revenu vivre ici ?

– Bien sûr que non !

Elle était sur le point d'en dire plus quand nous avons entendu papa et les jumelles revenir à l'intérieur et Shona s'est levée.

– Il faut qu'on y aille, les filles n'ont pas encore fait leurs devoirs. Et nous avons un million de choses à faire pour la communion de demain.

Je me suis levée à mon tour.

– Moi aussi.

– Je pourrais peut-être aller chercher les filles à l'école un jour ? a demandé papa en rentrant. Tu les ramènes à la maison et tu leur prépares un petit goûter ?

Shona a eu l'air momentanément déconcertée.

– Tu veux dire... ? Les récupérer à l'école ? Comme un grand-père normal ?

Papa a ri.

– Eh bien, maintenant que je suis de retour... ce serait extrêmement agréable que tu m'utilises comme ça. Chaque fois qu'elles sont venues en France, elles étaient trop occupées à faire des plongeons dans la piscine pour me parler.

Il s'est tourné vers Kitty et Daisy.

– Vous aimeriez que grand-père vienne vous chercher à l'école de temps en temps, n'est-ce pas ? Qu'il fasse vos devoirs avec vous ? Mes matières de prédilection sont l'histoire et les mathématiques. Qu'en pensez-vous, les filles ? Ça vous dirait d'être aidées par votre vieux grand-père ?

Daisy et Kitty avaient l'air très contentes.

– Sauf qu'on ne fait pas de maths ou d'histoire, a dit Kitty.

– Je veux dire qu'on est censées faire des maths et de l'histoire, mais on a décidé qu'on n'en avait pas besoin, a ajouté Daisy.

– Pas si nous voulons devenir des créatrices de mode, a expliqué Kitty.

– Oh, je suis sûr que je peux vous aider à travailler sur ces compétences, a souri papa. J'étais connu dans ma tendre jeunesse pour faire tourner les têtes.

Il s'est penché vers maman.

– J'ai toujours été un grand styliste, n'est-ce pas ? Le premier homme à Dublin à porter un foulard et un haut rayé breton. Je me voyais comme quelqu'un sorti d'un film français. Jean-Paul Belmondo, gare à toi.

J'ai eu une pensée déloyale pour Brody qui ne portait que ses vieux bas de jogging, ceux qui s'usaient aux genoux, et son T-shirt, celui qu'il retirait le soir et ramassait par terre tous les matins, et qui avait adopté une vie autonome, comme si toutes les bactéries qui s'y accrochaient bougeaient comme un seul homme.

– Tu avais plutôt l'air d'un gondolier, a plaisanté maman.

– Ah, mais un beau gondolier, tu ne trouves pas ?

Il a fait ce qu'il pensait être une moue sexy, ce qui a fait rire maman. Oh, mon Dieu, il flirtait avec elle.

Shona avait l'air dégoûtée, comme si elle venait d'être témoin d'une horreur indescriptible.

– J'y vais, a-t-elle annoncé. Venez, les filles.

Elle a pris l'une des tranches de tarte aux pommes que maman avait placées dans de vieux Tupperware pour Ross et Brody.

J'ai dit au revoir à papa qui a serré Daisy et Kitty dans ses bras, puis nous a embrassées, Shona et moi, à tour de rôle.

– C'est bon d'être de retour parmi les personnes que je préfère, a-t-il dit. Maintenant, Daisy et Kitty, je passerai vous prendre lundi et les cours de grand-père commenceront dès que nous serons rentrés à la maison.

Il leur a fait un clin d'œil.

– Je vous apprendrai tout ce que je sais, toute ma sagesse, mes pépites de génie, mes idées incendiaires.

– Papa, a supplié Shona, si tu vas les chercher, laisse-les faire leurs devoirs et s'il te plaît, quoi que tu fasses, ne leur transmets pas ta soi-disant sagesse. Et nous vous verrons tous demain pour la communion. Ne soyez pas en retard !

***

De retour à la maison, j'ai vu Brody descendre pour me rejoindre.

– Bonjour ! lui ai-je souri, ravie.

C'était si agréable d'être accueillie. J'avais renoncé aux baisers prolongés qu'il m'accordait chaque fois qu'il rentrait du travail.

– Juste pour info et tout ça, a-t-il dit, j'ai acheté un hamster.

– Un quoi ?

– Un hamster.

Il est resté debout dans le hall, les bras croisés.

– Un vrai hamster ? ai-je demandé. Ou une peluche ?

S'il vous plaît, faites que ce soit un jouet, ai-je prié. *S'il vous plaît, juste un petit jouet en peluche.*

– Un vrai, bien sûr, a-t-il répondu. Il est à l'étage, il fait la sieste.

Brody s'est gratté une aisselle.

– Il a des yeux incroyablement intelligents, comme s'il détenait toute la sagesse du monde dans son petit corps de fourrure. Il s'appelle Fyodor, au fait. Il est comme le petit frère que j'ai toujours voulu avoir et que je n'ai jamais eu. Rien à voir avec mon vrai frère, Roger.

Enfin, il m'a tendu la main et m'a attirée dans une sorte d'étreinte où mon visage était pressé contre sa poitrine, son odeur n'était pas seulement de la sueur, c'était quelque chose de plus humide, de plus profond, de plus marécageux. J'ai décidé de laver ce T-shirt ce soir-là, quoi qu'il arrive.

– C'est comme si nous formions une petite famille.

Il m'a relâchée. Brody avait l'air plus heureux que je ne l'avais peut-être jamais vu. Même le jour de notre mariage, ses yeux n'avaient pas brillé comme lorsqu'il parlait de Fyodor.

– Brody, quand tu dis qu'il est à l'étage, ai-je demandé, il est où exactement à l'étage ?

– Dans la chambre, bien sûr. Où d'autre pourrait-il dormir ? C'est calme là-haut et il pourra dormir tranquillement. Sais-tu que les hamsters sont nocturnes ? Par conséquent, lorsqu'il est réveillé, il sent la présence d'autres mammifères. Nous devrons être très silencieux autour de lui.

– Mais..., ai-je commencé.

– Nous ne voulons pas que Fyodor se sente seul, n'est-ce pas ?

– Fyodor ? Brody, écoute, ce n'est pas une bonne idée... Pas dans la chambre. La moquette est presque neuve.

– Mais je déteste la moquette. Pense au nombre de germes contenus dans les fibres. Ce sont des foyers de bactéries et de saletés.

Je me suis retenue de regarder avec insistance son T-shirt immonde.

– Mais c'est un rongeur.

– Les hamsters ne sont pas des rongeurs.

Brody avait l'air choqué.

– Ce sont de petits mammifères très curieux. Comme les chiens, mais en mieux. Ils sont plus faciles à transporter.

– À transporter ? Les hamsters ne sont pas transportables…, ai-je commencé, hésitant à m'interposer entre Brody et l'objet de son nouvel enthousiasme.

Mais si le fait d'avoir un hamster l'aidait à se concentrer sur la fin de son livre, alors peut-être que je devais le soutenir.

– Écoute, si ça te dérange tant que ça, a dit Brody, je vais remonter le tapis. J'ai besoin de Fyodor pour évacuer mon stress. Viens le voir.

Il est devenu fou, ai-je pensé en le suivant à l'étage. *Le livre, la solitude et la pression l'avaient rendu fou.*

Brody a poussé la porte de la chambre et là, sur le sol à côté de la fenêtre, se trouvait une grande cage où la sciure de bois avait déjà débordé sur le tapis. Il y avait une roue rouge et un monticule de peluches. Brody y a glissé la main et s'est agrippé à quelque chose, puis il a rapidement ramené ses deux mains sur sa poitrine.

– Il est très timide.

Il a écarté les doigts d'une main et à l'intérieur se trouvait Fyodor.

– N'est-il pas adorable ?

Deux yeux noirs et brillants m'ont répondu en clignant des yeux. *Il a l'air intelligent*, me suis-je dit. *Peut-être qu'il finira lui aussi par écrire un roman et que je devrais soutenir sa carrière d'écrivain. Sauf qu'il serait toujours un rongeur. Dans ma chambre. Je suppose.* J'ai essayé de paraître enthousiaste.

– Tu crois ?

Brody a approché Fyodor de mon visage.

– C'est une créature sans défense et tu ne l'aimerais pas d'un amour inconditionnel ?

– Il est très mignon, Brody, ai-je concédé. C'est juste que les rongeurs…

– Ce n'est pas un rongeur !

J'étais presque sûre que les hamsters étaient des rongeurs, mais j'ai décidé de ne pas camper sur mes positions.

– Brody, sois raisonnable. Pas dans la chambre, d'accord ?

J'ai essayé de trouver un endroit où il pourrait aller. Pas la cuisine. Ce serait sale. Le hall n'était pas assez grand.

– Il pourrait aller dans le jardin ?

Brody a eu l'air de penser que je venais d'annoncer que j'allais jeter le pauvre Fyodor dans les toilettes.

– Tu me surprends.

Il m'a regardée froidement en remettant Fyodor dans la cage.

– Je pensais que tu étais plus gentille que ça.

– Je suis gentille, ai-je protesté. Je veux dire que je suis quelqu'un de gentil.

Brody n'a rien dit, il s'est contenté de tripoter la boule de peluche qui semblait être le lieu de couchage de Fyodor.

– Je suis gentille, Brody !

Je pouvais sentir la folie se glisser dans ma voix maintenant. Peut-être que la folie de l'écriture d'un roman me rattrapait ? J'ai réessayé.

– J'aime bien Fyodor. Il est magnifique. C'est juste que je ne peux pas dormir avec lui dans la chambre. Tu ne peux pas le mettre dans la chambre d'amis ? Je veux dire dans ton bureau, et il pourra être ton porte-bonheur pendant que tu écris ? Il te donnerait le coup de pouce final pour terminer le livre ? Il ne reste plus que quelques semaines !

Le regard de Brody s'est figé une seconde de trop.

– Tout va bien ? ai-je demandé.

– C'est juste que tu n'arrêtes pas de parler du livre. Comment vais-je pouvoir l'écrire si tu n'arrêtes pas d'en parler ?

– Allez, l'ai-je rassuré. Mettons la cage dans… ton bureau. Et je te promets de ne plus jamais parler du livre. Je veux juste que tu sois heureux.

J'ai pris sa main dans la mienne.

– C'est tout ce qui me préoccupe.

J'espérais que ma voix transmettait la chaleur nécessaire, suffisamment pour éviter toute autre bouderie. Et qui sait, peut-être que j'apprendrais à aimer le petit Fyodor à mon tour ? D'ici la fin du mois, il dormirait probablement avec nous dans le lit conjugal comme une sorte d'enfant. Brody s'est assis sur le lit, presque docilement.

– Je vais te préparer une tasse de thé, lui ai-je encore chuchoté. Et un bon gâteau.

Je me suis rendu compte que c'était une sorte de jeu auquel je devais jouer, comme si j'étais dans un jeu de téléréalité et que je devais trouver comment faire semblant d'être heureuse en ménage.

Chapitre 14

La première communion de Daisy et Kitty
Canapés
Saumon sauvage du Connemara poché, sauce hollandaise maison
Quiche aux asperges et au parmesan
Salade de pommes de terre, salade de pâtes,
salade de haricots verts
Mini-meringues, crème fouettée et fraises Wexford
Gâteau de célébration à la crème au beurre et au chocolat blanc

– Tu n'as pas oublié la double crème ? a dit Shona au téléphone le lendemain, alors qu'il était à peine sept heures du matin. J'étais au supermarché à vingt-deux heures hier soir et il n'y en avait plus. C'est comme essayer de trouver le dernier Furby la veille de Noël. Pas de crème, pas de prosecco et pas de pâte feuilletée, nulle part. La saison des communions est une dinguerie. Une femme pleurait presque parce que quelqu'un lui avait arraché la dernière Viennetta des mains.

Elle s'est arrêtée.

– Il est tôt. Je sais que je suis sur les nerfs. Je t'ai réveillée ?

Je n'avais pas bien dormi après une nuit agitée à écouter Fyodor courir sur sa roue comme s'il s'entraînait pour un marathon de hamsters. J'avais aussi essayé de me rappeler si j'avais tout acheté pour la communion.

– Non, j'étais réveillée. Je me faisais du café. Et j'ai la crème. Et j'ai même pensé aux cierges magiques pour les mini-pavlovas.

Ma journée était planifiée méticuleusement – pocher le saumon, faire des meringues, faire bouillir les pommes de terre pour la salade, préparer les deux quiches et le gâteau... Tout le reste pouvait être assemblé chez Shona.

– Oh, Dieu merci !

Shona avait l'air démesurément soulagée.

– Je n'arrivais pas à dormir, a-t-elle poursuivi. J'essayais juste de... De toute façon, ça n'a pas d'importance. Tu seras là à onze heures, n'est-ce pas ? Nous irons à l'église à ce moment-là et nous te laisserons ici.

Elle avait l'air anxieuse.

– Ne t'inquiète pas, Shona. Tout va bien se passer. Ross et toi, passez une bonne matinée, je vais préparer le repas et je vous rejoins plus tard. As-tu mis les boissons dans le réfrigérateur ? Y a-t-il de la glace dans le congélateur ?

– De la glace ? De la glace ? C'est moi qui devais faire de la glace ?

Il y avait de la panique dans sa voix.

– C'est moi qui devais faire de la glace ? Je ne me souviens pas, Roisín... Je ne me souviens pas si j'ai fait de la glace !

– Où est Ross ? Il peut sûrement aller en chercher ?

Shona était maintenant dans une sorte d'état fébrile.

– Ma brosse à cheveux... Daisy m'a volé ma brosse à cheveux... et Kitty s'est peint les ongles en rouge... et je ne trouve pas mon dissolvant...

Il y a eu un bruit d'étranglement, comme si elle s'étouffait avec quelque chose. Je me suis rendu compte que Shona était en train de faire de l'hyperventilation.

– Shona, tout va bien ?

– C'est Ross..., a-t-elle murmuré. Il a disparu.

– Qu'est-ce que tu veux dire ?

– Je veux dire qu'il a disparu. Il y a un mois.

– Un mois ? Tu veux dire qu'il a été kidnappé ? Pris en otage ?

– Non ! Bien sûr que non ! Nous sommes dans le sud du comté de Dublin ! Il n'y a pas de prises d'otages ici. Bon sang ! Non, il a disparu de son propre chef. Il s'est kidnappé lui-même !

– Tu veux dire qu'il est parti ?

– Oui.

Elle pleurait maintenant.

– J'ai tenu bon, en espérant qu'il reviendrait à la maison. Mais un jour s'est transformé en deux, puis en une semaine… et maintenant ceci… la communion de ses filles ! J'ai regardé par la fenêtre toute la semaine, en me disant qu'il allait sûrement revenir maintenant, que je n'aurais plus à lui trouver d'excuses et que personne ne s'en apercevrait…

– Qu'est-ce qu'il a dit ? Comment a-t-il expliqué… ?

– Il a juste dit qu'il n'en pouvait plus. Il a fait son sac et il est parti. Il est allé au bureau, je le sais parce que j'ai fait un peu d'espionnage. Moi dans ma Land Rover avec une paire de jumelles en plastique des filles. Et il était là, se promenant comme si tout allait bien dans le monde, et moi j'étais assise dans la voiture en train de pleurer, une paire de jumelles roses à la main. Un de ses collègues m'a vue et j'ai dû lui faire un signe de la main en priant pour que mon mascara n'ait pas coulé sur mon visage et que je n'aie pas l'air d'une folle. Ce qui, bien sûr, était tout à fait le cas.

– Tu as été obligée de le faire, ai-je dit, furieuse que Ross la quitte.

Et pour quelle raison ? Shona s'était dévouée à lui et aux jumelles et avait fait en sorte que leur vie entière fonctionne.

– Quoi qu'il en soit, a-t-elle poursuivi, j'y suis retournée le lendemain, avec les jumelles roses, et il était en compagnie de la femme avec laquelle il travaille, Victoria, et il avait l'air heureux comme s'il ne se passait rien, comme s'il n'était pas en train de vivre une grande crise et qu'il n'avait pas quitté sa femme et ses enfants. Il était là, souriant et heureux, et ça m'a fait penser que Ross n'est pas le genre de personne qui sourit beaucoup et qu'il n'a pas vraiment de sens de l'humour. Est-ce qu'il s'est soudain découvert un goût pour la rigolade ?

– Je ne sais pas…

– Alors j'ai été soudainement envahie par cette dose de folie, comme si j'avais été électrocutée, et je lui ai crié dessus dans la rue, comme une *banshee*, a-t-elle gémi. Je suis tellement mortifiée.

– Continue…

– Il ne s'est pas arrêté de marcher, il a juste accéléré un peu, et tous les deux ont remonté South Anne Street en marchant, puis je les ai perdus. Mon Dieu, je serais nulle comme inspectrice… Je ne peux même pas faire ça correctement.

– Tu as besoin d'une meilleure paire de jumelles pour commencer, ai-je dit en essayant d'alléger le ton.

Elle s'est ressaisie.

– S'il te plaît, ne le dis à personne. Si tu le dis, je te tue. Tu me le promets ?

– Je te le promets…

Quand Shona devient mafieuse comme ça, on ne peut qu'être d'accord.

– Parce que je jure devant Dieu… !

– J'ai promis, d'accord ?

Pendant toutes ces semaines, Shona avait fait semblant que tout allait bien, alors que Ross était parti.

– Pourquoi ne m'as-tu rien dit ?

– J'espérais qu'il reviendrait et que personne ne le saurait. Je me disais : je vais juste passer la journée. Grand sourire, visage heureux, tralala.

– Mais tout le monde va demander où il est.

– Je pensais juste dire qu'il était… je ne sais pas… en retard, qu'il allait chercher d'autres boissons, de la glace – c'est une bonne excuse ça, merci – ou, comme d'habitude, qu'il travaille. Je commence à être douée pour le couvrir. Sauf que rater la communion des filles… c'était déjà bien assez de ne pas venir à leur fête d'anniversaire, mais recommencer ?

Pendant un instant, j'ai cru que sa voix avait craqué.

– Ça va ?

– Oui… bien sûr que je vais bien. Il le faut. Ce sont des gens comme Ross qui peuvent se désintéresser de leur vie, se dédouaner de toutes leurs responsabilités.

Sa voix s'est à nouveau brisée et elle s'est raclé la gorge.

– Écoute. Tu dois me soutenir, d'accord ? Si quelqu'un te pose des questions sur Ross, tu dois mentir. D'accord ? Il travaille… Il sera bientôt de retour… Le grand homme-enfant est momentanément retenu.

– Qui le sait ? Ses parents sont-ils au courant ? Quelqu'un d'autre ?

– Personne. Il n'y a que moi, évidemment. Et maintenant, toi. Ne dis rien.

Elle a raccroché et je me suis retrouvée à pocher un saumon, à préparer de la sauce hollandaise et à répéter ce que je dirais à mon beau-frère si jamais je revoyais son visage désolé.

Chapitre 15

Une banderole géante « Joyeuse et sainte communion » était suspendue sur le palier, flottant dans la brise depuis la porte d'entrée ouverte, flanquée de deux grappes de ballons à l'hélium argentés. Depuis le taxi, j'ai transporté les caisses et les glacières contenant la nourriture pour la fête jusqu'à la maison de Shona. Dans le salon, la longue table était recouverte d'une nappe blanche, les assiettes empilées, les serviettes et les couverts bien rangés, les verres scintillants sous le soleil de la matinée d'été.

Shona se tenait dans l'embrasure de la porte de la cuisine, magnifique – entièrement maquillée, avec les cheveux qui ondulaient en vagues lâches, vêtue d'une robe verte moulante et de talons d'enfer. Elle a levé la main.

– Ne dis rien. Je joue le rôle d'une femme en pleine possession de ses moyens, aidée par un tout petit gin-tonic. Respirer profondément ne marche pas, boire profondément est ce qu'il me fallait.

Son sourire était celui d'une folle, avant qu'elle ne soit distraite par le tourbillon de Daisy et Kitty qui se précipitaient dans la cuisine, deux nuages cumulés dans leurs robes de communion blanches comme la neige, suivies par maman, qui portait mon gâteau.

– J'ai trouvé ça sur le perron. Votre père était sur le point de le manger, il a dit : « c'est celui qui le trouve qui le garde ».

Nous pouvions entendre papa dans le hall avec les jumelles.

– Eh bien, eh bien, eh bien, disait-il. Qui sont ces jeunes filles exceptionnellement propres ? Je ne les ai jamais vues auparavant, avec des cheveux aussi bien coiffés ! Pas de nœuds ni d'épis !

– Où est Ross ? a demandé maman à Shona d'un ton radieux. Il est toujours à l'étage ?

– Il travaille, a répondu Shona. Malheureusement. Il va essayer de se débrouiller pour l'église.

Ses yeux ont croisé brièvement les miens.

– Je suis sûre qu'il y arrivera, a dit maman. Ses clients n'y verront pas d'inconvénient quand ils sauront à quel point c'est important.

Elle s'est tournée vers moi.

– Tu seras bien ici, Cendrillon ? Pendant que nous irons au bal ?

– Maggie !

Papa appelait maman.

– Viens voir ces deux-là, elles prétendent être nos petites-filles, mais je ne les ai jamais vues de ma vie ! Elles sont immaculées !

Maman a ri et est allée les rejoindre. Dans la cuisine, comme une actrice qui monte sur scène, Shona s'est stabilisée en s'accrochant à l'îlot de cuisine.

– Souhaite-moi bonne chance, a-t-elle marmonné avant de marcher d'un bon pas vers le hall. Kitty, ne porte pas ton vieil anorak. Daisy, c'est du vernis à ongles sur ta robe ? Il est trop tard maintenant. Papa, cette cravate ne date pas des années 1970 ? Non, je ne savais pas que maman avait gardé tes vieilles cravates. Et maman, je pensais que tu allais porter tes talons hauts…

Et ils sont partis.

Pendant ce temps, je me suis mise au travail. La crème fouettée, les mini-pavlovas ornées de fraises, les herbes hachées et éparpillées sur la salade de pommes de terre et la sauce hollandaise – ma deuxième tentative – versée à la cuillère dans un bol. J'ai réalisé le glaçage du gâteau avec de la crème au beurre blanc, et dessus, j'ai placé deux petites photographies de Daisy et de Kitty quand elles étaient bébés. J'ai regardé l'heure. Presque midi et demie, ils seraient de retour dans une heure, juste le temps de préparer les salades et de couper les concombres pour orner le saumon.

Et puis j'ai entendu une clé dans la porte.

Le cœur battant, j'ai cru qu'il s'agissait d'un cambrioleur. Un de ces types qui traquent les communions, sachant que les gens seront à l'église et que c'est le moment idéal pour vider la maison de tout objet de valeur. Il avait probablement déjà dépouillé toutes les maisons du quartier.

– Il y a quelqu'un ? ai-je appelé, la voix hésitante.

Et puis une voix d'homme.

– C'est moi. Ross.

Ross ? Je me suis dit qu'il avait réussi, qu'il était revenu pour tout arranger. Je suis sortie dans le hall pour l'inciter à s'activer. Ross portait son haut de rugby vert de l'Irlande, une paire de chinos crème et des chaussures bateau, et il brillait de santé, d'un éclat doré, une sorte de statue religieuse du bien-être.

– Bonjour, Roisín, comment ça va ?

– Super, ai-je dit d'un ton vif. Si tu te dépêches, tu pourras les rattraper…

Mais la lueur dorée était mélangée à quelque chose d'autre, je m'en suis rendu compte. C'est alors que j'ai compris. La culpabilité. Il n'avait pas pensé que je serais là, il n'était venu que lorsqu'il pensait que tout le monde serait sorti. Son œil a tressailli alors qu'il essayait de trouver comment il devait jouer ce rôle.

– Oui…, a-t-il hésité.

– Je prépare juste le buffet. Shona m'a demandé…

– Je suis juste… euh, as-tu parlé à Shona ?

– À propos de quoi ? ai-je demandé innocemment, en essayant de retenir ma rage qui risquait de partir au galop.

– À propos de… euh, de nous. J'habite en ville pour un moment… Je fais le tri dans quelques affaires.

– Non, elle n'a rien dit.

– Je veux dire, j'aime ma famille, a-t-il débité, comme s'il avait préparé un scénario, plus que tout. Mais parfois, les choses deviennent trop lourdes. Et... euh, j'ai une grosse charge de travail... J'ai juste besoin de prendre un peu de temps pour moi, a-t-il dit en divaguant. Je dois découvrir qui je suis, tu sais ? J'ai oublié qui était le vrai Ross au fil des ans. Et je veux renouer avec lui...

Il a attendu que je parle, et comme je ne le faisais pas, il a continué :

– J'ai lu un livre extraordinaire qui s'appelle *Trouver l'homme intérieur*...

Il a émis un rire maladroit.

– Mais c'est ce que je fais, trouver mon homme intérieur, parce que nous sommes tous tellement définis et limités par l'extérieur – la carrière, la famille, l'apparence...

Son rire est devenu nerveux.

– Et tout ça, et j'ai besoin de... j'ai juste besoin de... Il faut absolument que je...

– Que tu trouves l'homme qui est en toi ?

Mon incrédulité avait atteint des niveaux stratosphériques.

– Exactement. Je vais juste...

Il a fait un signe vers l'étage.

– ... tu sais, rassembler quelques affaires... mon... tu vois...

Il commença à marcher de côté, comme un crabe, vers les escaliers.

– Absolument, ai-je dit, incapable de lui rendre son sourire. Je dois finir de préparer les plats. Pour la communion.

En quelques minutes, il est revenu, portant un sac de sport, une housse de costume et ses clubs de golf.

– Au revoir, Roisín, a-t-il dit en s'approchant de la porte de la cuisine. C'était sympa de te revoir. Dis bonjour à ta mère.

Je me suis glissée dans le salon, comme une espionne, me tenant assez loin de la fenêtre pour ne pas être vue, mais assez près pour voir Ross traverser l'allée d'un pas vif. Il s'est précipité, comme un sprinter aux Jeux olympiques, vers une voiture de sport noire, à la calandre basse, garée sur la route, la portière du passager ouverte. Après avoir jeté les clubs de golf à l'arrière, il a baissé la tête, tiré son sac de sport et sa housse de costume avec lui, et s'est glissé sur le siège juste au moment où la voiture démarrait en trombe. La personne qui conduisait avait des cheveux blonds, des lunettes de soleil plantées sur le sommet de la tête, une paire de leggings coûteux, et Ross souriait. Je me suis rendu compte que je ne l'avais jamais vu sourire non plus. Il ne se ressemblait pas du tout ; l'homme qui était en lui n'avait visiblement rien à voir avec l'homme qui n'était pas en lui.

***

Environ une heure plus tard, j'ai entendu des voitures s'arrêter dans l'allée de gravier. Et puis des portes qui claquaient, des voix... et puis la ruée de centaines de personnes apparemment, d'autres voitures qui arrivaient, d'autres voix et des enfants qui couraient dans la cuisine. J'étais en train de préparer des petits pains au jambon et à la moutarde quand Shona est apparue.

– Je n'arrive pas à croire que tu aies fait tout ça, s'est-elle émerveillée. C'est fou.

C'est vrai que c'était impressionnant. Je ne savais pas trop comment j'avais réussi à faire tout ça, mais j'avais été concentrée et organisée et je m'étais cantonnée à des choses relativement simples – à part la sauce hollandaise.

Shona est allée directement au réfrigérateur et a ouvert la porte d'un coup sec.

– Attention, ne fais pas tomber les pavlovas !

– Elles sont superbes.

Elle a sorti une petite canette de gin-tonic et l'a avalée d'une traite.

– Ne dis rien.

Elle s'est essuyé la bouche du revers de la main.

– Je ne prends qu'une goutte pour ne pas me laisser abattre. C'est juste pour recharger mes batteries.

Elle s'est assise sur l'un des tabourets hauts.

– Comme de l'huile dans une voiture. Et je te promets de ne pas me saouler. Je dois m'occuper des filles. C'est juste pour me détendre un peu.

Des voix se sont fait entendre dans le hall alors que d'autres invités arrivaient.

– Il va falloir que je sorte de là. J'ai déjà passé trois heures à être gentille, à acquiescer, à serrer des mains et à me souvenir des noms des maris, a-t-elle dit en se levant. Je vais encore boire une petite gorgée, et puis c'est tout.

Elle a ouvert le réfrigérateur et s'est cachée à nouveau derrière la porte. Ce n'était pas tant une gorgée que quelqu'un qui se désaltérait après s'être perdu dans le désert.

– OK, c'est parti. C'est l'heure du spectacle.

Elle s'est retournée et est entrée dans le hall.

– Bonjour ! l'ai-je entendue dire. Oui, c'était une belle cérémonie, je sais ! Et c'est si gentil d'être venus ! Oui, c'est un jour si spécial…

Kitty et Daisy se sont précipitées à l'intérieur, et m'ont entourée de leurs bras tout en pressant leurs têtes contre mon corps.

– Papa n'est pas venu.

– Il avait dit qu'il viendrait.

– Il avait dit qu'il essaierait, a dit Daisy. Ce n'est pas la même chose.

J'ai embrassé leurs têtes où leurs tresses soignées se détachaient déjà.

– Je suis sûre qu'il a essayé. Mais il n'a pas pu.

Quel genre d'égoïste était Ross – d'abord rater leur anniversaire et maintenant leur communion. Et ensuite ? Manquer le reste de leur vie ? J'ai pensé à mon père, qui nous avait quittées pour Maxine, et au fait que, pendant des années, je me réveillais chaque matin en sachant que quelque chose n'allait pas dans ma vie, et que je réalisais ce que c'était – mon père ne vivait plus avec nous.

– Tu as fait tes meringues ?

– Et le gâteau ?

– Prenez deux meringues dans le réfrigérateur maintenant, leur ai-je dit, et je m'assurerai qu'il en reste deux autres juste pour vous plus tard dans la soirée, d'accord ?

Elles ont commencé à engloutir les meringues comme si elles n'avaient rien avalé depuis des semaines, avant de courir tout droit dans le jardin et de monter sur le château gonflable d'un seul bond. Papa est entré, suivi par Hugh.

– Bonjour, ma chérie ! Nous sommes à la recherche de la bouteille de whisky secrète de Ross.

Il a porté son doigt à ses lèvres.

– Ne le dis pas à Shona, mais as-tu une idée de l'endroit où elle pourrait se trouver ? Ou…

Il s'est tourné vers Hugh.

– Nous pourrions attendre que Ross rentre à la maison et le lui demander ?

Hugh a haussé les épaules.

– Cet homme s'avère aussi insaisissable que le chaperon écarlate, alors je pense que nous avons tout à fait le droit de partir à la recherche de son whisky. Il se peut qu'il le garde dans l'une des armoires hautes. Je lui ai offert un très bon single malt pour Noël… Il doit bien se trouver quelque part… J'ai essayé de l'appeler, mais son téléphone est toujours éteint.

Il s'est approché et a volé des tranches de concombre que j'avais disposées en écailles complexes sur le saumon.

– Est-ce que tu n'es pas merveilleuse à faire tout cela ? Tu devrais vraiment en faire un métier. Je viendrais bien dans ton restaurant.

Papa ouvrait et fermait les portes des placards, comme dans une farce irlandaise. C'est une Escoffier moderne.

– Il fut un temps, poursuit Hugh, où tu ne montais pas dans un avion si tu savais que le pilote était une femme et je me souviens que certains gars du club de golf n'étaient pas contents quand nous avons voté pour y autoriser les filles. Ce n'est pas qu'ils reviendraient en arrière de nos jours, mais les choses changent.

Papa m'a fait un clin d'œil alors que j'essayais de prendre un air impassible et poli.

– Et il y a eu la fois où ils ont fait venir une femme chef cuisinier, a poursuivi Hugh. Certains gars ont pensé que c'était une avancée de trop. Ils pensaient qu'une femme ne pouvait pas cuisiner un steak. Eh bien, elle leur a montré. Soit ce n'est pas si difficile, soit c'est une très bonne cuisinière. Parfaitement cuit. À point. Un bon morceau juteux... exactement ce qu'il faut.

– Papa, tu peux m'aider à apporter tous les plats dans le salon et à les mettre sur la table ? ai-je demandé. Tiens, prends le saumon. Hugh, vous pouvez prendre ces deux bols de salade ? Je vais porter le plateau.

Dans le salon, les femmes étaient toutes habillées comme pour un mariage royal, mais en plus glamour.

– Il est en route, a dit Shona. Il a dû aller au bureau pour travailler sur le dossier dont il s'occupe. Mais il ne veut rien manquer. Je suis sûre qu'il sera bientôt là.

Elle a à nouveau attiré brièvement mon attention.

– Pourquoi ne pas commencer ? a poursuivi Shona. Ma sœur, Roisín, nous fait les honneurs de son buffet.

– Oh, ça a l'air fabuleux ! s'est écriée Fionnuala qui avait déjà pris une assiette et une serviette. J'espère que tu as fait la quiche aux asperges que tu avais faite la dernière fois... et je vois tes meringues ! Oh, Seigneur ! Veronica ! Veronica ! Tu dois garder de la place pour les meringues. Elles sont à tomber !

L'une des femmes dotées de super-pouvoirs s'est approchée de moi.

– Vous êtes un traiteur professionnel ? Je n'arrive pas à trouver quelqu'un pour la communion de ma Sorcha dans deux semaines. J'avais bien une cuisinière, mais elle a dit maintenant qu'elle a deux réservations. Ce que je ne crois pas du tout. Je pense que quelqu'un est venu la débaucher et me l'a piquée.

Elle mangeait l'un des gressins enveloppés de jambon de Parme.

– Ils sont délicieux. Voulez-vous me rendre service ? S'il vous plaît ?

Elle a baissé la voix.

– Si vous ne le faites pas, ce seront des roulés aux saucisses de supermarché et des paquets de chips. Et ce n'est pas possible. Les gens penseront que nous n'avons pas d'argent.

– Vous savez, a dit une autre femme en se positionnant entre nous, j'ai besoin de vous pour la communion de mon Joshua. Samedi, dans deux semaines. Un petit groupe d'invités sélectionnés, juste la famille et les amis. Quelques voisins… des collègues, des copains du club de golf, les filles du pilates…

La première femme a fait les gros yeux.

– Roisín est à moi, a-t-elle déclaré. Je viens de le lui demander. On s'est mises d'accord, n'est-ce pas, Roisín ?

– Mais vous allez adorer notre cuisine, a insisté la deuxième dame. Nous venons de la faire refaire et elle est fantastique pour la préparation et… je ne sais pas… pour tout ce que vous pourriez faire d'autre. Nous avons une merveilleuse collection de couteaux. Mon mari n'arrête pas d'en acheter du Japon. Il ne les utilise pas, bien sûr, mais il insiste pour les montrer à tout le monde. Et notre réfrigérateur est énorme. Idéal pour…

La première femme avait joué des coudes pour passer devant elle.

– Désolée, Anne-Marie, a-t-elle dit en souriant. Tu devras trouver quelqu'un d'autre. Ou alors, j'ai entendu dire que *McDonald's* livrait de nos jours. Ce serait bien, non ? Les enfants adoreraient ça…

– Mes enfants ne sont jamais allés chez *McDonald's* !

Anne-Marie était presque en larmes.

– Et tu le sais très bien !

J'ai senti qu'il était temps de m'exprimer.

– Je ne peux plus faire de communions. Je ne l'ai fait que pour Shona parce que c'est ma sœur. Je suis vraiment désolée et en fait je travaille pour mon propre club de dîners la semaine prochaine…

– Mais c'est nous qui te paierions…

– Je sais… C'est simplement que… Je ne peux pas.

Fionnuala m'a attrapé le bras, m'éloignant des femmes qui échangeaient maintenant des méchants.

– La nourriture est délicieuse, a déclaré Fionnuala. Bien meilleure que chez Ronan et Amanda la semaine dernière...

Elle a fait un signe de la tête en direction du frère de Ross et de sa femme qui se tenaient devant la cheminée et discutaient avec un autre couple. Une petite fille vêtue d'un tutu et d'un gilet en fausse fourrure était assise à leurs pieds, le visage barbouillé de chocolat.

– Dommage que Ross ne soit pas là.

Elle a marqué une pause.

– C'est mon enfant chéri.

Puis elle a baissé la voix de façon bizarre.

– C'est un si bon fils et un mari si merveilleux. Manquer la communion de ses enfants est un sacrifice qu'il estime manifestement devoir faire pour subvenir aux besoins de sa famille.

– Tout va bien, maman ? a appelé Ronan depuis la cheminée. Elle n'arrête pas de dire à tout le monde que je suis son enfant préféré. C'est triste, vraiment. Mais ne t'inquiète pas, maman, Ross ne se donne même pas la peine de venir à la communion de ses propres filles ! Si on doit donner la priorité au travail... alors...

J'ai reculé et me suis glissée à côté de Shona.

– Ça va ? ai-je dit à voix basse.

– Qu'en penses-tu ? a-t-elle murmuré à son tour. Cette fête me fait vaciller au bord de la folie.

Elle a fermé les yeux un instant.

– Je n'aurais jamais cru qu'il ferait ça, tu sais ? Je ne pensais pas qu'il serait un jour ce genre d'homme, ni que je serais ce genre de femme. Mais, bien sûr, il s'avère que je suis exactement ce genre de femme. Pourquoi choisit-il maintenant de faire une espèce de crise de la quarantaine ? Je peux te dire que mon niveau de sympathie est très bas. Très bas, oui.

Elle a secoué la tête. Sa voix a changé quand l'une des invités s'est approchée et a posé sa main sur son bras.

– Oh, bonjour, Mary. Tu es ravissante, c'est une si jolie robe...

De retour dans la cuisine, Ronan, le frère de Ross, m'a coincée.

– Alors, qu'est-ce qui se passe ?

– Qu'est-ce que tu veux dire ?

– Avec Ross. Je sais qu'il se passe quelque chose, parce que la dernière fois que je lui ai parlé, il était vraiment gentil et mon frère n'a pas l'habitude d'être gentil, à moins qu'il n'ait quelque chose à cacher. Qu'est-ce qu'il y a ?

– Tu devrais demander à Shona.

– Je ne peux pas demander à Shona, je ne veux pas la contrarier… surtout si Boucle d'or ne s'est pas bien comporté.

– Ce n'est pas du tout le cas. Il essaie de se trouver…

Ronan a ri.

– C'est hilarant.

– Il est passé pendant que je cuisinais, tout à l'heure, je pense qu'il ne savait pas que je serais là. Il pensait que la maison serait vide et il avait besoin de ses clubs de golf…

– Quel connard !

– Et il m'a dit qu'il prenait du temps pour trouver son Ross intérieur.

Ronan s'est couvert le visage des deux mains.

– Mon Dieu, quel drôle de type. Enfin, je sais que c'est mon frère et tout, et il paraît que je dois l'aimer même s'il n'est pas aimable, mais mon Dieu, il a l'intelligence émotionnelle d'un moucheron. Ou d'un gnou. Celui qui a le moins d'intelligence émotionnelle.

J'ai pensé à la femme blonde et à la façon dont Ross avait sauté dans la voiture de sport pour la rejoindre.

– Il y avait une femme…

– Avec Ross ? a dit Ronan, l'air sceptique.

J'ai acquiescé.

– Il est parti dans une voiture de sport, c'est elle qui conduisait.

– Mais il réfléchit avec son entrejambe au lieu de son cerveau, cette espèce de pénis microscopique…

J'ai failli rire.

– S'il te plaît, je ne veux pas savoir…

– Je le sais, je me souviens quand nous grandissions et que j'apercevais la petite chose, et je me demandais quand elle allait grandir.

– S'il te plaît, ne dis pas ça, ça va me coûter des heures de psychanalyse pour oublier cette info et ce sera ta faute.

Il a souri.

– Écoute, si je peux faire quelque chose, si Shona veut que je lui fasse entendre raison. J'ai toujours pensé qu'elle était trop bien pour lui, vraiment. Et maintenant, il vient de le prouver.

Il a levé les yeux lorsque maman est entrée.

– Je me suis dit que je pourrais prendre une bonne tasse de thé ici, a-t-elle dit.

– Ça lui ferait du bien qu'on lui enlève ces couilles en or avec un scalpel rouillé, a murmuré Ronan, sur un ton entendu, en quittant la cuisine.

– Bonjour, Maggie, a-t-il dit en passant, c'est une belle fête, n'est-ce pas ?

– C'est absolument vrai.

Maman a rayonné, puis, quand il est parti, elle a demandé :

– Qui a besoin qu'on lui enlève ses couilles en or ?

J'ai essayé de réfléchir.

– Il parlait de lui, ai-je bredouillé, il fait souvent ça, il parle de lui à la troisième personne. C'est son truc...

Maman avait l'air confuse.

– Pauvre Ronan, alors qu'une foule d'enfants provenant du jardin passait devant nous et entrait directement dans le hall.

– Comme il le dirait lui-même !

J'ai pensé au gin-tonic de Shona dans le réfrigérateur et j'ai envisagé d'en descendre un très rapidement.

– J'étais en train de regarder une photo dans l'entrée, celle où nous sommes toutes les trois sur le bateau..., a dit maman. *Shining Light*... Tu t'en souviens ?

– Bien sûr, c'est une belle photo. Même Shona sourit...

– Je me souviens que ton père a pris la photo à la fin de la journée. Nous avions navigué jusqu'à Arklow et nous étions revenus... C'est drôle comme on peut se souvenir d'un sentiment, ils ne disparaissent jamais, même si les événements eux-mêmes deviennent un peu flous.

Le groupe d'enfants a surgi de l'entrée et a traversé la cuisine avec force cris et hurlements pour retourner dans le jardin. Maman a pris une bouchée de gâteau.

– Oh, c'est succulent. Quand vas-tu commencer à les vendre ? Tu vas vraiment faire le club de dîners, n'est-ce pas ?

– C'est samedi prochain, ai-je dit en me sentant mal. Il est trop tard pour faire marche arrière.

– Écoute, Roisín, a-t-elle dit en posant sa tasse de thé et en me regardant droit dans les yeux. Brody a son livre, qu'est-ce que tu as pour toi ? Qu'est-ce qui te passionne ?

– La cuisine, ai-je admis.

Elle a acquiescé.

– La passion, ce qui fait chanter ton cœur...

La matinée avait été incroyablement satisfaisante et agréable. La vue de tout ce que j'avais cuisiné me procurait au fond de moi un sentiment difficile à décrire, comme une sensation de chaleur, quelque chose qui n'était destiné qu'à moi.

– Courage et confiance, tu te souviens ? a continué maman.

– Je vais essayer.

Maman a souri.

– C'est bien. Parce que je pense que tu as beaucoup de talent. Et nous sommes tous derrière toi, d'accord ? À chaque étape. Maintenant, coupe-moi une autre part de ce gâteau. Il est trop bon.

Chapitre 16

J'ai appelé Harry le dimanche matin pour lui apporter les restes du repas de communion.

– Ah ! Roisín !

Il a déverrouillé sa porte, manifestement heureux de me voir.

– Je mourais d'envie de te montrer tout ce que j'ai réussi à faire aujourd'hui. Tu m'as vraiment donné envie de continuer.

– Je t'ai apporté des restes de saumon. Et quelques trucs en plus...

– Ah !

Il a jeté un coup d'œil approbateur aux Tupperware.

– Anchois et olives noires. La première fois que j'en ai mangé, c'était à Brindisi.

– Et quelques livres de recettes.

J'ai brandi mon sac fourre-tout que j'avais rempli de quelques-uns de mes livres préférés – Nigel, Nigella, Jamie et Gordon.

– J'ai pensé qu'ils pourraient t'inspirer...

Il y avait aussi un livre de recettes pour une personne seule et un autre consacré aux ragoûts. Je pensais qu'il pourrait emprunter ma mijoteuse et que les ragoûts qu'il pourrait préparer le réchaufferaient quand le temps commencerait à se refroidir.

– Et pour après, je t'ai apporté une part de la tarte aux pommes de ma mère.

Je lui ai tendu le paquet emballé dans du papier aluminium que j'avais caché à Brody et gardé pour Harry.

– J'ai pensé que ça te plairait.

– Ah, quel régal. Ma Nora avait l'habitude de faire une excellente tarte aux pommes. Son truc, c'était de mettre beaucoup de cannelle.

Il m'a pris le sac.

– Et de la lecture pour l'heure du coucher, merci. Et ce que tu me prêtes ne viendra pas s'ajouter aux piles de la maison.

Il me conduisit à l'intérieur.

– Cyril est venu tout à l'heure et il est très strict. Il a organisé la réservation d'une camionnette de l'association Saint-Vincent-de-Paul pour qu'elle vienne prendre certains de mes cartons. Je n'ai le droit de garder que cinq pour cent de tout…

J'ai suivi Harry le long du passage marron et or jusqu'à la cuisine.

– Si j'hésite une seconde, il met l'objet dans la pile des dons. Nous sommes en train de devenir une équipe efficace. Tu devrais voir la maison de Cyril, impeccable, ses vieux livres d'ingénierie classés selon le système décimal de Dewey, seulement trois bibelots – tous appartenant à sa défunte femme. Les journaux vont directement au recyclage après lecture, les boîtes de conserve sont lavées et recyclées, il n'achète rien à moins que ce ne soit pour remplacer quelque chose et il m'a averti de ne jamais, au grand jamais, fréquenter un magasin de charité. Pour quelqu'un comme moi, il a dit que c'était comme si un alcoolique entrait dans un pub.

– Je peux t'aider ce matin, ai-je proposé. Je pourrais t'aider à faire la cuisine et te permettre de t'y remettre.

La cuisine était encore bien remplie, car Harry et Cyril n'étaient pas encore arrivés jusque-là. Je me suis dit qu'il fallait s'y mettre, au moins pour nous frayer un chemin de l'évier à la cuisinière.

– Pourquoi ne manges-tu pas le saumon maintenant ? ai-je suggéré. Et je vais commencer. Je pense que… – j'ai regardé autour de moi, la poussière me prenait à la gorge, je me suis soudain sentie dépassée – je pense que nous ferons tout ce que nous pourrons pendant deux heures, et nous pourrons ajouter des choses à la collection de Cyril pour Saint-Vincent-de-Paul.

Il s'est avéré que Harry aimait tout et avait besoin de presque tout. Tout était utile ou le serait un jour. D'autres objets étaient comme des trésors perdus qu'il accueillait par des exclamations de joie.

– Oh, j'avais oublié ça, disait-il, ou bien : je le cherchais depuis longtemps.

Et il tenait l'objet – un livre qui tombait en morceaux, une tasse sans soucoupe, un torchon sur lequel était imprimé *Beautiful Bundoran* – comme s'il s'agissait d'un objet précieux. J'étais déjà en train de remplir d'autres cartons pour le magasin de charité, en tendant des objets, et Harry levait le pouce pour garder ou le baissait pour donner.

– Je me sens comme un empereur romain, m'a-t-il dit.

– Tout ce qu'il faut faire pour avoir un peu d'espace.

Nous avons travaillé dur. Il était près de midi quand j'ai finalement estimé que nous en avions fait assez pour une matinée. L'espace autour de la cuisinière était maintenant dégagé et propre et j'avais rempli trois cartons de choses à donner et quatre sacs-poubelle de choses à jeter. Nous avions réussi à découvrir la cuisinière, l'évier et le réfrigérateur – que j'avais tous récurés – et il restait donc un petit triangle des Bermudes brillant de propreté où il pouvait cuisiner. J'avais nettoyé l'un des placards et remplacé certaines casseroles. Le réfrigérateur, qui était maintenant exempt de bactéries, ne contenait que du lait.

– Qu'en penses-tu ? lui ai-je demandé.

– Tu as accompli un travail formidable.

– Tu vas pouvoir cuisiner maintenant. Et je pourrai encore t'apporter quelques plats.

Je devais rentrer chez moi et commencer à préparer le repas pour les parents de Brody, qui nous rejoignaient pour l'après-midi.

– Merci, a dit Harry. Mais seulement si ça ne te manque pas, et parce que ce serait gaspiller que de les jeter. Je ne veux pas que ton écrivain meure de faim.

– Ne t'inquiète pas pour lui, il ne risque pas la famine.

***

– Vous voulez un verre de vin, Sandra ? ai-je demandé. Ou juste de l'eau gazeuse ?

– Elle prendra les deux, a répondu Jim. Et moi aussi. Nous ne sommes pas attachés aux cérémonies, pour que tu le saches. Ouvre la bouteille que nous avons apportée, elle nous a coûté un bras, mais je pense qu'on en a pour son argent quand il s'agit de vin. Non pas que je sois ce qu'on appelle un bon vivant, hein, Brian ?

Il a tendu la main et serré le genou de Brody.

– Je veux dire, Brody !

Brody a grimacé de douleur.

– Non, papa, a-t-il répondu d'un ton pince-sans-rire, tu n'es certainement pas un bon vivant. Et je ne savais pas que maman et toi, vous buviez du vin. Je pensais que vous étiez tous les deux adeptes du panaché.

Et il s'est mis à rire tout seul.

– Qu'est-ce qu'il y a de si drôle ? a demandé Jim.

Brody a essuyé une larme d'hilarité.

– Je me souvenais justement de la fois où je te parlais de *Tristram Shandy* – le roman ! – et que tu m'as demandé si c'était une boisson !

Ses parents ont échangé un coup d'œil, tandis que j'allais rapidement chercher dans la cuisine le tire-bouchon et les verres. J'avais déjà vu d'autres personnes redevenir des adolescents boudeurs en présence de leurs parents, mais Brody était vraiment un champion à ce jeu.

Alors, je me suis rassise et j'ai rempli tous les verres avant de dire :

– C'est sympa. On ne vous voit pas assez souvent tous les deux.

– C'est la faute de Jim, a dit Sandra. Il se lève toujours à l'aube et fait des tas de...

– C'est le seul moyen pour nous d'aller à Palma de Majorque chaque été, c'est notre endroit à nous, n'est-ce pas, Sandra ?

Elle a acquiescé.

– C'est le paradis, c'est là que nous avons découvert le vin. Nous aimons bien un bon verre de vin espagnol.

– On ne s'y connaît pas vraiment en vin, a dit Jim en jetant un coup d'œil hâtif à Brody. Ni les plats. Mais on mange très bien là-bas.

– Il y a beaucoup de poissons, a remarqué Sandra.

– Et des fruits de mer.

– Les beignets de calamars, a déclaré Sandra, c'est mon plat préféré.

– De calamars ? s'est exclamé Brody en se réveillant de son demi-sommeil ennuyé. Tu manges du calamar ! C'est désopilant.

– Brody n'aime pas les fruits de mer, ai-je expliqué. J'ai essayé de cuisiner des palourdes...

– Oh, j'adore ça ! s'est exclamée Sandra.

– C'est délicieux, a approuvé Jim.

Brody est resté silencieux.

– Vraiment ? Vous trois, vous vous liguez contre moi ? Vraiment ? On en est arrivé là ?

– Non, non ! ai-je essayé de rétropédaler. Je disais seulement que...

Les yeux de Brody étaient des fentes glacées.

– Vous étiez tous les trois en train de rire à mes dépens, juste parce qu'il se trouve que je n'aime pas les palourdes...

– Mais Brian, c'est délicieux, a dit Sandra. Et Roisín ne faisait que dire qu'elle les aimait et nous étions d'accord.

– Mais vous vous êtes tous les trois délibérément mis d'accord pour encenser quelque chose que je n'aime pas et vous le savez tous.

– Cela n'a pas d'importance, ai-je tempéré. Nous étions juste en train de faire la conversation.

– Bois ton vin, Brian, il est très fruité.

– Boire mon vin ! a bafouillé Brody. Boire mon vin ! Tu veux que je sois saoul pour que je ne me sente pas visé, ignoré ou délibérément mis à l'écart. Par mes propres parents.

Il leur a lancé un regard noir.

– Par ma propre femme.

Il a tourné son regard vers moi et la lueur à laquelle j'avais jadis trouvé un petit air à la Heathcliff frôlait maintenant l'attitude inquiétante.

– Et je m'appelle Brody. Pas Brian.

– Bien sûr, Brody, l'a rassuré sa mère. Et de toute façon, j'allais te raconter une histoire amusante à propos de Roger.

– Roger.

Brody l'a fixée du regard.

– Qu'est-ce qui te fait penser que je pourrais être un tant soit peu intéressé par les allées et venues, et de préférence les sorties, de mon loser de petit frère ?

– C'est qu'il… euh, il a téléphoné et nous a parlé de cet homme qui est entré dans le pub…

Elle s'est tournée vers moi.

– Il travaille au *Happy Leprechaun* à Melbourne. Il adore cet endroit. Il a été promu directeur du bar et propose un nouveau menu pour le déjeuner. Il a dit qu'il allait faire découvrir à l'Australie un classique irlandais – les sandwichs au fromage et aux oignons ! a-t-elle raconté en riant. Il va l'appeler l'option végétarienne !

Jim et moi nous sommes joints à la plaisanterie, mais Brody avait l'air furieux.

– Et c'est ça ton histoire amusante ? a-t-il demandé.

– Non, a insisté Sandra, qui a dégrisé rapidement. Je parlais juste du sandwich. Il ne se prend pas du tout au sérieux, m'a-t-elle dit. Roger a toujours été un enfant très facile, n'est-ce pas, Jim ?

– Stupide, plutôt, a aboyé Brody. Ou, comme on doit l'appeler de nos jours, dyslexique.

Je n'arrivais pas à reconnecter les deux Brody – l'écrivain apparemment sophistiqué que j'avais épousé avec ce personnage grossier qui était jaloux de son frère.

Sandra a tendu son verre vide.

– Je peux te demander de me resservir ? m'a-t-elle dit. Je ne sais pas comment il a pu disparaître si vite.

Jim a également tendu son verre.

– Je veux bien un autre verre, et puis on ne va pas rester trop longtemps. Je n'aime pas laisser le chien toute la journée.

Sandra et lui ont échangé un regard entendu.

– Pas de problème, ai-je dit en me précipitant dans la cuisine pour récupérer la bouteille dans le réfrigérateur et en me demandant si quelqu'un le remarquerait si je restais là et ne revenais pas.

Chapitre 17

Club des Dîners du petit paradis
Bruschetta à la tomate
Lasagnes et pain à l'ail
Salade verte
Tiramisu

– Bon, a dit Richard, tout le monde est là ? Jools, Roisín, Sam ? Le Club des Dîners du petit paradis est donc lancé, grâce à Roisín. Merci d'être venus au rendez-vous un lundi soir. Il ne nous reste plus que cinq jours avant notre soirée inaugurale. Nous devons maintenant discuter des menus, des boissons, de la décoration…

Il s'est tourné vers Sam.

– De quoi d'autre ?

– Tout est sur l'agenda…

Sam a pointé du doigt l'écran de l'iPad de Richard.

– Là…

– Bien sûr.

Richard a souri à Sam.

– Merci.

– Bon Dieu, Richard, a dit Jools, en déchiffrant la feuille de calcul sur son téléphone. Je pensais que c'était censé être un événement caritatif amusant. Qu'est-ce qu'on organise exactement ? Une inauguration présidentielle ?

– C'est le même principe, a dit Richard en faisant signe à Mike derrière le bar. C'est un lundi, on ne prend qu'un verre ? Un Bramble Spritz ? Des objections ?

Jools et moi nous sommes regardées et avons haussé les épaules.

– Pas du tout.

– Quatre plats du jour, a-t-il dit au serveur. Et quelques pistaches.

– Maintenant, nous savons comment tu es au travail. Efficace et effrayant.

– Je suis pire au bureau. Là, je suis détendu.

Sam a hoché la tête en signe d'approbation.

– Il ne sourit jamais au travail. Son surnom secret est Magnum. Parce qu'il est froid comme la glace.

Jools et moi avons ri, et même Richard souriait, comme s'il aimait être taquiné par Sam. Richard a levé les yeux vers quelqu'un qui se trouvait juste derrière moi.

– Ah, si ce n'est pas un bel inconnu ténébreux ! Sam, voici Paddy, le grand frère de Jools.

Richard était debout et donnait l'accolade à Paddy.

– C'est super de te voir. Tu es de retour juste à temps pour nous aider pour le club de dîners.

– Jools m'a dit…

La voix de Paddy était restée la même, profonde et grave.

– Paddy est un bricoleur hors pair, si tu te souviens bien, a dit Richard. Ces étagères que tu as construites pour moi… il y a quoi, huit ans ? Eh bien, elles sont encore debout.

– À ton service, a répondu Paddy. Pour tout ce que je peux faire.

Il m'a regardée droit dans les yeux et il m'a semblé que tout ce qui s'était passé entre nous était connu et reconnu en une fraction de seconde.

– Roisín… comment vas-tu ?

– Ne sois pas si raide, Pads, l'a poussé Jools. Fais un *hug* à Roisín.

Elle a secoué la tête.

– Parfois, c'est comme s'il avait de nouveau quinze ans, il est maladroit et bizarre en société.

Paddy s'est approché et m'a serrée dans ses bras.

– Ça me fait plaisir de te revoir, Roisín.

J'avais oublié la longueur de ses cils, noirs comme ses cheveux et contrastant avec le bleu glacé de ses yeux.

– Tu fais toujours du vélo ?

Nous avions l'habitude de faire de longues balades. On suivait la côte sur des kilomètres et des kilomètres et on s'arrêtait à différents endroits pour prendre un thé, une pinte, manger un gâteau, ou tout ce qui nous faisait envie. Puis on retournait à la maison. C'était une de ces relations faciles, sans complication, dont on imaginait qu'elles ne fonctionnaient que parce que ce n'était pas une vraie relation. Il n'y avait pas de pression, pas d'attente, il suffisait d'être gentil avec l'autre. Et passer beaucoup de temps dans un lit aussi.

– Oui, ai-je répondu. Je n'ai toujours pas de voiture.

Il a souri.

– Moi non plus. Mais je vieillis, je suis moins souple... trop d'humidité dans les articulations, alors je ne serais pas contre une voiture...

– Comment pourrais-tu ?

Il a ri.

– Ouais, euh...

– Le magasin de vélos de Paddy est incroyable, a dit Jools. Vous devriez tous y aller et acheter un nouveau vélo. Roisín, tu mérites un beau vélo tout neuf et tout brillant, et Richard, tu n'as qu'à te bouger et commencer à pédaler !

– Je bouge assez comme ça, donc le magasin marche bien ?

Paddy a hoché la tête.

– Ça se passe très bien, j'ai encore des livraisons de différents vélos. Quelques vélos de course, et de très beaux vélos-cargos danois plus familiaux.

J'avais oublié à quel point il était toujours incroyablement détendu. Lorsqu'il s'est glissé dans le fauteuil que Richard avait sorti pour lui, je me suis rendu compte que j'avais plaisir à le revoir, et il a semblé ressentir la même chose en me regardant, souriant.

– Alors, tu peux nous aider pour le club de dîners, Paddy ? a demandé Richard, tandis que le serveur apportait quatre autres boissons. Et mange quelques noix, pour prendre des forces. Tu es le cerveau de l'opération.

Paddy a ri, puis a tendu la main à travers la table pour prendre une poignée de noix. Les poils de ses bras scintillaient au soleil de fin de soirée.

– Je n'avais pas réalisé que j'étais costaud.

– Oh, tu es une combinaison idéale de cerveau et de muscles, a commenté Richard. Tout comme moi. Mais je crois que je préfère les muscles à l'intelligence.

Sam a ri.

– Je pourrais aussi faire participer un de mes amis, a souri Paddy. Erik. Il travaille à Dublin pour quelques mois. Vous êtes d'accord ?

Richard a acquiescé.

– Plus on est de fous, plus on rit, mais maintenant on passe au menu. Alors, les entrées. Roisín ? Qu'as-tu décidé ?

J'avais décidé d'opter pour un menu facile, dont personne ne se plaindrait et qui ne révélerait pas mon manque de professionnalisme ou de talent. J'avais choisi des plats simples qui plaisent au plus grand nombre, des choses qui ne me demanderaient pas trop d'efforts, mais qui étaient toujours populaires. De plus, c'était notre plat préféré lorsque nous étions à l'université. De temps en temps – normalement au début du trimestre, quand nous étions à court d'argent après nos jobs d'été, nous nous ruinions et allions à la *Casa Italia* en ville, le genre de restau italien avec d'énormes moulins à poivre et du parmesan à saupoudrer sur l'assiette comme de la neige. Ou des pellicules de pieds, comme Richard avait l'habitude de l'appeler.

– Une bruschetta à la tomate pour commencer.

– Une bruschetta ?

Richard a eu l'air choqué.

– Tu parles de tomates sur du pain grillé ?

– Tout le monde aime, ai-je dit. C'est bien.

– Oui, c'est bien, mais les gens paient pour ça. Il faut que ce soit vraiment bien.

Jools m'a soutenue.

– La bruschetta de Roisín est incroyable, elle l'a préparée pour mon anniversaire l'année dernière. Et tu as dit que c'était le meilleur repas que tu avais goûté depuis longtemps.

– Mais je venais de passer six semaines à Bruxelles et j'en avais marre de la haute cuisine… mais tu ne crois pas qu'il faut qu'on la mette un peu au goût du jour ?

Il se tourna vers Sam.

– Qu'est-ce que tu en penses ?

Sam a haussé les épaules.

– J'adore les bruschettas.

Paddy s'est joint à eux.

– Qui n'aime pas la bruschetta ?

Richard s'est retourné vers moi, vaincu.

– D'accord, bruschetta en entrée. Pour le plat principal ?

– Lasagnes.

– Lasagnes ?

Richard avait l'air de s'être assis sur une clôture électrifiée.

– Qui mange des lasagnes de nos jours ?

– Moi, maintenant que je suis libérée de Darren et que je recommence à manger des glucides.

– Moi aussi, a renchéri Paddy. Je pourrais manger des lasagnes tous les jours de ma vie.

Je perdais rapidement confiance en moi et en mon menu.

– Je croyais que tout le monde aimait les lasagnes.

– Mais ce sont des lasagnes… ce n'est pas vraiment spécial, est-ce que les gens aiment vraiment les lasagnes de nos jours ? a demandé Richard. Quand est-ce que l'un de nous en a commandé pour la dernière fois ?

– J'en commande tout le temps, sauf que ce n'est plus jamais sur les menus.

– Je n'ai plus rien à dire.

– Ce n'est certainement pas passé de mode, a dit Paddy.

– Oh si, c'est le cas, c'est le cas, c'est le cas.

– Les lasagnes, a déclaré Paddy, sont un classique rétro.

– Un classique rétro, a répété Richard, lentement. Un classique rétro, c'est quelque chose comme un steak au poivre ou une crème caramel… pas de la bouillie de cantine.

– Richard ! s'est exclamée Jools. Allez… Je me souviens de toi quand tu pensais que les Super Noodles étaient un repas équilibré.

– C'est vrai, c'est vrai, a-t-il admis. J'en ai encore envie de temps en temps, en général quand j'ai trop mangé. C'est juste que je voudrais que nous proposions quelque chose de vraiment bien et je sais que tu peux le faire, Roisín. Et pour le dessert ? Bien que je pense savoir ce que tu vas me dire…

– Un tiramisu.

Je savais ce qu'il allait dire.

– Je le savais, a-t-il dit. D'accord, le repas n'est pas très ambitieux. Mais il est suffisamment… agréable. J'ai compris, Roisín, vraiment. Je veux juste que tu te surpasses…

– Je croyais qu'il s'agissait de récolter de l'argent pour une œuvre de charité ?

– Mais Roisín, a-t-il soupiré. Je sais que tu vaux mieux que ça.

– C'est vraiment effrayant de cuisiner pour des inconnus. Je me sens sous pression et exposée. Tout le monde va me juger et… je suis terrifiée.

– Oh, Roisín !

Richard m'a attrapée, m'a tirée vers lui et a passé d'un geste son bras autour de moi.

– Avoir peur est normal… tu dois juste t'habituer à avoir peur. Sam sait qu'il doit m'apporter mon thé à la camomille à quinze heures parce que c'est à ce moment-là que je commence à perdre la confiance que j'ai accumulée toute la journée. C'est comme si elle se mettait à s'écouler hors de moi et que je devais me reconcentrer et respirer profondément pour la garder.

– C'est encore plus effrayant pour moi si je n'apporte pas le thé, a osé Sam, ce qui a fait sourire Richard.

– Parfois, je me dis que j'ai envie de rentrer chez moi à Dingle, a regretté Richard, élever des poules et avoir un verger de pommiers, et fabriquer mon propre cidre pour le vendre au marché tous les samedis. Mais j'ai encore plus peur de faire ça.

– J'ai peur aussi, a dit Jools. De tout. Mes clients sont terrifiants, ils me demandent toujours comment ils peuvent se débarrasser de la graisse là où ils devraient en avoir et ils veulent que je les réprimande tout le temps, comme s'ils voulaient que je sois une dominatrice bizarre qui détruit la graisse et qui leur dise s'ils ont été de bons ou de mauvais enfants. Et puis ils veulent tous des séances à cinq heures trente du matin ou à vingt-deux heures et j'ai trop peur de dire non. Et j'ai peur de ne jamais rencontrer un homme gentil, pas un homme qui pèse sa nourriture ou qui se regarde dans les miroirs. Juste quelqu'un de gentil et de normal. Est-ce que c'est trop demander ?

Nous avons tous secoué la tête et j'ai tendu la main à Jools.

– Je suis terrifié à l'idée de perdre mon appartement et de devoir rentrer chez moi, a dit Sam, chez mes parents. Je peux à peine payer le loyer et le propriétaire ne cesse de l'augmenter.

Richard l'a regardé.

– Pourquoi ne m'as-tu rien dit ?

Sam a haussé les épaules.

– Et toi, Paddy ? a demandé Jools. Il a probablement peur de devoir se poser un jour, d'être raisonnable et d'abandonner son mode de vie de célibataire.

Paddy a croisé mon regard pendant une seconde.

– Non, je n'ai pas peur de ça, mais j'ai peur d'autres choses, comme des tarentules…

Il a éclaté de rire.

– Et d'être coincé dans un ascenseur, ce genre de choses.

J'aurais aimé pouvoir leur dire que j'avais peur qu'ils n'aient raison, que je me rende compte que j'étais mariée à un parfait inconnu.

Richard a attrapé son Bramble Spritz.

– Nous allons affronter nos peurs – des tarentules aux clients horribles et au Club des Dîners du petit paradis !

***

Plus tard, quand nous nous sommes tous dit au revoir, je me suis dirigée vers le rack à vélos pour déverrouiller le mien. Paddy était juste derrière moi.

– Au fait, félicitations pour ton mariage. Avec Brody Brady. J'avais l'habitude de lire sa rubrique.

– Merci.

Il m'a jeté un regard, un sourcil levé.

– Au moins l'un d'entre nous a réussi.

– À se marier ? Ce n'était pas si difficile…

– Il y en a d'autres qui l'ont fait avant, a-t-il ri. Mais sérieusement, félicitations. J'espère que tu es délirante de bonheur et tout ça.

– Oh, oui. Nous sommes les Beyoncé et Jay-Z de Sandycove. Fous d'amour.

Il a ri à nouveau.

– J'espère bien. Et je voulais juste te dire que ça me fait plaisir de te revoir.

Il a souri et, pendant un instant, nous sommes revenus là où nous étions, ce sourire avant de rentrer ensemble à la maison.

– Moi aussi, ai-je avoué.

– J'espérais que nous serions amis…

– Nous le sommes !

– Tu sais ce que je veux dire… après tout… ça ne marche pas toujours.

– Oui, mais nous pouvons faire en sorte que ça marche.

Il s'est accroupi à côté de moi, a déverrouillé son vélo. Cet été-là, où nous ne pouvions pas nous empêcher de nous toucher, était comme un mirage lointain.

– Alors, à quoi ressemble le cyclisme à Dublin après Copenhague ? ai-je demandé, pour changer de sujet.

– C'est décoiffant, j'avais oublié qu'on risquait sa vie à chaque fois qu'on montait sur un vélo, là-bas.

Lorsque Paddy travaillait pour une entreprise de la tech à Dublin, il était malheureux et ne vivait que pour les week-ends. Il avait l'habitude de me dire qu'il se sentait déprimé et que la seule chose qui lui permettait de rester sain d'esprit était le vélo. Il avait l'air plus heureux et en meilleure santé que je ne l'avais jamais vu, bronzé, les cheveux éclaircis. On lui avait proposé d'aller à Copenhague et il avait saisi l'opportunité. Pour la première fois, j'ai vu qu'il avait eu raison d'y aller. J'ai reculé, tenant mon vélo, prête à partir.

– Il va falloir que tu viennes dans mon magasin, a-t-il proposé, pour améliorer ton vélo.

– Faire une mise à niveau ?

J'ai regardé mon vélo rayé et légèrement abîmé. Le guidon était aussi doux que du cuir ciré, la selle donnait l'impression qu'on était assis sur un coussin. Je n'avais jamais eu l'impression de peiner ou de forcer, même en montant les collines les plus raides. Jamais.

– Ce vélo va m'accompagner jusqu'à l'âge de la retraite.

– Nous devrions te prendre un de ces vélos-cargos. Trouve quelqu'un qui te fera faire du vélo.

De nouveau, pendant une fraction de seconde, nous nous sommes regardés. Se souvenait-il de cette nuit où j'étais assise sur la barre transversale de son vélo pendant qu'il pédalait dans les rues éclairées, son souffle sur mon cou, sa main gauche tenant la mienne ?

– Alors, qu'est-ce que ton mari écrit ?

– Un roman.

J'espérais que ma voix était neutre.

– Il va le terminer dans quelques semaines. Bien sûr, il aura à faire des changements et des corrections, mais la date limite est si proche.

Paddy a secoué la tête.

– Ouah, c'est impressionnant. Il parle de quoi ?

J'ai essayé de me souvenir.

– D'un vieux fermier appelé Seamus…

Il a attendu que j'en dise plus.

– Et… ?

– Et c'est tout. Il ne se passe pas grand-chose. Il y a eu une tempête qui a fait tomber un vieil arbre, je crois, et il y a la partie sur le tracteur qui nécessitait un voyage à Cavan Town… et c'est tout, vraiment.

Paddy a hoché la tête.

– Ça a l'air très profond, intellectuel.

– C'est le cas, je crois. Brody dit que c'est une méditation sur l'existentialisme.

– Je n'aurais pas pu mieux l'exprimer moi-même. C'est pour cela que c'est lui qui écrit.

Il a mis son casque et l'a fixé sous son menton.

– J'ai hâte de participer à ce club de dégustation. À bientôt, Roisín.

***

Brody était devant la télévision quand je suis arrivée à la maison et je suis allée l'embrasser sur le dessus de son crâne dégarni. Il n'avait pas vraiment les cheveux épais lorsque nous nous étions rencontrés, mais il avait perdu des cheveux à une vitesse alarmante depuis, comme un film en stop motion où l'on aurait vu reculer la ligne de démarcation capillaire. Le stress du roman avait vraiment fait des ravages. Sa barbe, cependant, avait le problème inverse et Brody risquait de passer du statut de bûcheron branché à celui de fou de la forêt.

– Tout va bien ?

Il a levé les yeux vers moi, perplexe.

– Oui, pourquoi ? Je n'ai pas le droit de regarder la télévision ?

– Désolée… c'est que… ce n'est pas dans tes habitudes.

– J'essaie d'écrire un roman et tu penses que je ne fais que regarder la télévision. Mon Dieu, et on penserait que ma femme comprendrait ce que j'essaie de faire.

Il a secoué la tête, complètement déconcerté. Je me suis assise à côté de lui sur le canapé. C'était bien qu'il soit en bas au lieu de s'enfermer dans la chambre d'amis.

Brody se comportait au début comme si j'étais la personne idéale pour lui. Le matin suivant la fête de Richard, il m'avait téléphoné pour me parler de la chambre et m'avait demandé de venir la voir. Lorsque nous étions allés boire un verre, qui s'était transformé en plusieurs verres, il m'avait dit qu'il n'avait jamais rencontré quelqu'un comme moi, quelqu'un qui le comprenait. Ses sentiments avaient semblé s'intensifier au cours des semaines et des mois suivants : il m'avait dit qu'il m'aimait au bout de deux semaines, il détestait que je sorte sans lui, il m'appelait quand j'étais au travail pour me dire à quel point je lui manquais et qu'il détestait être loin de moi. C'était comme un orage d'amour qui s'abattait sur moi, et la seule chose que je pouvais faire était de jeter mon parapluie et d'embrasser la tempête de nuages.

Sauf que, parfois, je n'arrivais pas à me souvenir de ce Brody, celui qui disait que je lui manquais tellement pendant que j'étais au travail qu'il écrivait mon nom encore et encore dans son bloc-notes. Ou le Brody qui disait que j'étais la personne la plus intelligente qu'il ait jamais rencontrée, et son égale. Mais maintenant, Brody n'avait pas l'air de s'intéresser à moi, comme si je le décevais, comme si je n'étais pas tout à fait la femme parfaite qu'il pensait que j'étais.

– Au fait, a dit Brody, il n'y a plus rien dans le frigo. Pour mon déjeuner. Je grignote vers midi et avant il y avait toujours des restes, et maintenant il n'y a plus rien. Je meurs de faim toute la journée.

– J'ai donné les restes à Harry.

– Qui ?

– Harry Daly. Notre voisin.

– Et pourquoi tu lui donnes à manger ?

– Je l'ai aidé à ranger sa maison, des trucs comme ça, et je lui ai juste apporté un plat de temps en temps. Pas tous les soirs, mais il y a toujours du fromage et des crackers dans le frigo pour toi.

Brody me regardait comme si j'étais devenue folle.

– Du fromage et des crackers ?

On aurait presque dit que son visage pulsait, il y avait une palpitation dans sa tempe.

– Je vais te dire ce qui a craqué, c'est toi ! Je ne peux pas vivre de fromage et de crackers ! C'est ce que les enfants ont pour leur goûter. Il va falloir que tu arrêtes de nourrir des étrangers au hasard et que tu commences par nourrir ton mari !

J'allais répondre quand j'ai remarqué que quelque chose bougeait sous le coussin entre sa tête et le bras du canapé.

– Est-ce que c'est Fyodor ? ai-je demandé. Fyodor est sorti de sa cage ?

– Il se sent enfermé là-dedans. Il aime se dégourdir les jambes.

– Il les étire dans sa roue de hamster.

Je me suis levée, horrifiée.

– Il les étire pendant des heures, toute la nuit !

– C'est Fyodor qui aime regarder la télévision, pas moi.

Il a passé la main derrière lui et sorti Fyodor.

– Voilà, mon petit gars, tu te détends et tu profites de la télévision, pendant que Roisín nous prépare un goûter.

Pendant un instant, je n'ai pas su quoi répondre. S'attendait-il à ce que je prépare le dîner pour eux deux, même si Fyodor était, il est vrai, très peu exigeant, car il se contentait d'une poignée de son mélange spécial de graines et d'un rouleau de papier hygiénique en carton jeté dans la cage ? Mais c'était une question de droits. Se faire servir à manger, se faire préparer un dîner étaient un privilège... Brody était comme un roi qui exigeait ses victuailles. Mais comme je ne voulais pas de dispute et que nous n'étions plus qu'à quelques semaines du but, je me suis levée.

– J'arrive tout de suite ! ai-je répondu en souriant.

Brody gardait les yeux rivés sur la télévision, seul Fyodor me regardait. Et je n'étais pas tout à fait sûre qu'il n'y ait pas eu sur son visage un air d'excuse, comme s'il compatissait.

Chapitre 18

On était mercredi matin et je regardais la mer par la fenêtre de mon bureau en me remémorant *Shining Light*, le vieux bateau de papa. Je pouvais encore sentir les cheveux mouillés collés à nos visages, le sel sur nos lèvres, les mains engourdies par le froid, et puis la sensation de ce moment, avant que le vent n'emplisse la voile et que *Shining Light* ne tourne, coupant à travers les vagues. Papa se tenait à la proue, face au vent, comme un colosse, criant des instructions et, lorsque Shona ou moi n'avions pas la force, il venait vers nous et tirait sur la corde sans effort, et le bateau commençait à tourner, le claquement de la voile se faisait entendre et nous étions emportés par le vent. Je me sentais invincible ces jours-là, mes mains étaient à vif et douloureuses, mes pieds trempés, mais j'avais l'impression qu'à nous trois – papa, Shona et moi –, nous pouvions tout accomplir.

Saoirse s'est approchée de moi.

– Tu as déjà commencé à planifier ? m'a-t-elle dit. Parce que je te dirais de ne pas perdre ton temps, tout le monde a dit que c'est impossible. JP ne te l'a donné que pour t'occuper et cocher la case...

– Je sais, je ne m'attends pas à aller au bout du dossier.

– C'est drôle qu'il ne te fasse pas confiance pour une demande de permis de construire en bonne et due forme. N'importe qui supposerait qu'il ne te trouve pas à la hauteur.

Dermot a levé les yeux et est intervenu.

– Saoirse, le projet de la salle doit être achevé d'une façon ou d'une autre. Si Roisín ne le fait pas, Frank ou moi-même devrons nous y coller. Et l'idée perturbe notre santé mentale, alors ce n'est pas pour nous.

– Je ne m'embêterais pas, si j'étais toi, a craché Saoirse. Jette simplement le dossier à la poubelle.

Elle m'a lancé un regard noir et s'est éloignée.

Il fallait que j'essaie et j'ai passé le reste de la matinée à lire tout le dossier, depuis le plan initial huit ans plus tôt jusqu'à chaque dessin architectural, en passant par toutes les modifications apportées après chaque plainte d'un résident local ou d'un citoyen. Comme JP nous l'avait souvent rappelé, notre travail consistait à faciliter l'évolution de la zone, à en préserver l'intégrité et aussi à regarder vers l'avenir. Quoi qu'en pensent les citoyens concernés et les groupes de défense de l'environnement, il arrivait que les bâtiments ne soient pas adaptés à leur fonction.

Le vieux bâtiment à colombages se trouvait sur un terrain vague et, derrière lui, il y avait une galerie d'attractions abandonnée et barricadée. Les ingénieurs et les responsables de l'hygiène et de la sécurité avaient publié de nombreux rapports indiquant que la salle devait être condamnée et qu'elle était irrécupérable. Après avoir passé un siècle à affronter courageusement les tempêtes venant de la mer d'Irlande, les murs avaient subi tant de remontées d'humidité et les briques étaient tellement pourries qu'elles s'effritaient lentement comme un gâteau de mariage oublié. La salle était devenue la propriété du conseil municipal et était utilisée quotidiennement par un groupe qui préparait des déjeuners pour la communauté. À la lecture du rapport, le conseil voulait absolument s'en débarrasser, car le bâtiment était en infraction avec toutes les règles d'hygiène et de sécurité et il faudrait trop de temps et d'argent pour le rénover selon les normes modernes.

Je me souvenais de mes années de danse irlandaise, de l'eau qui gouttait dans des seaux soigneusement disposés, des pigeons qui claquaient contre les chevrons, des souris qui couinaient et s'enfuyaient, des os du bâtiment qui grinçaient et se balançaient sous l'effet du vent qui venait de la mer. En d'autres termes, c'était un tas de briques non chauffé, infesté de rats et de vers à bois, rempli de couches de poussière d'une centaine d'années et imprégné d'une odeur d'humidité et de pourriture. Je me doutais que Lady Immaculate Hall était désormais irrécupérable.

Les promoteurs initiaux avaient finalement renoncé à essayer de gagner de l'argent sur le site, et il avait depuis été vendu à une autre société, puis à une autre. Le promoteur actuel – MoMo – avait l'intention de le démolir et de créer un centre commercial et des locaux à usage mixte. Selon la proposition, il y aurait des bancs, des aires de pique-nique, une aire de jeux, des boutiques et des restaurants, le tout à ciel ouvert. Cela semblait très attrayant.

Dans le dossier, j'ai pu voir que Frank, pour essayer de sauver le bâtiment, avait calculé ce que coûterait la mise aux normes modernes du Lady Immaculate Hall, et les sommes étaient exorbitantes. La facture reviendrait au conseil municipal car les promoteurs ne voulaient pas la payer.

J'ai continué ma lecture. Il y avait un groupe nommé « Sauvez le Hall » qui avait régulièrement écrit au conseil municipal pour s'opposer au projet de démolition de la salle. Le dossier contenait des lettres, des mails et une pétition regroupant des milliers de signatures. De nombreuses demandes de permis de construire étaient délicates, mais celle-ci était chaotique.

– Alors, m'a appelée Dermot, tu as lu le dossier de candidature du Lady Immaculate Hall ?

– Oui, il est impénétrable. Je comprends pourquoi on en est arrivé à cette impasse.

– Tu n'as rien à perdre.

Il a fait une pause.

– Sauf ta santé mentale. C'est comme une guerre constamment renégociée. Et juste au moment où tu as réussi à mettre les deux parties d'accord après des mois et des mois de minuscules avancées et de compromis infinitésimaux et que la paix est enfin en vue, tu réalises que quelqu'un d'autre a déclenché un autre combat de pacotille ailleurs. Et c'est parti pour la roue de hamster de la planification.

– Ne me parle pas de hamster.

Il s'est mis à rire.

– Pourquoi ?

– Nous en avons adopté un, je ne sais pas comment.

Ce matin-là, je m'étais réveillée pour constater que Fyodor était de nouveau en liberté et que la porte de sa cage était grande ouverte. Pendant un instant, j'ai été partagée entre l'inquiétude pour le sort de Fyodor face au chat vicieux qui se trouvait deux portes plus haut et le soulagement qu'il soit enfin parti. Mais j'ai entendu un bruit de grattement derrière le réfrigérateur et je l'ai appâté avec des graines de tournesol. Lorsque ses moustaches frétillantes sont apparues, j'ai réussi à l'attraper et à l'emprisonner à nouveau.

– Je suis désolée, Fyodor, avais-je dit. Ce n'est pas une vie très agréable que d'être enfermé comme ça. Mais au moins, tu es à l'abri du chat du numéro 13.

– Je ne comprends pas, a dit Dermot, comment on peut adopter un hamster comme ça. Je peux imaginer qu'on adopte un hérisson ou un chat errant, mais les hamsters ne sont pas du genre à débarquer comme ça.

– C'était prémédité, mais pas par moi. Bref, tu me faisais profiter de ta sagesse en matière de planification.

Il a acquiescé.

– La chose la plus importante à retenir, a poursuivi Dermot, c'est que ce n'est qu'un jeu. Ne t'implique jamais sur le plan personnel, car c'est là que réside la folie. Ne t'approche pas des promoteurs et des opposants, ne les rencontre pas, ne leur parle pas. N'écoute pas leurs histoires larmoyantes sur l'argent perdu, sur la culture détruite, quel que soit leur camp, ne t'implique pas. Et c'est la même chose pour les opposants. S'ils sentent ne serait-ce qu'un soupçon de faiblesse, ils te détruiront. Ne communique avec tout le monde que par mail.

Il s'est tourné vers Frank.

– Que penses-tu de mes perles de sagesse professionnelle, Frankie ?

Frank a opiné du chef.

– C'est l'une des raisons pour lesquelles je n'ai pas d'amis. Tu ne sais jamais qui peut être à la recherche d'une faveur pour faire passer son plan d'urbanisme ou pour faire approuver son extension. Ne fais confiance à personne.

– Exactement, a dit Dermot en se rasseyant, satisfait. Tu dois être un assassin au sang-froid. Sans émotion, tu fais le travail et tu t'en vas. Frank et moi sommes des lépreux en termes de relations humaines. Travailler ici nous a rendus méfiants. Une fois, je suis sorti avec une femme pendant trois mois. Il s'est avéré qu'elle n'était avec moi que parce qu'elle voulait construire une maison pour sa mère dans son jardin.

Saoirse passait devant mon bureau.

– La raison pour laquelle tu es toujours célibataire, a-t-elle lancé à Dermot, c'est que tu n'as aucune personnalité et que ton visage ressemble à un jouet en plastique qui aurait fondu sur un radiateur.

Dermot a souri.

– Et ça, Saoirse, c'est exactement le look que je recherche. Un jouet fondu. Enfin un succès.

***

Je n'avais que quelques minutes de marche le long du bord de mer, et dans le parc, devant le Hall, le marché fermier battait son plein. Je me suis arrêtée à l'étal de fruits et légumes, en regardant les fraises étonnamment grosses.

– Des Wexford, a annoncé l'homme derrière la table, qui avait des mains rugueuses et battues par les intempéries comme une paire de gants de jardin. Les meilleures du monde… prenez-en une.

Son visage me rappelle quelqu'un, ai-je pensé, *dans la façon dont il s'est soudain ouvert sur un sourire avec des petits plis autour des yeux.*

– Elles ont un goût incroyable. Tellement sucrées.

– Nous cultivons des Sweet Delight, imbattables ! Et nous avons des haricots verts. Le maïs doux a été cueilli hier. Nous avons aussi les meilleures tomates.

J'ai pensé au club de dîners. Peut-être qu'il nous approvisionnerait pour les trois semaines suivantes ? D'après les messages quotidiens de Richard, la vente des billets se déroulait bien. Mon espoir que nous ne vendrions pas de billets du tout – et donc que je n'aurais pas à organiser ce fichu événement – s'est estompé rapidement.

En me rapprochant, j'ai donné par mégarde un coup de pied dans une boîte en carton sous la table recouverte de tissu. Je me suis agenouillée et là, dans une caisse en bois, dans un nid fait d'une couverture en polaire, se trouvait un minuscule chihuahua. Il était aveugle d'un œil, une de ses oreilles avait disparu, sa fourrure était emmêlée et son nez presque décentré. Il avait un air résigné, comme s'il savait qu'il n'était pas le genre de chien que quelqu'un voudrait adopter. Il avait l'air d'une petite âme sage, d'un chien trop bon pour ce monde.

– C'est Foxy, a dit l'homme. Personne ne veut de Foxy. C'est une vieille chienne, trop petite et… bon, on pourrait dire qu'elle ne gagnerait pas la Rose de Tralee. Elle a l'air un peu rustique.

Foxy m'a regardée en retour.

– Tu trouveras bientôt un maître, lui ai-je dit. Quelqu'un qui pourra s'occuper de toi, d'accord ?

Je l'ai caressée derrière les oreilles et elle a tourné la tête pour lécher ma main, comme si elle avait compris.

– C'est un amour, ai-je dit à l'homme.

– Oui, en effet. Vous ne seriez pas tentée ? Non ?

– Je ne peux pas. Je suis au bureau toute la journée et mon mari… euh, il déteste les chiens.

– Il déteste les chiens ?

L'homme essayait d'absorber cette bombe.

– Vous voulez bien dire… qu'il ne les aime pas ? Pas du tout ? Même pas un peu ? « Détester » est un mot très fort pour parler de chiens.

– Il vivait à côté d'un Jack Russell, ai-je expliqué, quand il était enfant, et le chien avait l'habitude de grogner après lui chaque fois qu'il passait devant.

– Eh bien, voilà, a-t-il dit, comme si cela expliquait tout. Ce petit Jack savait qu'il était un ennemi plutôt qu'un ami et il lui disait simplement qu'il l'avait bien cerné. Je suppose que tout le monde n'aime pas les chiens.

– En fait, il aime les hamsters.

L'homme a éclaté de rire.

– C'est une première. Je ne savais pas que ça existait.

Il a gloussé pour lui-même.

– Un hamster… c'est une bonne idée.

Puis, baissant les yeux sur la boîte, il a dit :

– Désolé, Foxy. Ce ne sera pas pour aujourd'hui. Les chiens sont comme les enfants, m'a-t-il dit, ils ont besoin qu'on s'occupe d'eux. Ne me dites pas que votre mari ne veut pas d'enfants non plus ?

Il a ri encore.

– Un enfant ? Euh…

Avoir un bébé faisait définitivement partie de mon plan de vie, mais les enfants, comme tout le reste, étaient hors de question jusqu'à ce que le livre soit terminé. Et je devais convaincre Brody qu'il ne détestait pas les bébés après tout.

– J'espère qu'il en voudra, ai-je dit. Bientôt.

– Il n'y a pas de « bientôt », il n'y a que des « maintenant ». Le temps que nous attendons est déjà là. Mes six enfants ont grandi et se sont envolés. Deux travaillent dans l'entreprise. Rachel au bureau, qui s'occupe de toute la paperasserie ; Sarah dans les polytunnels avec moi.

– Gerry, a-t-il dit en me tendant la main.

– Roisín, lui ai-je répondu avec un sourire. Je vais peut-être commander quelque chose pour un restaurant éphémère dont je m'occupe.

Il a hoché la tête.

– Appelez Rachel, ma fille.

Il m'a tendu une carte.

– Elle s'occupera de tout et je peux déposer ce dont vous avez besoin à l'endroit de votre choix.

– Merci, Gerry.

J'ai glissé la carte dans mon sac et je me suis retournée pour me diriger vers le Lady Immaculate.

***

Le Hall était encore plus miteux que dans mes souvenirs. Des arbustes poussaient dans les gouttières, toutes les fenêtres semblaient cassées ou fissurées et la maçonnerie s'effritait. Il suffirait d'un coup de vent soudain pour que l'ensemble menace de s'écrouler.

– Oh, bonjour, Roisín !

J'ai regardé autour de moi et aperçu Marian Yeats, mon ancienne professeure de danse irlandaise, remonter l'allée avec une autre dame.

– Roisín s'est mariée, avec… laisse-moi réfléchir ? C'est un écrivain ?

J'ai acquiescé.

– Brody Brady ! s'exclama Marian. Je me souviens maintenant. Sheila, c'est lui qui a écrit ces colonnes dans le *Irish Times* sur les hommes…

L'autre femme a hoché la tête.

– Ah… Elle n'était pas impressionnée. Je m'en souviens.

– Et il écrit un roman, n'est-ce pas ? continua Marian. Il devrait en écrire un sur Lady Immaculate Hall et sur tous ceux qui y travaillent…

– Peut-être, ai-je dit, en pensant qu'un bâtiment inanimé pouvait avoir plus de vie en lui que le pauvre fermier Seamus.

– Alors, tu as vu l'annonce, hein ? a poursuivi Marian. Allez, on va être en retard. Sheila et moi étions en réunion… nous n'avons pas l'habitude d'arriver à cette heure-là.

– Quelle annonce ?

– Dans la *Gazette de Sandycove*, on cherche des bénévoles, a dit Marian, d'un ton vif. Tu peux nous aider à servir le déjeuner.

Marian n'était pas le genre de femme à qui il était facile de dire non et je me souvenais de ces cours de danse irlandaise où elle vous faisait sautiller pendant toute une heure, puis vous obligeait à ranger toutes les chaises à la fin. Nous étions tous épuisés.

Je l'ai suivie avec Sheila dans le Hall, par l'entrée principale, dont les lourdes portes étaient maintenues ouvertes par de vieux poids rouillés. De grandes toiles d'araignée pendaient du toit du porche à côté de l'ampoule nue. Immédiatement, j'ai retrouvé mes huit ans et la musique du vieux piano alors que nous prenions place dans la file d'attente, prêtes à lancer nos jambes en l'air, les bras le long du corps.

– Tu te souviens de la salle, n'est-ce pas, Roisín ? a demandé Marian en avançant rapidement. C'est un projet communautaire maintenant, depuis que les religieuses nous l'ont cédée lorsqu'elles sont parties. Et tu sais que les ordres religieux n'abandonnent pas beaucoup de choses, sauf les droits des femmes… pas vrai, Sheila ?

– Certainement, a approuvé Sheila d'un hochement de tête convaincu.

Devant nous, à travers les portes suivantes, je pouvais entendre les voix des gens qui s'élevaient.

– Ils auraient dû réparer le toit et les planchers et installer un nouveau système de chauffage. Mais ils ont réduit leurs pertes. Nous occupons la place, maintenant, expliqua Marian.

– Le droit des squatters, a dit Sheila en hochant de nouveau la tête. Nous sommes ici pour rester, n'est-ce pas, Marian ?

– Absolument.

Elles ont échangé un regard déterminé.

Marian a poussé la porte et a déclenché un tsunami sonore. Des gens de tous âges, des femmes en sari et des familles entières en robe à motifs africains, jusqu'aux vieilles dames aux cheveux blancs vêtues de cardigans tricotés à la main, étaient tous assis sur quatre longues tables qui faisaient toute la longueur de la pièce. Au fond, il y avait une grande trappe de service qui menait à la cuisine et, dans le coin le plus éloigné, un homme d'un certain âge jouait sur le vieux piano, celui sur lequel Marian jouait autrefois pendant les cours de danse.

– Qui sont tous ces gens ? ai-je demandé à Marian.

J'aurais dû partir à ce moment-là. J'aurais dû déclarer mon intérêt pour le Hall, mais je ne l'ai pas fait, je suis restée.

– La communauté, bien sûr, a-t-elle crié au-dessus des voix, en se dirigeant directement vers la cuisine. Les personnes âgées, les nouveaux résidents, les mères, les grands-pères, les bébés… tout le monde est le bienvenu. Venez de bon cœur, c'est ce que nous disons, et restez pour un bon déjeuner. On se débrouille pour offrir le déjeuner tous les jours de la semaine depuis trois ans. La nourriture, Roisín, c'est de l'amour. Le savais-tu ? Si tu cuisines pour quelqu'un, tu dois le faire avec amour, et cet amour atteindra la personne qui mange ton plat.

Nous nous sommes glissées par la porte latérale et nous sommes entrées dans la cuisine.

– Vite, on met les chaussures à épingles, a crié Marian. Allez, on va commencer à servir.

Avant même que je ne m'en rende compte, Sheila me nouait un tablier autour de la taille et je me retrouvais derrière un comptoir, avec des assiettes tendues dans ma direction pour que je serve du dhal, du riz et des pains naans. Marian connaissait tout le monde par son prénom et ne cessait de faire des commentaires.

– Comment va ton dos, Johnny ? Bien, bien… contente d'entendre que le pilates fonctionne. Ah, monsieur Ahmad, vous avez l'air en forme… vous avez enfin pris un peu de poids. Bonjour, Bashir, comment va ta femme ? Est-ce qu'elle se sent mieux ?

Au bout de vingt minutes, tout le monde avait été servi et nous avons commencé à débarrasser les plateaux de service.

– Le dessert ensuite, a expliqué Marian. Nous faisons un bon pudding irlandais à l'ancienne, le crumble aux pommes est toujours très apprécié…

– Et un plat cuisiné, ajouta Sheila. Les pâtisseries sont applaudies… avec une tasse de thé.

– Ou même un *flapjack*, je suis toujours surprise de voir à quel point un *flapjack* passe bien auprès de tout le monde. Personne n'a dit jamais non.

J'ai levé les yeux vers l'horloge, réalisant qu'il était temps pour moi de retourner au travail.

– Il faut que j'y aille, je reviendrai demain, ai-je dit sans réfléchir, en détachant mon tablier, à moitié hébétée.

– Tu es contente d'être venue ? m'a demandé Marian en me raccompagnant jusqu'à la porte de la cuisine.

J'ai dit oui. Sauf que je savais que personne ne devait être au courant de cette histoire au bureau. Il devait s'agir du groupe Save the Hall, la partie adverse pour les promoteurs. En étant présente ici, et surtout en y retournant, je devenais partiale, la seule chose que je savais interdite pour moi. Mais peut-être qu'il n'y avait pas de mal à cela tant que je restais vigilante et lucide.

– Qu'est-ce que tu fais dans la vie ? a demandé Sheila en s'approchant.

– Je suis dans le…

– Ta mère a parlé du conseil municipal, a dit Marian. C'est pratique pour venir ici. Tu peux courir le long du bord de mer et tu n'auras pas manqué grand-chose.

– Dans quel service ? a demandé Sheila qui était manifestement très portée sur les détails.

– Juste des départements généraux, juste très… vous savez… rien de spécifique… juste un service général.

Sheila m'a fixée un instant d'un regard qui n'était pas seulement d'acier, mais qui voyait tout.

– Eh bien, dis bonjour à tout le monde au conseil, je faisais partie de Parks autrefois.

J'ai dit : « Je le ferai », et j'ai commencé à trottiner sur le sol poussiéreux aux motifs de chevrons et à retourner dans le monde extérieur, le cœur battant fort et vite dans ma poitrine. C'était mon premier jour en tant que planificatrice et j'avais déjà pris parti sur la demande de planification la plus longue de l'histoire de Sandycove. Mais le sentiment que je voulais à nouveau faire du bénévolat pour le déjeuner communautaire était plus fort que tout. Je devais juste m'assurer de rester impartiale. Et de toute façon, personne ne le découvrirait jamais.

Chapitre 19

J'ai hélé Harry, qui se tenait sur le pas de sa porte, quand je me suis présentée avec une assiette recouverte de papier d'aluminium.

– J'ai de la quiche et de la salade de pommes de terre.

– J'allais justement prendre quelque chose, d'accord, a-t-il répondu. Une quiche, ça a l'air d'être un régal.

Je passais voir Harry presque tous les soirs, je l'aidais à remplir un carton ou deux, et je discutais de cuisine.

– Comment ça se passe ? lui ai-je demandé en le suivant dans la maison. Comment tu t'en sors ?

– Cyril va très bien. Ils ont rempli une camionnette entière aujourd'hui et mon salon est très beau. Cyril est très habile avec l'aspirateur, il a passé le salon en revue et ensuite nous avons bu une tasse de thé dans la pièce principale en admirant notre travail. Et j'ai lu les livres que tu m'as prêtés, il y a quelques belles choses là-dedans. Je ne suis pas sûr d'être à la hauteur, mais c'est très intéressant.

– Tu pourrais essayer une ou deux recettes, ai-je suggéré.

Il a acquiescé.

– Je pourrais, mais c'est très gentil de ta part de me les prêter malgré tout.

Il s'est assis à la table de la cuisine, a décollé le papier d'aluminium et a goûté.

– Exquis. Absolument délicieux. Ça fond dans la bouche. Qu'y a-t-il dans la salade de pommes de terre ? Des câpres ? Un peu de raifort ? Des échalotes ?

– Exactement, me suis-je réjouie, et de la moutarde de Dijon.

– Dijon ! Bien sûr !

Il a continué à manger, les yeux fermés.

– Divin.

J'ai remarqué que la cuisine avait l'air très propre, il n'y avait que la petite casserole qui séchait sur l'égouttoir. Je me doutais que Harry suivait encore son régime haricots cuits et j'étais décidée à continuer à le nourrir ou à l'aider à redécouvrir son amour de la cuisine.

– Comment vont tes deux nièces ? a-t-il demandé.

– Elles vont très bien. Elles sont pleines de vie… Je les aime tellement.

J'avais pensé à elles presque constamment depuis leur communion. Elles devaient se douter que tout n'allait pas bien entre leurs parents, et cela avait dû être une période tellement troublante pour elles. J'avais envoyé un texto à Shona plus tôt pour savoir comment elle allait et elle venait de me répondre :

Je bois encore du gin. Aucun changement à signaler xxx

Je m'inquiétais. Si les choses se détérioraient, alors Daisy et Kitty se retrouveraient dans la même situation que Shona et moi toutes ces années auparavant. J'espérais que Ross reprendrait ses esprits et reviendrait à la maison avant que la séparation ne devienne irrémédiable.

– Nous aurions aimé avoir des enfants, a dit Harry. Nora était particulièrement triste de ne pas en avoir, mais nous avons essayé d'être philosophes. Peut-être Dieu avait-il d'autres projets pour nous, c'est ce que nous nous disions. Je ne suis pas croyant. Je ne l'ai jamais été. Mais on essaie de trouver une raison à tout. Nora était bibliothécaire à l'époque, et elle organisait de jolies animations pour les enfants, des lectures de livres, des concours de coloriage, des fêtes de Noël, ce genre de choses. Elle aurait fait une mère adorable.

Il s'est levé pour laver l'assiette dans l'évier.

– On ne choisit pas toujours ce qui nous arrive dans la vie, mais on devrait toujours choisir avec qui on passe son temps. J'ai bien choisi avec Nora. Et il y a eu un moment où j'ai pris la décision de laisser derrière moi mon ancienne vie. Ça a été difficile, mais il fallait le faire et si je ne l'avais pas fait, je n'aurais jamais eu le courage de m'engager dans la marine ou même de demander à Nora de dîner avec moi la première fois.

– Vous avez été très courageux, ai-je dit, me demandant à quoi il faisait allusion, mais je ne voulais pas être indiscrète.

– Ah, oui... parfois, c'est couler ou nager. J'ai choisi de nager. Mais j'ai apporté avec moi une photo de ma mère... c'était une excellente cuisinière... avant qu'elle ne tombe malade, évidemment. Mais je me souviens que j'étais tout jeune et que je mangeais son pain brun avec de la confiture de mûres et qu'elle me donnait toujours le quignon avec un supplément de beurre parce que j'étais le plus jeune. Mais c'était avant qu'elle n'entre à l'hôpital.

– Qu'est-ce qui n'allait pas ?

– On ne nous a rien dit. Mon père pensait que mes frères et moi n'étions pas assez grands pour nous dire la vérité. Ce n'est qu'une fois adulte que j'ai pu faire quelques recherches. Nora m'a aidé. Je suis allé à la bibliothèque de Sandycove et j'ai demandé à la dame très gentille derrière le comptoir si elle savait quelque chose sur l'hôpital de Pigeon House. Elle a tapoté sur le gros ordinateur devant elle et m'a dit qu'elle pensait qu'il s'agissait d'un hôpital pour les tuberculeux. Et puis... – il s'est tapoté la tête – tout s'est mis en place.

– On ne t'avait rien dit ?

– Pas un mot. Mais cette révélation a été comme la dernière pièce du puzzle. Avant, tu vois, je ne comprenais pas pourquoi m'man était restée si longtemps à l'écart. Mon frère aîné m'a dit une fois qu'elle était partie quand j'avais deux ans, mais il ne savait pas non plus pourquoi. Et mon père…

Harry s'est assis à la table et m'a regardée.

– C'était une brute. Je pensais que c'était comme ça qu'étaient les pères. De grosses voix, terrifiantes, capables de vous réduire à la taille d'une puce d'un simple regard. Nous devions être propres et bien sages. Nous ne devions pas prendre de place. Nous, les trois garçons, nous partagions un lit, même s'il y avait une autre chambre. Et pendant la journée, nous nous débrouillions tout seuls. Maman est morte et on ne nous a même pas dit qu'elle était morte, c'est juste une phrase que la dame de l'épicerie du coin a dite. « Je suis désolée pour votre perte. » J'ai demandé quelle perte et elle m'a répondu : « Ta mère. » Puis elle a dit une autre chose étrange : « Pauvres garçons, vous vivez avec lui. » Et elle nous a donné à tous des petits pains aux raisins. Nous les avons mangés et appréciés, mais rien de tout cela n'avait de sens à l'époque. À seize ans, j'avais abandonné le monde, ou plutôt, j'avais l'impression que le monde m'avait abandonné. J'avais été… c'est idiot de le dire maintenant, mais j'avais vraiment l'impression d'avoir été abandonné. Et même si je savais, au fond de moi, que ma mère ne serait pas partie sans y être obligée, ce sentiment ne te quitte pas vraiment. Et c'est lorsque mes frères avaient déjà quitté la maison que j'ai vu dans la presse irlandaise un article sur la possibilité de s'engager dans la marine marchande. Mes mains ont tremblé lorsque j'ai mis l'argent dans la fente du vieux téléphone de la rue principale du village et que j'ai demandé ce que je devais faire. Et c'est tout. Ils ont dit oui, et je me suis enfui. C'est ce que je voulais dire à propos de choisir avec qui passer ou avec qui ne pas passer sa vie. Je suis parti avec un petit sac – je n'avais rien à emporter de toute façon et rien à laisser derrière moi – et je suis parti alors qu'il faisait encore nuit. Je n'oublierai jamais cette sensation, en marchant le long de la route depuis la maison de mon père pour rejoindre l'arrêt de bus qui m'emmènerait à la gare de recrutement. Les oiseaux étaient déjà réveillés. D'abord les merles. Puis j'ai entendu un rouge-gorge. Et puis le troglodyte. J'avais écouté ces oiseaux toute ma vie, mais ce matin-là, ils étaient différents. Ils m'envoyaient sur le chemin, me disaient au revoir. Ils m'ont donné de la force. J'avais tellement peur que mon père ne me trouve et ne me ramène, tu vois. Il en est capable. Mais j'ai continué, les jambes et les mains tremblantes. Et j'ai marché jusqu'à l'arrêt de bus le plus proche – à quatre miles de là – juste pour mettre encore plus de distance, et j'ai attendu le bus.

– Je suis contente que tu t'en sois sorti.

– La marine m'a donné confiance en moi, et ma rencontre avec Nora m'a appris ce qu'est l'amour. Mais…

– Quoi ?

– Je me demande parfois pourquoi j'ai accumulé autant de choses. Certaines personnes boivent, d'autres fument… et moi, je rapporte des choses à la maison. J'ai regardé une fois une émission à la télévision et ils disaient que cela pouvait être lié à des traumatismes du passé.

– Il faudra que tu demandes à la gentille dame de la bibliothèque. Vois si elle peut trouver quelque chose sur Google.

– Goo quoi ?

– Ça veut juste dire chercher sur Internet. Mais à ton avis, pourquoi aimes-tu accumuler des objets ?

Il a haussé les épaules.

– Je ne suis pas doué pour lâcher prise.

De la poche intérieure de sa veste de costume marron, il a sorti un portefeuille. Ses doigts osseux en ont extirpé deux petites photographies froissées. L'une d'elles était le profil d'une femme qui détournait le regard de l'appareil photo, le visage sérieux.

– C'est ma mère. C'est la seule chose que j'ai prise dans la maison. Elle était conservée dans un livre et mes frères et moi la regardions chaque fois que nous le pouvions. Mais quand je suis parti, je l'ai volée.

– Elle est magnifique.

Je fixai son visage, j'aurais voulu que son histoire ait une autre fin.

– C'était ma mère, je n'ai aucun souvenir d'elle. Pas de main tenue, ni de bisous, ni qu'elle m'ait bordé dans mon lit. Et ce jour-là, j'ai quitté la maison, les oiseaux chantaient, tout ça, et j'ai pris le bus, j'étais seul au monde. Jusqu'à ce que je rencontre Nora.

Il a fait un petit signe de la tête.

– J'ai eu de la chance ce jour-là.

Chapitre 20

Vendredi après-midi, Saoirse est venue à mon bureau. C'était la veille du premier dîner du club et j'avais des listes de tout, j'avais établi un planning, et j'avais commandé toutes les courses. Gerry, de l'étal du marché, livrerait la plupart des produits dès le matin.

– Où vas-tu déjeuner ces derniers temps ? m'a-t-elle demandé. D'habitude, tu ne quittes jamais le bureau et là tu sors tous les jours.

– C'est l'été.

J'ai senti la chaleur me monter aux joues.

– C'est agréable de prendre l'air.

J'étais allée au Hall tous les jours de la semaine, je m'y étais précipitée, j'avais mis mon tablier, j'avais servi la nourriture et aidé à débarrasser, puis j'étais retournée au travail.

Dermot a levé les yeux.

– Saoirse ? Je croyais que tu étais débordée ? Tu ne te plaignais pas d'avoir à reformuler ces demandes ?

– Je suis en train de discuter avec Roisín, a-t-elle dit en levant la main pour le faire taire. Merci pour ta contribution, je te ferai savoir si j'ai besoin d'autres conseils de ta part. Je sais que tu penses que c'est toi qui es responsable en l'absence de JP.

Mais Saoirse avait repéré le menu qui dépassait sous mon cahier et elle l'a attrapé.

– Qu'est-ce que c'est que ça ?

– Juste un menu.

Saoirse l'étudiait.

– Je vois bien que c'est un menu, mais à quoi ça sert ? Pourquoi écris-tu un menu ? Qui est-ce que tu nourris maintenant ? Je ne t'ai pas dit d'arrêter ? C'est tellement passif-agressif...

– C'est juste un truc de charité que je fais avec des amis. Ce n'est rien...

– Saoirse ? l'a coupée Belinda. Qu'est-ce qui se passe ? Je croyais que tu étais censée numériser 1995 ? Ou bien tu as terminé ? Tu es prête à te lancer dans la numérisation de 1996 ?

Saoirse s'est retournée.

– Mais Belinda, je demandais seulement à Roisín pourquoi elle se formait...

– Je ne suis pas en train de me former.

Mais Saoirse m'a ignorée.

– ... et je dois m'occuper des papiers administratifs sans fin et des basses besognes...

Belinda l'a regardée un instant.

– » *Des basses besognes ?* » Je ne dirais pas que notre travail est une basse besogne. Pour ma part, je suis très fière d'être administratrice de bureau et si une partie de ce travail peut être qualifiée de banale, ça m'est égal. J'imagine que même le travail le plus intéressant comporte ses moments les plus prosaïques. Même Buzz Aldrin s'ennuyait probablement parfois...

Dermot est venu en renfort.

– Ils sont restés assis dans un vaisseau spatial pendant des semaines et tout ce qu'ils ont pu faire, c'est un petit pas.

– Un pas de géant quand même, a dit Frank, mais c'était une métaphore.

– Merci, les gars, sans administrateurs, le monde ne fonctionnerait pas. Saoirse, tu es une excellente administratrice. Tu es organisée et efficace. Et je sais que JP apprécie ton travail.

– Oui, mais... – Saoirse ne comptait pas se laisser amadouer par Belinda – ce n'est pas équitable. Elle est planificatrice, maintenant.

– Saoirse, a dit Dermot, viens. On a demandé à Roisín de s'occuper de Lady Immaculate Hall. JP a besoin d'un regard neuf sur quelque chose qui a traîné aussi longtemps qu'un pet de Frank…

Frank lui a lancé un regard noir.

– … depuis bien trop longtemps dans ce bureau, s'est repris Dermot. Qui sait ? JP pourrait te demander de relever l'un des autres défis impossibles de ce service. Par exemple, comment empêcher Frank de manger tous les biscuits un lundi matin ? Ou pourquoi les fenêtres n'ouvrent-elles pas pour permettre la ventilation du pet de Frank ? Ou, le plus déconcertant, pourquoi ne peux-tu pas être gentille avec tes collègues ?

Saoirse lui a lancé un regard féroce.

– Tais-toi, Dermot. C'est juste que ce n'est pas la bonne décision. Roisín n'est bonne qu'à faire des gâteaux et à nous les imposer…

– Tu devrais vraiment renouveler ton abonnement à l'école de la politesse, a remarqué Dermot. Tu as besoin d'un complément de formation.

– Les gâteaux de Roisín sont le point culminant de ma vie, a déclaré Frank. Celui au citron est probablement la meilleure chose qui me soit arrivée depuis le début de l'année. C'est un fait.

– Oh, son gâteau au chocolat était encore meilleur… à tomber, a renchéri Belinda en m'adressant un grand sourire. Je vais réessayer ta recette parce que Dieu sait ce que j'ai fait de mal quand j'ai tenté, ce n'était pas pareil. Il était sec comme une barre le lendemain matin de la fête de Paddy.

Saoirse étudiait toujours mon menu.

– Tu as écrit « Club des Dîners ». C'est un peu prétentieux, tu ne trouves pas ? Un club de dîners ? Et si c'est nul ?

– Euh… c'est pour une œuvre de charité…

– Tu peux compter sur moi pour l'une des dates, a crié Dermot.

– Je viendrai aussi, a dit Belinda. Je vais voir si certains membres de mon groupe de salsa veulent m'accompagner.

– Et inscris-moi aussi. Une soirée loin de la chaîne de découverte serait une nouveauté.

– Je viendrai ce samedi, a dit Saoirse. Et j'amènerai quelques amis. Les lasagnes ont intérêt à être bonnes.

– Saoirse, l'a interpellée Dermot, as-tu reçu le rapport sur l'orme néerlandais ? Il faut que je sache si le dossier est complet.

Il m'a jeté un coup d'œil, puis est revenu vers elle.

– Vite, Saoirse, j'ai un délai à respecter.

– Je vais vérifier le poste interne.

Elle a haussé les épaules d'un air ennuyé et est partie en traînant les pieds.

– Je vais certainement en parler aux filles de mon groupe de salsa. Je sais qu'elles adoreront sortir. Je peux me sentir un peu seule pendant une soirée, les autres filles sont pareilles. J'ai hâte d'y être.

Frank l'a observée par-dessus son ordinateur, puis a détourné le regard.

***

Plus tard dans la soirée, quand je suis montée me coucher, j'ai trouvé Brody allongé sur le sol de la chambre, le visage appuyé contre la cage de Fyodor. Il était soit mort, soit ivre, soit il avait succombé à la folie de la solitude. Ou les trois à la fois.

– Brody ?

D'un seul mouvement, j'ai glissé à genoux vers lui.

– Brody ? Est-ce que ça va ? Brody ?

Ses yeux se sont ouverts.

– Je parlais à Fyodor, a-t-il dit d'un air rêveur.

Je me suis agenouillée à côté de lui et j'ai pris une voix douce et agréable.

– Pourquoi, Brody ?

– Parce qu'il se sent seul et qu'il ne veut plus être en cage. Il veut être libéré.

Il s'est mis à fredonner un air.

– Brody. Il va bien. Il aime sa cage. Il a sa roue qu'il ne... – j'ai essayé de ne pas paraître hystérique – qu'il ne quitte jamais. Elle est constamment en train de ronronner et de tourner... bruyamment. Très, très fort. Il est heureux. C'est un hamster très heureux.

Fyodor nous regardait tous les deux avec méfiance, comme s'il attendait de connaître son sort.

– Mais il n'est pas heureux, a insisté Brody en passant un doigt dans la cage. Il me l'a dit. Il m'a parlé.

Oh, mon Dieu.

– Brody...

Et puis j'ai senti une odeur, quelque chose qui m'a rappelé les fêtes d'étudiants.

– Brody, as-tu... je ne sais pas, as-tu fumé quelque chose ?

Il a roulé sur le dos, une main sur la cage, l'autre derrière la tête.

– C'est bien possible, a-t-il gloussé. Je plane dans la vie. Je partage juste de bons moments avec mon très bon ami Fyodor, le hamster, ici présent.

Il a posé son doigt sur ses lèvres.

– Ne dis rien, Fyodor. Ne le dis jamais !

C'était un cauchemar. J'avais le club de dîners le lendemain et j'espérais au moins passer une bonne nuit de sommeil. Brody et Fyodor devaient quitter la chambre pour que je puisse dormir.

– Brody, pourquoi ne dormirais-tu pas sur le canapé ce soir ? ai-je suggéré, gentiment. Fyodor et toi pourriez passer une bonne nuit à discuter en bas. Je suis sûre que Fyodor a encore beaucoup de choses à te dire.

Brody a fait rouler sa tête dans ma direction.

– C'est vrai, a-t-il approuvé avec ferveur. Il a encore beaucoup de choses à dire.

– Alors, viens.

J'ai tiré sur l'un de ses bras.

– Descendons tous les deux et installons-nous confortablement sur le canapé.

Il a réussi à se mettre à genoux, mais s'est écroulé en avant dans une posture d'enfant, puis, tel un monstre marin surgissant des profondeurs, il s'est relevé en titubant.

– Vas-y, ai-je dit. Je vais porter Fyodor en bas. Et vous pourrez bavarder tous les deux.

Il a glissé plus qu'il n'a marché dans les escaliers, mais nous avons fini par atteindre le salon où il s'est affalé lourdement sur le canapé. J'ai placé la cage à côté de lui, j'ai réglé la lumière au minimum et je suis montée me mettre au lit. En bas, j'entendais la voix de Brody et la roue du hamster qui créait le genre d'énergie qui aurait pu alimenter la révolution industrielle.

***

À l'aube, Brody s'est glissé dans le lit, le corps froid, les yeux redevenus normaux.

– Je suis désolé, a-t-il murmuré.

– Pour quoi ?

– Pour avoir fumé ce shit. C'est Anna qui me l'a donné. Elle m'a dit que ça me détendrait.

– Anna, notre voisine ? Je ne savais pas que vous étiez amis.

Il a haussé les épaules.

– Il y a beaucoup de choses que tu ne sais pas sur moi. Elle comprend à quel point le livre m'a stressé. Je n'ai pas vraiment…

Il s'est arrêté.

– Tu n'as pas vraiment quoi ?

Il s'est allongé sur le dos, fixant la pénombre du matin.

– Rien. C'est juste que… je ne sais pas. J'ai besoin d'inspiration. Et j'ai pensé que peut-être fumer quelque chose, prendre de la drogue…

– Brody, tu ne peux pas faire ça.

– Je ne t'en veux pas d'être en colère. Tu peux me crier dessus si tu veux, ça ne me dérange pas. J'accepterai ma punition. Vas-y, crie.

– Mais je ne veux pas crier. Je ne veux pas que tu fumes des pétards dans la maison.

– Je sais. Je te promets que je ne recommencerai plus.

– Et pourquoi Anna te donne-t-elle ça ?

– Elle les fume quand elle pratique le yoga, elle a dit que cela la connectait à un état de conscience plus élevé. Elle travaille dans les relations publiques et elle a dit qu'essayer de rédiger un communiqué de presse est la forme d'écriture la plus difficile qui soit. Trouver de nouveaux superlatifs est impossible, selon elle, et fumer rend tout fluide. Je pensais que ce serait la même chose pour moi. Mais ça n'a pas marché.

– Bien sûr que ça n'a pas marché.

Ses mains sur mon corps étaient glaciales, j'ai tressailli et reculé.

– J'ai besoin de dormir. Mon réveil doit sonner dans une heure. J'ai le dîner du club aujourd'hui.

– Bien sûr. Absolument. Et je suis encore une fois désolé. Je t'aime, Ro. Tu es trop bien pour moi.

Il s'est endormi directement pendant que je regardais le plafond, me demandant si tout cela était normal et comment j'allais pouvoir survivre à mon tout premier dîner du club.

Chapitre 21

Le matin, la porte de la cage était grande ouverte et Fyodor était introuvable. J'avais déjà nettoyé la cuisine deux fois la nuit précédente et j'allais devoir le faire à nouveau une fois que j'aurais capturé Fyodor. Cela s'était déjà produit à deux reprises lorsque Brody avait apporté sa cage en bas, je descendais le matin pour trouver la porte ouverte et je devais alors tirer le réfrigérateur pour le capturer à nouveau. Mais maintenant, j'étais convaincue que Brody le laissait délibérément en liberté. Sinon, comment Fyodor pouvait-il continuer à sortir ? Il ne pouvait pas ouvrir sa cage avec ses petites pattes ou ses griffes, ou ce que les hamsters avaient, et cela arrivait trop souvent pour que ce soit un simple accident.

Seulement dix-huit mois plus tôt, je vivais ici dans cette maison et c'était calme et tranquille et maintenant tout dans ma vie me paraissait décalé.

Un coup de klaxon a retenti à l'extérieur. C'était Gerry, le marchand de fruits et légumes.

– Tout est là. Tout ce qui figure sur votre liste. Des tomates, des oignons, le meilleur ail cultivé sur le sol irlandais... du fromage de chèvre du marché. Et... – il m'a fait un clin d'œil – vous avez commandé un vieux chihuahua ?

– J'aurais bien aimé, comment va Foxy ? Elle est avec vous ?

– Elle est à l'avant de la camionnette, je n'aime pas la laisser à la maison parce que ma femme fait des allers-retours et nous ne voulons pas que Foxy se sente seule, pas quand elle a atteint l'âge de la retraite.

– Pourquoi ne la gardez-vous pas ?

– J'ai mon propre colley, Guinness. Et Foxy ne serait pas capable de le suivre. Elle a besoin d'un foyer tranquille.

Par la fenêtre de la camionnette, je pouvais voir Foxy dans un carton posé sur le sol devant le siège passager et elle me regardait avec son grand œil brun. Si je n'avais pas un mari au bord de l'effondrement mental et un hamster en liberté, je l'aurais prise en un clin d'œil, mais mon foyer chaotique n'était pas du tout adapté à la pauvre petite chose.

J'ai salué Gerry et Foxy, j'ai transporté les cagettes et j'ai passé en revue toutes mes listes pour la millionième fois. Je sentais la nervosité monter.

À neuf heures du matin, Richard, Sam et Jools ont frappé à la porte d'entrée. Richard a pris sa voix profonde d'acteur, ce qui a fait glousser Sam.

– Et où est le Grand Auteur ?

– Toujours au lit, ai-je chuchoté en leur faisant signe d'entrer. Il s'est couché tard la nuit dernière.

– Bien sûr ! a répondu Richard, trop fort, en faisant encore la grosse voix. Il a griffonné jusqu'au petit matin, tu ne peux pas laisser perdre une seconde quand tu as de grandes pensées qui doivent être couchées sur le papier.

Il a pris l'air innocent.

– Quoi ? Je t'explique juste à quel point c'est difficile d'être écrivain, c'est tout !

Avant de faire encore un clin d'œil à Sam.

Dans la cuisine, Sam a distribué des planchettes à pince sur lesquelles figuraient le programme de la journée, les numéros de téléphone, des copies du menu et qui faisait quoi et quand.

– Nous ne voulons pas déranger le sommeil de beauté du Grand Auteur, a déclaré Richard, alors nous ferons en sorte de ne pas faire trop de bruit.

Sa main a glissé, ce qui a envoyé une pile de plaques de cuisson s'écraser sur le sol de la cuisine.

– Oups, a-t-il dit, ce qui a fait rire Sam à nouveau.

On a entendu le petit bruit des pattes de Fyodor sous le réfrigérateur. Et puis son visage moustachu est apparu sur le côté.

– Fyodor ! ai-je crié.

Je me suis agenouillée et j'ai passé une longue cuillère en bois derrière un côté du réfrigérateur, ma main formant un piège de l'autre côté. Je l'ai attrapé et je me suis précipitée dans le salon pour le mettre dans sa cage.

– Qu'est-ce que, a demandé Richard lentement, c'était... que... ça ?

– Un rat, je crois, a dit Sam. Si je ne me trompe pas.

– Non, c'était juste un hamster.

Je suis retournée me laver les mains dans l'évier.

– Et il est super propre. Et tout va bien !

J'avais l'air déstabilisée.

– Tu dois te débarrasser de cette chose, a dit Richard. Enfin, c'est toi qui as eu l'idée d'adopter un rat ?

– C'est un hamster, et non, si tu veux savoir, ce n'était pas mon idée.

Jools a commenté la demande de Richard :

– Il y a des associations de sauvegarde de hamsters, a-t-elle dit gentiment.

– Surtout si tu cuisines, a ajouté Sam. Je suis très au fait de l'hygiène alimentaire pour le club de dîners. J'ai lu plein, plein de documents cette semaine.

– Je vais nous en débarrasser, a proposé Richard. J'ai été élevé dans une ferme, je n'ai aucun scrupule à lutter contre les nuisibles. D'ailleurs, un été, j'ai détenu le record de l'extermination du plus grand nombre de rats. Je suis devenu une véritable célébrité à Dingle.

– C'est bon, j'ai répondu, déjà épuisée. Et ne t'inquiète pas, je nettoierai la cuisine avant de cuisiner. Mais Brody est sous pression avec le livre et je pense que Fyodor est une sorte d'exutoire. C'est tout...

Mon visage était brûlant de gêne.

– Tout a été un peu intense.

Tout le monde écoutait attentivement, comme s'ils avaient attendu cette conversation. Mon visage a encore rougi sous le feu de leur regard collectif.

– C'est juste que...

Je ne savais pas ce que je voulais dire exactement. Je n'arrivais même pas à mettre des mots sur la confusion qui régnait.

– C'est juste que... ? a demandé Richard.

– Rien... honnêtement...

Ce que je voulais dire, c'est que ça ne marchait pas. Ma maison n'était plus ma maison. Je détestais le livre et parfois je pensais que je détestais Brody. Fyodor était peut-être la seule chose que je ne détestais pas. Plus rien n'était rationnel ou raisonnable et c'était comme si la vie normale avait été suspendue. Là où il y avait eu du calme, il y avait maintenant du chaos.

La sonnette de la porte d'entrée a retenti.

– C'est Paddy, a annoncé Jools. Je lui ai dit que nous serions là. Je crois qu'il amène aussi son ami, tu te souviens ?

– Alors, tu vas faire cuire les lasagnes ici, a décidé Richard. Nous irons dans le jardin de ta mère, désormais connu sous le nom de QG du club des dîners et...

Jools est revenue dans la cuisine.

– Paddy est là.

Elle s'est effacée pour permettre à Paddy d'entrer.

– Et voici... – elle avait l'air en état de choc – Erik...

Dans ma cuisine minuscule et encombrée est entré un homme titanesque, le visage ciselé par les glaciers, avec des yeux de la couleur d'un fjord cristallin, des épaules comme des montagnes glacées, des jambes comme deux sapins géants.

Il y a eu un moment de silence, puis Richard a soufflé :

– Mon Dieu. C'est Thor.

Le dieu nordique a ri, il a tendu la main pour serrer celle de Richard, puis la mienne, puis celle de Sam.

– Pas tout à fait, a-t-il dit dans un anglais parfait. Plutôt le cousin le plus laid et le plus avorton de Thor.

– Pas du tout. Tu as une sacrée poignée de main, d'ailleurs.

Richard tenait sa main presque broyée et molle de son autre main, tandis que la mienne palpitait sous l'effet de la poigne d'Erik.

– Tous les hommes sont comme ça à Copenhague, a dit Paddy en riant. Je me sentais comme Gulliver au pays des géants. J'étais confronté à mes insuffisances au quotidien. Si j'avais quitté l'Irlande avec un ego intact, ce n'est plus le cas.

Il a croisé mon regard un instant, en souriant.

– Tu n'es pas si mal non plus, Paddy, a assuré Richard. Mais aucun d'entre nous, les Celtes, ne peut rivaliser avec les Vikings. Ce n'est pas étonnant que nous ayons été si facilement dominés par leurs pillages. Note à moi-même : retourner à la salle de sport.

Il s'est tourné vers Sam.

– Réserve mon entraîneur personnel pour lundi matin, cinq heures trente précises. Non, plutôt quatre heures du matin, j'ai beaucoup de travail devant moi. Et si tu me vois manger des glucides, je t'en prie, éloigne-les de moi.

– Mais les glucides, c'est bon, non ? a demandé Erik. C'est la meilleure partie de chaque repas ?

– Nous mangerons quantité de glucides ce soir, ce sera en réalité un cauchemar céto. Des pâtes, du pain, encore du pain, du sucre, encore des pâtes…

– Ça a l'air d'être un repas parfait, a approuvé Erik.

– C'est mon repas parfait, a souri Jools.

– Erik travaille ici pour trois mois et a dit qu'il était heureux de nous aider pour le…

Paddy s'est tourné vers Richard.

– Comment vous l'appelez ? Le club des dîners ?

– Oui, le dîner, a dit Richard. Au Danemark, qu'est-ce qu'on pourrait bien y manger ?

Erik a haussé ses énormes épaules.

– Du smorrebrod ? Et de la bière ?

– Ça a l'air mieux que mon menu.

– Roisín, s'il te plaît. La confiance ! Je pensais que nous étions d'accord pour dire que ton menu est un classique rétro. Imagine que tu tiens un petit restaurant italien dans les collines de Toscane. Tu es une grand-mère italienne à l'ancienne et tu cuisines pour ta famille un samedi soir depuis la cuisine de ta ferme… tout ira bien.

– Alors, qu'est-ce que tu veux qu'on fasse ? a demandé Paddy.

– Maintenant, nous allons nous diriger vers le QG du club des dîners, *alias* le jardin de la mère de notre Roisín. Sam, peux-tu donner à Paddy et Erik leurs feuilles de route ? Jools, tu restes avec Roisín toute la journée. Sam et moi allons préparer le jardin, imprimer les menus, vérifier la liste des invités. Paddy, sur quoi Thor et toi, je veux dire Erik, vous concentrez-vous ?

– Nous allons terminer le nouveau plancher de la maison d'été, a dit Paddy. Et finir le bar. Il y a l'éclairage à installer et les tables et les chaises à récupérer chez le loueur. Nous étions dans le jardin hier soir.

Il s'est tourné vers moi.

– J'ai bien discuté avec ta mère. Et ton père.

En disant cela, il a légèrement haussé un sourcil. Il savait tout sur papa et Maxine, mais je ne l'avais pas mis au courant des derniers développements.

Richard s'est tourné vers Erik.

– Tu restes pour la soirée ? Tu seras payé en lasagnes en échange du service des tables et des boissons.

– Qu'est-ce que je ferais d'autre un samedi soir dans un pays étranger ? a dit Erik en nous adressant un sourire aux dents bien alignées, ce qui nous a fait cligner des yeux devant l'éclat de ses dents.

– Des tabliers ! s'est exclamé Richard. Nous porterons tous des tabliers.

Sam lui a tendu une pile de linge plié et Richard en a secoué un comme un toréador. C'était un tablier de couleur lin avec des rayures bleues verticales. « Le Club des Dîners du petit paradis, Sandycove » y était cousu en rouge.

– C'est très joli, s'est écriée Jools en détaillant le sien. Merci, Sam.

– Bien, tout le monde, synchronisez vos montres, bonne chance et bon vent ! À nos postes !

Nous avons clamé à l'unisson « À nos postes ! », mais un par un, les mots se sont effacés de nos lèvres lorsque nous avons aperçu Brody debout dans l'embrasure de la porte de la cuisine, avec l'allure d'un type qui aurait été traîné au sol par un cheval de rodéo au galop. Ses cheveux et sa barbe partaient dans tous les sens, il portait son vieux T-shirt et si ses caleçons avaient connu des jours meilleurs, c'était il y avait si longtemps qu'ils ne s'en souvenaient probablement pas. Brody nous a tous observés l'un après l'autre, s'arrêtant pour revenir sur Erik, quand ses yeux sont tombés sur lui.

– Bonjour, Brody ! a claironné Richard, rayonnant. Quelle belle journée en plus ! Le soleil brille, les oiseaux chantent !

– Qu'est-ce qui se passe ? a demandé Brody. Que font tous ces gens ici ?

Il affichait un demi-sourire, comme s'il était en train de faire une *private joke* pour lui-même.

– C'est le dîner du club ce soir, suis-je intervenue. Tu te souviens ? Nous faisions juste une réunion de dernière minute.

– Vous allez rester ici toute la journée ? Parce que le bruit de la cuisine… il faut que j'écrive.

– Je sais, ai-je répondu l'air contrit. Je suis vraiment désolée.

– C'est moi, a lancé Richard, j'ai fait tomber les casseroles. Et on m'a dit que ma voix portait loin. Je ferais une bonne chanteuse d'opéra, je pense. Si seulement je savais chanter.

Brody l'a regardé en retour.

– C'est vraiment difficile d'écrire dans une maison bruyante. C'est une pression énorme… pour créer, pour être créatif…

Tout le monde semblait légèrement abasourdi, tandis que les yeux de Brody passaient d'un visage à l'autre. Il s'est tourné vers moi.

– Tu leur as dit, c'est ça ?

– Je leur ai dit quoi ?

– Tu leur as parlé de la nuit dernière, s'est plaint Brody en jetant des coups d'œil partout.

Tout le monde nous regardait.

– Non, je n'ai rien dit.

– Tu en es sûre ?

– Honnêtement, je n'ai rien fait !

– Tu nous aurais dit quoi ? a demandé Richard. Et quel que soit le sujet, Roisín n'a pas dit un mot.

– J'ai fumé un pétard ! a crié Brody. D'accord ? Ce n'est pas un crime… c'est juste que j'étais sûr que vous parliez tous de moi.

Sa paranoïa est manifestement installée, ai-je pensé, alors que Richard et Jools échangeaient un rapide regard.

– Brody, a repris Richard sur un ton apaisant. Il faut qu'on aille s'occuper du club de dîners. Nous n'étions pas en train de parler du fait que tu fumes des cigarettes qui font rire, ou quel que soit le nom que les jeunes lui donnent de nos jours.

– En tout cas, on ne parlait pas du tout de ça, a confirmé Jools.

Oh, mon Dieu ! Que pensent-ils ? Qu'en pense Paddy ? J'espérais que le sourire que j'arborais traduisait un air de nonchalance imperturbable.

– Nous, les artistes, nous avons besoin d'espace et de calme pour permettre à l'esprit d'atteindre un état de conscience où il est possible de canaliser toute pensée, toute action, toute émotion et de les rendre indélébiles en les couchant sur la page.

– Tu es écrivain ? a demandé Erik. Qu'as-tu écrit ?

– J'étais chroniqueur pour le *Irish Times*, a annoncé Brody en bombant le torse. Mais je suis en congé sabbatique pour écrire mon roman.

– Ah, a dit Erik. Et de quoi parle ton roman ?

– C'est trop difficile à résumer.

Brody semblait se réveiller et s'était perché sur le bord de la table de la cuisine, ses jambes nues et poilues étendues devant lui.

– C'est comme si tu demandais de quoi parle *Ulysse*.

– D'un homme qui se promène dans Dublin ? a suggéré Erik.

– Oui, euh… je suppose que tout peut être résumé. Mais pas l'âme d'un livre. Mon livre est…

Il a levé les yeux au ciel comme s'il avait besoin de force ou d'inspiration.

– C'est l'histoire d'un homme qui s'appelle Seamus et qui vit dans une ferme, ai-je précisé pour essayer de me rendre utile.

Brody a fait rouler ses yeux.

– Merci, Roisín, mais n'essaie pas de parler en mon nom. Je suis plus Jonathan Swift que votre Jilly Cooper.

Il a fait un clin d'œil à Erik, comme s'ils étaient sur la même longueur d'onde.

– Ça parle de masculinité, de survie et de résilience, et ça parle de plonger dans l'abîme sombre de son âme.

– Ça a l'air… très… euh intéressant.

Brody s'est levé.

– Il est temps pour moi de retourner à mon écriture, les livres ne s'écrivent pas tout seuls.

Il a souri à tout le monde, mais n'a pas croisé mon regard.

– À plus tard, Brody, a lâché Jools alors qu'il quittait la cuisine et retournait se coucher.

Pendant un moment, personne n'a rien dit, puis Erik s'est tourné vers moi.

– C'est ton colocataire ?

J'ai secoué la tête.

– Pas vraiment, c'est mon mari.

– D'accord…, a acquiescé Erik, pensif, mais avant que quiconque ne puisse ajouter un mot, Richard a donné le signal du départ.

– Allez, tout le monde. Mettons-nous en route pour notre grand spectacle.

Il m'a serrée dans ses bras pour me dire au revoir.

– Je t'aime de tout mon cœur, Roisín, a-t-il dit en me regardant droit dans les yeux. Quand je n'étais qu'un gamin maigre du West Kerry qui se nourrissait de glutamate monosodique pur pour le dîner, tu m'as sauvé. Souviens-toi de ça. Ta cuisine a changé ma vie.

J'ai ri, je me suis sentie mieux.

– Merci, Richard, je t'adore aussi.

Paddy m'a donné une petite tape sur le bras.

– Bonne chance pour la cuisine, a-t-il souhaité.

Et ils sont tous partis et il ne restait plus que Jools et moi, avec en perspective une journée de préparation de lasagnes.

Chapitre 22

À quinze heures, tout était prêt. Les tiramisus étaient dans le réfrigérateur, le pain à l'ail préparé, la salade attendait d'être assaisonnée et huit énormes plats de lasagnes étaient prêts à être enfournés. Nous avons tout emballé dans la voiture de Jools et avons entamé le court trajet jusqu'à la maison de maman.

– Je me sens nauséeuse à l'idée de refaire des lasagnes un jour dans ma vie, ai-je dit, alors que Jools roulait. J'aurais dû écouter Richard.

– C'est juste cuisiner à si grande échelle.

Jools avait semblé préoccupée toute la journée.

– En parlant de ça… que penses-tu d'Erik ? Il est l'équivalent humain d'un traiteur pour toute une foule. Il fait deux fois la taille d'un homme.

– Cela dépend de quel homme il s'agit.

– Je crois que ça m'est égal. Non pas qu'il corresponde à mon type habituel. Je ne tombe amoureuse que de marginaux et de types bizarres, ceux qui ont des complexes d'Œdipe, des névroses et un pied d'athlète incontrôlable. Les Darren de ce monde.

– Ne sois pas ridicule, au contraire, tu es tout à fait à la hauteur d'Erik. Tu as juste été malchanceuse, il y a eu quelques ratés. Et il faut qu'il y ait des ratés pour apprécier les trésors quand on tombe dessus.

– Comme Erik.

Elle a secoué la tête, incrédule.

– Mon Dieu, il est magnifique.

Puis elle a haussé les épaules.

– Mais Erik a l'air bien dans sa peau, alors il ne sera pas intéressé.

– Avec un peu de chance, il doit probablement penser la même chose de toi.

– Mais c'est un tel spectacle. Je vais juste prendre plaisir à le regarder tant qu'il sera là. Mais j'espère que quelqu'un d'autre ne me le piquera pas. Connaissant ma chance, ce sera le cas.

– Je croyais que tu voulais rester célibataire ?

– Oui ! s'est-elle exclamée. Cela n'a pas changé. Ce n'est pas comme s'il allait se passer quelque chose avec lui. C'est comme être au régime, mais jeter un coup d'œil sur la vitrine de la pâtisserie. Écoute, dis-moi si je suis à côté de la plaque, mais je n'ai pas pu m'empêcher de remarquer que…

– Que quoi ?

– Brody avait l'air très nerveux.

– C'est à cause de son livre, il sera terminé vendredi, dans deux semaines.

– Et il fume un joint ?

– Plein de gens fument.

– Mais tu es d'accord ?

J'ai haussé les épaules.

– Il s'est excusé.

– Et le hamster ?

– Je vais m'assurer que la cage est mieux sécurisée.

– Et toi, tu vas bien ?

J'ai hoché la tête.

– Bien sûr que oui.

Jools n'a pas dit un mot, elle a juste haussé un sourcil.

– Ce n'est pas très amusant de vivre avec un écrivain qui a un délai à respecter, ai-je admis en gardant la voix basse. Brody, le pauvre, est enfermé dans la chambre d'amis et n'apparaît que pour le dîner. J'ai l'impression d'être sa gouvernante.

– Et son attrapeur de rongeurs.

– Nous sommes au plus bas, c'est tout. Mais dès que le livre sera terminé, les choses iront tellement mieux. Je le sais. Nous redeviendrons un couple heureux. La pression aura disparu et nous pourrons commencer à faire des choses ensemble… et le dernier soir du club des dîners, nous fêterons Brody et le livre.

– Excellente idée, m'a réconfortée Jools. Nous allons boire du champagne et lever notre verre à Brody et à son livre, a-t-elle dit en souriant. Tout ira bien.

***

Lorsque nous avons franchi la porte arrière de la maison de maman, le jardin était absolument magnifique. La pelouse tondue ressemblait à un parfait tapis vert, ils avaient suspendu des lumières dans les arbres, et dessous se trouvaient de longues tables et des rangées de bancs. La maison d'été avait été ouverte et étincelait sous les rayons du soleil. À l'intérieur, il y avait d'autres lampes et des coussins en velours, j'ai reconnu la couleur de ceux qui étaient dans l'appartement de Richard.

– En fait, ça ressemble à un endroit où on a envie d'aller, ai-je confié à Jools.

– C'est fabuleux.

Sur le banc en fer forgé à côté de la porte arrière, papa, Paddy et Erik étaient assis en rang.

– Ces garçons ont été très assidus, a annoncé papa alors que nous nous approchions. Ils n'ont pas arrêté.

Nous nous sommes assises à côté d'eux sur les vieilles chaises de jardin.

– J'aimerais pouvoir dire que j'ai été utile, a poursuivi papa. Mais ces deux gars ont tout pris en main. Ils m'ont dit qu'ils me prépareraient plus tard un cocktail au bar. J'ai hâte d'y être, Erik. Je n'ai jamais bu de cocktail à base d'Akvavit. C'est du Poitín scandinave, ça me plaît bien.

– Il y a toujours une première fois pour tout, Jack, on n'est jamais trop vieux pour ouvrir un nouveau chapitre.

J'ai senti mon corps se crisper au mot « chapitre ». J'ai essayé de me concentrer sur ce que nous devions faire ensuite. *Est-ce que j'ai tout ce qu'il faut ? Et si la nourriture était horriblement mauvaise ? Peut-être que la semaine prochaine, je devrais tout préparer chez maman, ce qui me permettrait de ne pas déranger Brody et de réduire un peu le stress.*

Erik parlait de son travail. Papa s'adressait à Jools et à moi.

– Ces nouveaux promoteurs sont très différents de la vieille garde. Ils mettent l'accent sur l'environnement et la société. N'est-ce pas, Erik ? Et Paddy a un magasin de vélos.

Je me sentais vraiment nerveuse maintenant et les papillons s'accumulaient si vite dans mon ventre que je n'écoutais pas vraiment.

– Bonjour, ma chérie, a dit maman. Bonjour, Jools.

Sam, Richard et maman sont sortis de la maison.

– Alléluia, le chef est arrivé, a chantonné Richard en tapant dans ses mains. Nous ne pouvons pas ouvrir un club de dîners sans dîner ! Et bonne nouvelle, on est complet, tout le monde a payé ses vingt-cinq euros et sera là à partir de dix-neuf heures. Nous servirons des boissons sur la pelouse et ensuite un repas assis, préparé par la merveilleuse Roisín et son assistante glamour, Jools. Maintenant, la compagnie ! Je ne veux pas être pénible et obliger tout le monde à se lever et à se mettre au travail, mais levez-vous et mettez-vous au travail ! Sauf la charmante Maggie…, a-t-il dit en souriant à maman. Qui doit se mettre les pieds sous la table.

– Je vais emmener Maggie au cinéma, a annoncé papa. N'est-ce pas, Maggie ?

Papa semblait presque possessif à l'égard de maman, comme s'il était un peu jaloux de Richard et de leur relation particulière.

– Merci, Jack, a répondu Richard en ignorant la tension. Si tout le monde a lu la feuille de route détaillée de Sam, vous saurez que nous avons exactement six minutes de retard sur l'horaire prévu, alors… hop, hop !

Il a frappé à nouveau dans ses mains.

– Allez, on y va !

Chapitre 23

Il est devenu clair que la soirée allait prendre une tournure désastreuse dès que Saoirse est arrivée. Je ne pouvais évidemment pas la blâmer pour le pain à l'ail brûlé, les lasagnes trop cuites et le tiramisu mal préparé, mais dès que j'ai regardé par la fenêtre de la cuisine et que je l'ai vue arriver avec quelques-uns de ses amis, un sentiment de malheur s'est installé dans mes entrailles.

Les invités ont commencé à arriver à dix-neuf heures et Richard et Sam – vêtus de leurs tabliers assortis – ont accueilli tout le monde avant de les diriger vers les pommiers pour qu'ils prennent place sur les bancs. Le frère de Sam faisait partie d'un quartet de jazz et ils se sont installés juste à l'extérieur de la maison d'été. Les sons flottaient dans l'air. À l'intérieur de la maison d'été et derrière un bar fait d'une vieille porte posée sur deux tréteaux, Erik et Paddy, tous deux également en tablier, ouvraient des bouteilles de prosecco et ajoutaient du jus de pêche pour faire des Bellinis.

J'ai essayé de me détendre.

– Oh là là, Erik porte très bien le tablier, a admiré Jools. Il y a quelque chose de sexy chez un homme en tablier, tu ne trouves pas ? Et le torchon sur l'épaule ? J'en ai tellement assez de voir des hommes en Lycra dans mon métier. Je n'avais jamais apprécié de simples tabliers à leur juste valeur avant ça.

– Jools, demande-lui de sortir avec toi, tu ne peux pas passer les prochaines semaines à fantasmer sur lui de loin !

Elle s'est éloignée de la fenêtre.

– Je ne fantasme pas sur lui.

Elle est devenue toute rouge.

– J'ai seulement dit qu'il avait l'air sexy dans un tablier. De toute façon, je te l'ai dit, il ne joue pas dans ma catégorie. Maintenant, s'il a des problèmes, des addictions ou des troubles de la personnalité, alors je pourrai avoir une chance. Mais Paddy m'a assuré qu'il était sain d'esprit et gentil. Il a même un chien à Copenhague qui lui manque beaucoup, apparemment. Sa mère s'en occupe, et Paddy m'a dit qu'il lui faisait coucou sur FaceTime tous les jours.

Jools a regardé à nouveau par la fenêtre.

– On dirait qu'il sort d'une histoire de Hans Christian Andersen classée X. Un bûcheron ou un chasseur. Et si Paddy l'apprécie, c'est qu'il doit être quelqu'un de bien.

Elle s'est approchée de moi.

– Si seulement Paddy rencontrait quelqu'un de bien. Il m'a dit qu'il voulait rester célibataire pour toujours…

– Qui ? Paddy ?

Je l'ai regardé de loin.

– Il a dit qu'il n'avait pas envie d'être blessé à nouveau.

– Qui lui a fait du mal ? ai-je demandé.

– Je ne sais pas. Il ne m'a pas dit grand-chose. Mais je respecte toute personne qui a une relation suivie. Peut-être que Paddy et moi sommes lâches de ne plus jamais vouloir en avoir une. Se rendre vulnérable, s'accrocher. Même dans les moments difficiles.

Elle m'a souri.

– Je ne pense pas qu'il faille du courage pour tenir le coup, ai-je dit. Je pense qu'il faut du courage pour partir.

J'ai pensé que c'était moi qui étais lâche. Je tenais bon parce qu'admettre que mon mariage ne fonctionnait pas après seulement un an aurait été humiliant. Je ne pouvais pas mettre fin à mon mariage après un an, pas après avoir forcé tout le monde à faire la fête avec moi et avoir fait de Jools ma demoiselle d'honneur.

– Et Paddy a dit qu'il avait oublié à quel point tu le faisais rire, tu sais, si tu n'étais pas mariée, je pourrais vous arranger le coup tous les deux.

Je l'ai fixée du regard.

– Ça ne te dérangerait pas ?

– Pourquoi ça me dérangerait ? J'en serais ravie.

J'ai regardé par la fenêtre, sans vouloir dire autre chose, en essayant de mettre de l'ordre dans mes pensées. C'est alors que j'ai aperçu Saoirse.

– Oh, mon Dieu... Saoirse est là. Je ne pensais pas qu'elle viendrait vraiment.

– Qui est Saoirse ?

Jools s'est approchée et a jeté un coup d'œil à l'extérieur.

– C'est une fille du bureau. Juste une de ces personnes qui détestent tout le monde.

Saoirse était suivie de trois amies, et toutes étaient habillées comme pour un enterrement de vie de jeune fille à Ljubljana, avec des boas en plumes arc-en-ciel et des lunettes fantaisie Elton John. J'ai entendu sa voix par-dessus le son du quatuor de jazz.

– Où est le chef ? criait-elle. Nous sommes des amies du chef !

– Remettons-nous au travail, ai-je dit à Jools. Nous devons préparer la bruschetta.

Jools a acquiescé et nous nous sommes mises en place, prêtes à faire griller le pain et à l'arroser d'huile d'olive.

– Roisín ? m'a appelée Paddy en passant la tête par la porte de derrière. Il y a une de tes amies dehors, elle a dit qu'elle veut te dire bonjour.

– Je suis un peu occupée.

Mais c'est alors que nous avons entendu Saoirse appeler mon nom.

– Où est-elle ?

– Je ferais mieux d'y aller avant qu'elle ne continue à crier.

– Je vais préparer la bruschetta, a dit Jools.

Dans le jardin, j'ai vu papa prendre un plateau de Bellinis des mains d'Erik.

– Je vais les distribuer, jeune homme, restez là, vous présentez très bien, a-t-il dit en donnant une tape dans le dos d'Erik.

– Oh, la voilà ! a clamé Saoirse en me repérant. Habillée en grande tenue ! Elle joue les chefs !

C'était mon jardin, l'endroit où j'avais joué quand j'étais enfant, j'en connaissais chaque coin, chaque recoin, la pierre brune brillante du pavage, la façon dont les fleurs violettes poussaient sur le haut du mur chaque printemps. Les pommiers qui fleurissaient et verdissaient au fil des saisons, le chemin branlant qui menait de la maison à la maison de vacances. Pourtant j'aurais voulu que rien de tout cela ne se produise et que personne ne soit là et que je n'aie pas à passer les trois prochains samedis à cuisiner pour des inconnus. C'était comme si ma maison avait été envahie.

Saoirse et ses amis étaient déjà en train de faire du tapage.

– Qu'est-ce que c'est que cet endroit ? m'a demandé Saoirse, alors que je m'approchais d'elle. J'ai failli me tordre la cheville sur le chemin.

– C'est simplement un dîner caritatif, ai-je dit en essayant de minimiser l'importance de l'événement. Et c'est le jardin de ma mère…

– Le jardin de ta mère ? a répété Saoirse.

Je me suis rendu compte qu'elle était déjà ivre, que ses yeux étaient vitreux et que ses mots finissaient déjà dans le vide.

– Cet endroit ? Il aurait bien besoin d'un peu de rangement et de désherbage. On devrait envoyer quelques gars de Parks, non ? Ils pourraient y balancer un peu de désherbant.

– Oui, ai-je fait en essayant de rire. Tu veux quelque chose à boire ? Nous avons plusieurs…

– J'arrive ! a dit papa en se profilant derrière nous avec le plateau. Vos désirs sont des ordres.

Il inondait Saoirse et ses amies de son grand sourire.

– Soyez les bienvenues à l'inauguration du Club des Dîners du petit paradis, dans ce magnifique jardin…

Il a fait circuler le plateau.

– Qui aimerait un petit apéro ?

– Qu'est-ce que c'est ? demanda Saoirse d'un air suspicieux, tandis qu'une bouteille de tequila à moitié vide dépassait de son sac.

– Des Bellinis vénitiens, a dit papa avec grandiloquence. Inventés par les Médicis en 1785. Probablement. Ça sonne bien. La meilleure boisson jamais inventée. Et fabriquée par ces charmants messieurs là-bas.

Il a fait un signe de la tête en direction d'Erik et de Paddy.

– Un Irlandais et un Danois. Tous deux diablement beaux. Mais quant à savoir si les boissons peuvent encore être strictement appelées vénitiennes, je n'en suis pas tout à fait sûr.

– Oui...

Saoirse a écarquillé les yeux, ce qui a fait glousser son amie à côté d'elle, celle qui portait un boa et des lunettes assorties.

– Mais qu'est-ce que c'est comme cocktail ?

– Appelez-les délicieux, c'est ce qu'ils sont, a dit papa d'un ton vif en tendant les verres.

– C'est du sirop de pêche et du prosecco, expliquai-je.

– Avril, a dit Saoirse à son amie, sors la tequila. Il faut les corser.

Avril a fouillé dans le sac de Saoirse et a sorti la bouteille de tequila.

– Tiens.

Elle en a versé un peu dans le verre de Saoirse.

– Qui d'autre en veut ?

Tous les membres de la bande se sont penchés pour boire une tequila pendant que papa souriait d'un air bienveillant et passait à autre chose.

– On se voit plus tard, ai-je lancé. J'espère que vous apprécierez le repas.

– Il y a intérêt ! s'est exclamée Saoirse. Sinon, on demandera à se faire rembourser !

Sa bande a ri et s'est mise à allumer des cigarettes.

– Qui sont ces gens ? a sifflé Richard en m'attrapant le bras, alors que je retournais à la cuisine. Ce sont des amis à toi ?

J'ai secoué la tête.

– L'une d'entre elles est une collègue et je ne connais pas les autres.

– Mais ils sont ivres, j'ai l'impression qu'on a emprunté la maison de nos parents et qu'on a promis que la fête ne dégénérerait pas, et voilà qu'une bande de gamins est arrivée et qu'ils vont commencer à tout gâcher !

– Richard, nous avons emprunté la maison de mes parents… C'est exactement le scénario.

– Mais ma belle ambiance est déjà partie en vrille, a-t-il insisté, la voix de plus en plus crispée. On n'entend pas le groupe de jazz tellement ils rient fort.

La paupière de Richard tressaillait, ce qui n'arrivait que dans les moments de grand stress. La dernière fois qu'elle s'était agitée de la sorte, c'était lorsqu'il révisait pour ses examens de fin d'année.

Sam s'est approché et a posé sa main sur le bras de Richard.

– Allez, l'a-t-il rassuré. Tout va bien. Ce n'est pas fichu.

– Si ! a crié Richard, ce qui a fait que tout le monde l'a regardé, tandis que Sam l'emmenait.

Dans la cuisine, Jools était en train d'assaisonner la salade. Par la fenêtre, je pouvais voir que la bande de Saoirse lançait les amandes en l'air et essayait de les gober. La bouteille de tequila se trouvait au milieu de la table. Et c'est alors que nos narines ont commencé à tressaillir.

– C'est quoi cette odeur ? a demandé Jools.

– Le pain à l'ail ! ai-je crié en me précipitant vers le four. Le pain à l'ail est en train de brûler !

– Je vais retirer les parties brûlées, a décidé Jools en prenant un grand couteau et en raclant les bords.

– Ce foutu four Aga, me suis-je lamentée. J'avais l'habitude de cuisiner avec, et maintenant il n'en fait qu'à sa tête.

Papa est entré dans la cuisine.

– Tout va bien ?

Il était radieux.

– Ta mère et moi allons au cinéma. Je vous laisse vous débrouiller.

Il s'est arrêté brusquement, reniflant l'air comme un chien.

– Est-ce que je détecte une odeur de brûlé ?

J'ai acquiescé, au bord des larmes.

– Tout est gâché, me suis-je écriée. Tout a mal tourné.

– C'est bon, a dit Jools, on va régler ça et tout ira bien.

Papa s'est approché et a mis un bras autour de moi, m'attirant à lui.

– Qu'ils aillent se faire voir, a-t-il dit en désignant de la tête la foule à l'extérieur. Qu'ils aillent tous se faire voir. Sers avec le sourire. Si je sais quelque chose, c'est de tout faire avec le sourire. Ne les laisse pas voir ce que tu ressens vraiment. D'accord ?

– Il a raison, a approuvé Jools, qui avait maintenant amassé un tas de miettes de pain noirci, comme si elle allait allumer un barbecue. Ça n'en vaut pas la peine.

Papa a levé les yeux et a vu maman.

– Prête ? On laisse ces jeunes entrepreneurs s'occuper de leur sort ?

Elle a acquiescé.

– Il y a de plus en plus de monde dehors. Je pense qu'il vaut mieux qu'on se fasse discrets.

Elle a glissé une main sous le bras de papa.

– On y va ?

– Je t'en prie, a-t-il répondu en lui rendant son sourire.

– Au revoir, vous deux ! a lancé maman en leur faisant un salut de la main depuis la porte d'entrée.

Richard et Sam sont entrés dans la cuisine.

– Le plat suivant ! s'est écrié Richard, redevenu lui-même. Hop, hop ! Lasagnes et pain à l'ail !

Il a regardé fixement les copeaux carbonisés.

– Est-ce qu'on a eu un accident ?

J'ai acquiescé.

– C'est le pire des repas...

– Trop tard pour s'en préoccuper, a-t-il dit d'un ton vif. Nous devons afficher une confiance absolue. Comment crois-tu que je survive à l'ambiance dans mon entreprise ? Fais semblant jusqu'à ce qu'on ait réussi, d'accord ? Si on fait comme si c'était le repas le plus délicieux du monde, ils le croiront. Allez, viens. Sors-le du four et on va dresser les assiettes. Jools, passe-moi le charbon de bois à l'ail...

Il m'a fait un clin d'œil.

– Allez, si nous n'avons pas appris tous les trois qu'il fallait savoir tirer le meilleur parti des choses, alors nous n'avons rien appris. Maintenant ! Lasagnes, s'il vous plaît !

J'ai sorti les plats de l'Aga et Sam et lui sont partis dans le jardin avec un plat dans chaque main.

– Sors les deux autres, a dit Jools. Je vais apporter la salade.

Dehors, la bande de Saoirse était déjà en train de manger le pain à l'ail.

– Nous sommes affamées, m'a-t-elle crié. Je ne considère pas les olives comme une entrée correcte. La bruschetta n'était que des tomates sur du pain grillé. Et je ne peux pas manger de salami... ça me reste en travers de la gorge.

– Tiens, prends des lasagnes...

J'ai coupé une grande part et l'ai placée dans son assiette, puis j'ai fait la même chose pour son amie à côté d'elle, puis pour la suivante.

Saoirse a approché son nez des lasagnes.

– Est-ce qu'il y a de la viande dedans ?

– Bien sûr ! ai-je dit.

– Quelle sorte de viande ?

– Du bœuf.

– Du bœuf comme une vache ?

– Oui, du bœuf comme une vache.

C'est toi la vache, me suis-je dit.

Saoirse l'a titillée avec sa fourchette, puis a pris une minuscule part, l'a grignotée comme si elle était empoisonnée. Son ami assis à côté d'elle, un homme bronzé vêtu d'une chemise blanche ouverte jusqu'à la moitié du torse, s'est esclaffé.

– Saoirse ! Saoirse ! Saoirse ! scandait-il.

– Qu'est-ce qui ne va pas ? ai-je demandé.

– C'est comme de la pâtée pour chiens, a-t-elle dit, ce qui a fait rire ses amis. Une pâtée pour chiens de supermarché de bas de gamme.

Je me suis éloignée d'eux, la détestant, détestant la nourriture, détestant la cuisine, détestant cette nuit stupide et détestant même Richard de m'avoir obligée à le faire.

***

Enfin, lorsque tout a été terminé et que nous avons débarrassé et fini la vaisselle, nous nous sommes assis à la table de la cuisine, pour finir les restes et manger du tiramisu à la petite cuillère. L'adrénaline et la peur se sont finalement dissipées et je me suis rendu compte que tout était légèrement meilleur que je ne le craignais. Rien n'était vraiment extraordinaire, mais les lasagnes n'avaient définitivement pas le goût d'une pâtée pour chiens et on éprouvait à les manger une sensation réconfortante d'estomac rempli. Mais je savais que je pouvais faire mieux que ça. J'avais visé bas et livré un repas médiocre – qui, pourtant, avait meilleur goût qu'il n'en avait l'air.

– Et voilà, c'était amusant ! a dit Erik qui ne semblait pas du tout fatigué. Tous ces gens… tant de personnages. C'est vrai ce qu'on dit des Irlandais. Ils savent s'amuser.

– Même avec un menu italien.

– La prochaine fois, on fait un menu irlandais.

– La prochaine fois ?

J'ai tremblé à cette idée.

– C'est quoi un menu irlandais de toute façon ? s'est interrogée Jools.

– Des chips, a répondu Paddy. Et du chocolat Cadbury's.

– Un hamburger au poulet et des frites.

– Et de la Guinness, a décrété Sam en levant les yeux de son ordinateur portable. La Guinness est un aliment.

– Et vous faites tous des pauses pour boire du thé, a dit Erik. Tout le temps. L'autre jour, lors d'une réunion, nous devions prendre le thé avant et encore du thé après. Certains ont bu en plus du thé pendant la réunion.

– C'est le carburant des fusées irlandaises. Sans le thé, nous ne sommes rien. De simples enveloppes d'humanité.

Paddy a hoché la tête en riant.

– C'est l'eau de notre robinet, en partie un ruisseau de montagne, en partie de l'urine d'agneau du Connemara. La meilleure du monde, apparemment.

Il m'a souri de l'autre côté de la table.

– Samedi prochain, ce sera encore plus réussi et meilleur.

– Et Saoirse sera *persona non grata*, a décidé Jools en se tournant vers moi. Si elle veut revenir, dis-lui que nous sommes complets.

– J'ai dû la réveiller et lui dire qu'il était temps de partir, a raconté Sam. Elle est devenue très agressive et a essayé de me frapper, puis elle a vomi dans la ruelle.

– Oh, mon Dieu !

– Ne t'inquiète pas, j'ai tout nettoyé au jet. Elle est partie en titubant, en disant qu'elle avait encore faim et qu'elle allait chercher une camionnette qui vendait des hamburgers.

– Ah, je pense que c'était une soirée extraordinaire.

– Moi aussi.

– Moi aussi, et de trois.

– Moi aussi, ça fait quatre.

– Ces lasagnes étaient les meilleures que j'aie jamais goûtées, a déclaré Erik. J'aime que les lasagnes soient bien solides, non ? C'est le genre de plat dont on a besoin après une journée de ski de fond ou d'escalade sur glace. J'en ai mangé trois portions.

Richard a attiré mon attention.

– En tout cas les classiques rétro sont un triomphe, a-t-il conclu dans un sourire.

Il a brandi sa tasse.

– À la santé du Club des Dîners du petit paradis. Qu'il dure longtemps !

– On ne peut pas s'arrêter là ? ai-je plaidé. M'enfuir à la nage jusqu'à Howth me semble de plus en plus tentant.

– Non ! On n'abandonne jamais ! s'est écrié Richard. Qu'est-ce qu'on fait ?

– On n'abandonne jamais ! ont crié tous les autres.

Ils se sont tous tournés vers moi.

– Roisín ?

– On n'abandonne jamais, ai-je marmonné.

– Aux lasagnes qui tiennent au ventre !

– Aux lasagnes qui tiennent au ventre !

Chapitre 24

– Alors, comment c'était ?

Le lundi matin, Dermot a rappliqué jusqu'à mon bureau et a posé son menton sur ses mains, comme s'il était prêt à écouter une histoire du soir. Saoirse n'était pas encore arrivée et je redoutais ce qu'elle pourrait raconter à propos de samedi. D'une certaine façon, elle avait retiré tout son éclat à notre cher dîner. Je n'avais pas réalisé à quel point j'allais aimer ce projet, et le fait d'avoir des invités payants ne se révélait pas très différent de cuisiner pour des amis. Les gens – à l'exception de Saoirse – avaient été adorables et plusieurs d'entre eux étaient venus me voir pour me dire à quel point ils avaient apprécié.

– Est-ce que Saoirse est finalement venue à ton événement, Roisín ? a demandé Belinda depuis son bureau.

– Tout à fait, oui, ai-je répondu. Je ne pense pas qu'elle ait particulièrement apprécié le repas. Je n'aurais pas dû cuisiner des lasagnes et du pain à l'ail.

– Mais qu'est-ce qui ne convient pas dans les lasagnes et le pain à l'ail ? a demandé Dermot.

– Le pain était brûlé et les lasagnes lourdes comme une brique.

– Mais c'est exactement comme ça que les gens les aiment, a-t-il ajouté. Si les gens voulaient des pâtes légères comme l'air ou du pain qui n'est pas carbonisé, ils ne demanderaient pas des lasagnes et du pain à l'ail. Je me sentirais lésé s'ils n'avaient pas le goût des lasagnes et du pain à l'ail de ma jeunesse.

Il m'aidait déjà à me sentir mieux.

– Frank. Qu'est-ce que tu préfères ? l'a-t-il interrogé. Des lasagnes qui ne contiennent que de l'air, ou un gros morceau de glucides indigestes dans lequel tu peux vraiment planter tes dents ?

– Le gros morceau, a répondu Frank, sans lever les yeux. Sans aucun doute.

– Et le pain à l'ail ? Pas assez cuit ou carbonisé ?

– Carbonisé, évidemment.

Il a levé les yeux et m'a souri. Dermot s'est tourné vers Belinda.

– Bel ? Lasagnes et pain à l'ail. Tu aimes ?

– Oui, je mange de bonnes lasagnes… et il m'est arrivé de manger quelques frites à côté. Mais… – elle s'est tapoté l'estomac – je ne peux pas prendre ce risque de nos jours. Mais je dirais que c'est l'un de mes repas préférés. J'en fais moi-même de très bonnes. Et je fais des frites dans du vrai jus de bœuf. Elles sont si croustillantes…

Frank la regardait de nouveau en biais.

– Tu ne peux pas nous dire ça, Belinda, a reproché Dermot. Pas le lundi matin avec nos estomacs qui gargouillent.

– Je vous inviterai tous à dîner un jour, pour manger des frites.

– Maintenant, tu parles.

Dermot s'est retourné vers moi.

– Et Roisín fera les lasagnes.

– Merci, Dermot.

– Je viendrai un de ces soirs à ton club de dîners, peut-être la semaine prochaine ? Frank ? Ce serait bon ?

– Et j'ai presque eu des nouvelles de toutes les filles de la salsa, j'attends juste une ou deux confirmations supplémentaires et ensuite nous réserverons.

– Moi aussi, a affirmé Frank.

– Oh, mon Dieu ! a couiné Saoirse qui passait la porte. Je n'ai toujours pas récupéré, tu sais, a-t-elle crié dans notre direction. Hier, j'avais l'impression d'avoir été écrasée par un char d'assaut…

Elle a jeté son sac à main sur son bureau et s'est effondrée sur sa chaise.

– Mon estomac… oh bon sang de bonsoir… J'ai dû manger quelque chose de rance.

Elle me regardait en face.

– J'ai essayé de repenser à ce que j'avais mangé…

Je gardais la tête baissée, ne voulant pas croiser son regard. Était-elle en train de suggérer qu'elle avait fait une intoxication alimentaire à cause des lasagnes ? Richard, Sam, Erik, Paddy et Jools en avaient tous mangé et allaient bien. Brody aussi et j'en avais même apporté à Harry qui m'avait raconté qu'il était allé à Naples au début des années 1960 et qu'il y avait découvert l'ail pour la première fois – c'est comme baigner ses entrailles de chaleur – et que, heureusement, il était toujours en vie (du moins je l'espérais). Mais, bien sûr, Saoirse était malade.

– Pourquoi tout le monde m'ignore-t-il ? a demandé Saoirse. Belinda ?

– Oui, Saoirse ?

Belinda a levé les yeux.

– Désolée, j'étais en train de répondre à des objections concernant le projet Castlecourt. Elles arrivent de plus en plus vite ce matin. Le nombre de personnes qui nous envoient des mails pour nous dire que notre site web n'arrête pas de tomber en panne…

– Belinda, a insisté Saoirse, c'est juste que je ne me sens pas bien et que je suis quand même venue travailler.

Belinda l'a regardée en clignant des yeux.

– Tu veux dire que tu penses que tu n'aurais pas dû venir travailler ?

– Non, je n'aurais pas dû. Je ne me sens pas bien… mais parce que je ne voulais pas te décevoir, je suis venue. Malgré le fait que j'ai l'impression d'avoir des coups de poignard dans l'estomac.

– Tu veux rentrer chez toi ?

Saoirse s'est enfoncée un peu plus dans son fauteuil.

– En fait, je suis allée au dîner de Roisín et je pense que c'est là… – elle a jeté un regard venimeux dans ma direction – que j'ai mangé quelque chose de louche.

– Je ne pense pas que tu aies beaucoup mangé, ai-je commenté. *Vu la quantité de tequila que tu as bue.*

– Ce qui montre à quel point c'était toxique, les parasites ou je ne sais quoi devaient nager dedans. Tu l'as préparé dans les toilettes publiques du bord de mer ou alors quand t'es-tu lavé les mains pour la dernière fois ? Je crois tout simplement que ce genre de lieux éphémères n'est pas légal. Tu as pensé à la santé et à la sécurité de tes clients ? Tu travailles pour le conseil municipal. Tu devrais être au courant de ce genre de choses.

– Je ne suis pas sûre…

Je savais qu'elle n'avait pas été empoisonnée par mes plats. Je n'aurais pas pu faire plus attention à tout nettoyer et personne d'autre n'avait été malade.

– Ne t'attends pas à ce que je vienne à la prochaine. Je ne peux pas faire ça à mon corps. Je n'ai rien pu garder. Et si je n'étais pas une personne aussi raisonnable, je porterais plainte avec dommages et intérêts.

– Pour quelle raison ? a demandé Frank.

– Au motif que ma digestion a été ruinée. Il faudra des mois à ma flore intestinale pour s'en remettre.

– Saoirse, s'il te plaît, parler au bureau de tes fonctions corporelles est aussi inapproprié que lorsque Frank le fait. Au fait – et Dermot s'est retourné vers Frank –, as-tu réglé ton problème de gaz ? Tu te souviens ? Tu devais aller voir ce spécialiste ?

Frank s'est contenté de secouer la tête en le regardant.

– C'est drôle, ha ha. Merci, Dermot.

– J'y suis allée par pure bonté d'âme, pour soutenir une association caritative et une collègue, insista Saoirse. Et j'ai amené mes amis avec moi et… disons que j'ai vu l'intérieur de ma propre salle de bains plus que le reste de ma maison hier.

Belinda s'est levée.

– Pourquoi ne pas prendre une tasse de thé à la menthe pour calmer ton estomac, Saoirse ? Et on verra ensuite comment tu te sens au fil de la journée.

J'aurais voulu pouvoir lui dire qu'elle avait tort et lui demander de me laisser tranquille, mais je me sentais si misérable que je gardais la tête baissée, en espérant qu'elle disparaîtrait. Il fallait que je quitte le bureau rapidement. J'ai pris mon sac et mon gilet et je suis partie, j'ai descendu l'escalier de service où je ne rencontrerais personne et je me suis retrouvée au soleil, essayant désespérément de ne pas pleurer.

***

La mer scintillait comme le Koh-i-noor tandis que je marchais d'un bon pas le long du front de mer, croisant des gens qui promenaient leurs chiens, ceux qui fuyaient leur bureau, serrant leur boîte à repas et cherchant un banc libre, les *power-walkers*. Le Lady Immaculate Hall brillait sous le soleil d'été. Deux enfants étaient suspendus aux arbres par les mains, comme des chimpanzés. Trois hommes étaient assis sur un banc, autour d'une grille de mots croisés, ils riaient et débattaient des mots.

Au Hall, des groupes de personnes, de tous âges, de toutes ethnies, s'activaient, discutaient et parlaient ensemble, en attendant le déjeuner. Dans la salle principale, un groupe de femmes aux cheveux blancs, le genre de personnes qui font avancer les choses, disposait les tables et les chaises. Je me suis demandé si l'une d'entre elles était l'autrice de toutes ces lettres au conseil. Ma présence ici n'avait rien de contraire à l'éthique. Tout ce que je faisais, c'était aider à préparer le déjeuner. Je ne posais pas de questions sur les plans de réaménagement et personne ne m'en avait parlé. Oui, il y avait une affiche sur le tableau d'affichage du foyer avec marqué « Sauvez le Hall », mais je ne m'étais pas arrêtée pour la lire.

– Ah ! Roisín ! m'a appelée Marian depuis la trappe pour les repas. Tu es bien en avance aujourd'hui. Viens, viens… ils vont bientôt faire entrer tout le monde. Mary a besoin d'aide pour les oignons. C'est la responsable du jour. On a du ragoût irlandais au menu.

J'ai toujours su qu'il y avait quelque chose de réconfortant dans la cuisine, mais au Hall, c'était le cran d'au-dessus. Servir de grands bols de nourriture réconfortante et discuter avec Gita ou Mary qui semblaient être les chefs cuisiniers. Peu importait que le déjeuner ne soit pas parfait, c'étaient l'ambiance, le contexte et l'esprit qui comptaient. Si Saoirse n'avait pas été là samedi soir, je ne me serais pas sentie aussi nulle. Je suis restée à parler avec Gita, lui posant des questions sur le curry qu'elle avait préparé dernièrement.

– La cardamome est l'ingrédient secret, disait Gita. Tu peux la mélanger avec quinze autres épices et tu sauras si elle manque.

– C'était délicieux, ai-je approuvé.

Elle a hoché la tête comme si c'était incontestable. Gita cuisinait avec confiance et d'une certaine façon, cela se voyait dans le plat fini. On aurait dit que ce plat ne pouvait pas avoir un autre goût, que c'était son essence même. Aux côtés de Gita aux fourneaux, je me sentais heureuse, comme si j'étais au bon endroit au bon moment, comme si l'univers me l'avait ordonné.

C'était un sentiment que je ne ressentais pas à la maison. J'avais épousé Brody trop tôt. Je m'étais mariée avec quelqu'un que je connaissais à peine. Une fois la période de lune de miel terminée, il ne restait plus que deux étrangers qui se demandaient qui était l'autre et Brody ressentait probablement exactement la même chose que moi.

Mais que faire maintenant ? Continuer et apprendre à se connaître correctement une fois le livre terminé ? Ou affronter l'embarras et l'humiliation et dire à tout le monde qu'ils avaient raison et que nous n'aurions pas dû nous marier ? Il y avait encore une chance que nous nous en sortions, que nous soyons ce couple marié depuis longtemps qui se souvient de ses débuts, qui a ri du risque qu'il a pris, du fait que tout le monde avait dit qu'ils étaient fous et qui avait pourtant prouvé que les gens avaient tort.

Chapitre 25

Richard m'a téléphoné le mardi matin.

– Alors, le menu numéro deux ? Sam veut que le formulaire de réservation soit mis en ligne ce soir. Au plus tard demain. Nous recevons déjà des mails de gens qui veulent revenir. La rumeur parle d'un nouveau club de dîners à Sandycove. Tout un groupe de salsa s'est renseigné pour savoir si nous pouvions accueillir huit personnes. Sam leur a dit qu'ils pouvaient venir à la dernière soirée, la semaine suivante, le vingt-neuf.

– C'est Belinda, une collègue…

– Oh non, pas une autre de tes épouvantables collègues. Qu'est-ce qu'elle va faire ? Lancer une bagarre ? Mettre le feu à la maison d'été ? Sniffer de la cocaïne sur le pain à l'ail ?

– Elle n'a rien à voir avec Saoirse, lui ai-je assuré. Belinda est adorable et très bien élevée. Elle est administratrice de bureau le jour. Danseuse de salsa la nuit.

– D'accord, elle me paraît plus acceptable. Alors qu'est-ce qu'on fait pour le menu de cette semaine ?

– Quelque chose avec des légumes de la région… et du fromage. J'ai pensé à la suggestion d'Erik de faire un menu irlandais. Je me suis dit que j'allais passer voir Gerry au marché et voir ce que les autres marchands et lui avaient à proposer. Je ne sais pas encore ce que je choisirai, mais je vous enverrai un mail à Sam et toi d'ici demain matin.

Richard a eu l'air content.

– Très bien. Au fait, nous avons eu trois personnes qui ont demandé ta recette de lasagnes. Quelqu'un a dit… Où est-ce, Sam ? Où sont les commentaires ?

J'ai entendu la voix de Sam en arrière-plan.

– Oh oui, les voilà, « un glorieux voyage dans le passé », « un morceau de cuisine rétro fabuleux. Nous reviendrons ! ». C'est bien, non ?

– Ou fou.

– Au fait, je voulais te dire que j'ai vu ton beau-frère en ville hier. Ross. Il avait l'air content de lui, comme d'habitude. Sauf que…

– Sauf que quoi ?

– Rien… juste… eh bien, je ne sais pas quoi penser, en fait. Mais ce n'était probablement rien.

– Mais quoi ?

– Il déjeunait avec une femme… et, je ne sais pas… mais il m'a vu et juste au moment où j'allais sourire et aller discuter rapidement avec lui, il a détourné le regard. J'ai trouvé ça bizarre, comme s'il cachait quelque chose.

– Elle était blonde ?

– Oui. Et ils avaient l'air heureux, et peut-être que c'était ça qui était bizarre, car il avait l'air différent parce que toutes les fois où j'ai rencontré Ross, il ne souriait jamais. Je pensais qu'il en était incapable. Mais je me suis dépêché de rapporter un repas pour Sam parce que le formulaire de réservation du club avait un problème et qu'il avait passé sa pause déjeuner à le résoudre.

Je ne savais pas quoi dire à propos de Ross. Il n'était certainement pas à la recherche de la paix intérieure et du bonheur. J'ai changé de sujet.

– Je croyais que Sam était ton assistant, je ne savais pas que tu lui offrais son déjeuner.

– Oui, oh… il vaut mieux avoir un assistant bien nourri qu'un assistant qui a faim et qui est grincheux. Même s'il n'est pas grincheux. Il ne pourrait pas être plus gentil.

Il a marqué une pause, mais n'en a pas dit plus.

– Oui ? ai-je demandé.

– Rien. En tout cas, à bientôt. Maintenant, n'oublie pas. Envoie-moi le menu par mail.

***

Je n'avais pas l'intention de passer devant le magasin de vélos de Paddy en allant chez ma mère, mais en le longeant, j'ai réalisé qu'il était trop tard pour faire demi-tour. L'ancienne laverie avait été transformée en un très bel espace. *LifeCycle* était écrit en néon rose, des ampoules étaient suspendues à un lampadaire à l'avant du magasin et couraient jusqu'à chaque coin de la pièce. Dans les grandes vitrines de chaque côté de la porte se trouvaient deux vélos – un grand vélo-cargo de taille familiale, et dans l'autre vitrine, un minuscule vélo électrique pliable pour les déplacements quotidiens. Paddy et Erik se tenaient dans l'embrasure de la porte. Ils ont tous les deux levé la tête, Paddy a plissé les yeux un instant puis m'a fait un signe de la main.

– Roisín ! a lancé Erik. Viens par ici !

Je n'ai pas eu d'autre choix que de pédaler jusqu'à eux.

– Le magasin a l'air génial, ai-je dit en souriant.

Paddy a levé les yeux vers l'enseigne au néon.

– On l'a installée aujourd'hui. Ce n'est pas un peu criard ?

– Qui a dit que disco et vélos ne faisaient pas bon ménage ? On a toujours besoin d'un peu de disco dans la vie…

Je me suis souvenue de la nuit où lui et moi étions sortis avec des amis, puis nous nous étions retrouvés dans un club et étions restés sur la piste de danse pendant des heures.

– Nous avons besoin de tes conseils, a commencé Erik. À Copenhague, il n'y a pas que le magasin de vélos. Ils ont tous un espace où l'on peut prendre un café, une pâtisserie…

– Danoise, évidemment, a ajouté Paddy.

– Évidemment, ai-je dit en lui rendant son sourire.

C'était bien, me suis-je dit, *nous étions revenus là où nous en étions avant... tout ce qui s'était passé. Nous étions juste le frère et la meilleure amie de Jools qui traînaient ensemble. Rien de bizarre, rien de gênant.*

– Nous avons besoin de ton avis, qu'est-ce que les habitants de Dublin aiment ?

– La même chose que les Danois, ai-je répondu. Du café et des pâtisseries danoises.

– Rien de différent ?

– Des cupcakes ? ai-je suggéré. Des petits cupcakes à l'ancienne, comme ceux que ta mère préparait pour les fêtes. Et les croustades au chocolat ? Des vraies, dans des petites boîtes en papier.

– J'adore, a dit Paddy. Une tasse de thé et une croustade au chocolat. C'est le paradis.

– Qu'est-ce que c'est que cette croustade au chocolat ? a demandé Erik. Une friandise irlandaise ?

Paddy et moi nous sommes regardés et avons ri à nouveau.

– Non, c'est le contraire. Mais c'est incroyable. Des cornflakes, du chocolat fondu. Tu remues. Et c'est fait.

– J'ai hâte d'en goûter une, peut-être accepterais-tu une commande et pourrais-tu préparer les friandises du café ?

– Vraiment ?

J'ai regardé Paddy.

– Je ne sais pas...

– Nous serions honorés si tu acceptais de travailler un ou deux jours par semaine, a déclaré Paddy. Autant que tu le pourras. Pourquoi ne pas y réfléchir ?

– D'accord.

Le vélo-cargo dans la vitrine a attiré mon attention. J'ai dit :

– C'est un vélo magnifique. Il est énorme.

– Mais il est incroyablement léger pour faire du vélo, a constaté Paddy. C'est l'avenir des trajets quotidiens. Tu peux y caser quatre enfants.

– Et combien d'adultes ?

– Deux.

Il m'a regardée avec curiosité.

– Pourquoi ? Tu veux faire un tour ?

– Peut-être...

Je pensais à Harry, en fait. Ou peut-être qu'il se débrouillerait bien avec son propre vélo électrique ? Je voulais qu'il redevienne mobile et indépendant, le vélo était l'une de mes activités préférées et il ne manquait jamais de me rendre heureuse. Pourquoi cela ne marcherait-il pas pour Harry aussi ?

– Tu sais où nous sommes maintenant. Erik n'est pas là la plupart du temps parce qu'il a d'autres affaires, bien plus importantes, en cours.

Paddy a souri à Erik.

– Mais je suis là, a-t-il ajouté.

Je suis remontée sur mon vélo en annonçant :

– On se voit tous les deux samedi, de toute façon.

– Encore des lasagnes ?

– Ce mot est à bannir, je ne veux plus jamais l'entendre.

Ils ont ri et m'ont fait un signe d'au revoir, et pendant un instant, je me suis sentie à nouveau moi-même, la fille que j'étais avant, quand j'avais une vie sociale et que je pensais, dans une vision pétillante de la vie, qu'elle serait pleine d'amusements et d'amour... Une époque où tout semblait possible.

***

– Ah ! Si ce n'est pas ma magnifique fille, Roisín ! a dit papa sur le pas de la porte, en me serrant dans ses bras d'une manière étonnamment enthousiaste. Nous parlions justement d'anchois !

Il m'a fait traverser le hall et m'a emmenée dans la cuisine.

– Nous en avons mangé pendant notre lune de miel. Je ne savais même pas ce que c'était ! Je pensais qu'ils n'existaient qu'en boîte...

Maman était assise à la table de la cuisine, un mug de thé devant elle, et s'est levée pour m'embrasser. Shona, debout contre l'Aga, m'a fait un signe de la main. Par la fenêtre, je pouvais voir Kitty et Daisy jouer sur la balançoire. Les seules traces du samedi soir étaient les guirlandes lumineuses suspendues aux arbres et les chaises et tables soigneusement empilées dans la maison d'été.

– Les anchois sont vendus en boîte, ai-je déclaré.

– Mais comme je n'étais qu'un garçon de Dublin, pour qui les anchois étaient une pâte, je n'avais aucune idée qu'il s'agissait de poissons. Je pensais qu'ils n'existaient qu'en boîte. Comme le cirage ou les spaghettis.

– Les spaghettis ne sont pas vendus en boîte.

J'ai serré maman dans mes bras et je me suis assise à côté d'elle à la table.

– C'est vrai, il n'y avait que des macaronis en boîte. Les pâtes qu'on fait bouillir, c'était tout nouveau quand elles sont arrivées sur nos côtes.

Papa a pris l'autre chaise à côté de maman.

– Mais c'était pendant notre lune de miel, hein, Maggie ?

Maman a acquiescé.

– À Londres. J'ai trouvé ce petit restaurant italien juste à côté de notre hôtel.

– À Bloomsbury. L'hôtel était miteux, la femme à la réception portait ces petites lunettes à travers lesquelles elle nous regardait. « Oh, d'Irlande, c'est ça ? » Elle avait une voix sournoise, n'est-ce pas, Maggie ? « Oh, d'Irlande, nous avons eu quelques Irlandais récemment. »

– On s'en fichait, on était tellement excités d'être à Londres. Et nous avions des billets pour une pièce de théâtre…

– *Comme il vous plaira* au théâtre national, a dit papa. Mais d'abord, les anchois.

– Ça ne ressemblait à rien de ce que nous avions mangé auparavant, il y avait du sucré, du salé, du fade et pas grand-chose d'autre. Et puis nous avons commandé des pizzas en pensant que ce n'était que du pain et du fromage, mais… oh, alors…

– Nous avons été époustouflés, a dit maman qui le regardait en souriant.

– Qui aurait cru qu'un petit poisson sur une grande pizza pouvait changer ta vie ? Ou peut-être que c'était cette marque…

Ils se sont fixé du regard tous les deux pendant un moment. Je n'ai pas osé regarder Shona.

– Et puis, après, a repris papa. Qu'est-ce que c'est que ça, on se disait, en le tripotant avec nos cuillères. Ça a l'air crémeux et c'est du chocolat… du café… tout ensemble… c'est quoi cette merveilleuse alchimie ?

Il jouait l'ingénu qui goûtait son premier dessert chic.

– Tu as pris la première bouchée.

– Courageux comme ça, c'est tout moi.

– Son visage était un vrai tableau, comme un…

– Homme qui vit une renaissance, a complété papa. Comme s'il avait été baigné dans l'eau bénite ou plongé dans la mer de Galilée elle-même.

– Tu parles du tiramisu ? a demandé Shona. Mon Dieu, je déteste le tiramisu. C'est dégoûtant. On dirait du vomi.

– J'ai fait du tiramisu samedi soir pour le club de dîners, lui ai-je dit.

– Le tien est peut-être bon, a concédé Shona. Mais fais quelque chose de plus joli la prochaine fois. Pas un truc qui leur rappelle des souvenirs de lunes de miel miteuses dans d'horribles pensions de famille…

– C'était un petit hôtel sympa en fait. La femme à la réception était juste un peu antipathique.

– Où as-tu passé ta lune de miel ? a demandé papa. Ross et toi n'êtes pas allés dans un endroit un peu plus éloigné ?

– Aux Maldives, a répondu Shona en se rongeant les ongles.

– « Je suis allé au paradis », a chanté papa en parodiant une chanson connue. « Mais je ne suis jamais allé à Meath… »

Maman a ri comme si c'était la chose la plus drôle qu'elle ait jamais entendue, ce qui a fait rayonner papa de fierté.

– Dis à Ross qu'il faut qu'on le voie bientôt, a poursuivi papa, une fois que maman s'est remise de ses émotions. Tout ce travail et aucun loisir font de Ross un garçon ennuyeux. Comme Bridie...

– Brody, ai-je corrigé.

– Bien sûr ! Pourquoi est-ce que je continue à l'appeler Bridie ? Et les filles, j'ai réservé une table au yacht-club pour mon anniversaire vendredi soir. Je serais honoré que ma famille se joigne à moi. Ce ne serait pas un anniversaire sans mes filles, mes petites-filles et mes gendres. Tu viendras ?

Je me suis surprise à hocher la tête.

– Bien sûr.

– Je ne manquerais ça pour rien au monde, a renchéri Shona en me jetant un coup d'œil.

On a entendu les jumelles pousser des cris dans le jardin.

– Viens, Maggie, voyons ce que veulent les filles. Probablement qu'on les pousse sur la balançoire, ou qu'on fasse une course de brouettes.

Dès qu'ils ont été partis, Shona s'est tournée vers moi.

– Il fait comme s'il était chez lui ! Comme s'il était un grand-père et un mari attentionné alors qu'il y a seulement quelques semaines, il vivait sur la Côte d'Azur !

– Je sais.

– J'ai entendu les filles dire à la mère d'une de leurs amies que leurs grands-parents étaient à nouveau en couple, a raconté Shona. La mère était dans la confusion...

– Tout comme moi.

– On lisait sur son visage qu'elle essayait de comprendre. J'ai dû intervenir et marmonner quelque chose sur le fait qu'il avait travaillé en France et qu'il revenait... Ce qui est un peu vrai. Mais j'ai omis la partie où il a abandonné maman et s'est enfui avec Maxine. Et maintenant, il revient chez maman, comme un chien bâtard, la queue entre les jambes.

Elle m'a fait un sourire malicieux.

– Alors, comment va Bridie ?

– Ne commence pas.

Son sourire s'est élargi.

– Il écrit toujours *Guerre et Paix*, c'est ça ? J'ai hâte de lire le chef-d'œuvre.

Pendant un instant, j'ai pensé que j'allais tout lui dire, qu'elle avait eu raison et que je m'étais mariée trop tôt, trop précipitamment, et à quel point j'étais une idiote. Mais la gêne m'a fait taire.

– Au moins, tu sais où il est, a dit Shona, caché dans ta chambre d'amis. Mon mari pourrait être n'importe où, à ce que je sache. Je n'arrête pas de me demander ce que j'ai fait de mal. Ai-je été trop insistante, pas assez insistante ? Aurais-je dû travailler pour le soulager ? Ai-je été assez gentille avec lui, assez aimante ? Et maintenant, je n'ai plus rien sans lui. Je n'ai pas de travail, je ne peux pas rembourser un prêt, je n'ai pas de compétences. J'ai ridiculement peu d'expérience professionnelle… J'étais enceinte pendant mes examens de droit, bon sang ! Je ne compterais pas comme expérience professionnelle les mois que j'ai passés dans ce bureau d'avocat à régler les problèmes de murs mitoyens des gens.

Shona a secoué la tête.

– Je n'ai aucune idée de ce que je vais faire de ma vie. Il faut juste qu'il revienne.

J'ai pensé à ce que Richard m'avait raconté, un Ross à l'air heureux qui déjeunait avec une autre femme.

Elle a hoché la tête et ses yeux se sont remplis de larmes.

– Il m'a dit… il a dit que… euh… il n'est… pas sûr de m'aimer encore. Ou plutôt, il a dit qu'il m'aimait… mais pas comme avant.

Elle tripotait un torchon.

– C'est une chose assez dévastatrice d'entendre ton mari te dire ça, en réalité.

Shona s'est approchée et s'est assise sur la chaise à côté de moi.

– Après toutes ces années, je pensais que nous étions bien, je veux dire, nous n'étions pas un couple extraordinaire, mais nous y arrivions mieux que certains et nous réussissions aussi bien que la plupart des gens. J'ai observé tous les autres couples que nous connaissons et je me suis aperçue qu'ils se chamaillaient, qu'ils se tiraient dans les pattes et qu'ils se lançaient des piques.

Une larme a coulé sur son visage.

– L'orgueil précède la chute ? Et boum, je suis tombée. J'étais arrogante, une de ces personnes horribles qui pensent qu'elles ont tout dans la vie.

Shona a essuyé la larme du revers de la main.

– Je lui ai dit que j'étais désolée de considérer tout cela comme acquis, de ne pas vraiment apprécier ce que j'avais, mais il m'a dit que ça faisait longtemps qu'il n'était pas heureux. Des années. Il a ajouté qu'il avait besoin d'espace et que je devais respecter ça.

Dehors, les filles ont cueilli un gros tas de marguerites et se concentraient sur l'enfilage pour en faire des colliers. Papa et maman étaient assis ensemble et discutaient tranquillement. *La paix et l'amour ne sont jamais garantis*, ai-je pensé. *Ce n'est que lorsque tu es plus âgé, que tu as suffisamment d'expérience à ton actif, que tu n'es plus autant poussé et tiré par les courants et les tourbillons, que tu trouves enfin une mer étale.*

***

Plus tard, dans mon lit, alors que Brody travaillait dans le bureau voisin et que Fyodor faisait tourner furieusement sa roue, j'ai finalisé le menu de cette semaine pour le club de dîners. Je me suis dit que la barre était basse. Rien ne pouvait être pire que le gâchis que j'avais servi, mais si je me concentrais sur des ingrédients frais et estivaux, je ne pourrais pas me tromper. J'ai rédigé un nouveau menu et je l'ai envoyé à Richard et Sam. Richard m'a répondu immédiatement par mail :

J'aime beaucoup xxx

Chapitre 26

Pendant le dîner, le mercredi soir, Brody m'avait tenue au courant de la dernière aventure de Seamus. Apparemment, ce dernier avait décidé de faucher les herbes hautes du champ.

– Je pense qu'il est important de donner au lecteur l'impression d'être un brin d'herbe..., a déclaré Brody.

– Un brin d'herbe ?

Brody a hoché la tête.

– Il s'agit de la nature élémentaire de la relation entre l'écrivain, le lecteur et le personnage...

Je l'ai regardé fixement, essayant de trouver une réponse à cette phrase.

– Alors ils doivent être un brin d'herbe ?

– Exactement. Ou une feuille, ou une coccinelle. N'importe quoi. Juste quelque chose qui les place dans la scène. Ils pourraient même être le grain de beauté cancéreux sur le nez de Seamus.

– Seamus a un cancer ? Le pauvre !

Pour la première fois, j'ai pensé que ce livre pouvait vraiment aller quelque part. *Pauvre Seamus – il avait travaillé toute sa vie à l'extérieur et il était frappé par un mélanome.* Je me suis dit que c'était une bonne intrigue et que cela pourrait sensibiliser les gens aux risques qu'il y a à ne pas mettre de crème solaire.

– Non, bien sûr que non, a répondu Brody. Je disais juste ça à titre d'exemple. Seamus est en parfaite santé, il a juste un peu d'arthrite dans les mains qui se manifeste lorsqu'il huile la faux.

Je suis retournée à ma pomme de terre au four, en me demandant si c'était ainsi que j'allais passer toutes mes soirées pour le reste de ma vie. *Brody devait probablement penser la même chose*, me suis-je dit, *au vu de son regard exaspéré*. Nous ne nous connaissions pas, et l'espace-temps dans lequel nous nous étions connectés n'existait plus. C'était comme ce meilleur ami que tu te fais le premier jour à la fac et avec qui tu passes trois jours à boire, à rire de façon hystérique et à croire que tu es amis pour la vie, avant de te rendre compte que tu t'es affolé dans la mêlée de la semaine des nouveaux arrivants et qu'en fait, tu n'as absolument rien en commun avec lui.

– Combien de mots as-tu écrits ? ai-je demandé, car j'avais besoin de savoir que cette ère de désespoir était presque terminée.

– De mots ?

Brody a posé sa fourchette.

– Les mots ! Tu ne peux pas parler de mots. Il ne s'agit pas de commencer à la page une et de finir à la page je ne sais quoi. C'est un processus organique. Un roman grandit comme un être humain, à partir de rien. Le minuscule œuf d'une idée rencontre le sperme d'un artiste, et c'est ainsi que le processus créatif commence.

Suis-je au milieu d'une sorte de projet artistique ? S'agit-il d'un jeu télévisé pour voir combien de temps quelqu'un peut faire marcher quelqu'un d'autre ? J'ai repensé à ce que Gerry avait dit. *Brody n'aurait-il comme famille qu'un hamster ? Aurait-il un jour un enfant ?* Il fallait que je le sache, cela ne me ferait pas changer d'avis, mais, selon sa réponse, cela pourrait m'aider à prendre une décision.

– Brody, penses-tu que… ?

Il a enfourné la nourriture dans sa bouche et m'a jeté un coup d'œil.

– Penses-tu, ai-je essayé à nouveau, quand le livre sera terminé, ou achevé ou…

– Quand j'aurai choisi de transmettre le processus créatif à l'artiste suivant, le lecteur ?

– Oui, alors… que penses-tu de… je ne sais pas… d'avoir un enfant ?

– Un enfant ?

Il en a craché une partie de sa bouchée, un missile de viande est passé à côté de mon visage.

– Qu'est-ce que tu veux dire ?

– Un bébé…

– Je sais ce qu'est un enfant, merci, Roisín, a-t-il bafouillé. Je sais qu'ils sont petits et exigeants et qu'ils te prennent du temps. Ils détruisent les relations, salissent tout, jettent leur nourriture partout et insistent pour regarder *Peppy Pig* vingt-quatre heures sur vingt-quatre…

– *Peppa.*

– Non, merci. Mais revenons aux enfants. Ils ne sont pas capables de parler correctement pendant des années. Il faut attendre qu'ils soient vraiment très grands pour être obligé de supporter les propos d'un imbécile pendant si longtemps que tu en deviens fou. Ils parlent sans arrêt de la même chose.

Il m'a lancé un regard noir.

– Je croyais que tu avais compris que j'étais déjà suffisamment engagé ?

Engagé à quoi ? Brody n'avait aucun engagement à ma connaissance. Il ne payait pas de loyer, ne payait aucune facture et n'avait pas d'emploi. Il ne s'engageait même pas à prendre une douche quotidienne ou un rendez-vous avec sa brosse à dents.

– Je croyais que tu aimais les enfants.

Il a secoué la tête.

– Pas du tout. Les bébés sont ennuyeux. Tout allait bien jusqu'à ce que Roger arrive. Mon Dieu, il était si irritant. Mais entre-temps, j'ai pensé à agrandir la famille d'une autre façon… en adoptant…

– Adopter ? Non, Brody, pas l'adoption.

Aucune assistante sociale saine d'esprit ne nous autoriserait à adopter, ai-je pensé.

– Oui, l'adoption, a-t-il dit, heureux. Un bébé hamster, un ami pour Fyodor.

Est-ce que tout cela était une sorte de jeu pour me laisser dans des hypothèses, faire en sorte que je me pose des questions et que je n'aie jamais le contrôle de tout ce qui se passait dans cette maison ? Peut-être que la vie n'était pas plus belle que cela, moi qui travaillais, cuisinais, nettoyais et payais les factures, et lui qui écrivait, nous deux dans ce manège sans fin, pour toujours, avec une maison pleine de hamsters qui couraient tous en faisant tourner leurs roues. *Où cela s'arrêterait-il ?* Une de ces maisons qu'on voit dans les journaux et qui ont dû être fumigées, les tapis brûlés, les planchers arrachés, parce qu'elles étaient envahies de hamsters.

– Je doute que quelqu'un ait demandé à Rembrandt si ses tableaux étaient terminés, a marmonné Brody. On ne décide pas comme ça de mettre un terme au processus créatif.

Il a jeté ses couverts sur l'assiette.

– Je remonte à l'étage, a-t-il annoncé. Je vais vérifier l'orthographe de ma dernière version et peut-être même la grammaire.

– J'espère que Seamus coupera bien l'herbe.

Il s'est arrêté.

– Qui ?

Pendant un moment, Brody a eu l'air complètement déconcerté.

– Seamus. Et la faux.

Toujours aucune réaction de Brody.

– Celle qu'il était en train d'aiguiser, ai-je suggéré. Je te disais que j'espère que ça se terminera bien.

Les narines de Brody se sont dilatées.

– Roisín, tu devrais savoir que les fins heureuses n'existent pas.

***

J'ai appelé Harry pour passer le voir, avec une assiette de nourriture.

Dernièrement, j'avais remarqué que la poêle à frire – récurée – était maintenant sur l'égouttoir tous les soirs, et j'ai vu qu'il y avait un peu plus de nourriture dans le réfrigérateur, un morceau de fromage et quelques œufs.

– Comment ça se passe en cuisine, Harry ?

– J'ai lu tes livres de cuisine. Et je ne suis pas sûr d'être à la hauteur.

– À la hauteur de quoi ?

– Je pense qu'arrivé à un certain âge, il y a tellement de choses que tu ne peux pas faire… que tu perds ton sang-froid.

– Du sang-froid ? Pour faire la cuisine ?

Il a acquiescé.

– C'est la liste des ingrédients, les instructions, le minutage ! Avant, je cuisinais en toute confiance et ça se passait toujours bien. Hier soir, j'ai essayé de faire frire un œuf et ça s'est mal passé : un bout de coquille dans l'œuf, trop cuit, pas assez cuit de l'autre côté, le jaune d'œuf qui coulait partout. Et je me suis dit que je n'étais même pas capable de faire frire un œuf. J'en faisais cuire cinquante tous les matins pour les gars du bateau. J'ai perdu la main. Mon talent a disparu.

– Mais tu peux le récupérer.

Il a secoué la tête.

– Ils ont essayé de me faire bénéficier des services de repas à domicile, mon médecin a dit que j'avais l'air en pleine forme. J'ai résisté jusqu'à présent.

– As-tu déjà pensé aux déjeuners du Lady Immaculate Hall ? En as-tu entendu parler ?

– Mais je n'ai pas besoin de nourriture, je ne veux pas la charité…

– Non. Je pensais que toi, tu pourrais leur donner à manger.

– Tu veux dire qu'une personne âgée comme moi pourrait nourrir d'autres personnes âgées ?

– Et tu pourrais rencontrer des gens et discuter.

Harry a secoué la tête à nouveau.

– Je ne sais pas si je peux encore le faire. Je vous vois, Cyril et toi, et personne d'autre. J'ai un peu peur, Roisín, si je dois dire la vérité.

Je savais exactement ce qu'il voulait dire.

Chapitre 27

À présent, alors que je me précipitais dans la salle à manger du Lady Immaculate Hall, je connaissais des visages et des noms et je saluais ceux qui se réunissaient pour le déjeuner communautaire au Hall. Je me suis dit que Harry adorerait être ici. La nourriture, la compagnie, les mots croisés.

– Bonjour, Gita ! ai-je lancé, en attachant mon tablier et en me précipitant pour prendre ma place. Bonjour Mary, Marian ! Qu'y a-t-il au menu aujourd'hui ?

– Du poulet rôti, des pommes de terre rôties et toutes les garnitures aujourd'hui. Et des fraises à la crème pour le dessert.

Dehors, c'était une chaude journée d'été, les vieilles portes de secours étaient ouvertes pour laisser entrer une brise fraîche, mais personne n'allait dire non à un déjeuner chaud – pas quand il s'agissait de poulet rôti.

Plus tard, alors que j'aidais à faire la vaisselle, j'ai entendu Marian et Sheila parler.

– Ça ne sert à rien, disait Marian. Nous avons tout essayé. Ils nous ont donné un délai jusqu'à dimanche.

– Si tôt ? a constaté Sheila en secouant la tête.

J'ai tout de suite su à quoi elles faisaient référence. Ce matin-là, j'avais reçu une lettre des promoteurs disant que les négociations avec le groupe Sauvez notre Hall avaient pris fin et que Sauvez notre Hall avait accepté d'abandonner son combat. Le Hall allait être démoli et les nouvelles constructions pourraient se poursuivre sans entrave. J'avais été extrêmement naïve de penser que mes deux rôles – celui d'urbaniste en herbe et celui de bénévole heureuse à l'heure du déjeuner – pouvaient coexister. Je perdrais mon emploi, mais aussi, que se passerait-il si Marian, Sheila et tous les autres découvraient que je travaille dans le domaine de la planification ? Me détesteraient-ils, sachant que j'étais de l'autre côté ? Et les promoteurs ? Que diraient-ils s'ils découvraient que quelqu'un du service de l'urbanisme s'était porté volontaire pour le groupe qui organisait les déjeuners et faisait partie de la campagne Sauvez notre Hall ? Je me suis sentie mal en essuyant les assiettes, et en les empilant pour les ranger jusqu'au lendemain.

– C'est une telle déception, disait Sheila.

– C'est catastrophique.

Marian secouait la tête.

– Je suis tellement furieuse, tellement en colère que le conseil ne soit pas intervenu et n'ait pas fait quelque chose ! Ils ne veulent donc pas protéger le front de mer, prendre soin du patrimoine ?

Je ne savais pas si j'imaginais que c'était dit à mon intention. Je me suis retournée.

– Qu'est-ce qui se passe ?

J'ai essayé d'avoir l'air innocent, mais à l'intérieur, je me sentais très mal.

– Nous allons devoir fermer, a dit Marian. Nous nous battons depuis cinq ans, mais il semble que les promoteurs aient gagné. Le conseil municipal a dit que nous pouvons aller dans un autre établissement, à Mounttown, mais il n'est pas sur une ligne de bus et il a autant d'âme que le bac à litière de mon chat. Notre bâtiment est représentatif de cette région, il a accueilli des gens pendant cent cinquante ans, il les a hébergés, la musique et les voix ont résonné entre ces murs… toutes les histoires qu'il pourrait raconter. Il y avait des réunions politiques ici, l'organisation du suffrage irlandais en avait fait son siège, le comte John McCormack, le grand ténor irlandais, a un jour donné une représentation dans cette même salle pour les travailleurs de l'ancienne ligne de tramway… il ne suffit pas de dire que sa rénovation est trop chère.

– Toute cette zone est sur le point d'être réaménagée, a constaté Sheila. C'est une véritable honte. Ce bâtiment va disparaître. La salle de jeux, disparue. L'esprit communautaire, jeté aux loups !

Marian a acquiescé.

– Selon la loi, nous ne pouvons pas continuer à organiser des déjeuners. Il n'y a pas de toilettes accessibles…

– Nous faisons tous entrer les gens par la roue, a dit Sheila. Personne ne s'en préoccupe. Nous ouvrons les portes à tout le monde. Micheál est un homme formidable, il soulève les fauteuils roulants, les poussettes et tout le reste pour passer les marches de l'entrée.

– Et les réglementations anti-incendie, nous n'avons pas assez de portes anti-incendie.

– Mais nous sommes si prudents que nous vérifions toujours que chaque interrupteur est éteint. Nous ne faisons rien frire et à Noël, lorsque nous avons organisé la fête pour les plus petits, Micheál s'est assuré que les lumières du sapin n'avaient pas été achetées sur l'étal de son frère, parce qu'elles sont connues pour être un peu louches, il est allé en ville et les a achetées chez *Arnotts*. Elles étaient superbes et nous n'avons pas eu la moindre étincelle.

– Et nous n'avons pas les moyens de chauffer le bâtiment. Dès qu'un radiateur s'allume, la chaleur est immédiatement aspirée par les fenêtres…

– Ou des trous dans les murs, a renchéri Sheila. Nous avons demandé et supplié le conseil municipal pour obtenir de l'argent, mais il refuse. C'est trop cher. Il y a des centaines de milliers d'autres choses à payer et nous ne sommes pas importants.

Ce bâtiment était humide, plein de courants d'air et n'avait pas d'accès pour les fauteuils roulants ni de toilettes. Marian m'avait expliqué qu'ils avaient positionné des seaux sur le côté de la salle à manger pour récupérer les gouttes qui tombaient du toit après la moindre pluie, et qu'en cas d'incendie, il n'y avait qu'une seule issue de secours.

– Le conseil municipal a dit qu'il ne pouvait pas nous assurer pour une autre année, a avancé Sheila. Ils ont fait de leur mieux, mais il est temps d'abandonner.

– Ils nous ont donné l'usage d'un autre bâtiment à Mounttown… qui est conforme aux normes d'hygiène et de sécurité, d'accessibilité, et possède le bon système énergétique, a expliqué Marian. C'est tout ce qu'il y a de plus écologique. Mais c'est de l'autre côté de Sandycove, et cela signifie que cette partie du village va devenir… Quel est le mot ?

– Sans âme ?

J'avais enfin retrouvé ma voix pour répondre.

Marian a jeté un coup d'œil à l'horloge bizarre sur le mur.

– Tu devrais rentrer, il est plus de deux heures. Vite, tu ne veux pas être en retard.

J'ai détaché mon tablier, ramassé mon sac et commencé à courir vers le bureau. J'avais été tout à fait pathétique, en supposant que le bâtiment était irrécupérable alors qu'il ne l'était pas forcément. J'avais déjà perdu deux semaines. Mais que pouvais-je faire, alors que Frank, Dermot et tous les autres avaient cherché des moyens de le sauver ? Marian avait raison, les promoteurs avaient gagné.

Chapitre 28

La dernière fois que j'étais allée au yacht-club de Sandycove, c'était des années auparavant avec mon père, après l'une de nos journées de voile du samedi. Shona et moi nous asseyions sur les hauts tabourets du bar avec nos boissons gazeuses et nos chips. Il y régnait encore une atmosphère de vieux club masculin, avec l'arôme des cigares et le parfum de la mer. Il y avait une moquette épaisse d'un bleu et or éblouissant, de grandes chaises lourdes, un feu de cheminée, même en cette soirée d'été, et des hommes portant la moustache relevée en forme de guidon et sirotant un verre de cognac derrière des exemplaires du magazine *Sailing*. Papa et maman étaient déjà au bar, assis sur un canapé au fond de la pièce, avec une vue directe sur la mer. Le lendemain, c'était le deuxième dîner-concert et je me sentais nerveuse. Tout était prêt à la maison, Gerry arrivait à la première heure le lendemain matin, mais je ne voulais pas produire un autre désastre comme la dernière fois. Comment les chefs professionnels faisaient-ils, soir après soir ? C'était angoissant.

Papa s'est levé quand j'ai marché vers eux et m'a serrée dans ses bras.

– Ah ! C'est si gentil d'être venue !

– Bien sûr que je suis venue, ai-je soufflé lorsqu'il m'a libérée.

Je lui ai remis son cadeau, j'ai embrassé maman et je me suis assise.

– Oh, Roisín.

Il avait l'air très touché, retournait le cadeau dans ses mains.

– Je ne m'y attendais pas. C'est déjà assez pénible que je te fasse sortir pour dîner alors que tu pourrais être à la maison avec Bridie, je veux dire, Brody... mais merci...

J'ai pensé à Brody, à l'étage, à la maison, en train d'écrire. Tout à l'heure, il m'avait entourée de ses bras.

– Je t'aime, Roisín. Écoute, je sais que tu as parlé d'un enfant hier et je sais que les femmes ont tendance à broyer du noir. C'est leur nature. Leurs hormones se déchaînent de temps en temps comme une fournaise. Écoute, je comprends. Mais je suis un coq différent de tous les coqs normaux. Je pense simplement que les hamsters sont beaucoup moins ennuyeux, moins coûteux à entretenir et aussi beaucoup plus mignons. Et ne t'inquiète pas d'être sensible aux hormones. C'est tout à fait normal. Je peux le supporter.

– Ouvre-le, ai-je dit à papa. C'est juste un petit quelque chose, j'ai pensé que tu aimerais.

Il a retiré le papier avec précaution. Pendant un moment, il n'a pas parlé et s'est contenté de fixer le cadeau, puis il l'a montré à maman qui m'a souri. C'était une copie de la photo encadrée de Shona, lui et moi dans *Shining Light*, son petit bateau.

– Je ne sais pas quoi dire.

Sa voix tremblait un peu.

– C'est... euh, c'était il y a longtemps. J'aurais du mal à reconnaître ce bel homme jeune aux cheveux noirs... et ses deux belles petites filles...

Il m'a regardée, une expression étrange sur le visage.

– Je garderai cela précieusement. Comme un trésor perdu enfoui au fond de la mer.

J'avais réfléchi à ce qu'il fallait acheter à un homme qui avait tout, et puis j'avais pensé à une vieille photo que j'avais conservée au fond d'une boîte. Je ne savais pas pourquoi je la lui avais donnée et je craignais que ce ne soit trop personnel... Papa méritait-il de savoir ce que ces jours de navigation représentaient pour moi ? N'aurais-je pas dû lui donner quelque chose de plus banal, comme une paire de chaussettes ?

Nous avons entendu la voix de Shona derrière nous.

– Les voilà. Allez, on est en retard.

Shona marchait rapidement vers nous, troublée, et les filles se précipitaient sur ses talons.

Et derrière elles, il y avait Ross. La dernière fois que je l'avais vu, c'était le jour de la communion.

– Joyeux anniversaire, papa, a-t-elle dit en le serrant brièvement dans ses bras.

– Ross !

Maman s'est levée de surprise tandis que papa prenait Ross dans ses bras.

– C'est bon de vous voir, a dit papa. C'est gentil d'être tous venus.

Daisy et Kitty m'ont fait un câlin et sont allées s'asseoir sur le même siège que maman, sur les deux bras du fauteuil.

– Bienvenue chez toi, a dit Ross. Je suis vraiment désolé de ne pas avoir été très présent ces derniers temps.

Il m'a jeté un coup d'œil. La mâchoire de Shona était serrée, son sourire semblait figé.

– Tu travailles si dur, Ross, a dit papa. Un Troyen, voilà ce que tu es. Maggie et moi sommes tellement heureux que tu puisses être là ce soir.

Ross avait toujours été d'excellente compagnie, mais j'avais vu une autre facette de sa personnalité, le Ross qui se faufilait en douce dans sa propre maison pour éviter de croiser sa femme et ses enfants et qui filait ensuite dans une voiture de sport.

– Allons chercher à boire, disait papa. Ross, tu prendras un whisky, n'est-ce pas ?

– Oui, certainement, a approuvé Ross. J'en ai besoin après toutes ces nuits au bureau.

Il a de nouveau coulé un regard en coin dans ma direction.

– Alors, a demandé papa, sur quoi travailles-tu ?

– Une grosse affaire… Vous savez, les avocats, on est pris par notre travail, on a tendance à lui donner la priorité sur tout le reste. Ce qui n'est pas bien, pas bien du tout.

Il a regardé Shona en souriant.

– Shona a été formidable, elle a tenu bon, elle s'est occupée des filles.

Shona examinait ses ongles, repoussant l'une de ses cuticules.

– Vous savez quoi ? a-t-il poursuivi. Il n'y a aucun endroit qui vaille la maison, c'est seulement quand on part qu'on réalise à quel point elle nous manque.

Il s'est tourné vers papa et maman.

– Cela fait des années que je dis à Shona qu'elle devrait retourner travailler. Maintenant que les filles sont assez grandes, il est temps pour Shona de briller. Peut-être de suivre une formation de professeur de pilates ?

Il a saisi son verre de whisky et en a bu une grande gorgée. Shona n'a pas voulu me regarder dans les yeux pendant tout ce temps. Quand elle est allée aux toilettes, je l'ai suivie.

– Alors, quand est-il revenu ? ai-je demandé.

Elle a soupiré et s'est appuyée sur les lavabos.

– Hier soir, il a dit qu'il était désolé, qu'il avait fait une erreur et que la vie de famille lui manquait. Et qu'il m'aimait.

Elle a égoutté ses mains et a pris une petite serviette sur une pile.

– Je ne me fais pas d'illusions, il m'aime vraiment.

– Et toi, tu l'aimes ?

– Il le faut. C'est le père de mes enfants. Je ne veux pas divorcer. J'ai deux filles, comme nous quand on était petites.

Elle m'a regardée.

– Et… je ne peux pas me retrouver seule. C'est trop terrifiant. Je veux dire, trouver un travail, me débrouiller seule, tout ça, je ne peux pas le faire. Ce serait la mise à nu de ma vie alors que j'ai passé tant de temps à la remplir. Même s'il n'est jamais à la maison, même si on dort dans le même lit sans jamais se toucher, même si on se parle à peine, c'est mieux que l'autre alternative.

Je l'ai regardée pendant une seconde en me demandant quoi dire. Peu importait si je pensais qu'elle faisait une erreur, qu'il n'avait pas fait une crise existentielle et qu'il fréquentait ou, du moins, avait fréquenté quelqu'un d'autre, Shona était prête à le reprendre et je devais la soutenir.

– Les filles en sont très heureuses. Et franchement, c'est tout ce qui compte.

J'ai acquiescé.

– Bien sûr.

– Allez, on va manger... Je vais prendre quelque chose de bon parce que je ne bois pas. Contrairement à Ross, qui a déjà beaucoup trop bu.

***

Plus tard, nous nous sommes tous retrouvés à l'extérieur du club nautique pour faire nos adieux.

– Je peux faire un tour sur ton vélo ? a demandé Daisy. Juste autour du parking ?

– Bien sûr, ai-je dit. Fais attention... Reste près de nous. Il fait nuit maintenant.

– Je vais chercher la voiture, a annoncé Ross.

– Je conduis, a insisté Shona. Tu as bu.

– Je sais, mais je ne vais pas conduire pour nous ramener à la maison, pour qui me prends-tu ?

Il avait la langue bien pendue.

– Un de ces criminels que nous sommes obligés de défendre ? Je vais sortir la voiture et tu pourras prendre le relais.

– Non, Ross, attends... il ne vaut mieux pas. Je vais le faire dans un instant.

Elle a serré papa et maman dans ses bras pour leur dire au revoir.

– On se voit bientôt. Je passerai demain pour donner un coup de main au club de dîners, d'accord, Roisín ?

– Je suis en excursion toute la journée avec le groupe de jardinage, nous a informés maman. Nous prenons le ferry tôt le matin pour le pays de Galles, nous faisons un voyage d'une journée dans des propriétés du National Trust et nous rentrerons tard par le ferry.

Daisy et Kitty étaient toutes les deux installées sur mon vélo, l'une sur le siège, l'autre debout sur les pédales.

– Et je serai chez Philip, a dit papa. Mais si tu as besoin de moi pour quoi que ce soit, fais-le-moi savoir.

– Papa conduit ! a crié Daisy.

– Les filles ! a crié Shona. Descendez de ce truc ! Vite !

La grosse voiture noire, phares allumés, est sortie en marche arrière de la place de parking et a tourné en décrivant un arc de cercle. Le visage de Ross est apparu derrière le volant de la Range Rover lorsqu'il a démarré en trombe dans notre direction, puis il a fait une embardée vers l'avant tandis que Daisy et Kitty sautaient du vélo, le laissant tomber au sol, et se précipitaient pour se placer à côté de Shona.

Je pense que j'ai dû crier lorsqu'il y a eu un craquement et que Ross a roulé sur mon vélo, le traînant sous les roues, et qu'il s'est arrêté brusquement à côté de nous.

Shona s'est tournée vers moi, le visage blanc.

– Il a failli nous tuer, a dit Daisy.

– Toutes les deux, a dit Kitty.

– Ce qui aurait été mieux qu'une seule de nous.

– Si on disparaît, on disparaît ensemble.

– Oh, mon Dieu ! a lâché Shona qui tremblait.

Ross, totalement imperturbable, est sorti de la voiture comme si de rien n'était.

– Votre voiture vous attend, madame, a-t-il bredouillé, avec le col de sa chemise de rugby aplati au lieu d'être relevé comme à son arrivée.

Il a jeté les clés que Shona n'a pas pu attraper et a cherchées à tâtons sur le sol avant de grimper sur le siège du conducteur, tandis que les filles s'attachaient à l'arrière et que Ross montait du côté du passager. Il s'est accoudé à la fenêtre, dans un geste conquérant avant de crier « Sacrée soirée ! À bientôt ! » lorsque la voiture s'est éloignée, laissant derrière elle le désordre de ma belle bicyclette écrasée.

Papa et maman m'ont aidée à la ramasser par terre.

– Oh, Roisín, a déploré maman. Elle est fichue.

J'ai acquiescé, une roue dans une main, une pédale dans une autre.

– Qu'est-ce qui ne tourne pas rond chez lui ? a demandé papa. Quel comportement absolument stupide.

– Il n'était pas lui-même, a dit maman, au bord des larmes. Aucun des deux ne l'était. Et puis tout ce whisky qu'il a bu... il a dû en boire quatre verres, plus le vin.

J'ai retiré la sonnette du vélo, le panier et mon cadenas, les mains tremblantes. J'ai laissé le reste des vestiges en un tas pathétique sur le côté du club nautique.

Ce n'était pas Daisy ou Kitty, heureusement. Un vélo n'était qu'un ingénieux système de cliquetis de métal et de caoutchouc... mais c'était mon cliquetis de métal et de caoutchouc. J'adorais ce vélo.

– C'est un sacré idiot, celui-là, a dit papa en secouant la tête. Mon Dieu, comment avons-nous pu ne pas nous en apercevoir ?

– Tu n'avais pas remarqué ? a dit maman, gentiment. Pendant que tu étais en France, je l'ai bien vu.

Papa n'a rien dit, mais s'est contenté de mettre l'une des roues en équilibre contre le mur. Il a passé son bras autour de moi.

– Viens. Rentrons à la maison. Le taxi peut te déposer d'abord, Roisín, et ensuite nous. Je passerai demain pour récupérer le vélo. Il n'y a pas grand-chose à faire pour lui, alors je pense que je vais devoir l'emmener directement au centre de recyclage.

***

Je suis rentrée chez moi au petit matin, dans les rues sombres et silencieuses, consciente du poids géant et invisible qui pesait sur mes épaules comme si je portais quelque chose de bien trop grand et encombrant. Et ce poids devenait de plus en plus lourd. Faire du vélo était toujours joyeux, et quel que soit mon état d'esprit, une balade à vélo était comme un shoot d'endorphines. J'échouais dans la vie et je ne pouvais m'en prendre qu'à moi-même pour le fait que j'étais malheureuse dans mon mariage.

Comment admettre que j'avais été si stupide ? Comment pouvais-je avouer que moi, une femme adulte, j'avais fait une erreur et que j'avais été aussi immature et impétueuse ? Le calme régnait à l'étage lorsque j'ai ouvert la porte d'entrée avec précaution et que je suis entrée sur la pointe des pieds, en n'entendant que le ronronnement de la roue du hamster pour seul son. Dieu merci, Fyodor ne s'était pas échappé. Brody était dans son bureau pendant que je me préparais rapidement à aller au lit. C'est alors que j'ai entendu un autre bruit. *Fyodor ?* C'était une sorte de gémissement. Un gémissement humain. Et il provenait du bureau de Brody.

J'ai frappé à la porte.

– Brody ?

Peut-être avait-il eu une attaque ou souffrait-il de microtraumatismes répétés à force de taper à la machine, au point que ses épaules étaient toutes raides. Ou peut-être était-ce le moment où j'allais être confrontée à une crise de nerfs à cause du livre. Je me suis préparée à le voir avec l'oreille coupée ou en train d'halluciner à cause de l'absinthe. Ou un autre joint.

Brody était assis sur le canapé-lit, les pieds posés sur la petite table, les écouteurs sur les oreilles, en train de regarder la grande télévision. Celle dont il m'avait indiqué qu'elle ne fonctionnait même pas. Ses yeux étaient fermés, sa tête était tombée en arrière. Dans une main se trouvait une console de jeux et sur l'écran s'affichait l'image de pixels d'un soldat, mitraillette à la main.

– Brody ?

J'ai secoué sa jambe.

– Brody ?

Il a ouvert les yeux. Il a jeté un coup d'œil à l'écran, et un air coupable s'est affiché sur son visage.

– Je pensais que tu étais à ce… tu sais…

– Brody, il est une heure et demie du matin.

– J'étais… Je suis… J'ai juste fait une pause. Et je me suis endormi.

Il a jeté à nouveau un coup d'œil à l'écran.

– Après avoir fait tant de choses, je suis très, très fatigué.

– Qu'est-ce que tu fais ?

– Je fais une sieste. Ce qui est autorisé, soit dit en passant. Dormir est une fonction corporelle essentielle.

– Je le sais bien. Je veux dire, qu'est-ce que tu as fait ?

– D'accord, d'accord !

Il a soupiré lourdement et a roulé des yeux.

– Tu m'as bien eu. Oh, Roisín est si intelligente. Pris sur le fait. Si tu veux savoir, je jouais à *Code of Honour*. Ce n'est qu'un jeu vidéo. Bien que je sois l'un des types les plus sensibles de la vie, capable de remplir un stylo à plume d'encre, mais pas de rebrancher une prise, j'ai réussi à faire fonctionner cette télé. Quoi qu'il en soit, Anna…

– Anna, la Anna du bout de la rue ?

– Oui…, a-t-il dit d'un ton las. Oui, Anna, la Anna du bout de la rue. Il se trouve qu'Anna a une collection de jeux vidéo. Et elle me les a prêtés.

– D'accord…

J'ai essayé d'assimiler tout ça. Brody n'avait jamais parlé de jeux vidéo auparavant. Je ne savais absolument pas qu'Anna et lui s'échangeaient des jeux. Et j'étais même sceptique quant à sa capacité à remettre de l'encre dans un stylo plume. Je ne l'avais littéralement jamais vu faire quoi que ce soit d'un peu pratique. Il ne sortait même pas les poubelles parce qu'il disait que l'odeur était trop forte et qu'elle le rendait malade. Il avait arrêté de se raser parce qu'il disait que sa peau était trop sensible et il avait essayé une fois de mettre des agrafes dans l'agrafeuse et avait fini par se faire saigner.

– De quoi s'agit-il ?

– De quoi ?

– Ce jeu vidéo ?

– Oh… rien… je ne sais pas… je ne me souviens pas. Il n'est pas très bon, de toute façon. Je veux dire, je n'arrive pas vraiment à utiliser ce truc de *twizzle-stick*.

– La console.

– Exactement. Anna pensait que cela pourrait m'aider à lutter contre le stress… mais j'ai fini par me faire tirer dessus et c'était assez terrifiant.

– D'accord…

Je ne savais vraiment pas quoi faire. Est-ce que d'autres personnes trouvaient la vie de couple aussi déroutante ? Je me suis soudain sentie incroyablement fatiguée.

– Je vais me coucher. Je te laisse à tes jeux. J'ai un dîner du club demain.

– Ne réveille pas Fyodor. Il a besoin de dormir.

Chapitre 29

À l'aube, une lumière grise a commencé à filtrer dans la chambre. Je suis restée éveillée pendant des heures. J'ai pensé à mon vélo, mon beau vélo. J'avais vécu la plupart des meilleurs moments de ma vie sur ce vélo, la joie intense lorsque vous arrivez en haut d'une colline après une longue montée, que vous basculez et que le vent vous souffle au visage et que vous vous sentez vivant. Il y a eu ce jour où Paddy et moi avions pédalé jusqu'à Wicklow et où nous nous étions allongés sur le dos au soleil, enveloppés par la bruyère, main dans la main, en regardant le ciel bleu et en parlant de ce que nous voulions faire de notre vie. Deux petits corps sur une montagne par une parfaite journée d'été. Sur le chemin du retour, j'avais eu l'impression que mon vélo et moi allions décoller avec la joie, le bonheur et... tout ce que je ressentais. Et maintenant, c'était fini. Tout cela.

Le seul bruit de toute la rue – du monde entier – était celui de Fyodor qui faisait furieusement de l'exercice, comme une mini-Davina McCall, travaillant sans cesse à sa remise en forme. À côté de moi, Brody – une masse de barbe et de chair – était allongé sur le dos, la bouche ouverte, et un ronflement sourd émanait des recoins de sa gorge. Il s'était étalé à la manière d'une étoile de mer, son ventre se soulevait et s'abaissait comme le gonflement de la mer.

J'ai fait une erreur en l'épousant, ai-je pensé.

Dans une semaine, me disais-je, *il y avait une chance que nous puissions reprendre notre relation et revenir au point de départ*. Nous pourrions faire comme si toute cette année n'avait jamais eu lieu et repartir en lune de miel. Nous pourrions passer des soirées ensemble, des week-ends... Brody pourrait faire partie de ma vie. Maintenant, il était sur une autre planète et en attendant, je devais juste m'accrocher. Mon téléphone a émis un bip. C'était Shona :

Je suis vraiment désolée pour le vélo. Je t'en offre un nouveau. Je suis en train de te faire le virement xxx

Un autre bip a retenti et une notification a indiqué que cinq cents euros avaient été versés sur mon compte. Je suis descendue et je l'ai appelée.

– Je t'ai réveillée ? a-t-elle demandé. Il est cinq heures du matin.

– Non, je suis réveillée depuis longtemps.

– Je suis vraiment désolée pour hier soir. Je n'arrive pas à croire ce qui s'est passé.

– C'est bon, ai-je répondu, la voix neutre. Ce n'est qu'un vélo... et merci pour l'argent. Je te suis reconnaissante.

– Cela n'aurait pas dû arriver.

– C'était un accident...

– Il était ivre. Et je dois juste accepter que les mariages sont difficiles, que les gens sont ivres, et que parfois les gens partent pendant un certain temps juste pour reprendre leurs esprits... J'ai rencontré Ronan l'autre jour et il m'a dit qu'il se sentait obligé de me dire que Ross voyait une autre femme.

Je suis restée silencieuse.

– Tu sais, je n'ai pas cru Ross quand il m'a dit que Ronan était jaloux de lui. Il racontait que Ronan détestait le fait que Ross était le préféré de ses parents. Mais maintenant, je vois que Ross avait peut-être raison. Je veux dire que je le saurais si Ross voyait quelqu'un d'autre, non ? Je le saurais. L'intuition féminine. Fais confiance à ton instinct.

– Pourquoi penses-tu que Ronan te l'a dit ?

– Je l'ai rencontré chez *Dunnes*, il faisait des courses et nous avons discuté, il m'a demandé comment j'allais et j'ai commencé à pleurer, juste à côté d'une énorme pyramide de poudre à laver. Et il m'a dit qu'il pensait que je devais savoir…

Shona pleurait à nouveau.

– Il a dit que ce n'était pas juste que je ne sache pas. Apparemment, il a vu Ross faire son jogging à Merrion Square un midi et il y avait une femme avec lui. Et quand il les a appelés, Ross a présenté cette femme d'une telle façon que Ronan a fait deux plus deux égalent cinq.

Il y a eu un moment de silence.

– Ça fait quand même quatre, ai-je fini par dire.

– Quoi ?

– Il n'en a pas déduit que ça faisait cinq, il en a déduit que ça faisait quatre.

– Es-tu en train de me dire que Ronan ne ment pas ?

– Oui.

Shona est restée silencieuse.

– Shona ?

– Roisín, toi aussi ?

Il y avait un léger tremblement dans sa voix qui m'a brisé le cœur.

– Si tu sais quelque chose que j'ignore, je pense que tu devrais me le dire.

– Je ne sais rien du tout, ai-je dit. Sauf…

– Sauf quoi ?

Sa voix était glaciale.

– Sauf qu'il est revenu chez vous pendant la communion, il ne savait pas que je cuisinais là… tu te souviens ? Et je ne sais pas, je me suis juste demandé si, tu sais, il y avait quelqu'un d'autre.

– Pourquoi ?

– Je ne sais pas, je ne sais vraiment pas. Mais je me suis posé la question. Et puis il y a eu la voiture de sport.

– La voiture de sport ?

– Un petit bolide noir, à deux places. Il est parti avec.

– Il conduisait ?

– Non, il est monté du côté passager.

Silence à nouveau.

– Shona ? Tu es toujours là ?

– Je suis toujours là, a-t-elle dit calmement.

– Et Richard l'a vu en ville, en train de déjeuner avec une femme…

– Et qu'est-ce qui te fait dire que ce n'était pas une collègue ? Il déjeune toujours avec des collègues…

– Rien, sauf que Richard a trouvé que la scène avait quelque chose d'étrange, c'est tout.

– Et Ronan est juste jaloux et Richard et toi en avez tiré des conclusions, comme Mr et Mrs Marple…

– Miss Marple était une vieille fille, ai-je dit, elle ne s'est jamais mariée.

– J'aurais préféré ne pas le faire non plus.

Pas plus que moi, ai-je pensé.

– Écoute, Roisín, a-t-elle repris, avant de commencer à lancer des affirmations sans fondement et vraiment très préjudiciables sur mon mari, le père de tes nièces, que je m'efforce vraiment de soutenir, je te suggère de réfléchir à ton propre mariage. Nous ne voyons jamais Brody. Parfois, je me demande s'il existe vraiment ou s'il s'agit d'une sorte de complot élaboré. Est-ce que tu l'avais loué le jour de ton mariage ? Je ne me souviens même pas à quoi il ressemble, bon sang, et tu oses suggérer que je ne connais pas mon propre mari ! Et si Ross a déjeuné avec quelqu'un ? Il en a le droit. Et si une amie l'a raccompagné ? Et alors ?

– Je suis désolée, Shona.

– Tu peux. C'est ce que tu devrais ressentir ! Je ne veux plus parler de ça. Va t'occuper de ton mari fantôme inexistant, et moi je vais m'occuper d'offrir un foyer stable à mes filles.

Et son téléphone a raccroché.

Chapitre 30

Club des Dîners du petit paradis
Sélection de canapés
Fromage de chèvre de Rachel, chutney de pommes,
pain au levain fait maison
Tarte au crabe de Castletownsend et salade verte croustillante
assaisonnée
Glace à la vanille de Roisín, meringues moelleuses et fraises
et lemon curd

La camionnette de Gerry est arrivée à vive allure à sept heures et je l'ai entendu ouvrir les portes arrière et sortir les caisses de légumes et de nourriture.

– Ce n'est pas trop tôt pour vous, alors ? a crié Gerry.

– Pas du tout, ai-je dit en essayant de parler à voix basse.

– Comment va le restaurant éphémère ? a-t-il crié, et sa voix résonnait dans la rue. Vous faites fureur maintenant, n'est-ce pas ? Il y a deux gars qui en tiennent un sur Dollymount Strand dans une vieille caisse à chevaux. Et deux filles ont investi un ancien hangar à foin pour l'été. Apparemment, tout ce qu'elles proposent a été produit dans un rayon de dix kilomètres. Nous sommes tous revenus à l'essentiel. Les bonnes vieilles méthodes sont les meilleures. Maintenant, où voulez-vous que je les pose ?

– Sur le pas de la porte, ai-je dit en indiquant la direction de la maison. Je peux les porter à l'intérieur. Par ici...

Je l'ai suivi quand il s'est engagé sur le trottoir et qu'il a traversé vers ma maison.

– Mettez-les là... Merci, Gerry.

Il a posé les caisses proprement sur la marche du porche.

– Vous êtes sûre que vous ne voulez pas que je les porte à l'intérieur ?

– Non, c'est parfait. Mon mari dort encore et je ne veux pas le réveiller.

– Ah, le mari ! a-t-il souri. Celui qui n'aime ni les chiens ni les enfants. Comment va le hamster ?

– Toujours debout toute la nuit. Sur sa roue.

Il a ri.

– Comme je vous l'ai dit, certains aiment les hamsters et d'autres les animaux comme les chiens, les chevaux ou les chèvres. En parlant de ça, il y a un beau morceau de fromage là-dedans, a-t-il dit en montrant la caisse. Rachel a dit que nous avons eu un temps idéal pour l'herbe ce printemps. Le lait de chèvre est parfait, elle a dit. Ma mère élevait des chèvres, il y a des années et des années. Nous nous en sommes débarrassés quand elle est morte. Je ne me souviens pas de grand-chose, mais quand je mange du fromage de Rachel, tout me revient.

L'odeur des fraises encore chaudes du soleil, la fraîcheur des légumes, c'était comme si j'avais rampé dans un polytunnel et que je m'étais allongée sur le dos au chaud.

J'ai pensé à Shona et j'ai espéré qu'elle me pardonnerait ; à Brody qui jouait à l'ordinateur et à l'échéance qui n'était plus que dans une semaine, mais qui me semblait plus éloignée que jamais.

– Je les ai cueillies tard hier soir, a-t-il précisé. C'est le meilleur moment pour cueillir les herbes, en fin de journée, elles sont pleines de saveur.

Il est retourné vers sa camionnette et a claqué les deux portes.

– Bonne chance pour ce soir, a-t-il encore crié. Je dirai à Rachel de vous appeler pour la semaine prochaine.

– Au fait…, ai-je dit en me dirigeant vers le côté passager de la camionnette. Comment va Foxy ? Vous lui avez déjà trouvé un foyer ?

– Pas encore. Je cherche encore quelqu'un. Elle est juste en bas si vous voulez lui dire bonjour.

Foxy était dans sa boîte, par terre devant le siège du passager, elle me fixait de son grand œil brun, agitait la queue en signe d'espoir et d'optimisme. Peut-être, avait-elle l'air de se dire, cette personne va-t-elle me ramener à la maison.

– Je ne peux pas t'emmener, Foxy, mais quelqu'un le fera.

– « Le bon chien te trouvera toujours », a énoncé Gerry. Quand on ouvre son cœur, le bon chien se présente toujours.

Il est remonté dans la camionnette et a redit :

– Bonne chance pour le dîner de ce soir, j'espère que tout se passera bien et que vous récolterez beaucoup d'argent.

– Je vous tiendrai au courant. Portez-vous bien, Gerry.

– Oui, merci.

Il m'a fait un signe de la tête.

– À la semaine prochaine.

La camionnette s'est éloignée juste au moment où Harry s'est approché.

– Bonjour, Roisín.

Il était impeccable dans son costume marron.

– J'ai Saint-Vincent-de-Paul qui vient aujourd'hui.

– L'actuel saint Vincent de Paul ?

Il a souri.

– Les gens du magasin de charité. Ils vont prendre d'autres cartons, ceux que tu m'as aidé à remplir. Ça fait du bien de savoir qu'ils iront dans un bon foyer. J'avais une médaille de saint Vincent de Paul dans notre maison, quand j'étais jeune. Quand ma mère est morte, je me souviens avoir porté la médaille en pensant qu'elle me protégerait de tout ce qui pourrait m'arriver. Quand quelqu'un meurt, on peut se sentir inquiet. Si c'est une mort inexpliquée, on se dit qu'on est peut-être le prochain.

– Tu as toujours ta médaille ? Elle t'a certainement protégé.

– Oui, elle est dans une boîte sous l'escalier. Je te la montrerai la prochaine fois que tu passeras. Mais je vais juste chercher mon journal du matin. Et je te promets, Roisín, que je te le donnerai. Cyril a dit qu'il sera heureux de prendre mes journaux quand j'aurai fini de les lire et il les donnera à Mme O'Donoghue au numéro 3 et elle les passera à Mme Goodall au numéro 8. Nous faisons tous très attention, nous ne froissons pas les pages, je commence par l'énigme et nous ajoutons tous des petits bouts.

Il m'a fait un signe de la main.

– Le recyclage en action !

***

À l'intérieur, Brody était déjà réveillé et consommait un sandwich *rasher* avec des *rashers* supplémentaires.

– C'est bon pour le cerveau, a-t-il dit en se tapotant le front. Ça marche vraiment. Une combinaison de tissu conjonctif et de moelle et tu es inspiré.

Il mastiquait comme un fou, la viande et la moelle étaient ballottées dans sa bouche comme du linge dans une machine à laver. J'étais trop occupée à préparer la crème glacée qui accompagnerait plus tard les fraises pour vraiment l'écouter.

– Mmm… oui…, ai-je murmuré en faisant bouillir la crème et le sucre avec la vanille et en calculant dans ma tête ce que je devais faire, quand et comment.

– Est-ce que tu lis des livres, Roisín ?

– Bien sûr…

La crème glacée allait-elle prendre à temps ? J'avais beaucoup appris de la première semaine, et même si ce menu était un peu moins populaire et un peu plus sophistiqué, j'espérais qu'il serait quand même assez simple pour que je puisse suivre mon plan et le menu étape par étape sans me tromper.

– Quand j'étais petit, a dit Brody en enfonçant ses dents dans son sandwich, papa me fouillait tous les soirs avant le dîner pour trouver des livres. Il disait : « Tu ne vas pas en introduire un à table, je veux que tu te concentres davantage sur ton assiette et sur les discussions avec ta famille. »

Brody a levé les yeux vers moi.

– Peux-tu imaginer qu'on encourage un enfant à ne pas lire ? « Va jouer au football. Va te salir. »

Brody a ri.

– Il disait à tout le monde qu'il avait un intellectuel sur les bras.

J'essayais de l'écouter, mais je paniquais intérieurement à l'idée que la glace ne se fige pas à temps. Il fallait que je la mette au congélateur le plus vite possible. Brody avait pris trop de mon énergie mentale. Aujourd'hui, je n'avais pas le temps.

– Et puis je pense que je vais peindre mes testicules en vert, blanc et orange pour la fête de Paddy, a déclaré Brody.

– Quoi ?

J'ai levé les yeux.

– Je voulais juste voir si tu m'écoutais vraiment, a-t-il dit en s'appuyant sur l'évier. Tu es le genre de personne qui ne peut faire qu'une chose à la fois. Les gens disent que les hommes ne sont pas capables de faire plusieurs choses à la fois, mais pour nous deux, c'est l'inverse. Tu ne peux te concentrer que sur une seule tâche ; moi, je peux faire plusieurs choses en même temps.

Parler et manger, me suis-je dit.

– J'essaie juste d'organiser cette soirée. Je dois mettre la crème glacée dans la machine puis dans le congélateur et ensuite je veux m'occuper du crabe.

– Merde ?

– Du crabe.

– Oh, c'est vrai.

Brody a acquiescé et s'est essuyé la bouche du revers de la main.

– Je vais monter et commencer le niveau suivant…

– Le niveau suivant ?

Mais je n'écoutais plus vraiment car j'étais bien plus intéressée par l'idée de fouetter les jaunes d'œufs avec le sucre.

– Je veux dire que dans le prochain chapitre, Seamus va… il va…

Brody s'est arrêté.

– … il a trouvé un bouton dans l'étable à lait.

– Un bouton ?

Brody a hoché la tête.

– Il pense que c'est un bout du vieux manteau de sa mère, mais il s'avère que c'est juste un bout de son vieil anorak.

– Oh, ah bon. C'est tellement bien que ce soit presque la fin, encore une semaine à passer et ensuite ses aventures seront terminées. Et il pourra rentrer chez lui ou bien… connaître une fin heureuse.

La sonnette de la porte d'entrée a retenti.

– Pas encore eux, s'est renfrogné Brody. Pourquoi sont-ils là ? Ils ne savent pas que j'ai besoin d'une maison calme ? Lee Child a besoin que sa maison soit si silencieuse qu'il oblige tout le monde à attacher des patins à leurs pieds. Et Hemingway a tué quelqu'un qui toussait au moment où il écrivait une scène particulièrement importante.

Il a monté les escaliers en faisant claquer lourdement ses pas, comme un enfant furieux.

– Nous sommes autorisés à entrer ? a murmuré Richard, qui avait Jools et Sam sur ses talons, lorsque j'ai ouvert la porte. Le Grand Auteur serait-il contrarié par notre présence ?

J'ai secoué la tête.

– Il va s'en sortir, ai-je dit.

– Il ressemble à un fou exilé dans le grenier, n'est-ce pas ? a commenté Richard, ce qui a fait rire Sam. On dirait un personnage sortant d'un roman victorien.

– Merci, Richard, ai-je dit. Très utile.

– Désolé !

Mais il a fait un clin d'œil à Sam.

– D'accord, passons aux choses sérieuses. Alors, Jools, tu connais ton rôle ? Assistante de Roisín, comme la dernière fois. Erik et Paddy reviennent nous aider aujourd'hui. Je pense qu'Erik a une réunion de travail ce matin, puis Paddy et lui s'occuperont des chaises et des tables, puis des cocktails, comme la semaine dernière. Sam, tu t'occupes de la décoration, des tables, de la verrerie, des musiciens… et je serai une nouvelle fois le maître d'hôtel… je gère tout.

Sam a souri à notre attention avec Jools.

– Il a toujours été comme ça, autoritaire, a dit Sam. Il ne supporte pas de ne pas contrôler la situation. Richard fait partie de ces personnes qui ont le complexe de l'empereur. Il est né pour régner.

– Le complexe de l'empereur ? a claironné Richard. Moi ? Comme Napoléon ? Ou Alexandre le Grand ? Je veux bien assumer.

J'ai rapidement expliqué à tout le monde quels plats nous allions préparer et tous les différents ajouts et garnitures. Je me sentais presque comme un vrai chef, car tout le monde hochait la tête et leurs mimiques montraient qu'ils appréciaient, puis j'ai vu Brody qui se tenait dans l'embrasure de la cuisine.

– On dirait que ça ne travaille pas beaucoup par ici, a-t-il dit en souriant. Je pensais que vous étiez tous censés préparer une sorte de soupe populaire ? Ou quelque chose comme ça. Je ne me souviens plus de ce que Roisín a dit…

Il m'a donné l'impression que je n'étais rien, juste quelqu'un qui rabâchait des idioties et qui ne valait pas la peine d'être écouté.

– C'est un club de dîners, a expliqué Richard en le regardant attentivement. C'est la deuxième fois cette semaine. La première a été un énorme succès… nous avons mangé du hamster rôti…

Jools a ri, tandis que Brody a eu l'air horrifié.

– Désolé, je veux dire des lasagnes, poursuivit Richard. En parlant de ça, comment va la précieuse créature ?

– Fyodor va très bien, a affirmé Brody. Il est à l'étage, dans la chambre.

– Dans la chambre ? l'a interrogé Richard en me jetant un coup d'œil.

J'aurais voulu dire que ce n'était pas mon idée et que, aussi gentil que soit sans aucun doute Fyodor, le bruit de sa roue ronronnante me donnait des cauchemars, mais embêter Brody prenait beaucoup de temps et était épuisant.

– Nous ne le laissons jamais tout seul, l'a interrompu Brody. Ce serait cruel. Et de toute façon, il fait partie de la famille.

Il a souri à tout le monde et m'a lancé un de ses regards noirs avant de sortir de la cuisine comme un héros peu romantique.

– Voilà un homme qui a besoin d'un bon coup de pied au cul, a déclaré Richard dans sa barbe, avant de me regarder avec de grands yeux innocents. Les mots sont sortis de ma bouche, je ne les ai pas contrôlés !

Mais il avait raison, je le savais. Sauf que j'étais coincée avec Brody.

Chapitre 31

Jools et moi avons cuisiné toute la journée et apporté le tout chez maman en fin d'après-midi. À dix-sept heures, toute l'équipe du club était allongée au soleil, en train de souffler un peu. La crème glacée était dans le congélateur – et réellement congelée. Sam et Richard passaient en revue les réservations sur leur ordinateur portable.

– Ton mari écrit-il toujours son livre ? a demandé Erik qui était allongé sur le tapis, les mains sous la tête.

– Il doit le terminer pour vendredi. Dans moins d'une semaine. Et je pensais que nous pourrions fêter ça samedi prochain ?

– Enfin, a dit Richard. Le livre est mort, vive le livre !

Il s'est tourné vers Paddy et Erik.

– C'est quoi déjà cette blague ? « Comment sais-tu que quelqu'un est un écrivain ? Il te le dit. »

Il m'a jeté un regard.

– Oh, je pense que c'est intéressant d'être écrivain, a déclaré Jools.

– Moi aussi, a dit Sam. Tu es comptable… ce n'est pas vraiment réputé pour être fascinant.

– Non, mais je n'en parle pas. Je ne m'attends pas à ce que d'autres personnes soient attirées et émerveillées par ma vie professionnelle.

– Ce n'est pas la faute de Brody s'il est écrivain. Et c'est vraiment difficile d'écrire un livre, surtout un bon livre.

– Quand il aura écrit un bon livre, je retirerai tout ce que j'ai dit.

Richard a jeté un coup d'œil à Sam, qui sourit.

– Écoute, a-t-il poursuivi en me prenant la main, je sais que je me montre critique. C'est juste que… nous avons besoin de te retrouver. Nous avons besoin que tu parles, que tu ries et que tu t'amuses.

– Je suis là, non ? Je m'amuse avec vous tous…

– Vraiment ?

Richard avait l'air sceptique.

– Tais-toi, Richard, a dit Jools. Arrête de parler de Brody. Tu es juste jaloux parce que le dernier livre que tu as lu était *La Prophétie des Célestins* quand tu avais dix-neuf ans. Tu te souviens ? Tu as acheté un bracelet mandala et tu as dit que tu le porterais toute ta vie. À la fin, j'ai dû le couper pour toi parce qu'il était tellement sale que tu craignais de disséminer la peste bubonique.

– C'était dégoûtant, a reconnu Richard.

– Je me souviens de ce livre, a remarqué Erik. Je l'ai lu un été alors que j'essayais de me trouver et que je cherchais un moyen d'affronter ma famille, dont tous les membres ont super bien réussi. Mon père est un athlète olympique. Ma mère est chirurgienne et ma sœur était une pianiste prodige qui est maintenant également chirurgienne. C'était une famille terriblement dans la compétition, qui ne laissait pas de place à l'échec.

– L'échec est essentiel, a déclaré Paddy. On doit célébrer l'échec, pas le succès. C'est dans l'échec que l'on apprend qui on est.

Erik a acquiescé.

– Je le sais maintenant, mais il faut beaucoup de temps pour se défaire des leçons apprises pendant l'enfance.

Il a haussé ses énormes épaules.

– J'essaie de me débarrasser de beaucoup de… comment dirais-je ?… de toutes les merdouilles. Je n'ai pas besoin d'être en compétition avec les autres, il n'y a pas de compétition dans la vie, sauf s'il s'agit d'une vraie compétition sportive, bien sûr, a-t-il dit en nous souriant.

– Je suis champion de *tiddlywinks* de Dingle depuis 1986, a dit Richard. Ça veut dire que je connais bien le succès.

Erik a souri.

– Il y a quelques années, j'aurais dû m'occuper du club ou faire du sport, de la course en montagne…

– Il les escalade, a précisé Paddy, il ne se contente pas de les descendre.

– Oui, ce genre de choses.

Erik s'est appuyé sur ses coudes.

– J'ai rencontré Paddy ici, dans un club de cyclisme. J'ai voulu travailler avec lui parce que je me suis rendu compte que je n'avais pas l'esprit de compétition et dans notre club, ce n'est pas une course. Nous commençons et nous finissons ensemble. Comme dans ce club de dîners.

Il s'est tourné vers Paddy et lui a donné une tape dans le dos.

– Cet homme m'a beaucoup appris. Il a déménagé et est parti à Copenhague pour se trouver lui-même, et son propre parcours est assez inspirant.

Paddy a rougi légèrement.

– Merci, Erik.

– Et ça a marché ? ai-je dit alors que je n'avais pas l'intention de parler à voix haute.

– Qu'est-ce qui a marché ?

Son regard était d'une gentillesse indicible. Ses yeux étaient doux comme du beurre, fondant sur les bords.

– Te retrouver ?

Il a secoué la tête.

– Non, mais j'ai découvert que tu ne te trouves jamais. Personne ne se trouve. Et c'est là l'essentiel. Chaque jour, je l'espère, on s'améliore par rapport au précédent.

Jools s'est avancée et s'est assise sur le tapis avec nous.

– Mais tu es célibataire. Tu me l'as dit.

Elle s'est tournée vers nous.

– Vous pouvez croire que Paddy est encore célibataire ?

– C'est inconcevable, a répondu Richard.

– C'est choquant, a déclaré Sam.

– Je ne suis pas seul, juste célibataire parfois. Comme tout le monde.

– Oui, a dit Sam, mais tu dois être conscient que le fait d'être célibataire fait basculer la solitude saine en solitude malsaine.

– Raison de plus pour dire que le club de dîners est une idée de génie, a commenté Richard d'un air suffisant.

– Je vais te trouver quelqu'un, Paddy, a promis Jools. Nous allons te trouver une fille sympa, quelqu'un qui te rendra heureux...

J'ai levé les yeux vers Paddy et, pendant une seconde, nos regards se sont croisés.

– Je me souviens toujours de ce poème, quelque chose comme « Croire que d'ici il est possible d'atteindre... un autre rivage... ».

– « ... Croire aux miracles, aux remèdes et aux puits de guérison », ai-je complété. Nous le connaissons aussi.

Il m'a regardée à nouveau.

– Il suffit d'avoir confiance en soi... et tout ira bien.

– C'est un poème irlandais ? a demandé Erik. Sûrement, avec toutes ces histoires de puits. Ce soir, j'essaierai de me souvenir de quelques poèmes tirés de vieilles légendes nordiques... mais j'ai besoin d'être bien hydraté pour cela. Il va falloir que je rouvre mon Akvavit !

– Nous voulons absolument entendre certaines de ces légendes nordiques, a dit Richard, des histoires de tes ancêtres et je vais te raconter quelques histoires des miens, dont la plupart étaient des bagnards et des criminels, ou se sont cachés dans des armoires pendant l'insurrection de Pâques. Personne n'écrira jamais aucune légende ni aucune chanson sur eux. Ou peut-être que je demanderai au grand Brody Brady d'écrire quelque chose ?

J'ai senti un éclair de rébellion s'agiter en moi, peut-être était-ce le poème que Paddy m'avait rappelé, cette idée que tout n'est jamais perdu, que tu continues à avancer, à y croire. Harry était déterminé à améliorer sa vie, même après avoir perdu Nora. Même papa et maman, quelle que soit la nature de l'amitié qu'ils reconstituaient, étaient déterminés à rendre l'avenir plus heureux.

– Son vrai nom n'est pas Brody, ai-je révélé, c'est Brian.

– Brian ! a scandé Richard l'air ravi. Brian Brady !

– Qu'est-ce qui n'allait pas avec Brian ? a demandé Paddy. C'est un bon nom irlandais, comme Brian Boru, le grand chef irlandais. C'est un bon nom, un nom sensé.

– Je pense qu'il voulait un nom plus mémorable, Brian ne faisait sans doute pas assez écrivain.

– Eh bien, je préfère Brian à Brody, a déclaré Richard. Brian a l'air d'un comptable en qui tu peux avoir confiance. Brody a l'air d'en faire trop.

– Il y a un dicton danois qui a dit que parfois, il faut s'allonger et se laisser porter par les mains de la vie. C'est peut-être ce que tu dois faire ? Arrêter d'essayer et t'allonger davantage…

– Erik, garde ces mains pour toi, a dit Richard.

Erik a éclaté de rire.

– Désolé, ma traduction n'était peut-être pas tout à fait correcte. En danois, c'est plutôt poétique. C'est un mot qui existe ?

– Ça ne me dérangerait pas, a dit Jools.

Elle avait la gorge sèche.

– Je pense que c'est une bonne idée… tu sais… de s'allonger…

Elle a baissé les yeux sur ses mains, comme si elle ne savait soudain plus quoi en faire.

– Bonjour ! a retenti la voix de Shona dans la cuisine.

– C'est ma sœur, ai-je dit à la cantonade, juste au moment où la tête de Shona est apparue dans l'embrasure de la porte de derrière.

Elle m'a jeté un coup d'œil, l'air désolé et triste et tout ce que vous ne voulez pas que votre sœur ait comme tête.

– Je suis venue pour t'aider. J'étais perdue et… je suis désolée.

Elle s'est approchée de moi en titubant, les yeux pleins de larmes, les bras tendus.

– Je suis désolée. Tu avais raison. Et Ronan avait raison et…

Elle a enfoui son visage dans mon cou et s'est mise à pleurer, tandis que je lui tapotais le dos et me mettais à pleurer à mon tour. Finalement, elle s'est détachée de moi.

– Ça va, a-t-elle dit en s'essuyant les yeux. Ça va.

Elle ressemblait à la Shona qu'elle était à onze ans, essayant d'être courageuse.

– Je suis désolée, ai-je murmuré.

– Non, c'est moi qui suis désolée. J'aurais dû te croire. Et pourquoi Ronan serait-il jaloux de Ross ? Il est en fait plus gentil et plus heureux… mais je ne voulais pas le voir.

Elle a regardé autour d'elle toutes les personnes assises sur l'herbe.

– Oui. Je fais toujours une entrée comme ça. J'aime faire bonne impression.

Tout le monde a ri.

– Shona, Erik, Erik, Shona. Et tu te souviens de Paddy, n'est-ce pas ?

– Bien sûr !

Shona a serré la main d'Erik, puis celle de Paddy.

Tu n'es pas venu à la rescousse de maman une fois, quand elle est tombée en panne et qu'il a fallu la remorquer ?

Il y a des années, Paddy était chez moi quand j'avais reçu l'appel de maman. Shona était en vacances avec Ross et les filles, et Paddy avait insisté pour venir l'aider. Il y avait une tempête de neige et nous avions trouvé maman au milieu de la route, avec des voitures roulant de chaque côté. Paddy avait réussi à pousser la voiture sur le côté de la route, puis, alors que maman et moi avions miraculeusement réussi à prendre un taxi, il avait attendu que la dépanneuse ramène la voiture à la maison. Lorsqu'il était finalement rentré, maman lui avait préparé un grog chaud et l'avait fait asseoir près du four jusqu'à ce qu'il soit bien réchauffé.

– Mes jumelles font une soirée pyjama, a dit Shona, alors j'ai pensé que j'allais venir voir comment vous vous en sortiez, tous.

Elle nous a souri.

– Et juste pour info, mon mari a eu une liaison. Il m'a dit qu'il devait prendre un peu de temps pour l'oublier, mais il s'avère qu'il y avait quelqu'un d'autre.

Elle a continué de sourire à tout le monde, même si elle tenait toujours ma main fermement.

– Tu l'as mis à la porte ? a demandé Richard.

– Pas encore, a répondu Shona. J'essaie encore de réfléchir à ce qu'il faut faire. Au moins, je le sais maintenant. Bref, oublions cela pour l'instant, et vous allez tout me raconter sur le club de dîners. Et ça n'a pas l'air d'être tant de travail que ça, quand on vous voit tous allongés au soleil.

– On a bien travaillé, a raconté Richard, et ce n'est pas fini. Mais les troupes ont besoin de thé. Et nous essayons de faire découvrir à Erik les délices d'un bon breuvage irlandais.

Erik a secoué la tête.

– Les délices de cette boisson m'échappent encore. Je préfère le café. Le thé, pour moi, c'est essentiellement une tasse d'eau chaude avec peu de goût identifiable, à laquelle on ajoute du lait, a-t-il dit en haussant les épaules. Rien de spécial.

– Mais c'est plus qu'une boisson, c'est un mode de vie.

– Oui, ce n'est pas censé avoir le goût de quoi que ce soit, ai-je commenté. C'est plutôt une expérience religieuse.

Paddy a hoché la tête.

– L'expérience la plus religieuse que tu puisses avoir en Irlande de nos jours.

– J'ai arrêté de boire du thé, a avoué Shona. Je bois du café de l'aube au crépuscule ces jours-ci. C'est la seule façon de rendre la vie excitante et dynamique. Jusqu'à ce que ce soit l'heure d'ouvrir une bouteille de vin.

– Ah, lui a dit Erik, avec une grande solennité. Qu'est-ce que c'est déjà ? La pluie tombe, mais le soleil brille toujours ? Tu dois te rappeler que le soleil est toujours présent, il attend que tu le remarques à nouveau.

– Des paroles profondes de la part de notre ami danois.

– En fait, a précisé Erik, c'est Paddy qui m'a aidé à revoir le soleil. Il m'a proposé de rejoindre le club de cyclisme. Évidemment, je faisais du vélo, mais c'était du cyclisme sérieux...

– Le genre d'activité pour laquelle tu dois porter du Lycra.

– Le premier week-end, on était huit et on a parcouru une centaine de kilomètres à vélo...

– C'est juste une petite balade.

– Je pensais que le vélo était un moyen d'aller d'un endroit à l'autre, mais c'était trop étrange, a dit Erik. Mais je suis rentré chez moi ce soir-là et j'ai pris un bain... ce que je ne fais jamais, mais je me suis dit que si je ne le faisais pas, je n'aurais peut-être plus jamais l'usage de mes jambes...

– Il boitait, a admis Paddy. J'étais assez inquiet.

– Non, mais je me suis rendu compte, alors que j'étais allongé dans le bain, que je souriais.

– Il était très sérieux auparavant.

– La vie est sérieuse, non ? a demandé Erik. Avez-vous lu Kierkegaard ?

Nous avons secoué la tête.

– Il est très sérieux et très déprimant. Nous, les Danois, nous l'adorons. Mais quand je suis en Irlande, je trouve que je suis moins sérieux et moins déprimé. L'Irlande est bonne pour l'âme.

Il a regardé Paddy.

– Au fait, Freja a demandé de tes nouvelles...

Les yeux de Paddy se sont tournés vers lui.

– Ah oui ?

Erik a souri.

– Elle m'a appelé pour discuter, mais...

Il a haussé les sourcils.

– ... je crois que c'était juste pour savoir comment tu allais...

– Qui est-ce ? a demandé Jools, tout excitée. Freja ?

Elle a donné un coup de coude à Paddy.

– Tu n'as jamais parlé d'une Freja !

Elle s'est retournée vers Erik.

– Est-ce qu'elle est grande et blonde ?

– Plus ou moins, a répondu Erik. Elle est très sympa, voilà ce qu'elle est. Et un peu seule, on dirait.

Paddy rougissait.

– Je suis sûr qu'elle va bien. Freja n'a jamais manqué de prétendants.

– Ah, mais elle ne s'intéresse qu'à toi, a insisté Erik. J'ai promis que tu l'appellerais. Elle a dit qu'elle sait que c'est fini... mais que tu lui manques.

– Je vais l'appeler, a dit Paddy. D'accord ?

– Mais qui est-ce ? a demandé Jools qui avait roulé sur le ventre et appuyait son menton sur ses mains. Dis-nous tout !

– C'est la copine de Paddy... Quel est le mot ? a dit Erik.

– Petite amie ? a suggéré Jools, enthousiaste. Et moi qui croyais que tu voulais rester célibataire pour toujours !

Paddy ouvrait la bouche pour parler quand Richard a tapé dans ses mains.

– On retourne au travail, tout le monde ! Il est dix-sept heures quarante-cinq... à vos postes, prêts à l'action, s'il vous plaît !

Nous nous sommes tous levés et dispersés et je ne pouvais penser à rien d'autre qu'au fait que j'avais un mari à la maison et qu'il avait Freja aux boucles blondes.

Chapitre 32

Dans la cuisine, Jools et Erik se parlaient à voix basse. Jools s'est tournée vers moi quand Erik s'est éclipsé dans le jardin.

– Ça te dérange si on échange nos rôles ? a-t-elle dit, sans vraiment croiser mon regard. Paddy a dit que ça ne le dérangerait pas de s'occuper de la cuisine et que je pourrais m'occuper des boissons et de la mise en place avec Erik.

Elle a rougi.

– Et de toute façon, Paddy est un meilleur cuisinier que moi. Et je…

Elle a haussé les épaules et souri soudainement.

– Je ne sais pas, je pense juste que…

Elle m'a regardée.

– Si ça ne te dérange pas…

– Ça ne me dérange pas du tout. Alors soudain, tu ne te contentes plus de regarder Erik… ?

– Je suis juste amicale. J'entretiens les relations internationales, c'est tout.

Elle m'a pris le bras pendant une seconde.

– C'est le plus bel homme que j'aie jamais vu. Je peux à peine le regarder… As-tu vu ses bras… et… oh, mon Dieu… son…

Elle s'est arrêtée, comme si elle était vaincue.

– Vas-y ! lui ai-je dit avec un signe. Va et fais de cet homme l'objet de ton désir ! Vas-y !

Jools ne s'est pas contentée de courir de la cuisine au jardin, elle a fait un sprint final de cent mètres.

Pendant ce temps, Shona était assise à la table de la cuisine, hachant sans être très efficace des oignons, tandis que Paddy et moi nous tenions entre l'Aga, l'évier et le vieil îlot en bois.

– Alors, qu'est-ce qui s'est passé ? ai-je demandé calmement à Shona.

– J'ai regardé son téléphone, après t'avoir parlé, et tout était là…

– Qu'est-ce que tu lui as dit ?

– Rien, j'ai juste dit que je sortais et je l'ai laissé là. Il n'avait pas l'air ennuyé que je parte. Il est probablement déjà allé téléphoner à Victoria.

Shona s'est tamponné les yeux.

– Il faudrait que j'essaie d'être l'une de ces femmes qui sont au courant, mais font semblant de ne pas savoir, pour ne pas envoyer valser toute cette satanée vie de famille, pour le bien de ses enfants.

– Mais peut-être que tu…

Elle a secoué la tête.

– Je ne peux pas. Les filles ont leur chambre, elles ont leur trampoline, elles peuvent aller à l'école à pied…

Elle a haussé les épaules.

– Il faut que je m'en remette. Ross est de retour et…

– Pour l'instant, ai-je dit.

– Comment ?

– Ross est de retour pour l'instant.

– Tu veux dire que tu penses qu'il va recommencer ?

J'ai haussé les épaules.

– Je ne sais pas, mais toi non plus. Et tu dois vivre avec ce flou où tu ignores tout.

– Oui, mais pour mes enfants, je ferais n'importe quoi.

Sa voix a vacillé.

– N'importe quoi. Écoute, retourne à la cuisine, ne t'occupe pas de moi, mais donne-moi des tâches à faire, d'accord ?

Paddy m'a souri alors que je retournais vers l'endroit où il préparait la nourriture.

– Jools aime bien Erik. Elle pense qu'il est mieux qu'elle…

Je fixais mes notes, essayant de me concentrer sur ce qu'il restait à faire pour la soirée.

– Ensuite les canapés, ai-je annoncé. Tu couperas les baguettes.

Je lui ai tendu un couteau à pain.

– En tranches fines, s'il te plaît.

– Oui, chef !

– Tu penses qu'il va se passer quelque chose entre eux ? ai-je demandé.

– Je l'espère. J'aimerais que ma sœur soit heureuse et qu'elle ait une belle relation avec un de mes amis.

Je pouvais sentir le poids de son regard et j'ai levé les yeux. Il a haussé les épaules.

– Je trouve ça bien, c'est tout. Quelqu'un que j'aime est heureux avec une autre personne que j'aime.

Il m'a jeté un regard.

J'ai acquiescé, et j'ai fait semblant de ne pas comprendre ce qu'il essayait de dire. Pendant tout le temps où nous sortions ensemble, j'avais tellement insisté sur le fait que ce n'était pas délicat envers Jools, mais ici, c'était la même situation inversée et Paddy n'y voyait pas d'inconvénient. Mais Jools était différente. J'étais sa meilleure amie depuis l'école, nous étions plutôt comme des sœurs.

– Elle a juste besoin de croire en elle, a poursuivi Paddy. Nous devrions tous croire en nous-mêmes.

J'ai de nouveau levé les yeux, puis j'ai réalisé que je ne pouvais pas me concentrer sur ce qu'il disait et préparer soixante canapés pour nos invités qui – j'ai regardé l'horloge – seraient là dans exactement quarante-sept minutes.

– Que dirais-tu d'un peu de musique ? a-t-il suggéré.

Il a tapoté sur son téléphone.

– Un peu de Paul Simon ?

– Parfait…

Lorsque la musique s'est élevée, nous avons commencé à chanter en même temps.

– J'adore cette chanson, ai-je dit. Tu la jouais tout le temps.

– Oui, c'est vrai...

Il m'a regardée.

– Je me souviens à quel point tu aimais cet album, je n'ai pas mis ce truc au hasard.

– Oh, merci.

– Je suis allé voir Paul Simon, m'a dit Paddy à la fin de la chanson. À Copenhague. J'ai failli t'appeler pour savoir si tu voulais venir.

– Pourquoi ne l'as-tu pas fait ?

Je voulais poser une question sur Freja. Pourquoi aurait-il voulu que je vienne à un concert de Paul Simon alors qu'il avait des beautés comme Freja à disposition ?

– Jools m'a parlé de Brody. Elle m'a dit que tu avais rencontré quelqu'un et que tu étais follement amoureuse.

J'ai continué à couper les tomates.

– Tu aurais quand même pu me demander, ce n'était pas comme si nous sortions ensemble. On n'avait pas dit qu'on serait amis ?

– Oui...

Il a fait un petit sourire.

– Mais je ne voulais pas vraiment qu'on soit amis.

– Qu'est-ce que tu veux dire ?

– Je veux dire... Oh, ça n'a plus d'importance maintenant. Je suis heureux que tu sois follement amoureuse.

Pendant un moment, je n'ai rien dit. Puis j'ai réussi à dire « Moi aussi ».

– Je vais prendre un verre de ce vin maintenant, a dit Shona. Quelqu'un veut se joindre à moi ?

Paddy a secoué la tête.

– Non merci, Shona, c'est bon pour moi.

– Je ne peux pas, je travaille.

– Bon, alors je ne prendrai qu'un petit verre, a-t-elle dit en se dirigeant vers la commode où se trouvaient quelques bouteilles de vin. Juste un petit. Ou un grand… surtout… – elle jeta un coup d'œil à l'étiquette – quand c'est un des vins de papa. Un côtes-du-rhône… qui, je suppose, est une bonne année… 2015… Papa, tu vois, a-t-elle dit à Paddy, n'achète que du vin cher. C'est la seule raison pour laquelle il a déménagé en France.

Elle a retiré le bouchon d'une main experte, a versé du vin dans un gobelet et est venue s'asseoir sur l'îlot de la cuisine.

– Vous savez que je voulais être différente de papa et maman ? a dit Shona en s'adressant à Paddy et moi. Je voulais vraiment que mon mariage soit plus réussi. Et je pensais que c'était le cas. J'étais arrogante.

Ses yeux se sont remplis de larmes et elle a bu une grande gorgée de son vin.

– Alors, a-t-elle continué après avoir refait surface, j'ai fouillé dans son téléphone et j'ai trouvé des messages d'une certaine Victoria. Des textos plutôt révélateurs, qui remontaient à des mois et des mois… À Noël dernier, alors que je faisais tout pour que tout soit parfait, il envoyait des textos à Victoria. À Pâques, quand nous étions en Croatie et qu'il a dû rentrer brusquement à Dublin pour le travail, c'était parce que la petite Victoria lui manquait. Le jour de mon anniversaire, quand il n'est pas rentré pour dîner, c'est parce qu'il était avec Victoria. J'ai même vu des messages de Ronan. Ils l'ont bien envoyé bouler. Ils lui ont dit de retourner auprès de sa famille et d'arrêter de se comporter comme un connard égocentrique.

Elle a rempli à nouveau son verre.

– La semaine dernière, je me sentais triste et abandonnée : cet homme que j'aimais, mon mari, le père de mes enfants – mon monde, ma vie ! –, était en train de faire une dépression nerveuse. Mais pas du tout, il allait bien ! Et il faisait très bien l'amour, apparemment. Cela explique la nouvelle garde-robe, la coupe de cheveux et les interminables abdominaux, les pieds accrochés sous le lit, pendant que j'essayais de me concentrer sur mon livre.

La main de Shona tremblait lorsqu'elle a levé son verre.

– J'ai mis entre parenthèses ma vie pour lui. Ma carrière. Mon individualité. Et oui, j'étais ravie de le faire. Après papa, je voulais quelqu'un de complètement différent, et j'étais tellement convaincue que c'était le cas. Je n'ai jamais pensé une seule seconde que Ross serait… comme papa. Je veux dire, quel raté !

Paddy a émis un petit son étranglé, le visage tourné vers la porte, figé. Papa se tenait à la porte de la cuisine, l'air perplexe, comme s'il essayait de comprendre ce qui se passait. Et puis il y a eu sur son visage un éclair d'un sentiment que je n'avais jamais vu auparavant. De la souffrance. Du chagrin. Et puis, en un instant, il est redevenu lui-même.

– Aha ! a-t-il dit en entrant dans la pièce. Est-ce que c'est du vin rouge que je vois devant moi ? C'est exactement ce que le docteur a ordonné. J'ai besoin de quelque chose pour me détendre. Je me suis plongé dans les journaux de l'oncle Philip… sainte patience… mon neveu… – papa nous a souri – est un garçon éprouvant… un garçon très fatigant. C'est comme avoir une conversation avec une brosse à dents… Non, oubliez ça. Les brosses à dents ont trop de personnalité. Enfin, tout cela a l'air merveilleux, Roisín. N'est-ce pas, Paddy ? Ma fille n'a-t-elle pas un talent exceptionnel ?

Paddy a acquiescé.

– Très talentueuse. Je viens de goûter la crème glacée… elle est incroyable.

Papa a pris un des verres et l'a rempli.

– Quelqu'un d'autre en veut ? Je te ressers, Shona ?

– Continue, papa, a dit Shona. Continue comme si tout allait bien. Promène-toi dans la vie et laisse les autres recoller les morceaux.

– Shona, ma chérie. Qu'est-ce qui ne va pas ?

– Qu'est-ce qui ne va pas ?

Shona a crié si fort que le vin de papa a giclé dans son verre comme une vague.

– Ce qui ne va pas, c'est que j'ai épousé ton clone, un homme qui n'accorde aucune valeur à sa famille et qui fait passer ses propres besoins sexuels avant sa femme et ses enfants, voilà ce qui ne va pas !

Papa a semblé légèrement stupéfait.

– Et tu as brisé le cœur de maman ! a crié Shona dont l'esprit s'échauffait et continuait sur sa lancée. Et maintenant, tu reviens et tu espères…

– Roisín, tout est prêt ? a dit Richard en entrant dans la cuisine. Il nous faut des amuse-gueules pour accompagner le tout nouveau cocktail d'Erik, qui a un goût incroyable.

Papa a passé un bras autour de Shona et la poussait vers la table, tout en portant leurs deux verres. J'ai revu son regard, blessé et triste.

Paddy était penché sur mon cahier, essayant de déchiffrer mes hiéroglyphes.

– Alors, ai-je demandé à Paddy, à quelle étape en sommes-nous ?

– On doit enfourner les tartelettes au crabe. Et ensuite, nous devons préparer la salade. Les parts de fromage sont prêtes et les noix grillées au miel refroidissent là-bas.

– Quelqu'un a vu Sam ? a crié Richard.

– Il est allé chercher d'autres citrons. Jools arrive derrière lui. Il a dit qu'il en avait pour cinq minutes…

Richard a vérifié son téléphone.

– Il n'a pas sonné… mais vite, il faut sortir les plats…

De l'autre côté de la pièce, j'entendais la voix de papa.

– Tu es fatiguée, disait-il. Tu travailles si dur avec les filles…

– Fatiguée ! s'est écriée Shona. Oui, je suis fatiguée de te voir agir comme si tu étais la seule personne importante au monde.

Et elle s'est remise à pleurer.

Sam est entré par la porte de la cuisine, marchant comme s'il n'avait plus la capacité de se retourner. Comme un robot, il a déplacé tout son corps d'un seul tenant pour nous faire face.

– Ma voiture… a percuté l'arrière d'une autre voiture… et nous avons dû échanger nos coordonnées. Les deux voitures vont bien, mais c'est moi. Je crois que je me suis fait le coup du lapin.

– Oh, mon Dieu ! a crié Richard en allant vers lui et en posant les doigts sur son cou. Pauvre petite chose.

– Je suis vraiment désolé, a dit Sam. J'ai dû laisser la voiture sur le bord de la route et marcher jusqu'ici… J'ai essayé de revenir dès que j'ai pu.

– Ne t'inquiète pas, l'a rassuré Richard. Tu ne peux plus rien faire, pour le reste de la soirée. Je serai ton assistant. Qu'est-ce qui est le mieux ? Tu veux t'allonger ? Rester assis ? Tu devrais peut-être rentrer chez toi ?

– Couché, a dit papa qui a immédiatement réagi. Le dos à plat sur le sol. Vas-y, couche-toi. Garde la colonne vertébrale totalement droite, ne bouge pas la tête, fixe le plafond.

Sam se baissait avec précaution vers le sol, et papa s'est agenouillé pour l'aider.

– Pas de coussin jusqu'à ce que tu te sentes mieux. Garde tout bien droit et ne bouge pas d'un poil.

Sam était maintenant allongé sur les dalles de terre cuite froides.

– Ça va aller, disait-il à Richard, qui était également agenouillé à côté de lui. Va là où on a besoin de toi…

– Mais…, a protesté Richard qui était partagé.

– Je me débrouillerai très bien, a dit Sam. Allez, vas-y.

– Je veillerai sur lui, mon gars, a dit papa. Fais ce que tu as à faire.

– Richard, ai-je dit. Les entrées.

– Oui, oui, bien sûr.

Richard s'est à moitié relevé.

– Tu restes là.

Il s'est tourné vers papa.

– Vous vous occupez de lui, n'est-ce pas ?

Sam avait les yeux fermés.

– Ne t'inquiète pas, a dit papa. Nous allons nous occuper de lui.

J'ai essayé de me concentrer sur la préparation des plats, Richard aboyait des ordres, Jools et Erik étaient à l'avant de la salle et Paddy et moi étions en train de garnir, d'arroser d'huile d'olive, de tourner le moulin à poivre noir…

– Allez, allez ! criait Paddy alors que nous terminions une autre série d'assiettes juste au moment où Jools se précipitait pour en prendre d'autres.

– La famille n'est pas quelque chose que l'on peut abandonner et reprendre..., ai-je entendu dire Shona, qui finissait un autre verre de vin. Tu ne peux pas jouer avec de temps en temps... quand ça t'arrange.

Stressé et en sueur, papa était par terre et tenait la main de Sam, tout en essayant de ne pas quitter Shona des yeux, probablement trop effrayé pour ne pas la surveiller.

Dès que les assiettes des entrées sont revenues, Paddy et moi nous sommes absorbés dans la préparation du plat principal, en travaillant tous les deux ensemble. C'était totalement différent de la première semaine où nous avions coupé les lasagnes en tranches et les avions envoyées en salle, comme s'il s'agissait d'un grand dîner. C'était comme dans un vrai restaurant, Paddy et moi étions totalement synchronisés et savions instinctivement ce que nous allions faire.

Du coin de l'œil, je voyais Shona poser la tête sur la table.

– Je n'en peux plus, disait-elle. J'en ai assez d'essayer d'être parfaite. Fini d'essayer d'être gentille, fini avec les hommes de ma vie. Vous êtes tous des déceptions !

Papa lui a tapoté le bras et a hoché la tête.

– Oui, oui, c'est vrai, a-t-il approuvé.

À vingt et une heures, nous étions en train d'étaler la crème glacée et les fraises et d'émietter de la meringue sur le dessus.

– Elles ont l'air plutôt bonnes, a dit Paddy tandis qu'il décorait chaque assiette d'une feuille de menthe.

Jools est entrée dans la cuisine et a pris les quatre dernières assiettes.

– Je suis vraiment désolé, a crié Sam depuis l'étage. J'ai été tellement inutile ce soir.

– Ça se passe très bien là-bas, a dit Jools en arrivant. Ils adorent ! Tout.

Shona était maintenant assise dans le fauteuil à côté de l'Aga, avec le vieux plaid de pique-nique de maman rabattu sur elle, et dormait profondément. Papa s'est effondré sur la chaise à côté d'elle.

***

Après avoir installé Shona dans son ancien lit, papa est monté dans le sien, et j'ai regardé par la fenêtre Richard et Erik qui empilaient les assiettes. Sam était toujours allongé sur le sol, hors de portée de voix.

Paddy s'est tourné vers moi.

– Nous avons réussi. C'est toi qui l'as fait, je t'ai juste un peu aidée.

– Non, on l'a fait ensemble, lui ai-je souri.

J'étais en train de nous verser un verre de vin avec la troisième bouteille ouverte par Shona.

– Tu en veux un ? lui ai-je demandé en le lui passant.

Il s'est assis sur le bord de la table, à côté de moi.

– C'est chouette de passer à nouveau du temps avec toi. J'avais tellement peur que nous ne soyons pas amis… J'aurais détesté ne pas être ami avec toi.

Il a fait tinter son verre contre le mien.

– À la santé des vieux amis…

Nous sommes restés assis en silence pendant un moment. Pauvre Brody, il devenait lentement fou à force d'écrire, mais d'ici vendredi prochain, le livre serait terminé et, avec un peu de chance, nous aurions un espoir de faire marcher notre mariage. Jusqu'à présent, notre vie de couple ressemblait à un voyage dans l'espace, où personne ne peut vous entendre crier.

– J'ai toujours pensé que tu étais géniale, a dit Paddy.

– C'est un peu exagéré.

– Mais si.

– Tu ne me l'avais jamais dit.

– Je ne pensais pas que tu voulais que je te le dise. Tu avais toujours peur que Jools ne le découvre… Tout cela était très clandestin, très secret.

– Je ne voulais pas la blesser. Sa meilleure amie et son frère…

J'ai haussé les épaules.

– Cela m'a semblé être la meilleure chose à faire à ce moment-là. Maintenant, cela me semble ridicule de me faire des nœuds au cerveau parce que j'avais peur de ce que ma meilleure amie aurait pu en dire ou pas.

Paddy haussa les épaules.

– Ah bon… C'est du passé maintenant. Et je suis content qu'on passe encore du temps ensemble.

– Moi aussi.

– Et je suis heureux d'être allé à Copenhague, a-t-il poursuivi. C'était une chance inouïe. C'est une ville vraiment géniale. Et je n'aurais jamais eu la confiance nécessaire pour revenir et ouvrir le magasin de vélos si je n'avais pas rencontré les gens que j'y ai rencontrés. Le cyclisme est à un tout autre niveau là-bas…

– C'était vraiment courageux de ta part d'y aller, ai-je dit, le vin rouge faisant déjà son effet. Je t'ai vraiment admiré.

Tu m'as manqué, voulais-je dire. *Je ne voulais pas que tu t'en ailles.*

Il a acquiescé.

– J'avais besoin de changement, et s'enfuir fonctionne parfois.

Il a ri.

– La plupart du temps, ce n'est pas le cas, mais pour moi, ça a marché. Ça m'a aidé à me concentrer sur moi-même…

Il m'a regardée pendant un moment.

– Mais… oh, je ne sais pas… tu te demandes parfois si tu as fait le bon choix, mais à la fin de la journée, il faut faire avec.

– Tu veux dire être en paix avec les décisions que tu as prises dans ta vie ?

J'avais du mal à trouver la paix quand je pensais à cette décision que j'avais prise.

– Oui, poursuivit Paddy, tu pourrais te torturer en pensant aux chemins que tu n'as pas empruntés… mais tout ce que tu as, c'est le chemin que tu as pris.

– Alors, tu t'en remets à moi ?

Il s'est mis à rire.

– C'est exactement ce que je veux dire.

Dehors, Jools taquinait Erik.

– Jools a l'air heureuse, a-t-il remarqué. Avec Erik, ils ont l'air de bien s'entendre. C'est un type formidable et un entrepreneur extraordinaire. L'un des meilleurs… Le front de mer de Sandycove sera incroyable.

Je me suis arrêtée et je me suis tournée vers lui.

– Le front de mer ?

Paddy a hoché la tête.

– Celui du vieux hall communal. Je pensais que tu le savais ? Mais je suppose que tu dois traiter de nombreuses demandes tout le temps.

Erik était le promoteur et, loin d'être impartiale, j'avais passé du temps avec les deux parties. Non seulement j'étais amie avec le promoteur, mais j'avais aussi fait du bénévolat avec les manifestants. Il y aurait peut-être même une enquête et mon nom figurerait dans les journaux. Le bureau parlerait de moi avec effroi, à voix basse. Après tous les problèmes d'urbanisme des décennies précédentes, où un important pot-de-vin vous permettait d'obtenir l'autorisation de construire que vous souhaitiez, j'allais à nouveau jeter le discrédit sur le bureau et entraîner le pauvre JP dans ma chute.

J'ai fini mon verre de vin au moment où tous les autres arrivaient du jardin, tout enjoués, et Paddy s'est laissé entraîner par le bruit. Et la seule idée que j'avais en tête, c'était que j'avais fait de ma vie un véritable gâchis.

Chapitre 33

Pendant le reste du week-end, je me suis sentie malade d'anxiété. J'ai laissé Brody au lit le lundi matin, profondément endormi, et j'ai ouvert la porte du bureau et jeté un regard à l'intérieur. Son ordinateur portable était posé sur le bureau avec cinq mugs de vieux thé froid, comme des mégalithes modernes. *Il n'y a aucune trace de la console*, me suis-je dit, soulagée. Et, me sentant coupable, avec l'impression que j'étais une espionne, je me suis glissée en bas, j'ai quitté la maison et j'ai marché jusqu'au travail.

À mon bureau, je suis allée directement à la demande de planification et au nom des nouveaux promoteurs. MoMo. Ce nom ne voulait rien dire et je n'avais aucune idée du nom des dirigeants de l'entreprise. J'ai tapé « MoMo » dans la barre de recherche. Une photo d'Erik, beau gosse, souriant à l'appareil photo, est apparue à l'écran. J'ai lu la suite. « Erik Larsen dirige MoMo, un cabinet de design esthétique et respectueux de l'environnement ».

J'ai pensé que j'allais me faire virer. J'ai levé les yeux vers Frank et Dermot qui travaillaient tranquillement ; les voix du transistor de Frank sur son bureau étaient le seul son qu'on entendait dans le bureau.

Oh, mon Dieu ! Ce sont mes amis, ils ont toujours assuré mes arrières et maintenant ils vont découvrir le gâchis spectaculaire que j'ai fait en tout. Qu'est-ce qui m'a poussée à revenir au Hall ? Pourquoi n'ai-je pas demandé à Erik ce qu'il faisait exactement à Dublin ?

De la fenêtre de mon bureau, on pouvait juste distinguer le sommet du Hall. Je suis restée un moment à regarder dehors, à voir les petites silhouettes des gens qui marchaient sur le front de mer, et à essayer d'ignorer le Hall qui avait été une partie si importante de l'horizon de Sandycove au cours des cent cinquante dernières années.

Dermot est arrivé derrière moi.

– Tu te sens découragée ?

J'ai failli sursauter et j'ai essayé de composer mon visage pour avoir l'air totalement innocente.

– Oui, c'est dommage que je ne puisse pas aller jusqu'au bout.

Nous avons tous les deux regardé le Hall. C'était un beau bâtiment, mais la majorité des gens ne l'appréciait pas. La campagne pour le sauver était trop minime. Il se trouvait dans une position privilégiée et nous ne pouvons pas nous permettre de l'acheter aux promoteurs et de le rénover. C'était une question d'argent.

J'ai acquiescé.

– C'est toujours comme ça, n'est-ce pas ?

J'ai pensé à notre ex-collègue qui s'était acoquinée avec les urbanistes et avait approuvé tout le projet de développement juste pour recevoir une enveloppe kraft remplie d'argent. Et puis moi, qui m'étais impliquée émotionnellement au Hall et qui étais aussi devenue amie avec le promoteur. D'un côté comme de l'autre, toute décision que je prendrais pourrait me faire accuser d'être partiale. Le Hall était condamné à présent et n'avait aucune chance de survie.

– Écoute, a dit Dermot, il n'y a pas de honte à échouer. Frank n'a pas trouvé de solution, et il est planificateur depuis très longtemps. J'ai échoué, et je suis ce qu'on appelle le planificateur des planificateurs...

Il l'a interpelé à travers le bureau :

– Je n'ai pas raison, Frank ?

– Désolé, Dermot, a répondu Frank. J'ai raté cette perle de sagesse.

– Je suis le planificateur des planificateurs, hein ? Un talisman, un magicien pour nos frères planificateurs.

– Oh, mon Dieu, a dit Frank, qu'est-ce que tu as inventé encore ?

Dermot s'est retourné vers moi.

– C'est un oui franc, alors, de toute façon, il n'y a pas de honte à ne pas résoudre ce dossier. Je suis sûr que lorsque JP fera son retour triomphal au bureau, il te donnera quelque chose d'un peu moins difficile.

Saoirse s'est approchée de nous.

– Qu'est-ce qui se passe ? Qu'est-ce que je rate ?

– Nous sommes en train de parler de cette belle journée, a expliqué Dermot, et du fait qu'après la pluie, on peut souvent voir un arc-en-ciel. Ma formation nuageuse préférée est le cumulus… Quelle est la tienne ?

– Des nuages ?

Saoirse a plissé les yeux.

– Tu ne parlais pas de nuages et d'arcs-en-ciel… tu parlais de la demande de permis de construire.

Elle s'est tournée vers moi.

– Tu es prête à abandonner ?

– Oui, ai-je répondu, je ne pense pas pouvoir faire quoi que ce soit.

Un sourire s'est dessiné sur le visage de Saoirse, ravie.

– Je le savais. Quel était exactement le but de tout cela ? À quoi bon te confier une demande de permis de construire s'il ne se passe rien ?

– Saoirse, Saoirse, a dit Dermot, j'ai une question. Quand tu te réveilles le matin et que tu sors du lit… de quel côté te tournes-tu ?

– De quel côté je me tourne ?

Saoirse a froncé les sourcils en signe de confusion.

– Je vais à droite. Mon lit est contre un mur, alors je sors du lit par la droite. Mais quel est le rapport avec la planification ?

– C'est là que tu te trompes. Déplace ton lit et essaie de sortir par la gauche. Tu n'arrêtes pas de sortir du lit du mauvais côté.

– Au fait, Roisín, a lancé Belinda. Nous avons réservé pour ton dîner samedi. L'homme charmant qui m'a rappelée pour confirmer ma réservation m'a dit que c'était le dernier soir…

– Oh, Dieu merci, a lancé Saoirse. Les estomacs du sud du comté de Dublin pourront éviter l'*E. coli.*

Belinda l'a ignorée.

– Nous serons huit filles du club de salsa. Nous pourrions même faire une petite danse.

– Réserve-moi une place, a demandé Frank à voix haute. Je viens. Et Dermot viendra aussi.

– Oui… j'aimerais bien, a confirmé Dermot qui semblait amusé.

C'était soudain trop : le travail, Brody, l'inquiétude pour Shona, le souvenir du visage de mon père quand il était revenu, tout blessé, l'obligation de faire un autre fichu dîner… et Paddy. J'étais coincée avec un mari au bord d'une dépression nerveuse d'origine créative, j'étais sur le point d'être licenciée ou mise à pied, et je regrettais de ne pas avoir dit à Paddy, il y avait des années, que je l'aimais. Jusqu'à cet instant, je n'avais pas réalisé que je n'avais pas seulement apprécié Paddy, mais que j'étais amoureuse de lui.

Je suis restée près de la fenêtre, à regarder dehors, en repoussant les larmes. Quelle idiote j'étais. Ma vie avait mal tourné.

– Tout va bien, Roisín ? m'a demandé Belinda en s'approchant. À quoi penses-tu ?

– À rien…, ai-je dit en souriant. Tout va très bien.

Je ne savais pas reconnaître ce qui avait de la valeur quand je le voyais. Elle s'est placée à côté de moi.

– Non, ça va, honnêtement, je me demandais juste s'il y avait une vie au-delà du bureau.

– Cela dépend de ce que tu appelles la vie, a dit Belinda. Certaines personnes ont une vie horrible et le fait d'être au travail est un plaisir. D'autres ont une vie merveilleuse et ont hâte d'y retourner.

Elle a regardé Frank qui mangeait un sandwich au fromage dans sa boîte à lunch.

– De quel côté es-tu, Frank ? Vivre pour travailler ou travailler pour vivre ?

– Vivre pour travailler. J'aime être ici. C'est mieux que d'être à la maison à contempler quatre murs.

– Oh, Frank ! s'est exclamé Belinda. Ce n'est pas bien, ce n'est pas bien du tout. C'est terrible de dire ça... un type bien comme toi !

Frank a haussé les épaules, tout en continuant à mâcher son pain.

– Tout le monde ne peut pas vivre dans un tourbillon social excitant comme toi, Belinda. Ou être satisfait quand il rentre à sa base. Ici, c'est le mieux qu'on puisse faire. En venant travailler, j'interagis avec d'autres personnes et je profite de leurs pensées et de leurs opinions. Même celles de Dermot valent mieux que rien. Je trouve le travail intéressant, satisfaisant, et c'est ce qu'il y a de mieux dans ma journée.

Belinda est restée sans voix pendant un moment.

– Eh bien, Frank, a-t-elle dit finalement, je considère que c'est un grand honneur d'être l'une des personnes avec lesquelles tu travailles. Nous pouvons nous considérer comme acquis les uns les autres, n'est-ce pas ? Et à partir de maintenant, je me souviendrai de tes mots chaque fois que je prendrai mon sac et mon manteau et que je me préparerai à venir ici. Merci de m'avoir rappelé la chance que nous avons tous. Et Dermot, je veux juste te dire à quel point j'aime travailler avec toi. J'aime ton esprit et ta détermination à rendre nos journées de travail un peu plus légères et plus joviales.

Elle s'est tournée vers moi.

– Et Roisín, tu es un rayon de soleil, une jolie fille et une personne adorable. C'est un plaisir de travailler avec toi...

Puis j'ai commencé à pleurer, de longs et profonds sanglots de honte et d'embarras. Belinda s'est levée et m'a entourée de ses bras, me tapotant et me faisant taire alors que j'essayais de parler à travers les larmes.

– Je ne supporte plus rien dans ma vie. Avant, j'aimais ma maison, mais maintenant, c'est horrible. Brody a pris le contrôle de toute la maison et je ne fais que cuisiner et nettoyer, et il n'y a plus rien pour moi. Et… et… et… Brody n'arrête pas de parler de son livre, et j'ai complètement gâché l'organisation du Hall, et JP va revenir cette semaine… et… mon père… son visage. Il avait l'air si triste et blessé et… euh… tout…

Frank, Dermot et Belinda me fixaient, tous avec un regard d'inquiétude mêlé à une totale perplexité. Mais je ne pouvais pas m'arrêter.

– Et tout ce dont il parle, c'est Seamus, ce fermier… et tout ce qu'il fait, c'est contempler des brins d'herbe et des pièces de tracteur. Et je viens au travail, et je ne sais pas ce que je fais ni pourquoi je suis là. Je suis tombée dans l'administration, et je sais que JP est gentil et essaie de m'encourager en me donnant le dossier du Hall Lady Immaculate, mais le bâtiment est condamné, tout comme moi. Je les aime tous là-bas… mais je ne pouvais pas rester plus longtemps parce que c'est contraire à l'éthique… J'ai essayé de respirer et de me calmer, mais j'étais comme un train en marche, la seule chose qui pouvait m'arrêter était de m'écraser contre un mur. Et mon père est revenu et c'est très bien, mais ce n'est pas bien… et Shona… son mari a eu une liaison… et…

Je me suis rendu compte qu'en plus des bras de Belinda autour de moi, Dermot me tenait la main et Frank me tapotait maladroitement l'épaule.

– J'ai tout fait de travers. J'ai gâché toute ma vie !

– Frank, a ordonné Belinda, va chercher un verre d'eau pour Roisín. Dermot, oriente le ventilateur vers son visage. Roisín, essaie de te pencher un peu en arrière et inspire profondément… c'est ça… une bonne grosse respiration… très bien… et une autre… vas-y, c'est super… tu te débrouilles très bien… une autre grande respiration… magnifique… et une autre… fabuleux… c'est ça… et une autre énorme, pour que tout l'oxygène remplisse tes poumons… Sens-le circuler dans toutes tes cellules sanguines… parfait… voilà… encore une… merci, Frank… maintenant, Roisín, essaie de boire une gorgée d'eau… Frank, as-tu pris le robinet froid, parce que le robinet froid de la fontaine peut être trop froid… oh, d'accord…

c'est ça, bois une gorgée… parfait, maintenant, pas vrai que tu es une fille géniale…

La honte et la mortification ont envahi mon âme. Pendant toutes les années où j'avais travaillé dans ce bureau, je ne m'étais jamais plainte de quoi que ce soit, et maintenant je venais d'étaler mes tripes pour leur délectation ou leur probable dégoût. C'était une chose de pleurer devant Belinda, mais Frank et Dermot ? Ils devaient être aussi embarrassés que moi.

Mais ils étaient tous les deux en train de me regarder attentivement.

– Comment te sens-tu ? a demandé Frank.

– Mieux, je pense, a constaté Dermot en m'observant comme un médecin.

– Elle a besoin d'un peu d'espace, a dit Belinda en balayant la question du revers de la main. Allez, laissez-la respirer.

– Je vais bien. Je suis vraiment désolée, je ne sais pas ce qui m'a pris… Je ne voulais pas laisser sortir tout ça.

– Ne t'occupe pas de nous, m'a rassurée Belinda. Mieux vaut que ça sorte plutôt que de le garder à l'intérieur.

– Contrairement aux pets de Frank.

Dermot a ignoré le regard de Frank.

– Tu trouves que la vie est un défi, a poursuivi Belinda. Ah, je connais ce sentiment…

– Moi aussi, a dit Frank.

– Moi aussi, a renchéri Dermot, quand j'ai divorcé, j'ai eu l'impression d'être un tel échec…

Il a marqué une pause.

– Je ne dis pas que tu vas divorcer, bien sûr, peut-être que ton mari et toi serez en mesure de résoudre le problème, quel qu'il soit. Mais le mariage peut être un défi. Il s'est avéré que ma femme ne m'aimait pas. Je veux dire, peux-tu imaginer que quelqu'un ne m'aime pas ? Je sais, c'est un choc. Mais il m'a fallu des années et des années pour me sentir à nouveau moi-même. Et plus longtemps encore pour arrêter de me sentir comme un raté. Aujourd'hui, je me reconnais tout à fait. Ça n'a pris qu'une décennie.

C'était au tour de Frank de prendre la parole.

– Mon père n'était pas le plus gentil des hommes. Quand j'ai obtenu mon diplôme à l'université, il est allé aux courses de Galway au lieu de venir à la cérémonie. Ma mère m'a accompagné, mais je me souviens que j'étais là, dans la salle O'Reilly, et que je me suis dit que je n'étais pas à la hauteur si mon propre père ne voulait pas être là pour moi. C'est ce jour-là que j'ai compris que je n'étais pas obligé de l'aimer. Je pense que s'il m'avait aimé, je me serais aimé suffisamment pour trouver quelqu'un à aimer.

Dermot et Belinda l'écoutaient.

– Frank, ton père ne te méritait pas, a commenté Dermot.

– J'ai l'impression que c'était un vrai nul.

Belinda a tapoté la main de Frank.

– Tout comme ton ex-femme, Dermot.

– Ah bon… C'est du passé depuis longtemps maintenant.

– Et mon père est parti depuis longtemps, a continué Frank. Mais je n'avais pas ce que tu as, Roisín. Je suis un vieil idiot misérable, et toi, tu es l'étincelle du bureau. Tu es toujours si gentille avec nous tous, tu apportes ces gâteaux, tu t'assures de rendre pour nous tous le bureau plus joyeux.

Dermot et Belinda ont opiné du chef. Je ne savais pas que Frank avait une opinion sur moi, et encore moins qu'il était si gentil.

– Merci, Frank.

Je risquais de fondre à nouveau en larmes.

– Prenons tous une tasse de thé et faisons une pause, a proposé Belinda en disparaissant dans la cuisine.

– Je suis vraiment désolée d'avoir pleuré comme ça. Je ne voulais pas, je dois être fatiguée ou patraque… ou je n'ai pas assez mangé…

Dermot et Frank ont hoché la tête en signe de compréhension.

– Frank devient comme ça quand il n'a pas eu son Weetabix.

– Et tu es comme ça tout le temps, que tu aies mangé ton Weetabix ou non. Tu es en permanence sur le point de…

– Au bord du génie, peut-être.

Belinda est revenue avec un plateau portant quatre tasses de thé.

– Quand mon Johnny est décédé, la seule chose qui m'a aidée, ce sont mes cours de salsa et les filles de la danse. Elles se sont mobilisées et m'ont laissée parler de lui autant que je le voulais.

Elle a essuyé une larme.

– Cela a pris du temps, mais au fil des mois, les choses sont devenues plus faciles.

Elle s'est mise à chanter :

– « Dans la vie, il faut que la pluie tombe… »

– « Mais trop de choses tombent dans la mienne », a complété Frank.

Il lui a adressé un sourire timide.

– Ella Fitzgerald. Une de mes préférées.

– Moi aussi !

Belinda l'a regardé en souriant.

– « Dans chaque cœur, des larmes doivent couler »…, a-t-elle continué.

– « Mais un jour, le soleil brillera », a chanté Frank.

Ils se sont tournés vers moi.

– Le soleil revient toujours, a assuré Frank.

– Toujours, a conclu Dermot. C'est garanti.

Mais ils ne savaient pas que je faisais du bénévolat au Hall ou que j'étais amie avec Erik. Quand ils le découvriraient, ils ne seraient pas gentils avec moi.

– Qu'est-ce qui se passe ici ?

Saoirse se tenait juste derrière nous. Nous ne l'avions pas entendue entrer.

– Tu as pleuré ?

J'ai secoué la tête.

– J'ai des allergies.

– Peut-être qu'elle est allergique à toi ? a suggéré Dermot. C'est juste une idée.

– Mais Roisín ne fait que chercher à attirer l'attention. Tu ne le vois pas ? Little Miss Drama, moi ! moi ! moi ! C'est comme si elle était tombée de la scène de l'Abbey Theatre... Ce n'est pas possible, nous sommes ici pour travailler, pas pour chercher la sympathie de nos collègues. Ce n'est pas très professionnel, vous ne trouvez pas ?

Je suis retournée à mon bureau en m'essuyant les yeux, me sentant complètement idiote. Et Saoirse avait raison. Je n'étais pas professionnelle. Je n'étais rien du tout.

Chapitre 34

On était mardi et je comptais mentalement les jours qui me séparaient du jour J – le jour de la remise du manuscrit. J'ai appelé Harry en rentrant chez moi.

– Ah, Roisín. Viens prendre une tasse de thé. Tu seras heureuse d'apprendre que la cuisine est complètement terminée. Tu sais quoi, elle ressemble à ce qu'elle était quand Nora avait fait un de ses nettoyages de printemps. Cyril manie très bien le chiffon à récurer.

Je l'ai suivi dans la cuisine. Elle brillait de mille feux. La table en formica rouge était éclatante, le buffet était bien rangé, aucune pile de papiers nulle part. L'évier et l'égouttoir étaient exempts de vaisselle et de casseroles et la cuisinière était impeccable.

– J'ai déjà reçu quelques voisins qui sont venus jeter un coup d'œil, m'a confié Harry en se tenant sur le côté, comme le fier propriétaire d'une cuisine flambant neuve qu'il était. Ils sont venus nombreux tout l'après-midi, une fois que Cyril a fait passer le mot. Il a dit que je devais faire en sorte que la maison soit présentable pour les visiteurs, c'est ce qu'il dit.

– Harry, c'est magnifique.

– Alors, veux-tu une tasse de thé ? Et peut-être que je pourrais vous inviter, ton mari et toi, à dîner un de ces jours. Rien d'extraordinaire, mais peut-être quelques pommes de terre et une bonne côtelette.

– Nous en serions ravis, ai-je dit, sachant qu'il ne s'agirait que de moi. Tu pourrais être mon invité au dîner du club, celui que je fais avec mes amis. C'est le dernier samedi. Voudrais-tu venir ?

J'avais l'impression que c'étaient les derniers jours de l'innocence, que bientôt je serais démasquée comme un imposteur, que ma naïveté et ma stupidité seraient exposées à la vue de tout le monde. Le livre de Brody ne semblait plus aussi important, j'étais parfaitement capable de ruiner ma vie toute seule.

Harry avait l'air très content.

– J'en serais honoré. Je vais voir si je peux trouver ma belle veste. Donner un coup de *polish* aux boutons, je le ferai.

– Je demanderai à un ami de venir te chercher. Vers six heures et demie ?

– Cela me conviendra très bien, a-t-il répondu.

***

Richard a appelé pendant que je préparais le dîner ce soir-là.

– Comment va notre étoile Michelin ?

– Bien... Comment va Sam ?

J'ai essayé d'avoir l'air normale et opérationnelle, pas l'air de quelqu'un au bord du désastre personnel.

– Il va très bien, a répondu Richard. Il est là justement. Il porte sa très jolie minerve.

J'entendais Sam dire quelque chose derrière lui et Richard riait.

– Non, ça ne ressemble pas à une collerette élisabéthaine et non, tu ne ressembles pas à Sir Walter Raleigh... Alors, Roisín, a-t-il poursuivi, la dernière semaine... la grande finale... à quoi penses-tu, pour le menu ? Sam veut le poster sur les réseaux sociaux... nous sommes complet de toute façon, mais ce serait bien de le savoir...

– Tu as juste peur que je ne fasse encore des lasagnes, n'est-ce pas ?

J'ai essayé de rire, mais en réalité, je n'avais aucune idée de la façon dont j'allais passer cette semaine.

J'étais sur le point d'être licenciée si quelqu'un découvrait que j'avais fraternisé avec les deux parties de la planification problématique, et la santé mentale de mon mari était sur le fil du rasoir. Pire encore, j'allais devoir rester mariée à cet étranger excentrique jusqu'à la fin de mes jours. Mon avenir s'annonçait sombre.

– Et au fait, Roisín, a-t-il poursuivi, le dîner était fabuleux. Tu t'es vraiment surpassée. Encore un peu, s'il te plaît.

– C'est comme si un professeur me parlait.

– Un prof encourageant, j'espère. Un mentor. Celui dont tu te souviendras avec émotion dans ton autobiographie, ce professeur qui a changé ta vie. En tout cas, nous avons gagné plus de deux mille euros samedi, a dit Richard. Nous sommes déjà presque complet... le club de salsa de ta collègue est déjà inscrit, quelques autres personnes de ton travail... qui d'autre ?

Il appela à nouveau Sam.

– Ah, oui, un « Frank », un « Dermot »... et...

S'il te plaît, ne dis pas Saoirse, ai-je pensé.

– Non, c'est ça. Quelques amis de Jools de la salle de sport...

– Que dirais-tu d'une soirée mexicaine ? ai-je demandé. Pour le club de salsa. Des margaritas ? Du vrai mexicain, pas du tex-mex, mais de l'authentique...

– Un festin mexicain, a dit Richard. Sam ? Une soirée sur le thème du Mexique ? Il adore l'idée, répondit Richard. Doublement d'accord... Comment ? « Si nous avons besoin de plus de citrons, quelqu'un d'autre peut y aller cette fois-ci ? »

Richard a ri.

J'ai commencé à griffonner quelques idées de menus à envoyer à Sam, puis à Rachel, la fille de Gerry. Je devais juste en finir avec cette semaine, remettre mon préavis au travail, essayer d'arranger mon misérable mariage et... quoi ? Survivre au reste de ma vie ? J'ai rapidement pensé à un menu. J'avais mangé des *chili rellenos* il y avait des années, au Mexique, lors d'un voyage avec Jools. Le plat principal ? Un mole de poulet, du riz, des haricots et du maïs carbonisé avec du citron vert et du paprika ? Le dessert… ? Pourquoi pas une glace à la noix de coco et des tartelettes au chocolat avec un zeste de citron vert confit ? Trop ambitieux ? Peut-être que je devrais me concentrer sur le fait de survivre à cette semaine et ne plus jamais, jamais cuisiner. Vendredi, le livre serait terminé. Vendredi, mon mariage serait peut-être sauvé.

Chapitre 35

Ma semaine fut une semaine de survie, avec un sombre compte à rebours jusqu'au vendredi, jour de l'échéance. Brody me parlait à peine, Shona ne répondait à aucun de mes textos et, au travail, dès que quelqu'un prononçait mon nom, je sursautais.

Shona a fini par me rappeler le jeudi soir pendant que je préparais le dîner.

– Ross est parti..., m'a-t-elle annoncé au téléphone au moment où Brody entrait dans la cuisine. Je lui ai dit ce matin... j'ai dit que je savais pour Victoria...

– Qu'est-ce qu'on mange ? a demandé Brody.

– Des pommes de terre au four, lui ai-je répondu. Continue, ai-je dit à Shona.

– Il est devenu pâle, la voix tendue, puis il m'a crié dessus parce que je l'accusais, il a tout nié...

– Qu'est-ce qu'on mange ? a redemandé Brody.

– Des patates au four, ai-je murmuré à nouveau en essayant de sourire et de faire un signe de la tête à Brody pour qu'il soit content.

– Quoi ? a-t-il dit. Parle-moi, c'est tout.

– Désolée, Shona. Juste une minute.

J'ai levé les yeux vers Brody.

– Ce sont des pommes de terre au four, du fromage et des haricots...

Je suis retournée à Shona.

– Je t'écoute...

– Eh bien…, a-t-elle commencé.

– Des pommes de terre au four, du fromage et des haricots ? a dit Brody, qui s'était approché et se trouvait à quelques centimètres de moi. Qu'est-ce que tu crois que je suis ? Un étudiant ? Je ne peux pas manger ça. Où sont les protéines ?

– Dans le fromage et les haricots. Désolée, Shona, un instant, je te rappelle.

Je me suis rendu compte que je ne pouvais pas lui tenir tête. Je devais laisser tomber ma propre sœur pour qu'il soit heureux. Je me suis retournée vers Brody.

– Je n'en ai pas mangé depuis longtemps et c'est l'un de mes plats préférés. En plus, c'est rapide à préparer et je suis fatiguée de nourrir les gens.

Mais Brody n'écoutait pas. Il secouait la tête comme s'il essayait de comprendre.

– Des haricots ?

– C'est nourrissant, savoureux, bon marché…

– « Bon marché » est le mot-clé. Pas cher et pas bon. Je ne suis pas du genre à aimer les haricots.

Je devais donc maintenant discuter de ses besoins nutritionnels et du type de personne qu'il était ?

– J'ai juste pensé qu'avec ton échéance de cette semaine, tu aurais peut-être envie de quelque chose de bon et de savoureux…

– Mon quoi ?

– Ta date limite. Pour rendre le livre ? C'est demain.

Je n'étais pas sûre de ce que cela signifiait pour nous que le livre soit terminé le lendemain, mais je prenais chaque jour comme il venait. J'étais restée loin du Hall, j'avais tapé ma réponse à JP en lui disant que le Hall ne pouvait pas être sauvé et que les promoteurs passaient à la phase II. Je me sentais coupable.

Mais Brody avait l'air furieux.

– Je ressens une immense pression, qu'est-ce que ça a à voir avec toi si j'ai une date limite ou pas ? Je ne te demande pas si tu as une date limite dans ton travail, un projet à terminer… ça ne me regarde pas.

– Oh, tu peux demander, je serais heureuse de te le dire, mais mon travail n'est pas…

– Intéressant, m'a-t-il coupée. On le sait. C'est surtout que le mien est intéressant, et que toute la rue veut se sentir partie prenante. Tu me stresses. Si je n'avais pas Fyodor…

Il a plongé la main dans la poche de son bas de survêtement et en a sorti Fyodor, qu'il a serré contre sa poitrine.

– Ce petit bonhomme ne me stresse pas, a-t-il dit d'une voix de bébé. Ce petit bonhomme est toujours gentil avec moi. Ce petit bonhomme est mon meilleur ami. Il ne m'embête pas, il est toujours content de me voir et il est très intelligent.

Il a remis Fyodor dans sa poche.

– Viens. On sort.

– Quoi ? Les pommes de terre sont au four.

– Pas toi ! a grogné Brody. Fyodor et moi allons prendre l'air. Allons-y, Fyodor…

La porte d'entrée s'est refermée derrière eux.

***

J'ai pris une grande inspiration et j'ai rappelé Shona, en essayant de retenir mes émotions.

– Désolée, je ne pouvais pas parler tout à l'heure… Tu me racontais pour Ross…

– Je l'ai jeté dehors. J'ai emballé ses horribles vêtements, y compris son pantalon rouge qui le fait ressembler à son père et cet horrible pull-over qu'il adore, et il est parti. Les filles sont aux scouts et je ne pouvais pas voir son visage une seconde de plus.

– Qu'est-ce qui s'est passé ?

– Il est toujours en contact avec Victoria. J'ai vraiment pensé que j'allais le poignarder avec le couteau à beurre, ce qui ne lui aurait causé qu'un préjudice minime, mais me vaudrait probablement d'être traduite en justice pour tentative de meurtre. J'ai rassemblé tout ce qui me restait de dignité et je lui ai demandé de partir. Je crois que j'ai un peu juré. Beaucoup.

– Et il est parti ?

– Je pense qu'il était soulagé, en fait.

– Mais, et pour les filles ?

– Je viens de leur dire, a poursuivi Shona, qui a commencé à pleurer. Je me suis sentie comme maman a dû se sentir il y a des années. Je voulais les protéger, mais parfois tu n'as pas le choix. Tu ne peux pas contrôler les choses.

– Et qu'ont-elles dit ?

– Daisy a dit qu'elle était contente, mais je pense qu'elle disait ça pour être gentille avec moi, et Kitty a dit que c'était bien parce qu'elles auraient deux montagnes de cadeaux à Noël. Elles ont l'air de remarquablement bien s'adapter, en fait. Je viens juste de me lever pour les embrasser et elles dormaient toutes les deux.

– Dans le même lit ?

J'ai pensé que mon cœur pourrait se briser si elle me disait qu'elles étaient dans le même lit.

– Non, elles étaient chacune dans son propre lit…

Merci Mon Dieu.

– Et toi, qu'est-ce que tu as ? Qu'est-ce qui se passe entre Brody et toi ? Tout va bien ? C'est juste que tu avais l'air occupée…

– Euh… Par où commencer ? Par « tu avais raison » ? J'ai épousé un homme que je ne connaissais pas et maintenant il m'a quittée ? Nous sommes un peu dans le même bateau.

– C'est-à-dire ?

– Toi et moi. Il est parti.

– Brody ? Il est parti où ? Pour de bon ?

– Je ne sais pas, mais… je ne pense pas que je m'en soucie autant que je le devrais.

– D'accord…

– En fait, c'est Fyodor qui me préoccupe le plus. Et s'il tombe ? Et s'il est écrasé dans la poche de Brody ?

– Qui est Fyodor ?

– C'est le hamster de Brody et Brody l'a emmené avec lui.

– OK, c'est maintenant officiel. Ta vie a pris une tournure fantasque. Il est temps d'y remédier. Tu veux venir chez nous ?

– Il pourrait revenir.

Je pensais encore au pauvre petit Fyodor.

– Tu m'enverras un message quand il reviendra ?

– Oui…

– Tu vas t'en sortir ?

– Je pense que oui.

– Je t'appelle demain à la première heure. D'accord ?

– D'accord.

Je me suis couchée tard, Fyodor me manquait à ne pas se balader sur sa roue. À vingt-trois heures, ils n'étaient toujours pas rentrés et le téléphone de Brody était toujours éteint. Finalement, vers minuit, j'ai entendu la clé de Brody dans la porte.

– Brody ? Où étais-tu passé ?

Je l'ai suivi dans le salon où il s'est jeté sur le canapé.

– Je me baladais.

– Je voulais juste m'excuser de t'avoir mis autant de pression. Ce n'était pas juste… et je n'aurais pas dû te poser toutes ces questions… Je te promets que je ne le ferai plus.

– Bien.

Il a fait la moue.

– Je n'aime pas les questions.

– D'accord… sauf que j'en ai une…

– Tu as promis !

Il a pris la télécommande et a commencé à faire défiler les chaînes.

– Fyodor. Est-ce qu'il va bien ?

Il a secoué la tête.

– Il a disparu. Dieu sait où il est. Il a dû sauter de ma poche.

– Oh, mon Dieu. Il aura été tué.

– Il reviendra. Il revient toujours.

J'aurais fait n'importe quoi pour entendre Fyodor mâcher bruyamment des graines de tournesol ou gratter dans sa cage.

Chapitre 36

Je n'ai pas dormi du tout cette nuit-là, je guettais les signes du retour de Fyodor, espérant entendre le grincement de petites pattes derrière le réfrigérateur. Le lendemain matin, je suis allée directement à la cage de Fyodor en espérant qu'il avait trouvé le chemin de la maison, mais elle était toujours vide. J'ai vérifié la poche du bas de survêtement de Brody, redoutant d'y découvrir son petit corps écrasé, mais il n'y avait heureusement pas de Fyodor. Mais s'il n'était pas écrabouillé dans la poche, alors où était-il ? J'ai tiré le réfrigérateur, espérant l'y trouver en train de manger quelques miettes égarées, et la machine à laver, mais il n'y avait aucune trace de lui.

Le matin, j'ai marché directement jusqu'au magasin de Paddy. À travers les grandes baies vitrées, je le voyais déballer une livraison de vélos. La cloche a sonné alors que j'entrais, le cœur battant. Je ne savais pas exactement ce qui m'avait amenée ici, mais... je voulais le voir.

Paddy s'est retourné.

– Roisín ! Qu'est-ce que tu fais ici si tôt ? Tout va bien ?

Il était debout, se dirigeait vers moi, son visage était un mélange de surprise et d'inquiétude.

– Tout va bien, je ne fais que passer... tu sais ce que c'est...

Il hochait la tête, il écoutait.

– J'ai besoin d'un nouveau vélo, en fait... le mien a été écrasé... vendredi soir la semaine dernière...

– Ton vélo a été écrasé ?

– Par mon beau-frère.

– Ah, Ross…

Il a agi comme si c'était un comportement tout à fait normal de la part de Ross. J'avais oublié à quel point Paddy connaissait ma vie, jusqu'au fait que mon beau-frère était le genre d'homme à rouler sur un vélo.

– Tu aimais beaucoup ce vélo… pourquoi tu ne me l'as pas dit ?

Pendant un instant, j'ai cru que j'allais pleurer à nouveau, à cause du vélo, à cause du fait que toute ma vie avait mal tourné, et peut-être parce que Paddy était le genre de personne qui comprendrait parfaitement pourquoi la perte de mon vélo était la goutte d'eau qui faisait déborder le vase.

– Mon vélo a été volé à Copenhague il y a deux ans, a-t-il raconté. J'ai été dépourvu pendant des jours, j'ai vérifié tous les racks à vélos, je regardais les vélos des gens qui passaient… c'était comme si mon chien avait disparu…

– Il y a une petite chienne dont je suis tombée amoureuse, Foxy. C'est une vieille chihuahua qui a besoin d'un foyer.

– Qu'est-ce que tu veux faire en premier, prendre un nouveau vélo ou une vieille chienne ?

– Un nouveau vélo.

– Je te propose un marché. Un prix d'ami.

Des amis. C'est mieux que rien. Il m'a montré quelques-uns des nouveaux vélos, mais il y en avait un qui sortait du lot, un rouge rubis éclatant.

– Je le prends.

– Et que vas-tu faire pour ce chien ? Foxy ?

– Je ne peux pas prendre un chien, mais nous pourrions lui rendre visite…

– Pourquoi ne peux-tu pas avoir un chien… ?

Parce que, je voulais lui dire, *je n'ai pas vraiment une vie stable en ce moment, je ne sais absolument pas si j'aurai un travail ce jour-là la semaine prochaine… ou un mariage… ou des amis ?*

– Combien de temps as-tu avant d'aller travailler ? a poursuivi Paddy.

– Environ quarante-cinq minutes.

– C'est beaucoup de temps. Assez pour prendre un café.

Après qu'il eut fermé le magasin et accroché un panneau « Bientôt de retour ! » sur la porte, nous sommes descendus à vélo jusqu'au bord de mer, juste à côté du bâtiment du conseil, et vers le Lady Immaculate Hall et le marché fermier. Après avoir attaché nos vélos, nous avons franchi les portes, suivi le chemin et nous sommes dirigés vers les étals. Mon esprit avait été tellement rempli de tout ce chaos, de toutes ces pensées, et maintenant que j'étais de retour sur un vélo dans le chaud soleil de ce matin d'été, je me sentais un peu mieux. Le Hall était magnifique, ses briques rouges avaient étonnamment bien résisté, compte tenu du peu de mesures qui avaient été prises pour le préserver. J'ai détourné le regard, me sentant coupable.

Gerry avait une file d'attente de clients à son étal.

– Si ce n'est pas Roisín, la restauratrice, s'est-il écrié à l'autre bout de la rue. Elle a un club de dîners, vous savez, a-t-il dit à ses clients. Vous avez déjà entendu parler d'un de ces dîners de charité ?

Quelques visages se sont levés.

– C'est celui de Sandycove ? a demandé une dame. J'en ai entendu parler par une amie. Elle y était samedi dernier. Elle a passé un très bon moment.

Paddy m'a donné un coup de coude. C'était bon d'entendre ça. Il m'a jeté un coup d'œil très vif.

– Il faudra que je descende un soir.

– C'est notre dernier ce samedi.

– Oh, alors je ferais mieux de me dépêcher. À plus tard, Gerry.

– Nous ne sommes là que pour voir Foxy, ai-je dit à Gerry. Je parlais d'elle à Paddy.

Je me suis agenouillée.

– Je vais la prendre dans mes bras un instant.

Foxy était légère et douce comme une plume et elle a appuyé sa tête sur ma poitrine.

– Bonjour, Foxy, lui ai-je dit, tu es une adorable chienne.

C'était la chose la plus réconfortante que j'avais faite depuis des semaines. J'ai embrassé sa tête et j'ai caressé son oreille.

– Tu veux bien la prendre ? a dit Gerry. Ah, mais le mari... – il a fait un clin d'œil à Paddy – le mari n'aime pas les chiens. As-tu déjà entendu ça ?

Paddy a ri.

– C'est scandaleux.

– N'est-ce pas ? Mais bonne nouvelle, nous lui avons trouvé un foyer. Ils viennent la chercher demain. C'est une famille adorable, ils veulent un chien pour que leur enfant de deux ans ne se sente pas exclu avec l'arrivée du nouveau bébé.

– C'est génial...

La déception m'a envahie. De toute évidence, aller dans un nouveau foyer était exactement ce dont Foxy avait besoin... sauf que les tout-petits ne malmènent-ils pas les chiens ?

– Comment va ton gars ? a demandé Gerry. Et comment va le hamster ?

Il a lancé un autre clin d'œil à Paddy.

– Perdus, tous les deux. L'un physiquement et l'autre mentalement.

Gerry a ri.

– Et qui te manque le plus ?

– Sans aucun doute le hamster.

Ils ont ri à nouveau et j'ai replacé Foxy à contrecœur dans sa boîte.

– Bonne chance dans ta nouvelle maison, j'espère que le bambin sera gentil avec toi.

Je retardais le moment d'aller au travail et d'affronter la réalité de ma sortie de route professionnelle.

– Alors, tu reviens samedi ? La dernière chose que tu fais ? As-tu envoyé la liste à Rachel ?

J'ai acquiescé en me levant.

– Pourquoi ne viendrais-tu pas samedi ? ai-je dit à Gerry. Amène ta famille... on te fera une place, n'est-ce pas, Paddy ?

– Bien sûr. Nous devons chouchouter nos fournisseurs.

Gerry a eu l'air ravi.

– Pourquoi pas, c'est mon soixante-treizième anniversaire et nous nous demandions comment le fêter. J'amènerai ma femme, Bernadette, et peut-être Rachel, si ça te convient ? Rachel a besoin de sortir et de trouver quelqu'un de bien. Elle passe trop de samedis soir à regarder la télé avec nous.

Nous avons fait nos adieux et Paddy et moi avons acheté deux thés et deux croissants et nous nous sommes assis ensemble sur un banc.

– Je me demandais si tu pouvais me rendre un service. Tu pourrais aller chercher un de mes amis samedi soir. Il s'appelle Harry, c'est mon voisin juste à côté et il n'a pas de voiture.

Paddy a approuvé l'idée.

– Bien sûr. C'est une bonne occasion d'essayer le vélo-cargo. Laisse-moi faire.

Il me regardait toujours.

– Maintenant, dis-moi si je suis indiscret..., a-t-il commencé.

J'ai levé les yeux.

– Qu'est-ce que tu veux dire ?

– Brody. Je voulais te demander... je ne sais pas... en tant qu'ami, je me demandais...

Je n'ai rien dit.

– C'est juste que tu as fait cette blague sur le hamster... et...

Sa voix s'est éteinte.

– ... eh bien... j'ai pensé que... Je ne sais pas ce que j'ai pensé, je voulais juste m'assurer que tu allais bien... que tu étais heureuse.

– Heureuse ?

Il a hoché la tête.

– Heureuse.

Depuis un an, j'étais en mode survie. Le bonheur n'entrait pas en ligne de compte. Ma détermination à m'accrocher à mon mariage l'avait emporté sur tout. Me marier était une tentative stupide et mal avisée de créer un sentiment de sécurité, sans fondement réel. Le bonheur était autre chose, quelque chose que je ressentais très profondément. C'est ce que je ressentais lorsque je prenais Foxy ou que je préparais un bon repas ou que je riais avec mes amis. Ce n'était pas ce que je ressentais avec Brody. Parfois, lorsque tu luttes contre les incendies dans ta vie, tu prends de mauvaises décisions partout ailleurs. Cela pouvait expliquer pourquoi tout implosait dans ma vie.

Paddy attendait que je prenne la parole.

– Je ne le suis pas vraiment, ça a été… un défi. Je pense que… j'ai fait une erreur. Beaucoup d'erreurs. Le travail est stressant et… oh là là, ça va être le bordel quand tout va exploser, mais…

Je l'ai regardé, me demandant ce qui se passerait si je parlais enfin de Brody à quelqu'un. La solution la plus facile était de tenir bon, de me punir pour ma décision imprudente de me marier, de ne laisser personne savoir à quel point c'était une erreur. La décision la plus difficile à prendre était d'être honnête.

– Je veux le quitter, mais je ne peux pas.

Et voilà, les mots étaient sortis. Quelqu'un savait. C'était à la fois terrifiant et incroyablement libérateur. J'avais besoin que Paddy me dise que tout irait bien, que des gens avaient survécu à des mariages pires que le mien. Qui savait ? Nous pourrions même être heureux… Brody serait à la maison en ce moment même, probablement en train d'utiliser son correcteur d'orthographe ou d'écrire *The End.*

Paddy m'a regardée.

– Pourquoi ne peux-tu pas le quitter ?

– Parce que je ne peux pas !

J'ai failli rire.

– Nous ne sommes mariés que depuis un an. Les gens ne divorcent pas au bout d'un an ! Et…

Je me suis arrêtée.

– Et quoi ?

– Et j'ai épousé quelqu'un que je ne connaissais que depuis six mois et je ne peux pas admettre que j'ai eu tort…

J'ai essayé de sourire devant le ridicule de ce que je disais, en espérant que Paddy sourirait aussi et serait d'accord avec moi. Bien sûr, je ne pouvais pas partir. Je devais aller jusqu'au bout. Partir reviendrait à abandonner et les adultes matures persévèrent. Le mariage, ce n'est pas comme un cours du soir de poterie que l'on essaie et que l'on abandonne quand on se rend compte que l'on n'est pas très doué. Mais Paddy me regardait d'un air sérieux, les yeux inquiets. Je n'avais pas besoin de sympathie, j'avais besoin d'une discussion sérieuse.

– Bien sûr que tu peux, a-t-il dit.

– Je ne peux pas.

– Les gens font des erreurs tous les jours.

– Je sais. Mais pas ce genre d'erreur monumentale. Épouser quelqu'un. Et de toute façon, peut-être que tout ira bien. Il doit terminer son livre aujourd'hui… et…

– Et ?

– Et peut-être que les choses s'amélioreront. J'attends ce jour depuis une année entière. Je ne peux pas abandonner maintenant, pas alors que nous sommes si près du but.

Paddy a bu une gorgée de son thé et s'est rassis sur le banc, ses longues jambes étendues.

– D'accord alors, a-t-il dit, comme s'il renonçait à me parler. Désolé d'avoir posé la question. Je voulais juste m'assurer que tu allais bien.

Il s'est levé.

– Viens, je vais t'accompagner jusqu'à ton vélo.

C'est alors que je l'ai entendu dire :

– Erik, *hej* !

J'ai levé les yeux. C'était Erik, dans son costume étroit, ses longs cheveux lissés en arrière.

– *Hej !*

Erik a serré Paddy dans ses bras, puis s'est tourné vers moi.

– Roisín, c'est super de te voir !

Et ce fut à mon tour d'être entourée par son corps, comme si j'étais un mouton du Connemara enveloppé par une montagne.

Et puis j'ai vu quelqu'un qui se tenait à la porte du parc et qui nous regardait fixement. Saoirse, un air de pur bonheur sur le visage.

Chapitre 37

– J'ai hâte d'être à demain, m'a dit Frank au bureau. J'essaie de me décider, je ne sais pas ce que je vais porter.

J'évitais le regard de Saoirse, même si je sentais qu'elle me fixait. Elle m'avait observée toute la journée pendant que je transpirais à mon bureau, oscillant entre la rédaction de lettres de démission et la recherche de ce qu'il fallait dire pour me sauver. Qui pourrait croire que j'étais bénévole au Hall et que j'étais accidentellement devenue amie avec le développeur ?

– Le pull marron, non, Frank ? a demandé Dermot. Ou le pull marron ?

– Laisse-le tranquille, a dit Belinda. Un pull marron est tout à fait convenable. Je connais des femmes qui ne feraient pas confiance à un homme portant un pull-over brillant. Cette nouvelle mode avec toutes les couleurs de l'arc-en-ciel ne convient pas à tout le monde.

Elle a fait un grand sourire à Frank.

Pour une fois, Frank n'a pas réagi aux railleries de Dermot. Il a dit :

– Le pull marron.

– Excellent choix, a confirmé Dermot en revenant à son écran. Exactement ce que j'aurais choisi moi-même.

L'ombre de Saoirse s'est étendue sur mon bureau.

– Je savais que je l'avais déjà vu quelque part ! L'homme avec qui tu étais ce matin. Il t'a serrée dans ses bras. Et il était à ton dîner, celui où j'ai eu une intoxication alimentaire. Je savais que je le connaissais ! Tu as fraternisé !

Belinda a sursauté.

– Saoirse, s'il te plaît ! N'utilise pas ce mot. Pas après Celui-dont-on-ne-dit-pas-le-nom ! Notre Roisín ne ferait pas une chose pareille, alors garde tes accusations pour toi !

Saoirse l'a ignorée. Ses yeux étaient flamboyants, son visage plein de joie et de mépris.

– Le grand beau gosse… c'est le promoteur du front de mer. Je savais que je l'avais déjà vu. Mais JP m'a demandé de lui remettre notre dernière décision, tu te souviens ? Il y a environ un mois ? J'allais dans le centre-ville et il fallait l'envoyer avant dix-sept heures un vendredi ? Son bureau est en centre-ville et je sortais. C'était une vraie galère, mais JP m'avait promis que je pourrais venir tard le lundi matin en guise de remerciement… C'était lui ! Tu es amie avec le promoteur…

– Mais je ne savais pas, ai-je protesté sans conviction.

– Et je t'ai suivie à l'heure du déjeuner vendredi et devine où tu étais ? Au Hall, avec les femmes qui s'occupent des déjeuners ! Ce sont elles les manifestantes. Cette Marian Kingston est celle qui nous écrit depuis cinq ans !

Elle avait l'air ravie, comme si c'était le matin de Noël et que le Père Noël avait laissé une bouteille de Tia Maria dans sa chaussette.

– Mais à quoi diable joues-tu donc ?

– Je n'étais au courant de rien, ai-je répondu sans conviction.

– Vraiment ? Vraiment ? Eh bien, explique ça à JP… et de toute façon, je ne te crois pas… c'est écrit sur ton visage. Tu as joué un jeu. Qui te paie ?

– Qu'est-ce qui se passe ?

– Il ne se passe rien. Rien…, ai-je dit en cherchant du regard Frank et Dermot. Je ne savais pas qu'Erik était le promoteur et j'ai juste commencé à faire du bénévolat pour les déjeuners…

Dermot nous a regardées, Saoirse et moi.

– Qu'est-ce que c'est que ces accusations ?

– Elle a traîné avec le promoteur et les manifestants. Elle est amie avec eux. Je pense que nous devons savoir exactement pourquoi elle a fait ça, non ? Frank et toi ne fraternisez pas, ou je me trompe ?

– On ne peut pas utiliser des mots incendiaires comme ça, s'il te plaît, Saoirse, a dit Frank. Je trouve cela très dérangeant.

Mais Dermot et lui échangeaient des regards.

– C'est vrai, ai-je avoué. Tout est vrai. Je suis amie avec les manifestants et j'ai passé du temps avec Erik le promoteur. Et c'est un vrai gâchis, je le sais.

– Alors, qu'est-ce que tu as fait avec eux ?

– De la cuisine, principalement. Lors des déjeuners communautaires avec les manifestants, et ensuite pour les dîners du samedi soir avec le promoteur.

– Écoute, a dit Dermot. On est vendredi après-midi. Pourquoi ne rentres-tu pas chez toi et ne prends-tu pas le week-end pour y réfléchir ? Nous pourrons régler tout ça lundi matin, et nous le ferons.

Il a regardé Frank à nouveau.

Saoirse a pris un air triomphant.

– Tu vois ! Même tes copains ne te défendent pas.

– Nous la défendons, Saoirse, a dit Dermot. Nous la défendrons très certainement.

Frank s'est levé, les miettes de son déjeuner sont tombées comme de la neige sur sa chemise.

– Je ne suis pas un fan des harceleurs, j'en ai connu quelques-uns à l'école. Ils m'appelaient Princesse, uniquement parce que ma mère veillait à ce que je sois bien mis et que ma chemise soit repassée. Elle me lissait aussi les cheveux avec de la brillantine. Et je n'avais pas de père, personne pour intimider les garçons. Et… enfin, il suffit de dire que je ne suis pas un adepte des harceleurs.

– Moi non plus, je ressens la même chose que mon ami Frank…, a ajouté Dermot en lui adressant un rapide sourire. On pourrait penser qu'à partir d'un certain âge, tout cela est derrière soi. On ne s'attend vraiment pas à y être confronté au travail.

– Mais elle a fait quelque chose de mal, qui doit être dénoncé. Je vais le souffler à l'oreille du chef.

– La seule chose que tu souffles, ça sort de ton derrière, l'a arrêtée Dermot.

Saoirse est devenue toute rouge.

– Mais JP a dit que nous devions être irréprochables, tu ne te souviens pas ? Il a dit que nous devions être plus blancs que blancs... plus blancs que la lessive de Widow Twankey...

– Elle a raison, ai-je dit en m'avançant. C'est ma faute, tout cela. J'ai participé aux déjeuners tous les jours... Je savais que c'était mal. J'espérais juste qu'on ne me découvrirait pas...

J'ai jeté un coup d'œil à Saoirse qui avait l'air d'une méchante de *James Bond*, elle arborait un sourire narquois tout en regardant au-delà de moi.

– Tu devras tout déclarer, a affirmé Saoirse. Tout. Si tu tombes, tu n'entraîneras pas tout le département dans ta chute.

– Faire tomber quel département ?

Nous avons tous levé les yeux pour voir JP debout dans le bureau.

– Je ne suis parti que deux semaines et je reviens pour découvrir que le département est en plein démantèlement. Qu'est-ce qui se passe ?

Il nous a regardés tour à tour.

– Demande-lui !

Saoirse me montrait du doigt.

– Elle ne fera qu'entraîner la chute de tout le service. Tu vas perdre ton travail, JP, nous allons tous perdre notre travail !

JP a secoué la tête, incrédule.

– Roisín, laisse-moi comprendre. Tu as fait du bénévolat aux déjeuners de la communauté avec Marian et son équipe ?

J'ai hoché la tête.

– Et Erik Larsen est un de tes amis ?

– Eh bien, c'est l'ami d'un ami. Et nous avons...

Il a levé la main.

– J'en ai assez entendu.

Sa voix était calme.

– Je ne sais pas quoi dire… sauf que… tu savais sûrement que c'était mal ?

J'ai acquiescé lamentablement.

– Je sais, c'est pourquoi je vais démissionner pour vous éviter de me licencier. Merci à tous d'avoir été de si bons collègues. J'ai passé dix très bonnes années…

Ma voix a commencé à vaciller tandis que j'essayais de ranger ma tasse et d'autres objets de mon bureau dans mon sac à main.

– Roisín, a dit JP, attends un peu, il faut d'abord qu'on en parle… Qu'est-ce qui s'est passé, nom de Dieu ?

– J'ai commencé à faire du bénévolat au Lady Immaculate Hall…, ai-je admis.

– Pour ces déjeuners ?

J'ai hoché la tête, je me sentais terriblement malheureuse. J'avais été si stupide.

– Je ne voulais pas…

J'avais l'air d'une enfant pathétique.

– C'est arrivé, c'est tout.

JP semblait ne pas y croire.

– Mais pourquoi ? Ce n'est pas comme si je ne t'avais pas prévenue ?

– Et elle était amie avec le promoteur, a déclaré Saoirse avec une joie perfide, en s'avançant vers nous. Je l'ai vue au dîner l'autre semaine… on ne pouvait pas le rater. J'ai cru le reconnaître, mais je n'aurais jamais pensé que c'était le promoteur… il portait un T-shirt et un tablier… mais ce matin, elle l'a serré dans ses bras !

– Comment as-tu pu laisser tout cela se produire ? disait JP en secouant encore la tête comme s'il n'arrivait pas à y croire.

– C'est arrivé comme ça…

– Et ils t'ont tous les deux parlé du développement, oui ?

J'ai acquiescé, sans rien dire de plus parce qu'il n'y avait rien de plus à dire.

– Roisín, écoute, a poursuivi JP, je pense que le mieux est que nous y réfléchissions tous pendant le week-end… Je n'arrive pas à comprendre pourquoi tu as été si imprudente… Tout ce que je t'ai demandé, c'est de jeter un coup d'œil à la demande… et de ne pas coucher avec l'un ou l'autre.

– Aha ! s'est exclamée Saoirse en s'avançant encore. Elle a couché avec ce blondinet ? Et moi qui croyais que tu étais marié à ce… cet imbécile qui écrivait ces horribles chroniques !

– Rentre chez toi.

JP a affiché un air grave.

– Je vais réfléchir à ce qu'il faut faire.

– Maintenant ? Mais il n'est que quatorze heures.

Il a hoché la tête.

– Nous nous retrouverons ici lundi à neuf heures trente.

J'ai traversé le bureau, j'ai descendu tous les escaliers et je suis sortie à l'air frais, en essayant de ne pas pleurer.

***

À la maison, j'ai appelé en levant la tête en direction des escaliers.

– Brody ?

Il aura déjà envoyé son livre, me suis-je dit.

– Brody ? ai-je encore appelé.

Mais la maison était entièrement vide. La porte du bureau était grande ouverte, la veste de Brody avait disparu des crochets en bas, la roue de la cage de Fyodor était d'une immobilité poignante. J'ai essayé d'appeler le téléphone de Brody, mais il était éteint.

Ce n'est qu'après vingt et une heures que la clé de Brody a raclé la serrure. Lorsque j'ai ouvert la porte d'entrée, il était tombé à genoux, son front touchant la marche d'entrée.

– Brody ?

Il a levé la tête, sans pouvoir se concentrer, ses yeux regardaient dans le vague juste au-delà de moi. Il a tendu la main, s'est accroché à moi et s'est redressé.

– J'ai juuuuuste pris quelques veeeerres avec..., a-t-il commencé en riant.

Il avait du mal à accrocher sa veste au portemanteau et l'a laissée tomber au sol en un tas froissé.

– ... Annna. Une fille si charmante.

Je n'étais pas d'humeur à jouer.

– Tu l'as envoyé ?

Il m'a regardée.

– Le livre.

– Le livre ?

– Le livre. Ton livre ! Celui que tu écris depuis un an ! Celui que tu as terminé aujourd'hui.

Il m'a renvoyé un regard vide.

– Tu sais, Seamus ? lui ai-je rappelé.

– Ah...

Il a ri à nouveau.

– Seamus ! Oh, lui...

– Alors ? Tu l'as envoyé ? Aujourd'hui, c'était la date limite, tu te souviens ? Alors, tu l'as fait ?

Je me suis sentie complètement paniquée. Rien ne se passait comme prévu.

– Alors, tu l'as fait ?

J'avais l'impression d'être sa mère qui lui demandait s'il avait fait ses devoirs.

– Non.

– Non ?

Soudain, tout est devenu silencieux. La seule chose dont j'étais sûre qu'elle allait arriver, la chose unique autour de laquelle j'avais planifié toute ma vie – toute mon existence –, cette dernière année n'était pas arrivée. Je l'ai regardé fixement.

– Comment ça, non ?

– Je ne l'ai pas fait.

Il a haussé les épaules.

– Alors...

– Tu ne l'as pas envoyé ? Ou...

Je devais me concentrer pour faire sortir les mots.

– Ou tu ne l'as pas écrit ?

– C'est ça. Je n'ai pas écrit le livre. Je veux dire que je l'ai écrit dans ma tête. J'ai l'histoire ici...

Il se tapotait la tempe.

– Mais pas sur le papier en tant que tel.

– Tu veux dire qu'il est dans ton ordinateur portable, sur ton disque dur ? Tu veux dire qu'il n'a pas encore été imprimé ou envoyé ? Parce qu'on peut le faire maintenant... Je vais le faire pour toi... Ça doit être dur de laisser partir quelque chose sur lequel tu as travaillé si dur... Je peux l'envoyer pour toi par mail...

Il a secoué la tête, toujours en souriant.

– Non, même pas.

– Tu plaisantes ?

Il a secoué encore la tête.

– Combien en as-tu écrit ? ai-je demandé.

– Je ne sais pas...

Il a penché la tête en arrière, réfléchissant.

– Quelque chose comme un millier...

– De pages ?

– De mots.

Je me suis arrêtée.

– Mille mots ?

– Quelque chose comme ça. J'ai supprimé beaucoup de passages.

– Oh, mon Dieu !

– Oh, mon Dieu, quoi ?

Il est passé devant moi et a enlevé son manteau.

– Pourquoi en fais-tu tout un drame ?

Il avait soudain dégrisé et me regardait, furieux.

– Qu'est-ce que ça a à voir avec toi de toute façon ?

– Mais…

– Je n'ai peut-être pas écrit de roman, a-t-il dit, mais je suis devenu extrêmement fort dans un certain jeu vidéo. Je suis maintenant au niveau expert.

Brody avait l'air ravi de lui-même.

– Pas mal pour un rat de bibliothèque comme moi.

– Mais le livre, tu as signé un contrat… qu'est-ce que tu vas faire ?

– Je vais demander un délai, les écrivains le font tout le temps. Je vais demander une année supplémentaire. Nous continuerons comme cette année. Alors, ce n'est pas une peau de chagrin, je ne sais pas pourquoi tu as l'air si consterné…

Je me suis glissée dans l'escalier et dans la chambre. Je me suis couchée en pensant à l'année écoulée. J'avais cru que la ligne d'arrivée était en vue, mais c'était bien pire. Il n'y avait ni début, ni milieu, ni fin. C'était un cauchemar.

Chapitre 38

Club des Dîners du petit paradis
Margaritas
Piments rellenos farcis, servis avec des chips tortilla maison croustillantes et épicées et du guacamole d'avocat des serres de Rathcoole
Poulet mole mexicain-irlandais, servi avec du riz épicé, des haricots, du maïs carbonisé avec de la lime et du paprika
Glace à la noix de coco, tarte au chocolat et zestes de citron vert confits

Une fois de plus, le sommeil m'a échappé. Je suis restée allongée dans le noir, souhaitant remonter le temps quelques semaines en arrière, quand j'avais encore de l'espoir et que Fyodor était en vie et que j'étais optimiste pour ma vie et mon mariage. À présent, tout avait disparu. J'allais être licenciée lundi et bloquée pour toujours en attendant que Brody termine son livre.

Un peu avant six heures du matin, j'ai trouvé Brody endormi sur le canapé et je l'ai secoué pour le réveiller. Ses yeux se sont ouverts lentement et il m'a regardée fixement comme s'il n'était pas tout à fait sûr de mon identité. Peut-être étais-je aussi étrangère pour lui qu'il l'était pour moi ? Peut-être qu'il détestait être marié avec moi et que la raison pour laquelle il n'avait pas été capable d'écrire était qu'il avait réalisé qu'il avait lui aussi fait une énorme erreur ?

– Je dois tout préparer pour le dîner du club, ai-je annoncé.

Sans mot dire, il a réussi à se lever, s'est redressé en grimaçant, et s'est dirigé lentement vers l'étage. Il a pété bruyamment en se jetant sur le lit, juste au moment où j'ai entendu le grondement de la camionnette de Gerry à l'extérieur.

– Bonjour ! a crié celui-ci lorsque j'ai ouvert la porte d'entrée, alors qu'il commençait à déplacer les caisses à l'arrière de la camionnette. Comment vas-tu aujourd'hui ? C'est le grand jour, n'est-ce pas ?

– Oui, ai-je répondu en lui prenant une caisse des mains.

– On se voit ce soir ? Ma femme et Rachel viendront. Elles disent qu'elles ont vraiment hâte de manger nos plats cuisinés correctement !

Son visage, marqué par les intempéries, m'a fait l'effet d'un rayon de soleil.

– Aucun de nous n'est très doué en cuisine. Nous sommes des cuisiniers basiques. Ma mère était une très bonne cuisinière, et mes deux frères ont hérité de ce gène, mais malheureusement, j'ai été oublié.

– Pas de pression alors, Gerry !

J'ai essayé de sourire. Mon seul plan était de passer cette soirée et ensuite… je ne pouvais pas penser plus loin. Je n'avais même pas besoin de me présenter au bureau lundi pour l'humiliation finale. Je pourrais peut-être quitter le pays ?

– Au fait, j'ai déposé Foxy hier dans sa nouvelle famille. Elle n'avait pas l'air très contente. Je l'ai vu dans ses yeux. Elle avait un peu l'air implorant…

Juste au moment où je pensais que je ne pouvais pas me sentir plus mal.

– Mais elle y sera très bien, alors elle finira par être contente.

Gerry m'a fait un signe de la main depuis le siège avant et sa camionnette a disparu au coin de la rue. J'ai entendu Harry juste derrière moi.

– Bonjour, Roisín, c'est le dîner de ce soir, n'est-ce pas ?

– C'est le dernier, tu vas venir, n'est-ce pas ?

C'est alors que j'ai vu Anna derrière Harry.

– Roisín ? a-t-elle dit en s'approchant. Je peux te dire un mot, s'il te plaît ?

Harry est passé à autre chose.

– J'ai hâte d'être à ce soir, Roisín, a-t-il dit. Bonjour, Anna.

Anna s'est rapprochée de moi.

– Brody m'a envoyé un message tard hier soir. Il m'a dit que tu savais qu'il n'avait rien écrit.

– Eh bien, j'espérais…

– C'est ce qu'on appelle le syndrome de la page blanche, tu sais, a-t-elle poursuivi. C'est un problème très sérieux pour les créateurs. Et il est important que les autres comprennent à quel point les écrivains sont sous pression. Je veux dire, est-ce que tu aimerais écrire un livre ?

– Non, mais…

– Exactement, a-t-elle continué. Pauvre Brody. Ce n'est pas étonnant qu'il joue à des jeux vidéo. Ça calme son anxiété. Cela fait des mois que je lui en parle. Il se sentait seul dans son bureau toute la journée. Il disait qu'il avait l'impression d'être enfermé dans une cage, d'être obligé de réaliser une performance. Il disait que c'était comme être une danseuse étoile sur la scène du Bolchoï…

J'ai failli rire.

– Il quoi ?

– Et tout le monde qui demandait quand il allait le faire, encore et encore…

Sa voix s'est brisée.

– Pauvre Brody. Il a dit que c'était pour ça qu'il s'était attaché au hamster.

– Fyodor ?

Elle a hoché la tête.

– Je pense qu'il voyait Fyodor comme un reflet de sa propre image et son combat. Il avait l'habitude de dire qu'il voulait le libérer…

– Au moins, il a réussi une chose. Il faut que je me concentre sur le dîner. Désolée, Anna, je dois y aller…

Je me suis éloignée, puis je me suis retournée.

– Au fait, il jouait à des jeux vidéo chez toi ?

Elle a acquiescé.

– Chaque jour, il quittait ma maison pour retourner dans la tienne. Je pense qu'il voulait vraiment écrire ce livre et il disait toujours qu'il essayait vraiment, mais fixer la page blanche était terrifiant. Le jeu était comme une thérapie. Et puis le jeu a pris le dessus. Et tu n'as jamais joué à un jeu vidéo, n'est-ce pas ?

– Jamais.

– Alors, tu ne comprendras pas à quel point ils sont cathartiques, à quel point ils te transportent... Je veux dire, l'un des jeux...

Elle s'est soudain animée.

– Anna, je n'ai pas le temps. Je suis désolée.

Et je l'ai laissée plantée dans la rue. L'idée d'être dans la maison pendant que Brody cuvait sa gueule de bois à l'étage, dans ma chambre, était insupportable. J'ai appelé ma mère. Je lui ai demandé si elle pouvait venir me chercher.

– Je peux utiliser ta cuisine aujourd'hui ? Il s'est passé quelque chose.

Dès que j'ai vu sa petite voiture rouge, je me suis mise à pleurer. Il y a quelque chose dans le fait de voir sa mère quand on est au bord des larmes qui les fait remonter à la surface. Je me suis dépêchée de sortir avec mes cartons et mes sacs, mes couteaux spéciaux et tout mon matériel.

Maman a jeté un coup d'œil à mon visage et m'a demandé :

– Qu'est-ce qui ne va pas ?

J'ai secoué la tête, ne voulant pas parler.

– Qu'est-ce qui ne va pas ? a-t-elle demandé à nouveau, dès que je suis montée à côté d'elle.

– Oh, maman...

Et les larmes ont coulé, de grands sanglots rauques se sont coincés dans ma gorge, empêchant les mots de sortir.

– J'ai fait une énorme erreur... énorme...

– Laquelle ?

Elle n'avait pas bougé la voiture et je voulais m'éloigner de la maison avant que Brody ne sorte. Voir son visage – et sa barbe immonde incrustée en permanence de nourriture – aurait pu me pousser à bout.

– Il ne l'a pas écrit, il jouait à un jeu vidéo.

Je regardais anxieusement par la fenêtre de la voiture, comme si nous étions poursuivies.

– On peut démarrer ? Maintenant ?

Maman a pris la fuite en zigzaguant dans la rue.

– Tu parles de Brody ? a-t-elle dit, alors que nous tournions le coin de la rue. Tu parles du livre ?

– Oui ! ai-je crié. De qui d'autre ? Ce livre stupide, sanglant et merdique ! Il n'existe même pas. Il ne l'a pas écrit !

– Alors, le livre n'est pas fini ?

– Il a à peine commencé !

Elle a secoué la tête.

– Alors, il ne l'a pas écrit ?

– NON !

– Jésus, Marie, Joseph !

Elle avait l'air stupéfait.

– Exactement !

Et j'ai recommencé à pleurer.

– Je n'arrive pas à y croire.

Maman a pincé les lèvres et elle a secoué la tête plusieurs fois comme si elle avait toute une conversation dans la tête.

– Qu'est-ce que je dois faire ? Dis-moi, qu'est-ce que je dois faire ?

– Tu connais déjà la réponse, a dit maman en garant la voiture devant sa maison.

– Je ne veux pas, je ne veux vraiment pas. J'ai juste besoin de savoir ce qu'il faut faire. Dis-le-moi.

J'avais besoin que quelqu'un d'extérieur me dise exactement ce qu'il fallait faire, et je le ferais, quoi que ce soit.

– Mais tu le sais, a insisté maman. C'est juste que tu ne t'écoutes pas.

– Alors dis-le-moi.

Elle a souri.

– Fais-toi confiance, et alors tu t'entendras. Et une fois que tu auras commencé à t'écouter, tu ne pourras pas te tromper.

Je doutais d'en arriver là, et de toute façon, j'étais la dernière personne à écouter. Il suffisait de regarder dans quoi j'avais réussi à m'empêtrer. Il fallait juste que j'arrive au bout de cette journée.

– Je vais t'aider. Nous allons tous t'aider. Shona est là pour quelques jours de repos. Ross est parti et elle a dit qu'elle voulait revenir un peu à la maison. Elle est dans son ancienne chambre, dans son lit simple. Les filles sont dans la chambre d'amis et papa dort sur le canapé gigogne du salon. Kitty et Daisy sont au ballet ce matin et à une fête d'anniversaire cet après-midi, puis elles pourront regarder la télévision plus tard. Shona et moi sommes donc à ton service. Cela lui fera du bien d'avoir une tâche sur laquelle se concentrer.

Elle s'est approchée et m'a pris la main.

– Tu es ma fille courageuse et merveilleuse. Zut à Brody, zut à ce livre, et toi, écoute cette voix qui te dit que tu es courageuse. Parce que tu l'es et que plus tu écouteras cette voix, plus tu seras courageuse.

Nous nous sommes arrêtées à un feu rouge et elle m'a regardée.

– Cette nuit-là, quand Jack est parti...

– Je me souviens...

– Il m'a fallu un certain temps pour écouter ma voix... J'ai passé beaucoup de temps à me demander ce que j'avais fait de mal, à essayer de comprendre comment j'allais vivre tout ça... et puis... je ne sais pas... j'ai arrêté tout ce bavardage interne, tout ce brouhaha, et je me suis sentie incroyablement calme... et en fait plutôt excitée par cette nouvelle vie qui s'offrait à moi. Et puis je me suis sentie invincible.

– J'aimerais bien.

– Tu l'es déjà, a-t-elle poursuivi. Et une fois que tu le sais, il n'y a pas de retour en arrière possible.

***

Shona m'a serrée dans ses bras lorsque j'ai débarqué dans la cuisine, avec mes cartons de matériel de cuisine, mes caisses d'aliments.

– Tu vas bien ? m'a-t-elle demandé.

– Et toi ?

Elle a failli rire.

– Oh, mon Dieu, nous faisons la paire, n'est-ce pas ?

Elle a essuyé une larme.

– Je n'arrive pas à croire que je pleure encore pour Ross. Je pensais bien que j'aurais arrêté depuis le temps.

Maman l'a entourée de son bras.

– Le chagrin d'amour est comme une tempête. Tu dois attendre qu'elle passe. Donne-toi du temps.

Elle m'a attirée aussi dans ses bras.

– Toutes les deux.

Mais je n'avais pas le cœur brisé, je m'en suis rendu compte. Pas à cause de Brody, pas vraiment. J'étais juste gênée d'avoir fait quelque chose de stupide, et d'avoir poussé tout le monde à célébrer ma stupidité – et la plupart d'entre eux m'avaient même offert des cadeaux pour ma stupidité.

– Il faut qu'on s'y mette, ai-je dit. Les clubs de cuisine ne sont pas le fruit du hasard, vous savez.

Jools était occupée avec des clients toute la journée, alors il n'y avait que maman, Shona et moi dans la cuisine.

Maman a tout récuré, désinfecté les plans de travail et insisté pour que nous attachions toutes nos cheveux.

– Si nous sommes une cuisine professionnelle pour la journée, a-t-elle dit, alors nous allons nous comporter comme tel. Nous n'allons pas nous laisser arrêter par l'équipe de l'hygiène.

Nous nous tenions en ligne devant la table de la cuisine, mes notes étalées devant nous, préparant, hachant et discutant. Et pour la première fois, je leur ai parlé de Brody.

– Il m'a menti pendant tout ce temps, ai-je raconté en coupant les oignons. Je n'arrive toujours pas à comprendre. Pourquoi a-t-il fait ça ?

– La peur de l'échec ? a suggéré Shona, qui coupait le céleri.

– J'ai l'impression que l'année dernière a été une véritable imposture, il m'a menti. Et il a perdu Fyodor.

– Qui est Fyodor ?

– Son hamster.

– Oh non, a dit Shona. Le hamster ? Je veux dire, ce ne sont que des rats dans des manteaux afghans.

– Mais en fin de compte, ai-je continué en prenant les carottes finement coupées de maman, je me suis prise d'affection pour Fyodor. Je ne supporte pas de penser qu'il soit là-bas, dans les rues malfamées de Sandycove.

– Je pense que le seul animal sur lequel tu puisses vraiment compter, c'est un chien, a déclaré maman. Tu te souviens de Snuff ? Il était toujours là pour nous.

– Toujours, a acquiescé Shona.

– C'était le meilleur, ai-je dit.

Et j'ai pensé à Foxy. Tout – le bonheur, le succès, les enfants, le chien – semblait plus éloigné que jamais.

La phrase que Paddy avait citée m'est revenue à l'esprit. « *Croire que d'ici il est possible d'atteindre… un autre rivage… Croire aux miracles, aux remèdes et aux puits de guérison.* » Le mariage avec Brody m'avait complètement dépaysée… C'est étrange comme quelqu'un peut mettre le chaos dans votre vie. Il était temps de me tenir debout sur mes deux pieds et de trouver le cœur courageux qui sommeillait en moi. Si tant est qu'il existait.

J'ai essayé d'écouter ma voix intérieure, celle dont maman disait qu'elle était en mon for intérieur, mais pour l'instant, tout ce que je savais, c'est que j'allais devoir revivre l'année passée comme un jour sans fin.

J'ai regardé Shona.

– Et toi ?

– Je suis en train de me recalibrer, a-t-elle dit prudemment. Je vais trouver un travail et nous allons retourner à Sandycove. Je veux retourner au bord de la mer. Je pense que j'ai besoin de rentrer à la maison. Je croyais avoir pris une bonne décision en épousant quelqu'un de très différent de papa.

– Oh, ton père n'était pas le pire, j'ai fini par l'apprécier après tout ce temps.

– Alors tu lui as pardonné ? ai-je demandé.

– Pardonné quoi ?

Maman a eu l'air surprise.

– Qu'est-ce qu'il a fait ?

– Il t'a laissée seule ! s'est exclamée Shona. Il t'a abandonnée.

– Ah bon ? Sa brosse à dents est toujours dans la salle de bains. Tous ses vêtements sont dans sa chambre. Sa valise est toujours là.

– Non, pas maintenant, à l'époque, quand j'avais dix ans et que Roisín en avait neuf... tu te souviens ?

– Oh, ça, a dit maman. Je me souviens à peine de tout cela.

– Mais..., a commencé Shona en me regardant.

– C'était une sorte de point de rupture pour nous.

– Pourquoi ne décides-tu pas de lui pardonner ? Le passé est le passé, et il t'aime, et je t'aime... et à notre manière bizarre, nous six, et Daisy et Kitty, sommes toujours une famille.

Shona et moi nous sommes regardées.

– Je lui pardonnerai si tu lui pardonnes, a-t-elle dit.

– Je suppose que c'est possible.

Nous nous sommes souri mutuellement.

– Shona, tu peux me passer l'autre couteau, s'il te plaît ? Celui-ci est horrible, a dit maman.

Elle a pris le couteau de Shona.

– Je pense vendre la maison et déménager dans un endroit plus petit.

– Non ! avons crié Shona et moi ensemble.

Mais maman a insisté.

– J'ai décidé de partir, de trouver un endroit près d'ici, moins grand, qui coûtera moins cher, avec un jardin plus petit. Il y a encore de la place pour vous deux puisque vous refusez de quitter le nid.

Elle nous a souri.

– Mais un endroit où repartir de zéro. J'aurais dû le faire il y a des années.

Nous avons travaillé toutes les trois en silence pendant un moment, puis Shona a dit :

– Je pense que tu fais ce qu'il faut. On n'est jamais trop vieux pour recommencer, n'est-ce pas ?

– Jamais, et tu peux recommencer autant de fois que tu le souhaites. Ce n'est peut-être pas mon dernier recommencement. Qui sait ce qui m'attend ?

– Je suis très fière de toi, maman, a dit Shona. Tu as fait tout ça pour nous.

– Vous m'avez facilité la tâche, vous étiez les deux personnes les plus gentilles que j'aie jamais rencontrées. Et vous l'êtes toujours.

Shona a essuyé une autre larme.

– Il faut qu'on se dépêche, a-t-elle dit avec insistance, parce que je dois bientôt aller chercher les filles à la fête et que je n'ai pas encore commencé le guacamole.

Chapitre 39

En début d'après-midi, Jools, Richard, Sam, Paddy et Erik sont arrivés. Erik s'est assis à côté de Jools.

– *Hej*, lui a-t-il dit dans un sourire.

– *Hej*, lui a-t-elle répondu par un sourire.

– On recommence à tenir le bar, comme la semaine dernière ? a-t-il demandé.

– Si Roisín me libère, a-t-elle répondu.

– Oui, j'ai du renfort ici dans la cuisine. Tout ira bien.

Richard a frappé dans ses mains.

– C'est bon, tout le monde !

Il a passé ses bras autour de mes épaules et de celles de Jools.

– Je suppose que Brody est heureux que ce livre infernal soit enfin terminé ?

– Il n'a pas écrit ce foutu truc.

– Qu'est-ce que c'est que cette dinguerie ?

– Son livre. Il va prendre encore un an.

Jools est restée la bouche ouverte.

– Oh, mon Dieu…

– Tu vois, a dit Richard. Tu aurais dû écouter tonton Richie, qui est avisé.

– Il mentait depuis le début. Il prétend qu'il a le syndrome de la page blanche.

Richard a levé les yeux au ciel.

– Quel nigaud !

– Et le pire, c'est qu'il a perdu Fyodor. Il l'a emmené dehors dans sa poche et il l'a perdu.

– Pour cela, la police devrait l'arrêter. Pour tout le reste, tu devrais divorcer de lui.

Il m'a regardée.

– Tu le feras ?

– Je ne sais pas, je ne sais pas quoi faire. Je n'ai pas encore pris ma décision.

J'avais l'instabilité et l'inquiétude du travail, divorcer était un tremblement de terre de trop.

– Où est ton…

– Mon courage ? ai-je répondu. Il s'avère que je n'en ai pas.

– Non, c'est vrai, a-t-il concédé. Mais ce que j'allais dire, c'est où est ton amour-propre ? Tu mérites mieux ! Tellement mieux ! Pas un fainéant !

– Hé ho ?

Papa se tenait dans l'embrasure de la porte.

– Il y a quelqu'un ? J'ai enfin fini de trier tous les papiers de Philip.

– Tu as l'air heureux, a remarqué maman, qui se tenait devant l'évier pour faire sa huitième vaisselle de la journée.

– Oui, c'est le cas… mais j'ai deux ou trois choses à te dire. J'ai réfléchi. D'abord à mes filles, je suis désolé. Richard, Jools, j'espère que cela ne vous dérange pas d'assister à cette leçon d'humilité. Mes excuses franches et sincères. Désolé de ne pas avoir été là, désolé de ne pas avoir été un meilleur père. Désolé de vous avoir laissé tomber.

– Papa… ai-je commencé, mais il a levé la main.

– Je suis là pour toi, pour quoi que ce soit. J'ai réfléchi encore et encore à ce que Shona m'a dit, et à chaque fois que tu voudras me réprimander, te défouler, exprimer ta colère, n'hésite pas à le faire. Je suis prêt à l'absorber comme une éponge, prêt à redevenir ton père.

Shona m'a jeté un coup d'œil.

– Je n'aurais pas dû dire ça la semaine dernière, a-t-elle marmonné. J'avais trop bu de ton côtes-du-rhône…

– Il est bon, n'est-ce pas ? Très bon rapport qualité-prix...

– Délicieux.

– Mais tu avais raison. J'ai été un père immature et je vous ai laissé tomber, vous toutes. J'espère que j'ai un peu grandi, mais ce que je veux aussi dire, c'est que ces trois dernières semaines ont été parmi les plus heureuses de ma vie. Je vous aime, Shona, Roisín et Maggie. Et Daisy et Kitty, bien sûr. Je vous aime toutes de plus en plus chaque jour. Et je suis désolé.

– La vie est compliquée, a dit Shona. Tu essaies de la simplifier, de trouver une formule pour qu'elle fonctionne et que tout s'enclenche bien, mais elle est trop imprévisible.

Elle s'est remise à pleurer.

Papa s'est approché directement d'elle, les bras tendus. Shona a posé sa tête sur son épaule pendant qu'il la tapotait et lui lissait les cheveux en arrière, en chuchotant des mots apaisants.

– C'est juste que je pensais savoir à quoi ressemblait l'avenir. Mais tout cela est si effrayant. Je dois tout faire toute seule.

Les yeux de papa étaient pleins de larmes.

– Je suis tellement désolé, je suis tellement désolé qu'il ait fait ça.

Il m'a regardée en souriant.

– Je suis tellement fier de vous deux, et je sais que je ne mérite pas de ressentir une telle fierté, mais je le suis quand même.

– Nous t'aimons aussi, ai-je répondu, et je le pensais vraiment.

J'ai passé mes bras autour de Shona et de lui.

– Nous t'aimons, a dit Shona, en sourdine, de l'intérieur de notre groupe enlacé dans une étreinte. Nous t'aimons vraiment toutes les deux.

Papa a poussé un sanglot en s'accrochant à nous. Richard a tendu les bras.

– Il y a de la place pour un de plus ? Allez, laissez-moi entrer là-dedans. J'ai aussi besoin d'un câlin, vous savez !

Il nous a tous entourés de ses bras.

– Je suis aussi un membre de cette famille, vous savez.

Nous avons ri et nous nous sommes éloignés les uns des autres. Les yeux de papa étaient rouges tandis qu'il regardait directement maman.

– Et je t'aime, Maggie. Je t'aime plus que les mots ne peuvent le dire. Je t'aime plus que la première fois que je t'ai vue à cet arrêt de bus, quand j'ai sauté parce qu'il fallait que je connaisse le nom de la fille aux yeux bleus. Tu es plus belle maintenant qu'à n'importe quel moment de ta vie. J'ai fait des erreurs et je vous ai laissé tomber, toutes. Égoïstement. Mais je vous demande une seconde chance.

Il a regardé maman d'un air désespéré et suppliant, tandis que Shona, Jools, Richard et moi nous sommes à notre tour tournés vers elle.

Maman s'est raclé la gorge.

– Concentrons-nous sur la soirée. Quelqu'un doit aller chercher Daisy et Kitty. Jack, tu peux peut-être le faire ?

Papa a acquiescé.

– Je vais chercher mes clés.

J'ai regardé l'horloge sur le mur. Dix-sept heures. Richard a tapé dans ses mains.

– Allez, hop, hop ! C'est parti !

Chapitre 40

Pendant que papa, Daisy et Kitty regardaient un film dans le salon, Paddy, Erik et Jools transformaient le jardin en club pour le dîner et Sam et Richard s'occupaient de ce que Richard appelait le marketing et les ventes.

Shona et maman étaient très heureuses de recevoir mes instructions, Shona suivait consciencieusement mes notes, maman coupait même les concombres à la largeur exacte que j'avais demandée.

– Oui, chef, répétait maman.

– Tout ce que tu veux, chef, a dit Shona.

Jools a passé la tête par la porte.

– Tu as les citrons verts pour les margaritas ? Ou tu penses que je dois en acheter d'autres ?

– Il faut absolument en acheter d'autres, a dit Shona. On n'a jamais assez de margaritas.

– D'accord, a dit Jools. J'y vais. Roisín, peux-tu apporter ceux qui sont ici à Erik ? On se voit dans dix minutes !

Je suis retournée là où se trouvaient mon carnet et mes listes et j'ai parcouru les pages pour voir ce que nous avions pu oublier et ce qu'il fallait cocher.

Dehors, Erik était en train d'installer une grosse machine en métal.

– Une presse à chaux, a-t-il expliqué. J'en ai acheté une à Guadalajara il y a quelques années, mais j'ai trouvé celle-là dans un magasin en ville.

Il a commencé à placer les tranches de citron vert dans le presse-citron et à les presser, le jus vert pâle s'écoulait.

Il fallait que je dise quelque chose. Après tout, Erik ne savait pas que j'étais sur le point de perdre mon emploi à cause de son projet immobilier.

– Erik, lui ai-je dit, tu connais la salle Lady Immaculate ? Le vieux bâtiment à côté de ton lotissement ?

– Ah, celui-là...

Il m'a regardée avec curiosité.

Courage, ai-je pensé. *De la confiance en soi.* Il était temps que je défende une cause en laquelle je croyais. Et c'était le Hall. Et c'était aussi moi.

– Vous ne pouvez pas le démolir, me suis-je lancée. Je sais qu'il faudra beaucoup d'argent pour le remettre en état, mais ça en vaut la peine. Je voudrais que tu le prennes en charge dans le cadre du développement. J'ai travaillé avec l'équipe qui distribue des déjeuners à la communauté... et je suis aussi planificatrice au conseil municipal. Enfin, je suis dans l'administration, mais mon patron... peu importe... Mais ce que j'essaie de dire, c'est qu'il faut le sauver. C'est un beau bâtiment et il est important.

Les sourcils blonds d'Erik se sont relevés de quelques millimètres.

– Mon entreprise achète des projets qui ont rencontré des problèmes. À des prix défiant toute concurrence, des lieux dont d'autres promoteurs veulent se débarrasser. Nous les appelons des casse-tête, tu comprends ? Ce bâtiment n'a été entretenu par personne d'entre vous. Le conseil municipal en a été responsable pendant vingt ans et personne n'a pensé à réparer le toit, à l'isoler, à le chauffer ou à s'occuper de l'humidité. Vous avez tout gâché.

Il a haussé les épaules.

– Ce n'est pas mon problème. Je suis désolé.

– Je pensais juste que...

– Je suis payé pour le détruire. Nous allons nous occuper de l'urbanisation. Nous nous sommes assurés que les habitants du bâtiment soient bien pris en charge, n'est-ce pas ? Qu'ils aient un beau bâtiment tout neuf pour eux ? C'est fait. Ils sont sur le point de céder. Écoute, nous ne sommes pas des méchants. Nous veillons à ce que tout le monde soit pris en charge. Et à la fin, tout le monde se serre la main et est heureux.

– Je sais, mais...

– Maintenant, laisse-moi te raconter une histoire. Juste pour que tu comprennes ma psychologie et d'où je viens. Je raconte cette histoire lorsqu'on me demande de donner des conférences de motivation. Quand j'avais dix-neuf ans, j'étais obsédé par le ski de fond. As-tu déjà fait du ski de fond ?

– Jamais...

– C'est ce qui se rapproche le plus de la vie d'un animal dans la forêt, d'une partie de la nature, tu ne fais qu'un avec les éléments, tu te glisses entre les arbres, tu dépasses les cerfs, le silence remplit ton esprit et ton corps, tu es baigné d'air froid et tu te sens plus vivant que tu ne le seras jamais dans une autre activité. Mon propre père a représenté le Danemark en ski de fond aux Jeux olympiques. C'était un homme... comment dirais-tu ? un homme de fer. Il n'a jamais abandonné. Dur comme fer... tu vois ?

J'ai acquiescé. Erik parlait avec une intensité d'une grande puissance, ses gènes de Viking n'avaient pas été dilués par le temps.

– Nous l'avons regardé aux Jeux olympiques d'hiver. Nous étions à la maison, ma sœur et moi. Nous ne sommes pas allés à l'école ce jour-là, et nous avons regardé notre père, comme une magnifique machine faite homme, ces lunettes noires, dans une combinaison de ski moulante, représenter notre pays. Je pouvais à peine respirer. Et ça a commencé. Ma mère était dans la cuisine et refusait de regarder. Ma sœur et moi n'avons pas dit un mot. C'était l'homme le plus fort du monde, nous savions qu'il allait gagner. Nous l'avions vu s'entraîner, nous avions été là quand il était revenu trempé de sueur. Nous savions à quel point il en avait envie.

– Et alors... ?

Erik a secoué la tête.

– Il a gagné la médaille d'argent. Il a perdu. Et il a perdu contre un Norvégien ! Je pouvais à peine le regarder quand il est rentré, j'étais tellement déçu. J'ai donc continué à essayer de gagner cette médaille pour lui. Je me suis entraîné tous les jours, avant l'école, après l'école, jusque tard dans la nuit. J'ai construit une salle de sport dans ma chambre, j'ai adopté un régime sain, j'ai fait tout ce que je pouvais. Et tu sais ce qui s'est passé ?

– Tu as gagné une médaille d'or ?

Il a secoué à nouveau la tête.

– Je n'ai même pas été sélectionné.

Il a souri.

– Je n'étais même pas un candidat, j'étais juste une personne très ordinaire. Je n'étais pas un athlète olympique. Mais mon père l'était. Et j'ai appris la leçon : la médaille d'argent est suffisante. L'argent est mieux que ce que la plupart des gens atteignent, alors je crois qu'il faut essayer d'atteindre l'or, tout en sachant que la perfection n'existe pas. Et c'est ce que je ressens pour chaque développement architectural. Aucun d'entre nous n'atteindra la perfection, mais nous obtiendrons suffisamment. Tu auras la médaille d'argent. Désolé, c'est ainsi que le monde fonctionne. Contente-toi de l'argent. C'est la vie. On passe à autre chose. On s'en remet.

– Oui, mais les gens y attachent de l'importance parce qu'ils font partie de la communauté.

Ma voix s'est brisée un instant, mais j'ai continué :

– Tu es au courant pour les déjeuners ?

Il a acquiescé.

– Je suis au courant de leur existence, oui. J'ai rencontré… est-ce Marian ?

– Et Sheila, oui. C'est un groupe qui offre des déjeuners gratuits tous les jours aux membres plus âgés de la communauté. Manger ensemble est si important, tu ne crois pas ?

Il a haussé les épaules.

– Cela dépend de la personne avec qui tu manges. Je connais des gens avec qui je préférerais ne plus jamais partager un repas.

– Mais ce sont de braves gens, et la salle tombe en ruine, je le sais…

– Elle a été condamnée…

– Je le sais, ai-je dit rapidement. Mais un nouveau toit la sauverait. Et tu peux le faire. Il suffit d'allouer l'argent à ce projet. Je voudrais que tu changes le plan, que tu t'occupes de la salle, que tu la sauves. Tu vas chercher l'or, tu ne vas pas te contenter d'accepter la médaille d'argent. C'est plus difficile, plus cher, mais la sensation quand tout sera terminé sera incroyable.

Erik n'a rien dit, alors j'ai continué :

– Trop souvent, les promoteurs et les clients ne font pas de compromis. Tu dis qu'il faut accepter quelque chose qui n'est pas idéal, mais tu ne fais pas de compromis. Tu n'as pas changé ta vision des choses, et tu t'attends à ce que tout le monde le fasse. Tout ce que vous avez à faire, c'est d'accepter de conserver le bâtiment et moi, en tant que membre du service de l'urbanisme, je pourrais approuver le projet à la première heure lundi et nous pourrions prendre le relais… ?

Il me regardait.

– Normalement, les planificateurs ne s'impliquent pas. Sais-tu que tu es la première que je rencontre en personne ? Ce n'est pas considéré comme…

– Éthique, je sais, nous voulons tous développer la zone, mais si vous voulez la planification, vous devez sauvegarder le Hall. Fin de l'histoire.

J'ai senti quelque chose monter en moi. Cela ressemblait à du courage.

– Tu es presque en train de décrocher l'or, mais c'est un travail d'équipe, tu feras partie d'une équipe… toi, Marian, Sheila et tous les autres.

– Mais financièrement…

– Financièrement, tu devras encaisser le coup, oui. Je suis désolée. Mais le Hall ne sera pas abattu.

Je l'ai regardé fixement.

– Je ne peux pas laisser tomber. J'ai passé des semaines dans la salle et elle est magnifique. Il y a les plus belles portes en bois sculpté, le sol en terrazzo est à tomber, et quand tu y entres, tu as l'impression qu'il a été un lieu d'activité depuis toujours. Tu peux sentir l'esprit de tous ceux qui sont venus avant toi. Nous ne pouvons pas être la génération qui le démolit.

– Nous serions obligés de le mettre en conformité avec les normes environnementales actuelles.

– Oui, nous le ferons.

– Pompes à chaleur, énergie solaire, isolation…

– Oui, exactement. Et le rendre accessible aux fauteuils roulants, créer de belles toilettes… tout cela est faisable.

Il m'a regardée pendant ce qui m'a semblé être un très long moment.

– D'accord.

– D'accord ? D'accord pour quoi ?

– D'accord, tu as mon accord. Nous garderons la salle, nous la mettrons aux normes modernes et nous l'intégrerons dans le projet.

Il a tendu la main et serré la mienne, manquant de me briser les doigts par la même occasion.

– Merci, Erik.

– D'accord alors, a-t-il dit en souriant et je lui ai sauté dans les bras, juste au moment où Jools est revenue. Il a dit oui, Jools ! ai-je crié. Il a dit oui !

Chapitre 41

Richard est entré dans la cuisine en tapant dans ses mains.

– Comment ça se passe ici ? Les invités arrivent.

À travers la fenêtre de la cuisine, je pouvais voir les gens affluer par le portail arrière et dans la maison d'été où Erik et Jools servaient les boissons et Sam et Richard les apéritifs. Gerry, sa femme Bernadette et sa fille Rachel buvaient des margaritas. Belinda est arrivée avec sa troupe de salsa, Frank et Dermot se tenaient ensemble, margaritas à la main. Même JP était là. Peut-être pourrait-il me licencier maintenant et m'épargner l'humiliation de lundi ?

– Je ferais mieux d'aller dire un petit bonjour à tout le monde, ai-je lâché. Je vais préparer quelques canapés.

Alors que Richard et moi sortions, dans le bruit des bavardages et au son de l'orchestre de jazz, dans les lumières scintillantes suspendues devant nous, il a glissé son bras sous le mien.

– Tu as été fantastique, a-t-il dit calmement. Je voulais juste te le dire.

Harry discutait avec quelques dames de la salsa sous le pommier.

– Merci, ai-je répondu. Je ne savais pas à quel point j'avais besoin de sortir... et de m'amuser.

Il a pris un air suffisant.

– Je l'ai fait. Mon plan a fonctionné. Et... je suis amoureux de Sam. Nous nous le sommes dit. Enfin, il s'est déclaré et ensuite moi aussi. Tout s'est passé à l'hôpital la semaine dernière. Qui aurait pu deviner que l'endroit le plus romantique d'Irlande était l'hôpital St Vincent. Je suis allé nous acheter un thé à la machine et deux KitKat et quand je suis revenu, il m'a dit qu'il allait démissionner. Et j'ai ressenti ce sentiment de désespoir, comme si j'allais le perdre. Et je lui ai demandé s'il avait trouvé un autre travail ou ce qu'il en était. Il m'a répondu qu'il était amoureux de moi et qu'il devait partir.

Richard avait les larmes aux yeux.

– Et... je lui ai dit que je ressentais la même chose. Et ensuite... nous nous sommes peut-être embrassés. Mais son cou était encore raide... mais on s'est tenu la main et... oh, mon Dieu. Je suis vraiment, complètement amoureux.

Je me suis retournée et je l'ai serré dans mes bras.

– Je suis ravie pour toi. Sam et toi êtes parfaits l'un pour l'autre.

Il m'a souri.

– Tu vas aller dire bonjour à tes collègues et je vais m'occuper du bar.

J'ai dégluti avant de me tourner vers eux. Ils tenaient tous une des margaritas d'Erik et Belinda a été la première à me prendre dans ses bras pour me saluer, puis j'ai serré la main de Frank et de Dermot.

– J'ai réussi à faire passer Frank de son pull marron à un chemisier marron, a dit Dermot. Je considère cela comme un triomphe.

– C'est une chemise, Dermot, pas un chemisier.

– On dirait un chemisier, a dit Dermot en haussant les épaules. Mais si tu insistes...

JP m'a fait un signe de la tête.

– J'espère que ça ne te dérange pas que je vienne, mais je pensais que c'était une soirée de bureau...

J'ai acquiescé. Je voulais m'excuser, mais aussi lui dire que je n'avais pas l'intention de me comporter de façon contraire à l'éthique... J'ai pensé à la confiance en soi et au fait que maman avait raison de dire qu'une fois que tu as confiance en toi, tu ne peux pas te tromper. Quand on est clair sur ses intentions et ses désirs, on ne peut pas se tromper. Je me suis rendu compte que Belinda, Frank et Dermot écoutaient.

– Qui est cet Hercule blond ? s'est interrogé JP.

– C'est Erik Larsen…

– Je m'en doutais, a dit JP. On ne peut pas le rater.

– Il a accepté de garder le Hall et de le restaurer. Je lui en ai parlé aujourd'hui.

JP m'a regardée.

– Vraiment, comment as-tu fait ?

– J'ai essayé une approche différente, ai-je expliqué. J'ai sympathisé avec les deux parties. Les manifestants et le promoteur.

JP a haussé les sourcils.

– Et la règle numéro un de la planification est de ne pas avoir d'amis, de ne pas être gentil, de ne pas fraterniser. Jamais.

– Je sais… mais… c'est arrivé comme ça.

– Il se trouve que tu as fraternisé avec les deux camps. Par hasard ?

– En quelque sorte… oui.

– Peut-être qu'en fraternisant avec les deux camps, ça s'annule ? a suggéré Belinda.

– Comme si rien ne s'était passé, a approuvé Frank.

Tout le monde a fixé du regard Erik, qui était maintenant assis au bar avec Jools à côté de lui, en train de rire.

– Et est-ce qu'Erik Larsen avait bu un verre ? a demandé JP.

J'ai secoué la tête.

– Pas à ce moment-là… il était sobre. Je te le promets.

– Mais pourquoi serait-il d'accord ?

– Parfois, il faut connaître quelqu'un pour faire des affaires avec lui, a remarqué Dermot.

– Mais c'est exactement ce que nous essayons d'éviter.

– Chaque cas est différent, a assuré Frank. Nous savons que Roisín n'a pas la moindre once de manquement à l'éthique…

J'ai repensé à toutes les fois où j'étais allée dans le Hall pour faire du bénévolat, tout en sachant que j'enfreignais toutes les règles du bureau.

– Alors, tu as réussi ? a dit JP.

– J'espère que oui.

– Je ferais mieux d'aller me présenter, a conclu JP en s'approchant d'Erik.

– Il va s'approprier le mérite de ta réussite, et c'est pour cela qu'on le paie si cher.

– Il mérite un peu de succès, il n'en a pas beaucoup.

– Il a attrapé un saumon de sept kilos, apparemment, pendant ses vacances, a raconté Dermot. Il l'a relâché sain et sauf. Il a dit qu'il avait eu un cas de conscience, ce qui est une première pour un membre du service de l'urbanisme.

– La dernière fois que tu as eu un cas de conscience, c'est quand tu étais enfant de chœur et que tu as volé de l'argent à la quête, a plaisanté Frank.

– Je pensais que je pouvais te confier des histoires sur mon passé criminel, il y avait vingt centimes et je suis allé acheter des bonbons, mais je me suis senti tellement coupable de les manger que je les ai donnés à une fille qui vivait dans notre rue. Et la leçon que j'ai apprise ce jour-là n'a pas été qu'il ne fallait pas voler, mais qu'on pouvait gagner l'amour du beau sexe en lui offrant des bonbons au caramel.

Chapitre 42

Je me suis précipitée dans la cuisine et j'ai immédiatement commencé à aboyer des ordres à l'intention de maman et de Shona. Papa était entré par hasard et s'était retrouvé en tablier, chargé de faire frire les *chili rellenos*.

– Maman, réchauffe les assiettes, Shona, le guacamole, papa, fais attention !

Et dans un ballet de mouvements, nous avons travaillé tous les quatre comme si nous avions cuisiné ensemble toute notre vie. Nous avons commencé à passer les assiettes à Richard et à Sam, qui se sont précipités dans tous les sens pendant qu'Erik et Jools se déplaçaient dans la foule, remplissant les verres de margarita.

À peine les entrées étaient-elles parties que nous avons commencé à préparer le plat principal. Encore une fois, nos mains vrombissaient et s'agitaient pour préparer les assiettes et les expédier. Papa était en train de faire la vaisselle, avec des gants jaunes, et il s'est vite perdu dans une vapeur de bulles, puis il a tout séché et a mis toutes les assiettes en pile sur la table de la cuisine.

– Comment va Harry ? ai-je crié à Paddy alors qu'il revenait pour six autres assiettes.

– Il rit et il discute, a-t-il répondu en criant. Il a l'air vraiment heureux.

Ce qui était exactement ce que je ressentais.

– D'accord, a dit papa, qu'est-ce qu'on fait ensuite ?

– Le dessert. Tarte au chocolat, crème glacée.

Enfin, tout était terminé.

– Je ne sais pas ce qui s'est passé, a dit maman, mais je crois que nous venons de nourrir trente personnes.

Dehors, tout le monde terminait son dessert, la musique de l'orchestre en fond sonore et les voix de nos invités tourbillonnaient dans l'air avec les lumières et un parfum d'amour. J'ai repéré Dermot, en grande conversation avec Rachel, la fille de Gerry. Frank et Belinda riaient à gorge déployée, Jools et Erik étaient assis au bar, tous deux un verre à la main, Jools balançait ses longues jambes.

Richard s'est approché de moi et m'a chuchoté d'urgence à l'oreille :

– L'écrivain mort qui marche… à la porte.

Brody, avec Anna juste derrière lui, traversait le jardin.

– C'est l'heure de la décision.

Shona a regardé Brody et Anna.

– Courage, a conseillé maman. Écoute simplement ta voix, celle que tu sais être juste.

J'ai acquiescé et j'y suis allée, avec Richard à mes côtés. Et là, dans le jardin de ma mère, avec les lumières au-dessus, entourée de gens, d'amour et de musique, je me suis mise au diapason de l'ambiance et je me suis entendue haut et fort. *Ne reviens pas en arrière. Ne reviens jamais en arrière.* Je n'allais pas recommencer comme l'année dernière. Cela n'en valait pas la peine.

Brody s'est dressé devant moi, me barrant la route.

– Elle m'a forcé à venir, a-t-il commencé d'un air boudeur, en faisant un pied de nez à Anna. Je répète que je n'ai rien fait de mal. J'ai juste manqué une échéance. Quel écrivain ne le fait pas ?

Anna a fait mine de s'excuser.

– J'essayais d'aider Brody, je savais qu'il avait le syndrome de la page blanche. Je suis désolée de t'avoir menti. Je pensais que j'aidais Brody en lui donnant un moyen de se détendre et de déconnecter…

– Ce qui est aussi tout à fait normal, a dit Brody. Scott Fitzgerald buvait du gin pour se détendre, Oscar Wilde fumait de l'opium, moi j'ai juste joué à quelques jeux vidéo.

– C'est juste que nous sommes accros, a avoué Anna, tous les deux. Nous sommes une paire d'addicts désespérés. Nous nous sommes trouvés l'un l'autre, et nous sommes partis en vrille. On a essayé de s'en débarrasser, on a tout essayé. La dinde froide, la distraction, tout ça, mais on était trop accros. Vous vous immergez dans ces mondes qui sont tellement mieux que la vie réelle.

– *Code of Honour* était-il mieux que ta vraie vie ? ai-je demandé à Brody.

Il n'a pas hésité.

– Beaucoup. Beaucoup, beaucoup mieux.

Je savais ce que je voulais, je savais ce que j'allais faire.

J'en avais fini, j'ai réalisé, fini d'être la muse d'un écrivain, fini de le soutenir émotionnellement et financièrement. Fini de nettoyer ses vêtements et de préparer ses repas. J'en avais fini de rester à la maison, d'écouter les histoires de Seamus…

– Ce que tu fais m'est égal, ai-je dit à Brody, mais quand je reviendrai à la maison, je veux que tu sois parti. Prends tes livres et tout ce qui t'appartient.

– Je pense que Roisín a gaspillé assez d'énergie avec toi, Brian, a ajouté Richard.

– C'est typique. Je manque une échéance, et tu me dis que notre mariage est terminé…

– Tu l'as entendue, a dit Richard.

– Alors, Brody, a proposé Anna, tu peux venir habiter chez moi. Mais nous devrons recommencer à zéro. Nous donnerons les jeux, la console, tout, au magasin de charité. Tu pourras écrire dans ma chambre d'amis.

Enfin, Brody avait l'air dévasté : la perte de *Code of Honour* l'avait frappé plus durement que la perte de son mariage.

– Désolé, Brian, désolé, Anna, a annoncé Richard en les ramenant vers la porte, mais nous n'avons pas de place pour vous. Il s'agit d'une soirée privée. Bonne chance avec les symptômes de sevrage. Venez maintenant…

Il a fait des mouvements de va-et-vient avec ses mains, comme s'il rassemblait du bétail.

Et c'était fini. Mon mariage était enfin terminé. Et c'était incroyable.

***

J'ai regardé Harry, qui se tenait avec Paddy, et je l'ai salué. Mais il ne me regardait pas, il fixait quelqu'un juste au-delà de moi. Et puis il a émis un bruit, un cri presque angoissé, quelque chose qui venait du plus profond de lui-même, comme un animal blessé. Le groupe s'est arrêté de jouer et tout le monde dans le jardin s'est retourné pour le regarder. Je me suis retournée pour voir ce qu'il fixait et c'était Gerry.

Gerry était devenu pâle, comme s'il avait vu un fantôme.

– C'est toi ? a dit Harry, la voix tremblante.

– C'est toi ? a dit Gerry. Sainte mère de Dieu, des saints, des anges, de tous ces gens !

– C'est toi !

– C'est bien moi ! HARRY !

– GERRY !

Je ne sais comment, ils ont trouvé la force, comme s'ils avaient la moitié de leur âge, de se précipiter dans les bras l'un de l'autre en pleurant. Le visage de Gerry était dans l'épaule de Harry, les yeux de Harry étaient fermés, tous deux sanglotaient.

– Je pensais que je t'avais perdu pour toujours, a dit Harry.

– Je n'avais pas abandonné, disait Gerry. Je n'abandonnerai jamais…

– Moi non plus…

– J'ai fait une prière tous les matins…

– J'ai allumé une bougie tous les soirs…

– J'ai fait tomber l'annuaire en miettes à force de le feuilleter…

– J'ai consulté les journaux tous les jours…

– Tu m'as manqué…

– Tu m'as manqué…

Ils avaient les mains autour de la tête de l'autre, se soutenaient l'un l'autre et se soutenaient eux-mêmes, les yeux pleins de larmes. Tout le monde dans le jardin essuyait ses larmes. Même Dermot avait l'air d'avoir quelque chose dans l'œil.

– Qu'est-ce qui se passe ? a demandé Richard.

– Je pense… je pense qu'ils se sont enfin trouvés.

Paddy s'est précipité vers le micro du groupe.

– Gerry et Harry, tout le monde ! Ils ne se sont pas vus depuis cinquante ans ! Deux frères réunis !

Et le groupe s'est lancé dans une version très jazzy de *Congratulations*.

***

Papa a placé une coupe de champagne dans ma main.

– Viens à l'intérieur. J'ai des choses à te dire.

Maman et Shona étaient dans la cuisine, leurs coupes de champagne pleines à la main, leurs tabliers encore en place, l'air complètement épuisé.

– On peut boire ça maintenant ? a demandé Shona. Je pense que je le mérite.

Papa s'est placé devant nous.

– Dans un instant. Je veux porter un toast. À vous trois. Je vous aime toutes les trois et ces trois dernières semaines, passer du temps avec vous toutes, apprendre à mieux vous connaître, aller chercher Daisy et Kitty à l'école, tout ça… vous voir et les vies merveilleuses que vous menez… les drames, l'amour que vous avez les unes pour les autres, eh bien… ça a été…

Sa voix s'est brisée.

– … c'était incroyable.

– Papa, l'a grondé Shona. Tu ne vas pas pleurer. Bois juste ton champagne.

– À la vôtre – et sa voix est devenue tremblotante à la fin.

Même maman avait les larmes aux yeux.

– À la nôtre, nous nous sommes chanté Shona et moi, et nous avons fait tinter nos coupes.

– Et juste pour vous dire que Brody et moi, c'est maintenant complètement fini, ai-je annoncé. Je ne veux pas passer une autre année d'incertitude. Et j'ai pris ma décision.

J'ai regardé maman qui a hoché la tête d'un air approbateur.

– Dieu merci, a commenté Shona.

– Et ce n'est pas un problème pour moi, alors pas de compassion. J'ai juste besoin de retrouver ma vie.

Maman a levé son verre.

– À toi et ta vie retrouvée. Et à Shona. Et à nous tous.

Papa est allé s'appuyer contre le placard de la cuisine avec elle.

– Moi aussi, je veux retrouver ma vie.

Il s'est soudain agenouillé.

– Maggie, veux-tu m'épouser à nouveau ? Parce que je t'aime et j'aime mes filles et je veux passer le reste de ma vie à vous aimer toutes.

– Je t'aime, Jack..., a murmuré maman.

Shona m'a fait signe de quitter la cuisine avec elle.

– Oh, tu te rends compte, c'est comme dans une mauvaise comédie romantique, a-t-elle chuchoté alors que nous sortions. Tu sais, quand les enfants essaient de remettre leurs parents ensemble.

Elle a glissé son bras sous le mien.

– Je ne peux pas le supporter !

Elle m'a donné un coup de coude et je lui ai rendu la pareille.

– Merci pour cette journée, lui ai-je dit. Tu as été formidable. Avec tout ce qui se passe...

– Tu m'as rendu service, tu m'as fait oublier Ross. Et c'est bien pour les filles d'être dans la maison de maman.

– Alors tu reviens définitivement à Sandycove ?

Elle a acquiescé.

– Dès que nous aurons vendu ce monstrueux tas. Je veux rentrer à la maison.

Frank et Belinda étaient assis sur le banc sous le pommier, en train de parler, et Frank avait une expression sur le visage qui me faisait penser à un chiot qui avait trouvé sa maison pour toujours. Dermot et Rachel étaient assis sur les chaises de jardin et dans la maison d'été, je pouvais voir que Jools et Erik se regardaient dans les yeux. À la longue table, Gerry et Harry étaient en grande conversation. Harry a levé les yeux et m'a fait signe de venir.

– Tu peux le croire, Roisín ? Mon frère, Gerry !

– C'est incroyable.

– Roisín, a dit Bernadette, tu as de l'eau ? Nous avons une chienne dans la voiture qui doit avoir soif.

– Une chienne ?

– Ah, elle sait tout à propos de Foxy. Roisín avait des vues sur elle depuis un moment. Mais son mari n'aime pas les chiens. Je lui ai dit de se débarrasser de lui, a dit Gerry en riant. Du mari, bien sûr.

– Mais c'est exactement ce que j'ai fait. Je n'osais pas espérer. Je pensais que Foxy irait dans un foyer avec un bébé…

– Ils ont décidé de ne pas la prendre. Ils ont dit qu'ils voulaient un chien plus jeune, a dit Bernadette. Apparemment, Foxy est trop vieille pour eux.

– Je la veux bien, ai-je proposé rapidement. Je la prendrai maintenant, si tu veux ?

– Tu es sûre ? a-t-elle demandé.

– Je n'ai jamais été aussi sûre de moi.

– Bon, alors ! a dit Bernadette en se levant. Je vais aller la chercher.

***

En quelques minutes, j'ai eu Foxy dans les bras. Elle était chaude et petite et elle me regardait avec son grand œil brun.

– C'est toi et moi, petite Foxy, ai-je déclaré et j'ai embrassé le sommet de sa tête. C'est nous ensemble.

De l'autre côté de la maison d'été, Paddy se tenait debout tout seul.

– Je voudrais te présenter Foxy. Paddy, voici Foxy, ma nouvelle chienne. Foxy, voici Paddy, le frère de ma meilleure amie.

Il m'a pris Foxy des bras.

– Je l'aime bien, ah, elle est magnifique.

Il l'a serrée contre lui et l'a embrassée doucement.

Puis il m'a regardée et je me suis souvenue de ce que c'était avec Paddy, de ce que je ressentais quand j'étais avec lui, des poignées de main secrètes, des regards à travers la pièce, de ce que nous étions quand nous n'étions que tous les deux. C'était une autre vie, maintenant. Je crois que j'étais amoureuse de lui, mais je ne m'étais jamais autorisée à l'avouer, même pas à moi-même. Si nous avions pris un autre tournant il y avait des années, rien de tout cela ne serait arrivé. La dernière année passée avec Brody m'avait transformée. J'avais tellement besoin d'amour et que tout finisse bien que je n'avais pas suffisamment réfléchi à ce qui était bon pour moi. J'avais appris une grande leçon et maintenant, la seule chose que je voulais, c'était profiter du célibat.

Nous avons regardé Jools, qui était assise dans la maison d'été et qui buvait quelque chose dans de minuscules verres à shot.

– Qu'est-ce qu'ils boivent ?

– L'Akvavit d'Erik, a constaté Paddy. C'est délicieux. Et mortel.

Jools avait l'air transformée, rayonnante non seulement de Poitín scandinave, mais aussi de vie. Et peu importait si c'était dû à Erik ou même à l'alcool, elle avait l'air heureuse.

– C'est un gars bien, elle mérite quelqu'un de bien.

Il m'a passé Foxy.

– Je suis si heureux que tu aies quelqu'un à aimer, a-t-il dit.

– Tu veux dire Foxy ?

Il a ri.

– Bien sûr, Foxy.

Ses yeux ont rencontré les miens.

– Je t'ai vue parler à Brody tout à l'heure… Tout va bien ?

J'ai acquiescé.

– Oui, très bien.

J'ai embrassé Foxy sur le dessus de la tête. C'était tellement agréable d'avoir un être à aimer, un être simple et facile. Même si ce n'était qu'un chien. J'étais prête à être célibataire, j'étais prête à assumer les décisions que j'avais prises – pas de regrets, rien. Brody serait une note de bas de page dans le livre de ma vie, mais je doutais que j'obtiendrais même une simple mention dans le sien. Quant à Paddy, je savais que j'avais encore un bon ami. Et j'avais laissé échapper quelque chose de bien, mais cela n'avait plus d'importance. Je ne serais pas ici, à me sentir aussi bien, si j'avais pris une seule décision différente. C'était la vie.

– Il avait le syndrome de la page blanche, depuis tout ce temps. Il n'avait pas écrit de livre. Et je pensais que je resterais à le soutenir pendant qu'il l'écrirait, mais j'ai décidé de m'arrêter là. Et il s'en sortira.

Et là, j'ai commencé à rire.

– Il jouait à un jeu vidéo... il est arrivé au niveau expert ! J'ai perdu une année entière à l'attendre, et pendant tout ce temps, il jouait à *Code of Honour*.

– Mais non !

J'ai dit « Si », toujours en riant, au risque de me faire mal aux zygomatiques.

– J'ai perdu une année entière de ma vie à attendre une chose qui ne viendrait jamais !

Paddy a secoué la tête, ne trouvant pas ça aussi drôle que moi.

– Je crois que tu as besoin d'un verre, je vais chercher deux cocktails spéciaux d'Erik. Ou tu veux juste une bière ?

– Une bière, quelque chose de plus fort pourrait me faire basculer.

Nous nous sommes assis ensemble sur les marches de la maison d'été.

– Tu sais, tu es l'une des personnes les plus courageuses de ma vie... tu as pris en charge l'ensemble du club de dîners et tu as tenu tête à Brody. Même en épousant Brody au départ, il faut parfois faire un acte de foi... que ça marche ou pas. Je t'admire. Et la façon dont tu aimes ta famille et tes amis, la façon dont tu ne portes jamais de jugement et la façon dont tu veux toujours le meilleur pour tout le monde.

– Tout le monde n'est pas comme ça ?

Il a ri et a secoué la tête.

– Non, certainement pas. Mais tu vis ta vie – quel est le mot ? – de tout ton cœur, et c'est courageux. Et mettre fin à ton mariage, sortir... c'est du courage.

– Merci, ai-je dit, gênée, mais nous avons fait tinter nos bouteilles l'une contre l'autre et, pour la première fois depuis des années, je me suis sentie vraiment heureuse, ce genre de contentement qui vient du fait d'être en paix avec le monde.

***

À vingt-deux heures trente, le groupe remballait et les invités commençaient à se disperser. Frank raccompagnait Belinda chez elle et l'attendait debout, en tenant son sac, pendant qu'elle me prenait dans ses bras.

– C'est la meilleure soirée que j'ai passée depuis des années.

Frank approuvait.

– Magie, magie. Tout ça.

Dermot m'a ensuite serrée dans ses bras.

– Tu as un talent, un vrai talent.

À côté de lui, Rachel souriait.

– Ouvre un restaurant. Et nous serons tes fournisseurs. Après tout, tu as permis à papa de retrouver son frère. Il n'a jamais cessé de parler de lui. Chaque année, en avril, il allumait une bougie pour lui, le jour de son anniversaire. Et nous avons cherché et cherché partout... et puis nous arrivons ce soir, et il est là !

Je l'ai serrée dans mes bras, en essayant de ne pas écraser Foxy que je portais toujours contre mon cœur.

JP s'est approché de moi.

– J'ai eu une longue conversation avec Erik Larsen. Et oui, il va signer. Nous le verrons lundi matin à neuf heures dans mon bureau. D'accord ? Je veux que tu sois là.

J'ai hoché la tête, juste au moment où j'ai entendu Shona appeler mon nom.

– Roisín, disait-elle. Dépêche-toi. Papa s'en va.

Papa se tenait dans le hall, sa valise à ses pieds.

– Où vas-tu ? ai-je demandé.

– Chez l'oncle Philip. Jusqu'à ce que je trouve un endroit à moi.

– Mais pourquoi ? Je croyais que tu voulais rester ici.

– Tu viens de dire que c'était ce que tu allais faire, a dit Shona. Nous étions juste en train de nous habituer à toi. Encore une fois.

Papa a acquiescé.

– Je pensais ce que j'ai dit, je vous aime toutes… c'est juste que…

Maman s'est avancée.

– Je lui ai demandé de partir, je ne veux pas l'épouser et je lui ai expliqué que je l'aimais, mais pas assez pour l'épouser… et j'ai pensé qu'il valait mieux qu'il habite ailleurs.

– Ce que j'accepte tout à fait, a dit papa.

– Tu abandonnes ?

Je me suis tournée vers maman.

– Il s'en sortira, a assuré maman, confiante. Il s'en sort toujours bien.

– Je suis comme un chat. Je retombe toujours sur mes pattes. Et je ne serai pas loin. J'irai encore chercher les filles à l'école et je serai à votre disposition. Vous toutes.

Il a regardé maman.

– Vous toutes, pour toujours.

Elle lui a souri en retour.

– Viens ici et fais-moi un câlin, imbécile.

Papa a mis ses bras autour d'elle, la serrant fort.

– Je vous aime toutes. Mes cinq merveilleuses filles.

– Tu vas t'en sortir ? a demandé Shona. Tu seras capable de cuisiner et de faire le ménage ?

– Tu m'as vu ce soir. Je pense que je me débrouillerai.

Maman, Shona et moi sommes restées à la porte pendant qu'il balançait sa valise dans le taxi et qu'il partait en faisant un signe de la main depuis l'arrière de la voiture.

– Il est temps d'ouvrir un nouveau chapitre, a décrété maman. Pour nous tous.

– Je suis fière de toi, maman, a dit Shona. Tu sais ce que tu veux. Tu sais ce que tu vaux. Je pense que c'est une bonne leçon pour nous tous.

– Connaître sa valeur, c'est la clé du bonheur. Connaître sa valeur et, plus important encore, connaître la valeur des gens qu'on aime. Cela vous permet d'écarter ceux qui n'étaient pas faits pour vous et de garder ceux qui le sont.

Shona et moi avons dormi dans nos vieux lits simples, dans notre ancienne chambre, et nous avons discuté jusque tard dans la nuit.

– Tu te souviens de la nuit où papa est parti, la première fois ? m'a-t-elle demandé.

– Bien sûr.

– Est-ce que tu te sens encore triste à cause de ça ?

– Non... Et je ne le regrette pas. Parce que nous ne serions pas les personnes que nous sommes aujourd'hui s'il ne l'avait pas fait. Et je nous aime telles que nous sommes. Et j'aime ma vie. Et je suis excitée par l'avenir, ai-je dit alors que je pouvais sentir le corps chaud de Foxy au bout de mon lit. Je ne changerais rien.

Chapitre 43

Le lendemain matin, Ross se tenait sur le pas de la porte, vêtu de son pantalon rouge et de son affreux pull à col châle.

– Je suis là pour voir ma femme, m'a-t-il dit. Je suis là pour récupérer ma femme.

Je voyais Ronan qui se tenait, anxieux, à côté de sa voiture, comme s'il avait poussé Ross à faire ça. Les jumelles étaient dans le jardin, bien à l'abri pour ne rien entendre.

– Tu parles de moi, Ross ? a dit Shona en me dépassant. Je pense que tu veux parler de ton ancienne femme ?

– Techniquement, a-t-il commencé, tu es ma femme…

Ronan, son frère, s'est avancé.

– Désolé, Shona. Je suis vraiment désolé de te déranger, mais il est venu chez papa et maman hier soir après une bonne dose de single malt… il m'a demandé de le soutenir moralement.

Il a lancé un regard à Ross.

– Allez, ressaisis-toi !

Puis Ross s'est mis à pleurer.

– J'ai tout perdu, s'est-il lamenté. Mes enfants… ma maison… tout ce que j'essayais de faire, c'était de me trouver…

La morve a commencé à couler de son nez comme si une limace s'était glissée sur son visage.

– J'essayais juste d'être heureux. Quel mal y a-t-il à cela ?

– Il est vraiment désolé, a dit Ronan. Il me l'a dit tout à l'heure…

Ross a acquiescé.

– Désolé, Shona.

Ross a baissé la tête, attendant sa punition.

– Désolé…

– Désolé pour quoi exactement ? demande Shona.

– Pour…

Ross n'avait jamais eu l'air d'être surchargé de neurones, mais là, il avait l'air complètement désemparé.

– Vas-y, lui a dit Ronan en le poussant du pied. Allez, espèce d'idiot… c'est ta chance de sauver ton mariage.

– Je… eh bien, je suis désolé pour toutes les fois où je t'ai laissé tomber, s'est exécuté Ross. Je ne veux pas vous perdre, les filles ou toi.

Une grosse voiture s'est arrêtée en travers de la route et Fionnuala en est sortie, suivie de près par Hugh. Les parents de Ross se sont agrippés l'un à l'autre, la panique se lisait sur leurs visages, et ont regardé Shona.

– Oui, continue, a dit Shona à Ross. Qu'est-ce que tu regrettes exactement ?

– Tu m'as soutenu pendant toutes ces années, a dit Ross. La fois où je suis parti pour reprendre le travail alors que tu étais en train d'accoucher, la fois où nous étions à Majorque et où j'ai tellement bu que j'ai vomi dans la villa et que tu as dû nettoyer…

Ronan regardait Ross avec horreur.

– Tu as fait quoi ? s'est-il exclamé en fronçant le nez. Tu es une vraie ordure.

Ross a continué :

– La fois où je ne suis pas venu te chercher quand tu es tombée en panne sur la M50…

Il s'est arrêté et a levé les yeux vers Shona, d'un air suppliant.

– Tu veux que je continue ?

Elle a acquiescé.

– Oui s'il te plaît, vas-y.

Fionnuala a porté les mains à sa bouche, l'air complètement dévastée en écoutant Ross plaider pour son mariage.

– Et la fois où j'ai fait semblant d'être malade, a poursuivi Ross, pour ne pas avoir à aller à la pièce de théâtre de l'école, ou la fois où nous sommes allés à Paris et où j'ai refusé d'aller voir *La Joconde* et où je t'ai forcée à aller voir le stade du Paris Saint-Germain à la place…

– Continue.

La voix de Shona était glaciale.

– Et la fois où nous avons vu l'entraîneuse de hockey de Daisy et de Kitty et où je lui ai crié dessus parce qu'elle ne les avait pas mises dans l'équipe A…

– Et ? a dit Shona.

– Et… je suis désolé pour Victoria. J'ai menti, j'ai été égoïste et j'ai…

– Tu as quoi, Ross ?

– Je t'ai trahie.

Elle a hoché la tête.

– Tu m'as trahie, Ross, vraiment.

Il a joint les mains comme lors de la première réunion de prière d'un enfant.

– Je t'en prie.

Même Ronan levait les yeux en suppliant. Fionnuala semblait sur le point de fondre en larmes. Hugh l'entourait de son bras.

– S'il te plaît, Shona ! s'est écriée Fionnuala. Tu es la meilleure chose qui lui soit arrivée !

– S'il te plaît, Shona, a dit Hugh. Il est venu hier soir et Ronan lui a demandé de tout raconter et nous sommes consternés. Mais tout le monde a droit à une deuxième chance.

Shona les observait, telle Cléopâtre à la proue de son navire.

– Non. Non, c'est fini. Tout ce que je sais, c'est que je veux un nouveau départ et une nouvelle vie. Tu es libre de poursuivre ce que tu veux avec Victoria parce que je connais ma valeur, vraiment.

Et nous serons des amis, gentils l'un envers l'autre, à partir de maintenant.

Elle a fait un pas en arrière.

– Voulez-vous tous entrer pour prendre une tasse de thé et voir les filles ?

Elle s'est effacée tandis que Fionnuala et Hugh montaient les marches. Fionnuala s'est agrippée à Shona au passage.

– Je suis vraiment désolée, a-t-elle dit, et derrière eux, Ross, qui avait encore de la morve qui coulait de son nez, et Ronan sont entrés dans la maison.

– Salut, Shona, salut, Roisín, a dit Ronan. C'est une belle journée.

– C'est très vrai, Ronan, a dit Shona. C'est très vrai. Et Ross, tu devrais vraiment t'essuyer le nez avant de voir les filles.

***

Un peu plus tard, de retour chez moi, Brody avait pris ses livres, son ordinateur portable et la plupart de ses vêtements, à l'exception d'un caleçon troué et délavé qu'il avait laissé sur le sol au milieu de la salle de bains et de ses crocs jaunes qui se trouvaient à côté du canapé-lit dans le bureau. La vieille télévision du bureau avait disparu, ainsi que sa brosse à dents et, heureusement, il n'y avait plus aucune trace de son mug orné de l'inoubliable slogan :

Écrire des livres est ce qui rapproche le plus les hommes de la procréation.

Dommage que Brody n'ait même pas écrit de livre, il ne s'était pas non plus révélé être un très bon parent de hamster.

J'ai posé Foxy sur le lit pendant que je nettoyais la salle de bains avant de me doucher et de m'habiller, me demandant à quoi avait servi toute cette année passée. Mais heureusement, c'était comme si tout appartenait au passé, l'année, mon mariage, l'ancienne moi étaient tous du passé et je me sentais dépoussiérée. À leur place subsistait une personne qui allait être gentille avec elle-même, qui allait se pardonner ses erreurs. J'ai pensé à la citation de Maya Angelou « Si j'avais su mieux, j'aurais fait mieux ».

– Alors, Foxy, ai-je dit, maintenant je sais un peu mieux que l'année dernière.

Et en ce qui concerne Harry ? Harry a ouvert la porte, habillé dans un blanc éclatant. Dès qu'il a vu que c'était moi, il m'a serrée dans ses bras, les yeux remplis de larmes.

– Merci, Roisín. Merci. Je ne sais pas comment tu as fait, mais merci.

– Je n'ai rien fait, ce n'était qu'une coïncidence.

Il a serré ma main dans la sienne.

– C'est un miracle, voilà ce que c'est. Un miracle. J'aimerais que Nora soit là pour voir ça. Je l'aurais vraiment voulu.

– Elle est avec toi en esprit.

Il a acquiescé.

– J'ai l'impression que c'est le cas, peut-être qu'elle a aussi quelque chose à voir avec ça. Avant de mourir, elle m'avait parlé de Gerry et de Dan, elle avait dit que si elle avait un souhait, ce serait de retrouver Gerry et Dan. Dan est auprès de notre mère, mais retrouver Gerry et Bernadette… c'est plus que ce que j'aurais pu imaginer. Bernadette et lui sont revenus pour une tasse de thé hier soir et nous avons parlé tous les trois jusqu'à minuit passé. Et tu sais ce qu'il m'a dit ? Il a dit que chaque jour, il avait fait une prière pour me retrouver, il savait que j'étais quelque part, il a dit qu'il le savait. Tu sais, j'ai fait exactement la même chose. Quand je me réveillais, c'est à eux que je pensais en premier. Je me disais : j'espère qu'ils sont en sécurité. Mais retrouver Gerry… eh bien…

Il ne savait plus où donner de la tête, ses yeux étaient pleins de larmes.

– … c'est comme retrouver un trésor perdu.

– C'est merveilleux.

– Je vais passer la journée avec Bernadette et lui aujourd'hui, aller déjeuner dimanche et faire vraiment connaissance avec la famille.

Gerry veut me montrer toute l'exploitation. Et ils ont des chèvres, tu le savais ? Comme maman.

Il a secoué la tête, comme s'il n'arrivait pas à y croire.

– J'ai l'impression que tu es entrée dans ma vie dans un but précis, que tu es une sorte d'ange.

– C'est un peu fort. J'aimerais pouvoir faire des miracles. Ça ne me dérangerait pas d'en faire quelques-uns dans ma propre vie.

– Crois, tout simplement, c'est tout ce que tu as à faire. Crois en toi.

La porte arrière était ouverte, la lumière du soleil entrait à flots, c'était un jour de nouveau départ.

– Harry, j'ai une idée, que dirais-tu de faire du bénévolat au Lady Immaculate Hall ? Ils sont toujours à la recherche de bénévoles.

– Moi, cuisiner ?

J'ai hoché la tête.

– Je me suis dit que cela te permettrait de retourner en cuisine, tu avais l'habitude de cuisiner pour tous les gars sur le bateau, il ne faut pas que cette expérience soit gâchée. Comment se portent tes talents d'éminceur d'oignons ?

Il a levé la main.

– Je ne suis plus aussi rapide qu'avant. Mais cela fait longtemps que je n'ai pas eu à cuisiner pour trente hommes affamés. Il fallait être très, très rapide. Cuisiner pour une seule personne est plus lent. Mais le Hall… ?

– Tu penses que tu es prêt à le faire ? Tu as dit tout à l'heure que tu n'avais plus rien à faire. Tu pourrais peut-être essayer ?

Je me suis demandé si je ne pouvais pas emprunter un des vélos de Paddy et emmener Harry au Hall et le ramener.

Harry me regardait, considérant la proposition.

– Peut-être. Je découvre que tout est possible. Et il y avait dans ton livre une recette de Nigel Slater qui avait l'air délicieuse. Des cuisses de poulet au babeurre. Maman avait l'habitude de cuisiner avec du babeurre et je me suis dit que je pourrais essayer. Et quand je le ferai, tu seras mon invitée ? Et j'inviterai aussi Cyril.

– J'en serais ravie.

– Et le hamster semble s'être calmé... il était un peu agité ces deux derniers jours, mais il a adoré les noix que je lui ai données.

– Le hamster ?

– Il est arrivé il y a quelques jours. J'avais entendu des bruits de raclement sous le réfrigérateur...

– Sous le réfrigérateur ?

Là, c'était un vrai miracle.

– Et puis, le jeudi matin, il a montré ses moustaches. Je pense qu'il avait faim. J'ai réussi à le mettre dans une vieille boîte à chaussures et il y est resté depuis. Je l'ai appelé Seamus.

J'ai souri en mon for intérieur.

– C'était donc ce qui était arrivé à Seamus.

– Quoi ?

– Rien, c'est un très beau nom. J'ai une cage que je peux te donner... c'est peut-être mieux que la boîte à chaussures.

À la maison, après avoir livré la cage à Harry et vu le hamster anciennement prénommé Fyodor s'y engouffrer joyeusement – enfin chez lui –, je suis retournée dans ma maison et j'ai commencé à transformer le bureau de Brody en chambre d'amis. J'ai balayé les paquets de chips et les canettes qui se cachaient sous le canapé. J'ai passé le balai et tout essuyé avec la fenêtre ouverte, pour laisser l'air frais entrer et éliminer l'odeur de renfermé masculine. Dehors, j'ai entendu la sonnette d'un vélo. Elle a sonné à nouveau et j'ai passé la tête par la fenêtre.

Paddy était debout dans la rue, la tête levée vers moi.

– Bonjour, ai-je lancé.

– Bonjour.

Il a souri, la main en visière devant ses yeux.

– Écoute, a-t-il dit, je ne sais pas si j'ai dépassé les bornes... mais je me suis dit qu'il fallait que je te dise quelque chose.

Il a marqué une pause.

– Si ça ne te dérange pas ?

– Je n'y vois pas d'inconvénients.

J'ai senti mon cœur s'emballer.

– Mais je me fiche que tu dises quelque chose ou pas, c'est bon.

– Si, a-t-il dit. *Carpe diem !*

Il a dû élever la voix pour se faire entendre.

– OK, Roisín Kelly, tu m'as manqué quand j'étais à Copenhague... et maintenant tu me manques à chaque fois que je suis à Dublin. Je pense à toi tout le temps. Je pense que tu es merveilleuse...

Je lui souriais, il me souriait.

– Je te trouve merveilleux aussi !

– Ouf. Et si on allait faire du vélo ? Dans la montagne ? Avec un pique-nique ?

J'ai couru en bas et je l'ai fait entrer, et pendant un moment, nous sommes restés tous les deux à nous regarder en souriant.

– On y va ? a-t-il demandé. J'ai tout ce qu'il faut : des sandwichs, des biscuits, de l'eau...

J'ai approuvé d'un signe de la tête et j'ai attrapé mon sac, j'ai mis Foxy dans le panier à l'avant de mon vélo, et nous sommes partis.

***

À vélo, la route vers les montagnes était une longue et lente montée d'environ deux heures. Une fois qu'on avait laissé la ville derrière soi, on se retrouvait dans la campagne, d'abord des champs et des haies dans les basses terres, mais au fur et à mesure qu'on s'élevait en altitude, chaque coup de pédale nous poussant un peu plus vers le ciel, la terre autour de nous devenait plus marécageuse, les couleurs étaient les bruns et les jaunes de l'ajonc, et le violet de la bruyère en fleur. Je suis restée près de la roue de Paddy, pensant que je n'étais pas en forme, mais que c'était fabuleux d'être de retour. Nous avions l'habitude de parcourir cette route à vélo la plupart des dimanches, nous partions tous les deux pour des heures et des heures, puis nous retournions à Dublin et au lit.

Finalement, nous sommes arrivés au sommet du Sally Gap, un col de montagne, et de là, après avoir attaché nos vélos à une clôture, nous avons marché jusqu'au sommet de la montée. Foxy était trop petite pour marcher, alors je l'ai portée dans mes bras. Nous nous sommes assis tous les trois dans la bruyère.

– La dernière fois que je suis venu ici, c'était avec toi.

– Moi aussi. Il me semble que c'était il y a longtemps.

– C'est exactement comme dans mon souvenir, rien n'a changé.

Il m'a regardée.

– Je le pense vraiment. Rien n'a changé. Rien.

– Qu'est-ce que tu veux dire ?

Foxy a reposé sa tête sur ma jambe, a fermé son bon œil et s'est endormie.

– Je veux dire que tout ce que je ressentais à l'époque, je le ressens encore aujourd'hui. Pendant tout le temps où j'étais à Copenhague, je me suis reproché de ne pas te l'avoir dit.

– Je ne voulais pas t'éloigner de Jools, vous étiez si proches, tous les deux.

– Oui, je sais… Et quand elle m'a dit que tu allais te marier…

Il a secoué la tête.

– Je me souviens avoir pensé que je devais aller de l'avant, trouver quelqu'un d'autre. T'oublier. Et c'est ce que j'ai fait. En quelque sorte. Je suis sorti avec Freja pendant un moment, mais je n'avais pas le cœur à ça et elle méritait quelqu'un qui l'aimait vraiment. Et puis je suis rentré à la maison… et tu n'avais pas l'air heureuse.

– Quand ça ?

– La première nuit, quand nous étions tous au pub *The Island.* Tu ne riais plus comme avant. Et puis… Et après ? J'ai rencontré Brody.

Il a secoué la tête.

– Brody avait l'air très remonté. Je n'arrivais pas à te réconcilier avec lui et tu avais l'air presque paniquée. J'ai pensé qu'au moins je devais m'assurer que tu saches que j'étais ton ami.

Il m'a souri.

– Tu sais, tu m'as plu dès le premier instant où je t'ai rencontrée, il y a si longtemps. J'aurais dû te dire à quel point je te trouvais incroyable, drôle et belle… et à quel point tu étais magnifique à tous points de vue…

Ses yeux se sont attardés sur moi.

– Mais je pensais que tu ne ressentais pas la même chose. Je pensais que si tu avais un faible pour moi, tu me l'aurais dit.

– J'avais un faible pour toi.

Un sourire a envahi son visage.

– Je t'aime toujours.

Sa main était près de la mienne, et j'ai senti ses doigts s'enrouler autour des miens, et nous étions assis là, sur la montagne, à regarder la vallée tandis que les nuages s'amoncelaient au-dessus de nos têtes, et c'était bon.

Il m'a embrassée.

– Je t'aime, a dit Paddy. Et cette fois, je le dis à tout le monde.

Épilogue

Un an plus tard…

– Allez, vous tous !

Papa avait l'air plus heureux que jamais. Ses yeux brillaient, sa peau était bronzée et éclatante. Il louait une petite maison à Sandycove, près du port, et avait sauvé un petit chien hirsute appelé Mabel, qu'il promenait tous les matins le long du front de mer, comptant souvent sur maman, de l'autre côté du village, pour le thé et les toasts du milieu de matinée.

– Allez, a-t-il continué, prenez vos manteaux, nous sortons. Maggie, Shona, Roisín, hop, hop.

Il s'est arrêté dans la cuisine de la nouvelle maison de maman – à côté de la vieille commode – qui, bien que maman ne vive là que depuis six semaines, était déjà aussi chargée que dans l'ancienne maison.

– Où sont les jumelles ? Il faut qu'elles voient ça.

Shona avait appelé pour donner de ses nouvelles après sa première semaine de travail. Mary Magahy, l'avocate du village, n'avait été que trop heureuse lorsque Shona l'avait contactée pour chercher du travail, après avoir ramené les filles à Sandycove et les avoir inscrites dans une nouvelle école.

– Oh, merci, avait-elle dit. Je n'arrive pas à absorber la quantité de travail que j'ai. Tous ces divorces. Ils nous permettent peut-être de gagner notre pain, mais ils font des ravages dans mon estomac.

Le divorce de Shona était, comme elle nous l'a dit, très rapide.

– Ross et moi sommes extrêmement civilisés l'un envers l'autre, a déclaré Shona. Tant qu'il peut voir les filles un week-end sur deux, il est heureux… avec Victoria.

Richard avait repéré Ross qui faisait son jogging sur Merrion Square, il traînait, l'air épuisé, derrière une blonde athlétique et très en forme. Aucun d'entre nous ne savait s'il avait trouvé son Ross intérieur, mais le Ross extérieur avait l'air d'avoir besoin de s'asseoir et de boire une tasse de thé. Shona, quant à elle, s'était inscrite au club de voile de Dún Laoghaire et passait ses samedis sans enfants en plein air, avec un groupe de messieurs très sympathiques, qui se retrouvaient ensuite au bar pour quelque chose d'un peu plus adulte qu'une boisson gazeuse et un paquet de chips.

– Ross les a emmenées voir ses parents, a dit Shona. C'est l'anniversaire de Fionnuala et Ross et Ronan ont invité tout le monde à dîner.

Elle sourit.

– C'est ce qu'il y a de mieux avec le divorce, tu peux aussi te débarrasser de ta belle-famille.

– Où allons-nous ? ai-je demandé à papa. J'ai dit à Paddy que j'allais le chercher au magasin de vélos. Il termine dans vingt minutes.

– Dis-lui de nous rejoindre au chantier naval, a dit papa. Allez, vite, vite. Allons-y.

Nous l'avons suivi jusqu'à la voiture, maman s'est assise à l'avant, Shona et moi à l'arrière.

Ça aurait pu être nous, vingt ans plus tôt.

L'année dernière avait été l'une des meilleures de ma vie. Ce week-end-là, lorsque j'avais fait du vélo avec Paddy dans les montagnes de Dublin, je m'étais fait une promesse : « N'aie jamais peur. Le pire qui puisse arriver est l'échec. » Et cette promesse est restée. Je m'étais jetée d'une falaise dans l'inconnu et, à chaque pas, j'avais trouvé un point d'appui, de mon entreprise de restauration à la possibilité de tomber réellement et profondément amoureuse de Paddy. Ainsi que d'être une bonne famille pour Foxy, qui coulait une retraite heureuse en dormant au bout de notre lit.

Paddy et moi avions passé le week-end ensemble, à papoter la plupart du temps allongés dans le lit. Nous nous étions rattrapés, enlacés l'un à l'autre sous la couette. Nous ne nous levions que pour préparer du thé et des toasts et les rapporter au lit, où nous reprenions notre conversation exactement là où nous l'avions interrompue quelques instants auparavant, et nous planifiions les prochaines étapes de ma vie. L'une d'entre elles consistait à engager un avocat spécialisé dans les divorces – coucou, Mary Magahy ! – et la suivante était de démissionner de mon travail. La troisième consistait à créer ma propre entreprise de restauration – le Club des Dîners du petit paradis – et à faire de la pâtisserie pour le café du magasin de vélos qui connaissait un grand succès. Et oui, les croustillants au chocolat étaient nos best-sellers. Même Erik en avait noté la recette – si on peut l'appeler ainsi –, déterminé à faire découvrir ce délice aux habitants sophistiqués de Copenhague.

J'avais démissionné du service de planification le lundi suivant le dernier dîner du petit paradis. JP et Erik s'étaient rencontrés ce matin-là et ils s'étaient mis d'accord sur un plan pour développer à la fois le Hall et la zone qui l'entourait. Ils avaient conclu un accord, on avait parlé d'argent et le plus important, c'est que le Hall était sauvé pour une nouvelle génération. Ce n'est qu'après avoir serré la main d'Erik et l'avoir raccompagné à la réception que JP avait commencé à se détendre. Pour fêter l'événement, il avait préparé une tasse de thé pour tout le monde – bien trop fort et avec bien trop peu de lait, mais nous avions apprécié que ce soit sa façon de nous dire qu'il était heureux.

– L'ambiance au bureau s'est considérablement améliorée juste parce que je n'étais pas là, avait-il dit. C'est manifestement que je fais les choses de travers depuis tout ce temps. Vous avez tous l'air très heureux. Je ne savais même pas que Frank pouvait sourire. Et Dermot… tu chantonnes du Céline Dion depuis que tu es entré.

– Nous pouvons blâmer Roisín et son club de dîners, a dit Dermot.

– Nous avons bu des margaritas, nous avons dansé la salsa…, a ajouté Frank.

– Je leur ai montré les pas, a expliqué Belinda.

– Et… ça a changé ta vie, a dit Frank en souriant timidement à Belinda à travers son bureau.

– Sacré nom de nom, a commenté JP. Alors, pendant tout ce temps où j'essayais d'améliorer votre bien-être, Roisín a organisé un club de dîners – enfin quel que soit le nom de ces réjouissances – et vous avez tous l'air d'avoir été baignés dans de l'eau bénite.

Dermot a découpé un cœur dans un Post-it et l'a collé sur sa poitrine.

– L'amour est dans l'air.

– Et toi, Dermot ?

– Moi aussi, JP, elle s'appelle Rachel. Cela signifie *Oh Beautiful Farmer* en latin, ce qu'elle est en effet.

– Bon Dieu, a dit JP. Quelqu'un d'autre ? Frank, Belinda ?

– Nous aussi, ont-ils dit ensemble en échangeant de nouveaux sourires.

– Pas moi, est intervenue Saoirse. Je n'ai pas été invitée.

Elle m'a jeté un regard noir, mais je m'en fichais complètement. J'essayais de trouver un moyen de démissionner de mon travail sans me laisser emporter par mes émotions. Je ne voulais vraiment pas que Frank, Dermot et Belinda aient encore à me réconforter.

– D'accord, a dit JP. Y a-t-il autre chose que je devrais savoir ?

– Les fonctions corporelles de Frank se sont améliorées, il n'a pas pété de la matinée.

– Il n'est que dix heures du matin, a dit JP.

– C'est vraiment une amélioration, a plaisanté Dermot. Belinda, tu fais déjà des miracles. Ensuite, tu pourras travailler sur les pulls marron.

J'ai pris une grande inspiration.

– Je donne ma démission, j'ai décidé de créer ma propre entreprise de restauration. J'ai déjà une commande pour faire des gâteaux...

Saoirse s'est exclamée :

– Bien sûr qu'elle démissionne !

Mais je l'ai ignorée.

– Je vais organiser des fêtes, des communions, des dîners..., ai-je poursuivi.

– N'empoisonne personne, veux-tu ? a ricané Saoirse, et elle a ri aux éclats comme si elle avait dit quelque chose d'amusant.

– Le seul poison, c'est toi, Saoirse, ai-je dit gentiment. Et, au passage, j'espère que ta flore intestinale sera détruite à jamais.

L'exaltation m'a traversé le corps. C'est donc ce que l'on ressentait quand on disait ce que l'on pense. Pas étonnant que Saoirse ait toujours l'air si satisfaite d'elle-même.

– C'est comme une malédiction de gitan, a soufflé Dermot, impressionné.

– Comme un sort de sorcière, a renchéri Belinda. La grand-tante de ma mère en était une. Tu n'aurais pas voulu la contrarier !

– Tu vas nous manquer, m'a dit Frank.

– Vous allez me manquer aussi, ai-je répondu en tournant le dos à Saoirse.

– Ce ne sera pas la même chose sans notre Roisín, a déploré Belinda.

– Vraiment pas pareil, a dit Dermot. Et pas de gâteaux pour nos déjeuners du vendredi. Belinda, qu'est-ce qu'on va faire ?

– Nous pouvons les acheter à la société de restauration de Roisín.

Elle s'est avancée, les bras ouverts.

– Viens ici, ne crois pas que tu vas pouvoir t'en aller sans me serrer dans tes bras.

Puis ce fut au tour de Dermot.

– Prends-moi avec toi, s'il te plaît ! m'a-t-il chuchoté bruyamment à l'oreille. Ne me laisse pas tout seul avec ces crétins !

Frank m'a ensuite serrée dans ses bras et ce n'était pas aussi gênant que nous ne le craignions tous les deux.

JP s'est avancé et sa poignée de main s'est transformée en une nouvelle étreinte.

– Je pensais que j'allais faire de toi une planificatrice, mais on dirait qu'il y a une vie pour toi en dehors de ce bureau.

– J'espère. Merci d'avoir essayé.

Saoirse est entrée dans mon champ de vision.

– Désolée, Roisín. J'ai un peu dépassé les bornes. Je te prie de m'excuser. Et ma flore intestinale va bien, d'ailleurs, elle s'est rétablie très vite, donc je ne pense pas qu'il s'agissait d'une intoxication alimentaire, peut-être d'une intoxication à l'alcool. J'ai bu trop de tequila ce soir-là... eh bien... c'est un truc vicieux. J'aurais mieux fait de boire du Jeyes Fluid.

– Nous avions l'habitude de faire exactement la même chose, ai-je entendu Dermot dire à JP. Tu te souviens ?

– Merci de l'admettre, ai-je répondu à Saoirse.

– Je te souhaite bonne chance pour ta nouvelle entreprise, a-t-elle poursuivi. Et félicitations pour ton succès en matière de planification. Peut-être qu'un jour, JP me donnera aussi ma chance ?

Elle a regardé JP.

– Peut-être ?

Il a hoché la tête.

– Nous en discuterons plus tard.

Ce jour-là, à l'heure du déjeuner, je remontais le chemin vers le Hall pour faire mes adieux quand j'ai entendu le tintement d'une sonnette de vélo derrière moi.

– J'arrive !

C'était Harry, assis à l'avant d'un vélo-cargo conduit par Paddy.

– Bonjour, bonjour ! a lancé Harry, qui était vêtu d'un costume et d'une cravate.

Un petit mouchoir dépassait de la poche supérieure, ses cheveux blancs étaient soigneusement peignés sur sa tête.

– J'ai l'impression d'être la reine de Saba.

– Je peux amener Harry aux déjeuners tous les jours, disait Paddy, ce n'est pas la peine d'aller le chercher. Harry, tu as mon numéro, n'est-ce pas ? Et j'ai presque fini de travailler sur ce tricycle électrique. Il sera parfait pour lui.

Paddy m'a souri.

– Oh, Harry, tu oublies ton carnet de notes. Celui qui contient toutes tes recettes.

Il m'a tendu un vieux carnet, maintenu par un élastique, bourré de coupures de journaux.

Dans la salle Lady Immaculate, j'ai présenté Harry à l'équipe et Gita l'a initié à la fabrication de la crème anglaise.

– Tu sais faire de la crème anglaise, n'est-ce pas, Harry ? a-t-elle demandé.

– J'en faisais des cuves entières, a-t-il répondu en me faisant un clin d'œil.

Paddy et moi sommes sortis de la salle, sa main dans la mienne.

– Tu l'as fait ? a-t-il demandé.

– Quoi ? Démissionner ou appeler Mary Magahy ?

– Les deux.

– Alors j'ai fait les deux, ma démission a été acceptée et Mary a dit que ça devrait être simple et qu'elle entamerait la procédure aujourd'hui, j'ai juste besoin de rassembler quelques papiers. Bien que je pense qu'il était beaucoup, beaucoup plus facile de se marier que de divorcer. Mais… – j'ai haussé les épaules – ce n'est pas une mauvaise façon de réparer une erreur.

Paddy a ri.

– Ce n'était pas une erreur. C'était une expérience de vie.

Il m'a embrassée.

– Tu veux un thé du marché ?

Nous nous sommes assis sur un banc en regardant la mer et avons repris le chemin de notre vie.

– Et peut-être que nous pourrions trouver un endroit pour nous deux, a-t-il proposé. Un endroit avec un jardin et un abri pour mes vélos.

– Foxy aimerait bien jouer dans l'herbe.

Je me disais que je n'avais pas vraiment envie de vivre encore longtemps près d'Anna et de Brody. Harry me manquerait, mais je lui rendrais toujours visite et, de toute façon, je n'irais pas bien loin. Sandycove était mon chez-moi.

***

Quelques semaines plus tard, Richard a appelé.

– Sam et moi avons fait un grand pas en avant, a-t-il annoncé. Énorme. Gigantesque.

– Tu vas te marier ?

Oh, la délicieuse ironie, ai-je pensé, après tous ses airs suffisants de M. Je-te-l'avais-bien-dit.

– Bien sûr que non ! s'est-il écrié, consterné. Tu crois que j'ai perdu la raison ? Non ! Rien de si ridicule ! Nous avons acheté une maison de vacances juste à côté de Dingle. Une petite maison délabrée devant laquelle je passais tous les jours à vélo pour aller à l'école. Et ton père parlait à Johnny Fitz, le fermier qui possède le terrain, et il a dit que ça ne le dérangerait pas de le vendre, à condition que ce soit à moi. Et donc, je l'ai acheté ! Johnny Fitz est allé à la ville aujourd'hui pour préparer les papiers et Sam et moi nous y rendrons ce week-end. Sam est déjà en train de dessiner le jardin. Nous pensons à quelques pommiers, à une maison d'été. Le *moodboard* est très proche du jardin de Maggie !

– Cela a l'air merveilleux.

– Et toi, Paddy, Jools et Erik, vous devez venir avec nous, a-t-il poursuivi. Nous aurons besoin de vous à chaque étape.

Ce soir-là, j'avais rendez-vous avec Jools à *The Island.* Je devais lui parler de Paddy, mais elle n'arrêtait pas de parler d'Erik.

– J'ai décidé de déménager à Copenhague. Ce sera bien. Et cela signifie que je ne croiserai plus l'effrayant Darren et Mme Rippling Body au Royaume-Uni et en Irlande.

– Je pourrai venir vous voir ? ai-je demandé.

– C'est un ordre ! a-t-elle dit en me regardant droit dans les yeux. Je ne pars que si tu me promets de venir et de séjourner chez nous au moins une fois par mois.

– Je peux amener quelqu'un ?

– Qui ?

– Quelqu'un qui connaît très bien Copenhague.

Je me suis sentie nerveuse, qu'est-ce qu'elle allait dire ?

– Qui ? a répété Jools qui avait l'air perdue.

– Quelqu'un qui est mon ami depuis des années… quelqu'un que tu connais extrêmement bien…

– Qui ?

Et c'est alors que la vérité lui est apparue.

– Paddy ?

J'ai acquiescé.

– Je suis amoureuse de lui. Je l'ai toujours aimé. Et il m'aime.

– Il était temps aussi ! J'ai toujours pensé que vous seriez parfaits l'un pour l'autre. Vous auriez dû vous mettre ensemble il y a des années.

***

Papa a conduit jusqu'au bord de mer, puis s'est garé sur la bretelle d'accès vers le port et a garé sa voiture. Le ciel était d'un bleu profond, il y avait des promeneurs et des joggeurs qui couraient le long de la jetée. Cela faisait des années que je n'étais pas descendue aussi loin.

– Sors de là… viens…

Paddy roulait vers nous, petite silhouette pédalant le long de la piste cyclable. Il a levé la tête et nous a fait un signe de la main quand il nous a vus.

– Ah, a dit maman. Le voilà. Mon charmant gendre.

– Nous ne sommes pas mariés. Tu te souviens ? J'ai un peu abandonné l'idée.

– Il y a un an, tu avais deux gendres, a dit Shona. Maintenant, tu n'en as plus un seul. Certains pourraient dire que c'est une négligence de ta part.

Maman a ri.

– Je n'ai pas franchement perdu le sommeil à cause de ma négligence. Venez, nous ferions mieux de rattraper votre père. Il est en mission.

– Alors, qu'est-ce qu'on fait ici ? a redemandé Shona, avant de se précipiter vers maman et de passer son bras sous le sien.

Papa était entré par la porte ouverte dans le chantier naval, où plusieurs yachts reposaient en équilibre. Leurs grandes quilles les soutenaient vers le ciel.

– Alors, où est-il ? disait-il. Où l'a-t-il mis ? Ah !

Il a pressé le pas.

– Je suis descendu tout à l'heure et Mick était en train de réceptionner la livraison.

Et il s'est arrêté devant le plus petit bateau de la cour qui était caché par un autre beaucoup plus grand.

– N'est-il pas magnifique ? a-t-il soufflé.

– Qui ? ai-je demandé. Qui est magnifique ?

– Papa, tu te rends compte qu'il n'y a personne ?

Et puis maman s'est avancée et a tendu la main pour la poser sur le côté du bateau.

– *Shining Light*.

Elle souriait à papa.

– Où l'as-tu trouvé ?

– Mick a cherché pour moi. Il a fait passer le mot pour essayer de trouver à qui il appartenait. On a fini par y arriver.

– Attends, a demandé Shona. Est-ce que c'est *Shining Light*, comme notre *Shining Light* ?

Papa a acquiescé.

– C'est lui-même.

– C'est notre bateau ? Tu l'as trouvé ?

– Les propriétaires étaient prêts à le vendre et il s'avère que *Shining Light* était prêt à rentrer à la maison.

Il souriait encore.

– Il m'a manqué… comme vous toutes.

– Et nous pouvons naviguer ?

– Oui. C'est le problème avec *Shining Light*, il n'est heureux que lorsque le vent souffle et que l'eau se heurte à sa proue et qu'il se dirige tout droit vers la mer. Un peu comme moi. J'ai aussi acheté des gilets de sauvetage pour Kitty et Daisy. Dites-moi quand ce sera le bon moment et nous irons naviguer. Cette semaine ? Jeudi soir ?

– D'accord, a dit Shona en s'avançant vers papa.

Il a fait un pas vers elle et l'a serrée fort.

– Je vous aime, mes filles chéries. Je suis tellement désolé de ne pas avoir été là pendant toutes ces années.

Il a tendu le bras pour que je me joigne à l'étreinte.

– Je vous aime tellement toutes les deux. Il ne se passait pas un jour sans que je pense à nous trois sur *Shining Light*. J'ai adoré cette époque.

– Oh, nous pouvons la faire revivre, a dit Shona, n'est-ce pas, Roisín ?

Et puis maman s'est jointe à nous et quand Paddy nous a trouvés, nous étions un désordre qui débordait de bras et de jambes dans tous les sens.

– Ne fais pas attention à nous, Paddy, a dit papa. Nous ne faisons que rattraper le temps perdu.

Paddy et moi sommes restés en retrait – le bras de Paddy autour de mon épaule. Papa avait les deux bras passés autour de maman et de Shona, et nous avons tous admiré *Shining Light*.

– Tu as l'air en forme, mon grand, a dit papa en tapotant le côté du bateau. Bienvenue au port, bienvenue à la maison.

Retrouvez d'autres aventures à Sandycove
dans les mois prochains...

Remerciements

Merci…

À mon gentil, généreux et fabuleux agent, Ger Nichol. À l'équipe primée de Boldwood – Caroline, Amanda, Nia, Claire et Megan –, merci de m'avoir accompagnée. Et à Ross Dickinson et à ses talents d'éditeur méticuleux. À mes amis, comme toujours, qui me font rire et me rendent heureuse, en particulier à Merlo et à Steve – les Kelly-Parker ! –, je vous souhaite une vie merveilleuse ensemble ! Et surtout, à ma fille Ruby, ma propre lumière scintillante.

Sous la direction de : Ambre Rouvière
Assistante éditoriale : Brune Valton
Correction : Nord Compo
Composition : Nord Compo
Conception graphique de la couverture : Nord Compo
Illustration de couverture : © Prisma Media

Depuis 2009, Prisma Media met en place une politique d'achat éco-responsable. Ainsi, près de 100 % du papier de nos magazines est certifié PEFC (gestion durable des forêts). La fabrication des livres des Éditions Prisma s'inscrit également dans cette démarche.

Dépôt légal : mars 2025 – n° d'impression 2412.0149
Achevé d'imprimer en France par : Aubin Imprimeur